인간인 2

이청준 李淸俊 (1939~2008)

1939년 전남 장흥에서 태어나, 서울대 독문과를 졸업했다. 1965년 『사상계』에 단편 「퇴원」이 당선되어 문단에 나온 이후 40여 년간 수많은 작품들을 남겼다. 대표작으로 장편소설 『당신들의 천국』『낮은 데로 임하소서』『씌어지지 않은 자서전』『춤추는 사제』『이제 우리들의 잔을』『흰옷』『축제』『신화를 삼킨 섬』『신화의 시대』 등이, 소설집 『별을 보여드립니다』『소문의 벽』『가면의 꿈』『자서전들 쓰십시다』『살아 있는 늪』『비화밀교』『키 작은 자유인』『서편제』『꽃 지고 강물 흘러』『잃어버린 말을 찾아서』『그곳을 다시 잊어야 했다』 등이 있다. 한양대와 순천대 교수를 역임했으며 대한민국예술원 회원을 지냈다.

동인문학상, 대한민국문화예술상, 대한민국문학상, 한국일보 창작문학상, 이상문학상, 이산문학상, 21세기문학상, 대산문학상, 인촌상, 호암상 등을 수상했으며, 사후에 대한민국 금관문화훈장이 추서되었다. 2008년 7월, 지병으로 타계하여 고향 장흥에 안장되었다.

이청준 전집 25 장편소설

인간인 2

초판 1쇄 2015년 5월 14일

지은이 이청준
펴낸이 주일우
펴낸곳 ㈜문학과지성사
등록번호 제1993-000098호
주소 121-894 서울 마포구 잔다리로7길 18(서교동 377-20)
전화 02) 338-7224
팩스 02) 323-4180(편집) 02) 338-7221(영업)
전자우편 moonji@moonji.com
홈페이지 www.moonji.com

ⓒ 이청준, 2015. Printed in Seoul, Korea

ISBN 978-89-320-2145-4
ISBN 978-89-320-2120-1(세트)

이 도서의 국립중앙도서관 출판예정도서목록(CIP)은 서지정보유통지원시스템 홈페이지(http://seoji.nl.go.kr)와 국가자료공동목록시스템(http://www.nl.go.kr/kolisnet)에서 이용하실 수 있습니다.
(CIP제어번호: CIP2015012118)

이청준 전집 25

인간인 2

문학과지성사
2015

일러두기

1. 문학과지성사판 『이청준 전집』에는 장편소설, 중단편소설, 그리고 작가가 연재를 마쳤으나 단행본으로 발간되지 않은 작품과 미완성작 등을 모두 수록했다.

2. 전집의 권별 번호는 개별 작품이 발표된 순서를 따르되, 장편소설의 경우 연재 종료 시점을, 중단편소설의 경우 게재지에 처음 발표된 시점을 기준으로 삼았다. 단, 연재 미완결작의 경우 최초 단행본 출간 시점을 그 기준으로 삼았다. 중단편집에 묶인 작품들 역시 발표된 순서대로 수록하였으며, 각 작품 말미에 발표 연도를 밝혀놓았다.

3. 전집의 본문은 『이청준 문학전집』(열림원) 발간 이후 작가가 새롭게 교정, 보완한 내용을 충실히 반영하여 확정하였다. 특히 미발표작의 경우 작가가 남긴 관련 자료에 근거하여 수록하였음을 밝힌다.

4. 전집의 각 권에는 작품들을 수록하고 새롭게 씌어진 해설을 붙였으며 여기에 각 작품 텍스트의 변모 과정과 이청준 작품들의 상호 관계를 밝히는 글을 실었다. 이 글은 현재의 문학과지성사판 전집의 확정 텍스트에 이르기까지 주요한 특징적 변모를 잘 보여준다.

5. 이 책의 맞춤법은 국립국어연구원의 '한글 맞춤법'에 따르는 것을 원칙으로 하되, 띄어쓰기의 경우 본사의 내부 규정을 따랐다. 단, 작품의 분위기에 영향을 준다고 판단되는 방언이나 구어체 표현 · 의성어 · 의태어 등은 작가의 집필 의도를 살려 그대로 두었다(괄호 안: 현행 맞춤법 표기).
   예) ① 방언 및 의성어 · 의태어: 밴밴하다(반반하다) 희멀끄럼하다(희멀겋다) 달겨들다(달려들다) 드키(듯이) 뚤레뚤레(둘레둘레) 뎅강(뎅궁) 까장까장(꼬장꼬장)
   ② 작가의 고유한 표현:
   -그닥(그다지) 범상찮다(범상치 않다) 들춰업다(둘러업다)
   -입물개없고 아심찮게도 목짓 펀듯 사양기
   ③ 기타: 앞엣사람 옆엣녀석 먼젓사람 천릿길 뱃손님 뒷번
   그리고 나서(그러고 나서) 그리고는(그러고는)

6. 이 책의 외래어 표기는 국립국어연구원의 '외래어 표기법'에 따라 바꾸었다. 단, 작품의 제목이나 중요한 어휘로 등장하는 경우에는 원본을 그대로 살렸다.
   예) ① 맘모스(매머드) 세느(센) 뎃쌍(데생) ② 레지('종업원'으로 순화)

7. 이 책에 쓰인 문장부호의 경우 단편, 논문, 예술 작품(영화, 그림, 음악)은 「 」으로, 단행본 및 잡지, 시리즈 명 등은 『 』으로 표시하였다. 대화나 직접 인용은 큰따옴표(" ")와 줄표(―)로, 강조나 간접 인용의 경우 작은따옴표(' ')로 묶었다.

차례

인간인 2

세월의 둥지

1

권력의 도덕성을 결여한 한 정권의 고약한 말기 증상의 하나로, 이 나라가 온통 맹목적이고 압살적인 힘으로 쫓는 부류와 자유롭고 평등한 민주 낙토를 신봉타가 무고하게 쫓기는 부류의 술래잡기 마당으로 변해버린 저 어수선하고 암울스러웠던 1970년대를 마감하기 한 해 전.

이해 이른 봄 어느 날 저녁 무렵, 20대 후반쯤의 한 땅딸막한 몸집의 사내가 그 해남골 대원사로 종무소를 불쑥 찾아 올라왔다.

"여보시오! 여기 누구 사람이 아무도 없소?"

사내는 애초 산 아래서부터 어떤 용무가 있어 부러 이곳을 찾아온 모양이었으나, 그에 필요한 절간 법절엔 별로 보배워둔 것이 없어 보였다. 작달막한 키에 비해 어깻죽지가 제법 다부지게 벌어진 그 땅딸배기 사내는 잠시 닫혀 있는 종무소의 창문을 기웃거리다 말고 거침없이 소리를 내질렀다. 그리고 잠시 후 거친 기척에 문을 열고 나온 한 중년배의 스님이 "나무관세음…… 어인 일로 오신 손님이신지요?" 합장과 함께 공손히 용건을 물었을 때도, 그는 자신의 용건 대신 "이 절에서 제일 높은 사람 좀 만납시다. 이 절간 주지 어른 말이오", 키에 어울리잖게 굵고 깨지는 목소리로 들이대듯 다짜고짜 주지 스님부터 찾았다. 식성이 좋아 보이는 두툼한 입술에, 역시 부석부석 두꺼운 눈꺼풀 아래로 쉴 새 없이 무언가를 찾고 있는 듯한 탐욕스럽고 반쯤 충혈이 된 눈길, 게다가 예의라곤 눈곱만큼도 찾아볼 수 없는 위인의 왁살스런 태도에 스님은 우선 경계심부터 이는 눈치였다.

"주지 스님은 어인 일로 찾으시는지요. 소승이 이 절의 총무 일을 맡아보고 있는 사람입니다만, 소승에게 대신 용건을 말씀해주실 수 없으신지요."

자신의 직책을 총무승으로 밝힌 중년 나이의 경운(耕雲) 스님은, 주지 스님이 안에 있거나 말거나 사내와의 면대를 쉽게 허락할 요량이 아닌 듯 위인의 발길을 은근히 가로막고 나섰다.

그러자 사내는 다소 귀찮으런 표정으로,

"나 이런 사람이오. 이 절에 본서의 수배자가 은신해 있다는 정보가 있어 이 너머 장흥에서 일부러 온 사람이오."

성가신 듯, 그러나 위압적인 어조로 자신의 신분을 밝히고는 그 신분증을 대신해 팔소매가 긴 사파리 상의의 뒷자락 밑으로 수갑을 슬쩍 들춰 보였다.

"그러니 당신이 이 일에 책임을 지겠소? 책임을 못 지겠으면 어서 더 높은 사람을 부르시오."

주지 스님 정도가 아니면 감당불급사라는 투의 강압조 다그침이었다.

하지만 자리를 대신해 나선 경운 쪽도 그럴수록 더 태도가 완강했다.

"소승이 왜 그 일에 책임을 집니까. 그건 소승하고 상관 지으실 일이 아니지요. 설사 주지 스님을 만나뵙는다 하더라도 그런 일엔 별로 의논을 드릴 바가 없으실 겝니다. 굳이 주지 스님까지 상관 지을 바도 없이 우리 산문엔 그런 사람을 숨긴 바도 없으려니와, 설령 그런 사람이 우리 모르게 도량 안 어느 곳에 은신해 있다 하더라도 이곳은 명색 자비문중이라 그같이 처지가 딱한 사람들을 들쑤시고 쫓거나 묶어가게 할 수는 없는 노릇이지요."

주지 스님도 어차피 같은 생각이실 테니 굳이 그 어른까지 만나려 할 필요가 없다, 이쯤에서 그만 생각을 고쳐먹고 길을 돌아서는 게 헛수고를 줄이리라— 노골적인 거부의 뜻이 담긴 소리였다. 게다가 주지 스님이 지금은 출타 중이라 당신을 만나게 해주려도 만나줄 수가 없는 처지라는 경운의 마지막 단호한 덧붙임이었다.

하지만 사내는 그런 소리는 도통 곧이도 들으려지 않는 태도였다.

"그래 당신이 책임을 질 수가 없으니 책임을 질 만한 사람을 대달라는 게 아니오. 그리만 해주면 당신은 그걸로 되는 거란 말이오. 의논이 될지 어쩔지도 사람을 만나게 해주고 보면 알 일이고…… 당신 말대로 지금 정말 주지가 이곳에 없다면 그다음으로 책임을 질 만한 높은 사람을 대주면 될 일이고…… 그래 이 절에서 주지 다음으로 높은 사람은 누구요?"

총무승 정도가 뭐랬든 사내는 별로 상관을 않겠다는 듯 막무가내식 강압조로 밀고 들었다.

그런데 그때.

"무슨 일인지, 혹 이 늙은이하고는 의논이 안 되겠소이까."

종무소 뒤켠으로부터 불쑥 두 사람의 실랑이로 끼어들고 나서는 목소리가 있었다. 잠시 전 종무소 뒤뜰을 돌아나오다 두 사람의 말씨름을 묵묵히 구경하고 서 있던 이 절의 노장(老長) 노암(路岩) 스님이었다. 늙은 노암의 예기찮은 참견에 사내는 잠시 말씨름의 표적에 혼란을 일으킨 듯 어리둥절한 표정으로 두 스님을 번갈아 바라보고 있었다. 그러나 위인에게 이미 자신을 소개한 바 있는 경운은 그 늙은 노암 스님이 이 일에 끼어드는 것조차 부질없어하는 투였다.

"큰스님께선 별로 상관하실 일이 아닙니다. 소승이 알아서 처결하겠습니다."

그는 노인의 참견을 막아서며 그냥 모른 척 지나쳐 가시라는 눈치가 역력했다. 하지만 노암은 이미 사정을 다 들어 짐작한 듯 수하를 제지하며 사내 쪽을 향해 나섰다.

"이 늙은인 젊은이가 원한 만큼 높은 자리에 있는 사람은 아니오만, 이 절 일이라면 그래도 웬만한 의논은 될 게외다. 그래 젊은이가 원하시는 건 무엇이오? 이 절간에 무슨 죄인이 숨어들었다고 들은 듯싶은데……"

"우리 절 조실 큰스님이십니다."

경운도 이제는 할 수 없다는 듯 어정쩡해 있는 사내를 한 번 더 일깨웠다. 그리고는 여전히 어벙해 있는 위인에게 할 말이 있으면 안심하고 해보라는 듯, 이번에는 짐짓 웃음기가 밴 눈길을 노암 쪽에 건네며 은근한 농투를 덧붙였다.

"조실 스님이시면 이 절에선 실상 주지 스님보다도 높은 어른이시지요. 그러니 의논을 드려도 좋을 겝니다."

"아까 이 사람이 절간에서 웬 사람을 묶어가게 할 수 있느냐고 발뺌을 합디다만, 그건 이 사람이 자비문중의 도리를 생각해 한 말이고, 진정 이곳에 죄인이 숨어 있다면 그쪽에선 죄인을 묶어갈 수밖에 없겠지요. 헌데 그 죄인이 여기 숨어 있다는 건 정말이오?"

노암도 짐짓 맞장구를 치고 나서며 젊은이의 내심을 넘겨짚으려 들었다.

하니까 사내도 비로소 작정이 서는 듯 그 주지에 맞먹는 높은 어른이라는 노암을 향해 다시 입을 열기 시작했다.

"그럼 좋습니다. 내 당신들을 믿고 막바로 솔직하게 말하겠쉬다."

말투는 여전히 거칠고 부박한 채였으나, 위인은 그 노스님의 선선한 응대에 거꾸로 슬그머니 위압을 당한 듯 처음보다 태도나 용건의 내용이 한 발짝쯤 뒤로 물러서는 형세였다.

"나도 지금은 이 절에 내가 쫓고 있는 범인이 분명히 숨어 있다고 장담할 수는 없슴다. 내 눈으론 직접 본 일이 없고, 아직은 그런 정보뿐이니께요. 허닛 여부는 두고 보면 알 일이고, 우선은 기미를 좀 숨어 살펴봐야겠쉬다. 그러니 당분간 이 절 어디서 몸을 좀 잠복하고 지내게끔 해줘야겠단 말임다. 우정 몸을 숨기고 지낼 것까진 없지만서도 신분이 쉽게 드러나는 일이 없게시리 말임다. 지금 당장은 아니더라도 그래만 주면 정말로 죄인을 묶어가고 못하고는 그런 담에 내 하기에 달린 일이고……"

말투야 어쨌든, 그 당장 어디서 죄인을 찾아 묶어갈 듯하던 기세에서 이제는 주절주절 죄인을 염탐하기 위한 제 은신처를 주문하는 꼴새였다.

노암은 그러자 이미 위인의 속셈을 읽어낸 듯 어렴풋한 웃음기 속에 혼자 두어 차례 고개를 끄덕였다. 그리고는 금세 어떤 마음의 작정이 내려진 듯 수하의 경운에게 은밀스런 눈짓과 함께 간단히 당부했다.

"사정이 정 그렇다면 허는 수 없는 일이지요. 광명전(光明殿) 객사에라도 한 며칠 머물러 지내게 해드리는 수밖에. 그곳에서 처신은 당자가 요량껏 알아서 해나가실 일이겠고."

"광명전엔 지금 무불 큰스님께서 내려와 계시다는데요?"

웃어른의 처결이 의외라는 듯 총무승 경운이 어리둥절해하는 눈길로 그 노암을 바라보았다. 그러나 노암은 이제 개의치 않았다.

"아, 그 어른은 상관없으실 게여. 당신도 이런 사정쯤 금세 알아보실 만한 어른이니…… 그리고 거긴 지금 그 어른하고 당신의 시봉 녀석뿐일 테니, 다른 번잡스런 눈길도 없을 테고……"

경운으로선 속뜻을 얼핏 헤아려낼 수 없는 몇 마디로 일의 향방을 간단히 가닥지어버렸다. 그리고 그것으로 젊은 사내는 뜻밖에 수월히 잠복처를 주선받고, 잠시 뒤 경운의 부름을 받고 대령한 종무소의 한 나어린 행자 녀석을 뒤따라 여봐란듯 광명전 객사로 올라갔다.

하지만 그렇게 사내를 올려보내고 나서도 젊은 경운은 아직 큰스님의 엉뚱한 처결을 이해할 수 없었다. 스님의 속뜻이 무엇인지, 노인네가 일을 너무 가볍게 처리한 것이 아닌지, 아무래도 마음이 개운치를 못했다. 하여 이윽고 두 사람의 모습이 광명전 오르막길로 사라져 들어가고 난 다음 노암에게 뒤늦게 그 연유를 물었다.

"말하자면 위인은 사람 사냥꾼 한가진데, 저런 자를 도량 안에 잠복케 하신 것은 일을 너무 수월케 보신 것이 아닐는지요. 혹여 큰스님께선 무슨 다른 뜻이 계신지요?"

그런데 그에 대한 노암의 대답은 역시 간명했다.

"있지."

늙은 노암은 간단히 대꾸하고 나서 아직은 영문을 알 수 없어하는 수하에게 나무라듯 되물었다.

"저 위인이 무슨 사람 사냥꾼이라니, 그래 자넨 저 사람 신분표라도 보았던가."

"아닙니다. 신분표까진 못 봤지만 쇠고랑을 보았지요."

"그 쇠고랑이 어찌 사람을 말하는가. 내 보기엔 저 위인 사람 사냥꾼은커녕 제가 거꾸로 쫓기는 중생일세."

노암의 단호하고 거침없는 단정에 이번에는 경운 쪽이 다시 노암에게 물었다.

"쫓기는 사람이 어찌 쫓는 자 행세를 합니까?"

"그야 나름대로 곡절이 있겠지. 그게 행신의 한 방책일 수도 있겠고, 혹은 다른 목적이 있을 수도 있겠고…… 내 거기까지 깊은 곡절을 알 바는 아니지만, 어쨌거나 내 눈엔 분명 쫓기고 있는 자였어."

"부러 제 처지를 숨기고 쫓겨 다녀야 할 지경이라면 그 더욱 위험한 인물이 아니겠습니까. 그런 위인을 무불 큰스님 곁에 두었다가 혹여 어떤 위난지경이라도 당하게 되신다면……"

"그런 걱정은 접어두어도 좋을겨. 무불은 나보다 위인을 보는 눈이 한결 더 밝을 테니 그런 중생에 대한 이해도 더 깊을 게고. 내가 위인을 하필 당신 곁으로 보내자 헌 것도 다 그런저런 생각에서였던겨."

더 이상 왈가왈부 시비를 거두고 되어가는 일 모양새나 지켜보라는 노암의 질책 조 말막음이었다. 노암은 그것으로 더 할 말이 없다는 듯 혼자서 스적스적 자리를 비켜나가고 말았다.

경운은 아직도 마음 한구석에 미심쩍은 그림자가 지워지지 않았지만, 이제는 그로서도 더 어찌하는 수가 없었다. 그도 이제는 당우를 돌아서는 노암의 늙은 뒷모습을 향해 뒤늦게 가벼운 합장을 보내면서 혼잣소리로 가볍게 중얼거릴 뿐이었다.

——나이 아직 이순길에 큰스님이 벌써 망령이 나기 시작하신 걸까?

2

　이 무렵 종무소의 어린 행자승을 뒤따라 광명전 은신처로 숲길을 올라가고 있는 자칭 형사 안장손(安章孫) 청년으로선 늙은 노암 스님과 총무 스님 경운이 제 등 뒤에서 그런 얘기를 주고받은 사실을 알 리가 없었다. 더욱이 노승 노암의 눈길 속에 자신의 정체가 쫓기는 자로 거꾸로 비친 사실은 그에겐 상상조차 불가능한 일이었다. 그는 묵묵히 길을 인도해 가는 애중을 따라가면서, 뜻밖으로 쉽게 안전한 은신처를 얻어 앉게 된 것만을 내심 희희낙락해하고 있었다. 그것도 쫓기는 처지로서가 아니라 당당하게 죄인을 쫓고 있는 처지로 위인들을 거뜬히 속여 넘긴 판이니, 앞으로의 일은 더욱 식은 죽 먹기 식으로 쉬워 보이기만 하였다.

　──하긴 이런 산골에 노린내만 피우고 들어앉아 있는 위인들이 세상일 돌아가는 물정을 알 턱이 없지. 총무 스님인가 뭔가 그 작잔 그래도 제법 눈치깨나 도는 몰골이었지만, 작자라고 어디 이 산전수전 다 겪은 안 도사님의 통박속을 짐작이나 해볼 수가 있을 일인가 말이여!

　쫓는 자와 쫓기는 자 사이를 자유자재다시피 변전해온 자신의 술수에 장손은 새삼 스스로 감탄을 금치 못해하기까지 하였다.

　……생각해보면 이번의 예기찮은 행운은 절골 아래께 '대원여관'이란 곳에서 우연찮이 그 막논다니 난정(白蘭貞) 년을 만난 것이 첫 서단인 셈이었다. 전날 해 질 녘 해남읍에서 길을 나설 때

만 해도, 근동에선 어디보다 산세도 깊고 절터가 넓기로 소문난
이 절간 근방 어디서 한동안 몸이라도 숨겼다 나올 수 있을지 모른
다는 막연한 바람뿐이었다. 그것도 이제는 자신을 뒤쫓는 사람의
기미가 어느 때보다 위태롭고 가깝게 느껴져 인근에선 함부로 낮
행보가 조심스런 도망꾼 신세로서였다. 그런데 절골 아랫마을 화
산리에서 차를 내려 늙은 동백나무와 떡갈나무들이 울창한 숲길
사이로 예정 없는 발길을 10여 분가량 오르다 보니, 계곡물을 낀
길가에 규모가 제법 번듯한 한옥 여관집 하나가 나타났다.

　──大願旅館. 대문 밖에 내걸린 편액의 옥호가 위쪽 절 이름을
그대로 따 옮긴 집이었다. 열려 있는 대문 사이를 얼핏만 보아도
넓은 내원에 아름드리 기둥의 한식 건물 본채에다 앞뒤로 별채들
이 즐비한 규모하며, 절 이름을 그대로 옥호로 차용하고 있는 양
들이 한마디로 이 절골을 대표할 만한 접객업소였다. 절 사람들과
의 내왕이 적잖을 게 분명한 데다가 절간 일들과도 늘 무관치가 않
을 터여서, 도량(道場) 안 사정 또한 훤해 있을 곳이었다.

　장손은 조금도 발길을 서둘 일이 없는 처지였다. 근동에서 그럭
저럭 절 이름이나 익었을 뿐 이곳 사정에 대해선 거의 아는 것이
없이 발길 닿는 대로 그저 무작정 찾아 들어온 길이었다. 어디를
찾아가 누구에게 어떻게 은신처를 사정할지, 전후사의 절차나 예
정이 그에겐 아무것도 없었다. 우선 여관에서 하룻밤을 묵으면서
주변의 기미부터 살피는 게 좋을 것 같았다.

　장손은 결국 그쯤 작정하고 쭈뼛쭈뼛 제물에 좌우 기척을 살펴
가며 널따란 그 여관의 대문을 들어섰다. 대문을 지나 내원으로

들어서다 보니 거기 때마침 한 젊은 여자가 본채 내실 쪽 마루 가에 나와 앉아 탐스럽게 긴 머리채를 앞으로 늘어뜨린 채 느릿느릿 한가한 빗질에 몰두해 있었다.

"여기 하룻밤 묵고 갈 방 있겠소?"

장손은 미처 그의 기척을 알아차리지 못하고 있는 여자를 일깨울 겸 우정 좀 큰 소리로 방을 물었다. 소리가 있고서야 여자는 잠시 빗질을 멈추고 얼굴로 흘러내린 머릿단 사이로 그를 이윽히 내다봤다. 그리고는 손님 쪽이 대문을 들어선 것으로 이미 허물을 느끼지 않는 듯 첫마디부터 제법 무관스런 응대를 보내왔다.

"손님, 묵어가실 방이 없고도 여관이라겠어요? 어서 오이시요. 조용한 방을 원하시면 조용한 방을 드리고……"

정처 없이 떠돌아 들어온 사내의 모습이나 차림새들에서 그녀는 그새 어떤 불안스런 쫓김이나 피곤기의 기미를 알아차린 것인지 모른다. 아니면 아직 철이 일러 여관을 찾는 손님이 많지 못한 탓이었을까. 여자는 말을 하다 말고 문득 장손에게 어떤 심상찮은 기미를 느낀 듯 빗질을 단념한 채 서둘러 몸을 일으켜 세웠다. 그리고는 장손의 주문도 있기 전에 "이리 오세요", 간단히 한마디를 건네고는 한 손에 그대로 머리빗을 거머쥔 채 뒷별채의 한 깊숙한 객실로 그를 앞장서 안내해 들어갔다.

겪고 보니 여자의 그런 일방적인 처사는 방을 정해 든 그 첫대목에서만이 아니었다. 장손이 느지막이 저녁을 끝내고 이런저런 궁리로 혼자 방 안에서 궁싯대고 있을 때였다. 밖에서 문득 신발 끄는 소리가 가까워지는 듯싶더니 이내 가만가만 방문을 두들기는 소리가 두어 차례 뒤따랐다. 그리고는 미처 이쪽의 응답도 있기 전에 제물에 슬그머니 방문짝이 열리며 예의 여자가 말도 없이 방 안으로 들어섰다. 낮참과는 달리 정갈하게 한복을 차려입은 모습 이나 다소곳한 얼굴 표정, 거기다 허락도 없이 함부로 낯선 남정 의 침소를 찾아드는 행티들이 분위기는 다소 고태스럴망정 영락없는 시골 유곽의 논다니풍이었다.

장손은 그러나 물론 싫을 까닭이 없었다. 청하지도 바라지도 않 은 순 공짜 행운이었다. 더욱이 그 행운은 장손이 처음 생각한 것 보다도 엄청 더 별스럽고 질펀진 것이었다.

장손은 이날 밤 예상치도 못했던 허방 진 잠자리를 그녀와 함께 하게 된 것이었다. 그것도 장손으로선 전혀 처음 겪어보는 이상스 런 절차와 분위기 속에서였다.

야밤에 제 발로 남의 남정의 침방을 찾아드는 여자라면 보나 마나 속심이 뻔한 계집이었다. 밥장사가 한동안 시원칠 못했거나 남달리 색정에 부대껴온 계집이거나 어쨌든 제 몸을 제 발로 디밀어온 논 다닌 터에 다음 일은 절차가 뻔히 정해진 것 한가지였다. 한데도 장손은 처음 그의 오랜 경험이나 버릇과는 딴판으로 그처럼 기특하 고 손쉬운 횡재거리를 왠지 한입에 삼키려 덤빌 수가 없었다.

"인사드리겠어요. 이 집 상심부름꾼 백난정이라고 합니다. 약주 는 안 하시더라도 객수(客愁)가 깊으신 듯하여 잠시 말동무나 되 어드릴까고요."

가지런한 한복 차림에 윗목에 다소곳이 무릎을 세워 앉으며 새 삼스레 자기소개를 해오는 그녀의 태도부터가 그가 상대해온 여느 논다니들은 물론 몇 참 전에 그가 처음 만났을 때의 그녀와도 전혀 다른 그윽한 무엇이 있었다. 거기다 자신의 처지가 처지인지라, 한편으론 이상하게 당돌스럽기까지 한 그녀의 언동 또한 장손의 심사를 은근히 불편하게 해왔다. 계집의 그 같은 별스런 분위기에 장손은 조급스런 속마음과는 달리 한동안 그녀를 범접해 들어갈 엄두가 나지 않은 것이었다. 그래 그는 물색없이 저 혼자 서물서물 뻗쳐오르는 뜨거운 욕기를 속으로 꾹꾹 참아 누르며 우선 천천히 그 껄끄러운 분위기부터 누그러뜨리기 시작했다.

"그래, 내 객수가 깊은 줄을 자네가 어찌 아는가?"

그는 계집의 분위기를 생각하여 제법 사연깨나 숨기고 떠도는 길손의 투를 흉내내며 그녀에게 의뭉스런 말수작을 걸고 들었다. 여자는 그런저런 장손의 속내를 미리 다 꿰뚫어본 듯 응대가 늘 엉뚱스러우면서도 막히는 데가 없었다.

"떠도는 사람의 발걸음이나 객수기는 떠도는 사람끼리 남 먼저 알아보는 법이라오. 손님이 아까 이 집 문간을 들어서실 때 얼굴에 그렇게 씌어져 있데요."

"일테면 자네도 이런 델 여기저기 떠돌아다니는 인생이란 말인가? 그래 자네 눈엔 내 얼굴에 무엇이 어떻다고 씌어져 있었길래?"

"오랫동안 누구한테 쫓겨 다니는 사람의 수심기 같은 것도 엿보이고, 그러다 보니 어딘지 지치고 불안해 보이시기도 하고요……"

"그래 나를 우정 이 깊은 뒷골방으로 데려다 엎어놨던가? 쫓기는 사람의 불안기도 씻어줄 겸 이런 데서 서로 떠도는 사람끼리의 객수를 풀어보자고?"

엉뚱스러운 듯하면서도 자신의 정곡을 정확히 파고드는 여자의 차분한 관측에 장손은 오히려 갈수록 기분이 더 거북해지고 있었다. 그래 그녀의 말길이 너무 곁길로 흐르기 전에 그쯤에서 슬쩍 그 가당치도 않은 그녀와의 동류의식을 내세워 여자의 아리송한 속심을 짚고 들었다. 하지만 여자는 그의 말귀를 알아들었는지 몰랐는지 이번에도 은근슬쩍 딴청조 응대였다.

"손님도, 무슨 그런 숭헌 말씀을…… 제 처지가 그래 그랬는지, 손님을 보니 괜히 우리 고향 친척분이나 오라비 같은 친숙감이 들어 방이라도 사람들 눈길이 번잡스럽지 않은 데로 잡아드리고 싶었지요. 지금도 왠지 흉허물이 안 느껴져 잠시 말동무나 되어드릴까고 이렇게 불쑥 방을 찾아왔구요. 그런데 그런 오누이 사이 같은 처지에 무슨 객수풀이는요……"

제법 눈흘김까지 곁들인 허물없는 타박이었다. 그런 눈흘김과 타박에도 불구하고 그녀의 눈길과 목소리 속에는 여전히 사내의 욕정을 손짓하는 그녀 특유의 색향이 스며 있었다.

하지만 계집의 사설이 거기에 이르다 보니, 장손은 제풀에 문득 욕기마저 가시기 시작했다. 이런 때 하필 그 우라질 놈의 오뉘 타령이라니— 흥미가 떨어진 것은 그 껄끄러운 오라비나 오누이 소리 때문이었다. 장손은 무엇보다 그 오누이 간의 윤기를 지켜워해 온 처지였다. 그 소리만 나오면 말을 하다가도 입을 다물어버렸고, 생각을 하다가도 머릿속을 깡그리 비운 채 한동안씩 넋을 놓고 자신을 잊곤 해온 그였다.

이번에도 사정이 예외일 수 없었다. 고향 고을에서의 그 부끄럽고 남루한 누이 장덕(章德). 그의 이 기나긴 쫓김의 세월을 점지해준 그 척박한 운명과 원죄의 여인— 계집년의 엉뚱한 넋두리를 들으면서 그녀의 일들이 새삼 그의 머릿속을 가시처럼 아프게 헤집고 든 것은 어쩌면 당연한 일일 수도 있었다. 하지만 하필 이런 판국에까지 년을 떠올리게 하다니— 장손으로선 졸지에 김이 샐 수밖에 없는 노릇이었다.

부질없는 말수작— 하고 보면 역시 그 계집과의 어울리잖은 말수작을 시작한 것부터가 잘못이었다. 여자의 별난 분위기에 이끌려 잠시나마 공연히 풍류객 행세를 떨어본 것이었지만, 그게 애초에 어설픈 수작이었다. 이제부턴 방법을 달리해야 하였다. 이런 일엔 애당초 데데한 말수작 따위가 필요한 게 아니었다. 자신과는 원체 어울리지도 않았고, 그런 식으로 효험을 보았던 적도 없었다. 자기 본색대로 자신의 방법으로 돌아가는 게 상책이었다.

장손은 잠시 떨떠름한 생각을 털어내듯 고개를 한두 번 크게 가로젓고 나서 단도직입 식으로 밀어붙이고 나섰다.

"이런 판에 김새게 오래비는 무슨 개떡 같은 오래비야. 그런다고 내가 네년 속심을 모를 줄 알어? 이제 그만 헛수작 까지 말고 이리 내려오라구. 오래비고 뭐고 난 야밤에 내 방문턱을 넘어선 계집을 그대로 내보낸 적이 없으니께. 그건 사지가 멀쩡한 사내의 도리가 아니잖던가벼. 헌다다 네가 정 내 객수를 돌봐주고 싶었다면 고 젤 좋은 방법이 어떤 것인지 벌써 다 알고 있을 거 아닌가 말여. 자, 그러니 어서!"

말뿐만이 아니었다. 그는 단숨에 작살을 내고 말 듯 막쌍소리와 함께 은근슬쩍 여자 곁으로 바싹 제 몸을 이끌어갔다.

하지만 아직도 때가 좀 익지 않았던 것인가. 갑자기 태도를 돌변하고 덤벼드는 장손의 육박 앞에 여자는 한순간 어이가 없어진 듯 어벙한 눈초리로 가만히 그를 바라다보고만 있었다. 그러다 뒤늦게 눈앞에 닥쳐든 위험을 깨달은 듯 한순간에 얼굴빛이 홱 달라지고 있었다. 그와 함께 한복 속의 가냘픈 몸매가 뱀을 만난 개구리처럼 심하게 긴장하는 듯싶더니 그대로 이내 발딱 허공으로 솟구쳐 올라갔다. 그리고는 제법 무슨 요조숙녀나 되는 양 집어삼킬 듯한 눈초리로 그를 매섭게 노려봤다. 그 민첩하고 서슬 푸른 기세라니, 년이 당장 악을 쓰며 방문을 걷어차고 뛰쳐나가 소동을 일으키지 않은 것만이라도 고맙고 다행스러워해야 할 판이었다. 일의 성사커녕 오히려 난감한 반격을 당하고 만 꼴이었다. 그로선 워낙에 예상을 못한 일이라 일순간은 자신이 년의 속내를 잘못 읽은 게 아닌가 뒤늦은 의구심이 스치기까지 했다. 그래 한동안은 주변이 조심스러워 긴장 속에 조용히 제 숨소리를 삼키고만 있었다.

하지만 끝내는 사정이 다시 바뀌어 여자라는 요물에 대한 그의 경험과 믿음은 이번에도 결국 제 값을 입증하게끔 되었다. 여자가 문을 박차고 튀어나가지 않은 데서 그가 끝끝내 그녀를 믿어준 보상이었다. 그 매서운 질책의 눈길 속에 한 줄기 원망과 연민의 빛이 스치고 있음을 그가 재빨리 읽어낼 수 있었던 덕이었다.

알고 보니 이번 여자의 변덕 역시도 그녀의 계산된 딴청 놀음의 하나였다. 뿐더러 장손으로선 그 깊은 속을 알 수가 없었지만, 이때까지의 년의 변덕기는 이날 밤 두 사람을 위한 긴 잔치의 한 절차였던 셈이었다. 일견 결연스러우면서도 여유가 만만해 보인 장손의 말 없는 기다림 앞에 여자는 결국 제 요량 속의 모종 시험이다 끝난 듯 제풀에 다시 슬그머니 몸을 접어 윗목께로 들어 앉혀온 것이었다. 그리고 그로부터 장손은 또 한차례 그로선 일찍이 경험해본 바가 없는 기이하고도 마음 뜨거운 화해의 절차를 거쳐 꿈같은 하룻밤을 함께 지새우게 된 것이었다.

하고 보면 그녀는 역시 요조숙녀는 아니었다. 아니, 세상의 한다 한 여자들이 그랬듯이 그녀 역시 어김없이 뒷구멍으로 호박씨를 말로 까는 고마운 요조숙녀였다. 그 점이 장손에겐 무엇보다 다행스러웠던 셈이었다.

그런데 이날 밤 장손이 거둔 행운은 그뿐만이 아니었다. 그녀가 원해온 그 기이한 절차들을 그가 고분고분 참고 따라준 덕이었는지 모른다. 혹은 그 까닭 모를 절차의 하나로 그가 그 내키잖은 누이의 일과 함께 자신의 사연을 대충 내비쳐 보인 탓에 그의 신변이 진심으로 걱정스러워진 덕이었는지도 모른다. 천둥 번개 속 같은 천지조화의 한 고비가 지나고, 지친 심신 속에 잠시 뒷산 계곡을 스쳐가는 밤바람 소리를 듣다 말고 여자가 문득 속삭여오고 있었다.

"절을 찾아오시긴 제대로 찾아오신 셈이네요. 이 절 뒷산엔 그러잖아도 뱀처럼 몸을 피해 숨어들어 지내는 사람들이 셀 수도 없다대요."

색정에 취해 한동안 미뤄두고 있던 일이지만 당사자인 장손에겐 사실 그 대목이 진짜 중요한 용건이었다. 두말할 것도 없이 그가 애당초 이 산을 찾아 들어온 것은 몸을 피해 들 만한 은신처를 구하기 위해서였다. 절을 찾아 올라가기 전에 여관을 찾아든 것도 절간 일대의 형편을 미리 알아보기 위해서였다. 절간 길목을 지키고 앉은 숙박소의 유녀라면 년은 누구보다 그 일에 귀가 밝을 터이었다. 그러잖아도 장손은 그녀가 방문을 들어섰을 때 이미 그 일을 심중에 요량해두고 있던 참이었다. 눈앞의 색향과 어지러운 절차들 때문에 생각을 잠시 접어두고 있던 일이었다. 그런데 그 이상한 제의(祭儀)와도 같은 기나긴 색연(色宴)이 한 고비를 넘어서자 이번에는 그녀가 당사자인 장손에 앞서 그 일을 먼저 들추고 나선 것이었다. 장손으로선 이래저래 두루 기특한 계집이 아닐 수 없었다.

"몸들을 숨겨 지낸다면 그 다 뭣이다…… 다들 무슨 뒤가 구린 사람들이란 말이여?"

장손이 이제는 질편하게 널부러진 의식을 가다듬고, 그러나 짐짓 남의 일을 스쳐 지나치듯 방심스런 목소리로 말꼬리를 잇대었다.

그런 식으로 잠시 기미를 짚어나가다 보니 절골 사정은 그가 막연히 점을 치고 온 것보다 훨씬 확연한 도망꾼의 소굴이었다. 장손의 처지를 미리 다 헤아리고 있었듯 그의 가장기에는 전혀 아랑곳을 않은 채 제물에 잔뜩 말소리가 진지해지고 있는 난정이 차근차근 귀띔해준 바에 따르면, 절간 뒷골짜기와 암자·토굴 들엔 다른 절골들에서도 흔히 볼 수 있는 벼슬 공부 돌격파나 신병 요양 호사패들 외에도 그림을 그린다거나 무슨 글을 쓴다거나, 아니면 그저 심신을 닦거나 쉬러 왔다는 따위로 분명한 목적이나 할 일들이 없이 어칠버칠 아까운 세월을 허송하고 있는 작자들이 수도 없이 들어박혀 지낸다는 것이었다. 하지만 알고 보면 이들 중의 상당수는 세상사에 크고 작은 허물을 짓고 몸을 피해 숨어 지내고 있는 처지들이라는 것. 입산의 목적이나 지내는 처지들이 아리송한 경우는 두말할 것도 없고, 신병 치료나 글공부를 들어왔다는 사람들 가운데에도 뒤늦게 그런 소문이 나도는 사례가 허다하다는 것이었다. 근자에 들어선 더욱이 도회지 쪽에서 이런저런 시국사들과 관련하여 말썽을 빚게 된 신문사·방송국 같은 데 사람들이나, 그 흔한 데모패에 앞장을 섰다가 애꿎게 중죄인으로 몰려 쫓기는 젊은 학생들까지 흔해서, 거기 따라 읍내 서(署)나 다른 기관 사람들의 출몰도 꽤 잦아지고 있댔다.

사정이 그러고 보니 장손은 생각이 달라질 수밖에 없었다. 이제는 구차스런 자신의 은신처 따위가 문제가 아니었다. 자신의 안전보다 절골은 그야말로 구미가 끌리는 숨은 사냥터였다. 얼마간의 위험을 각오하고서라도 모처럼 좋은 기회를 놓칠 수가 없었다. 아니 이런 일엔 그만한 위험을 즐겁게 감수할 각오를 하고 나서는 것이 그에겐 오히려 당연한 순리였다. 지금까지도 늘상 그래 왔듯이 그의 일엔 의당 그만한 위험이 뒤따르게 마련이었고, 그것이 오히려 그의 사냥질에 흥미와 성취감을 더해온 터이기도 했으니까.

장손은 마침내 작정을 내렸다. 일테면 그는 이제 그 쫓기는 자의 자리에서 쫓는 자의 처지로 자신의 겉 신분을 간단히 바꿔 앉기로 한 것이었다. 그리고 그에 대한 뒷방책을 짜내느라 이날 하루 늦게까지 궁싯궁싯 여관방 구들장을 식히다가 마지막으로 한번 더 난정을 불러 품어주고는 느적느적 절간길을 찾아 올라온 터였다. 어차피 길게는 못 버틸 일이라 난정에게는 며칠 뒤에 다시 산을 내려오마, 그만큼 처지가 편치 못한 정인으로 섣부른 입놀림을 단속해 두고서였다.

그 난정을 만난 것이 장손의 첫 행운이었다. 그리고 년을 만나 쫓기는 자에서 쫓는 자의 행세로 처지를 바꿔 나서게 된 것은 그녀를 밤새도록 품게 된 일보다도 더 큰 행운이었다. 거기다 종무소에선 일이 자칫 비끌려나가는가 속이 개운칠 않더니, 불려 나오기라도 하듯이 늙은 중이 나타나 그의 계략을 간단히 거들어준 것이었다. 말하자면 행운이 겹쳐든 격인데, 앞일들도 그렇듯 쉽게 풀려나갈 조짐인지, 이번에는 또 은신처까지 무불이란 스님의 처소와 함께랬다. 장손은 물론 그 무불이란 늙은 스님이 어떤 인물인지는 잘 알 수가 없었다. 위인에 대해 그가 들어 알고 있는 것은 간밤 난정으로부터의 몇 마디 귀띔뿐이었다. 다름 아니라 무불은 절을 찾아 들어온 사람들을 맞아들이고 살피는 일에 누구보다 그 자비행과 도량이 큰 스님으로 알려져오고 있다는 거였다. 다른 절 사람들도 그런 공덕이 없는 건 아니지만, 대원사 구곡 골짜기로 몸을 피해 들어간 위인들 중에는 알게 모르게 그 늙은 스님의 뒷주선과 숨은 비호를 받지 않은 사람이 드물리라더라는 것이었다. 마음속에 부처님을 온전히 못 모신 땡중이라 자신을 칭한 탓에 무불(無佛)이라는 괴이한 별호를 얻어 지니게 된 늙은이라던가. (난정은 위인의 진짜 법명 같은 건 관심도 없었다. 위인이 진짜 부처님을 지녔든 못 지녔든 그런 별호는 필경 제 노욕을 숨기려는 늙은 수도자의 데데한 자기 겸양의 표현일시 분명했지만) 장손으로선 어쨌거나 도망꾼들을 즐겨 숨겨주고 보살펴준다는 위인의 자비행으로 인하여 그 별호가 퍽이나 범상찮은 중으로 기억되고 있던 참이었다. 그래 그는 아깟번 두 스님의 대화 중에 그런 이름이 올랐을 때 바로 이날 일의 향방을 점칠 수가 있었던 것. 그런데 이제 정말로 그가 그 무불의 처소에서 위인의 보살핌을 받고 지내게 된다면 그의 신변의 안전은 물론, 모처럼 덫을 차린 그의 사냥질에도 적지 않이 도움이 클 터이었다.

아무려나 이번엔 일이 제법 잘 풀려나갈 조짐들이었다.

장손은 광명전이라던가 뭐라던가 하는 그 늙은이의 거처 쪽 숲길을 따라 올라가면서 혼자서 가뜩이나 신바람이 솟고 있었다. 그래 단둘이 길을 함께해 가는 김에, 아까부터 계속 입을 다문 채 묵묵히 앞장서 발걸음만 재촉해 가고 있는 새끼중 녀석에게 모처럼 한마디를 건넸다.

"지금 찾아가는 무불 스님이라는 분 이 절에서 똥깨나 뀌고 지내는 어른인가 보든디, 이렇게 그냥 무작정 찾아가도 되는 건지 모르겠어?"

그가 짐짓 거꾸로 드러내 보인 신분이나 입산의 목적이 마뜩질 않아선지 내내 침묵 속에 뒤돌아보기 한 번 없는 녀석을 달래기 겸해, 무불의 됨됨이나 그 주변에 대해 좀더 자세한 흘림 소릴 들을까 해서였다. 그러나 말을 해놓고 보니 거기까지는 역시 아직 지나치게 조급한 욕심이던 모양이었다. 혹은 그의 거친 말투 탓이었을까, 녀석은 역시 그 장손의 물음조차도 마음에 들지 않은 듯 들고도 못 들은 척 한동안 그냥 묵묵히 제 발길만 재촉해 가고 있었다. 하더니 또 깡그리 그를 무시해버릴 수도 없었던지 이윽고 슬그머니 제풀에 제 발길을 멈춰 세우고는,

"이런 일에 무슨 사전 고변까지 있어야겠어요. 올라가보시면 스님 방에서 다 알아 처분을 내려주실 테니 따라오기만 하세요⋯⋯ 큰스님은 괜히 이런 일에 나서가지고선⋯⋯"

중간에서 일을 가로막고 나선 노암의 처사부터가 심히 원망스러운 듯 시비조가 완연한 몇 마디를 퉁명스럽게 내던졌다. 그리고 그렇듯 제 말만 하고는 장손 쪽에서 무어라 대꾸도 있기 전에 몸을 냉큼 되돌이켜버리는 것이었다. 어른들이야 어쨌든 녀석은 미상불 이쪽의 겉신분을 곧이듣고 그를 껄끄럽게 경계하고 있음이었다. 아니면 녀석의 심성이 원래 그렇든지, 절간 사람들 행신법이 그런 식이어서일 수도 있었다.

아무려나 장손은 녀석의 그런 홀대쯤 괘념치 않기로 했다. 녀석이 그의 겉신분에 심통까지 부리고 나선 데엔 화를 내거나 민망스러워하기보다 회심의 미소마저 숨겨야 할 일이었다. 뿐더러 녀석의 면박 조마따나 그가 이제부터 차지할 밥상은 무불이 다 알아 마련해내도록 되어 있었다. 그 무불이 어떤 위인인지는 녀석이 아니더라도 곧 알게 될 터였다. 거기 어떤 예상찮은 걸림돌을 만난다면, 그때는 그때대로 그가 늘 이날까지 그래 왔듯이 거기 맞는 임시 변통책을 마련해나가면 될 일이었다. 그런 걸 굳이 녀석 앞에 서두르고 들 필요가 없었다. ─마음먹기에 따라선 그래도 아직 처처히 무주공산이라⋯⋯!

그는 새삼스레 느긋하게 마음을 다져먹었다. 그리고 그새 한참이나 길을 앞서버린 녀석을 뒤쫓아 부러 더 추근추근 발길을 떼어 옮기기 시작했다.

광명전까지는 생각처럼 길이 그리 멀지도 않았다.

3

광명전에서의 장손의 며칠간은 특별히 어렵거나 마음을 써야 할 일이 없었다. 위태롭게 느껴질 만한 껄끄러운 눈길도 없었고, 그의 행동거지를 귀찮게 간섭하고 드는 사람도 없었다. 그가 처음 종무소의 애송이 녀석을 따라 올라와 이곳의 곁식구가 된 그 첫날 저녁 이후로 줄곧 그래 온 셈이었다.

그날 저녁 장손을 한참이나 앞질러 잰걸음으로 혼자 먼저 길을 올라온 녀석은, 장손이 느직느직 전문(殿門)을 들어서기도 전에 벌써 이쪽에 필요한 통기를 끝내고는 선걸음에 발길을 돌이켜 가고 있던 참이었다.

"어서 오십시오." 장손을 나와 맞아 뒷일을 처결해준 것은 말도 없이 이미 길을 내려서버린 녀석이 아니라, 그보다 한두 살쯤 나이가 들어 보이는 광명전 행자── 뒤에 안 일이지만, 녀석은 이곳에서 늙은 무불을 시봉하며 경내외의 일을 도맡아 돌보고 있는 광명전 전속의 일중(一衆)이라는 좀 괴상한 이름의 행자였다── 였다. 그는 장손이 전문을 들어서자 종무소 녀석에게 이미 사정을 들어 알고 있다는 듯 제 쪽에서 먼저 절밥 그릇깨나 축내온 시늉으로 점잖은 합장과 함께 알은체를 해왔다. 그리고는 이내 "그럼, 여기 잠시 기다리고 계시겠습니까", 잡담 제하고 용무부터 서둘러야겠다는 듯 혼자서 어디론지 발길을 비켜 나갔다. 나이나 절살이가 좀 앞선 탓인지 앞서의 종무소 녀석에 비해 말씨나 행동거지가 훨씬 공손하고 어른스러워 보이는 녀석이었다. 일의 처결도 그만큼 진중하고 확실했다.

녀석은 생각보다 장손을 그리 무료하게 기다리게 하지 않았다. 잠시 뒤 녀석은 장손이 예상하고 있던 것과는 달리 그가 사라져간 왼편 쪽 건물이 아닌 오른쪽, 보련각(寶蓮閣)이라는 낡고 음침한 복판 건물을 지나서 '光明殿'이라고 검은색 나무판액에 당호가 새겨 걸려 있는 법당 쪽의 높다란 건물 쪽에서 문득 모습을 드러냈다. 역시 아깟번처럼 진중하면서도 공손한 어른 중의 걸음걸이와 몸가짐으로, 그리고 그새 녀석은 그곳 어디쯤에서 제 어른(필경은 그가 바로 무불 스님쯤 될 터였다)을 만나 그의 일을 처결 짓고 온 듯 그길로 곧장 장손을 앞장서 이끌었다. "이리 오시지요, 묵어 계실 거처로 모시겠습니다—"

그것이 대원사나 광명전에서 그를 받아들여준 절차의 전부였다. 그 밖에 장손이 거기서 자고 입고 먹는 따위의 뒷일들은 모든 것이 제절로 그냥 이끌려가게 되어 있었다. 그의 정체나 용건은 물론 자신의 사사로운 일들에 대해선 도대체 쪄먹든 삶아먹든 알 바 아니라는 듯 어떤 간섭이나 관심의 기미를 내비쳐온 사람이 없었다. 더욱이 그가 산길을 올라올 때의 기대와는 딴판으로 정작에 그를 나서 맞아줘야 할 무불 스님이라는 위인과는 면대 한 번 번듯이 못해본 꼴이었다.

장손은 알고 보니 무불 스님이 그 맨 안쪽 방을 거처로 정해 쓰고 있는, 집허당(集虛堂)이라는 길게 뻗은 기역자 건물의 다른 쪽 끝방을 숙소로 정해 쓰고 있었다. 무불은 장손을 그렇듯 가까이 두고서도 그가 산을 올라온 지 며칠이 지나도록 직접 곁으로 불러준 일이 없었다. 시봉 행자를 통하여 그에게 어떤 전갈이나 단속을 해온 것도 없었다. 커녕은 밤낮없이 선실에만 들어박혀 있어 온전히 얼굴 한번 구경할 기회조차 쉽지 않았다. 겉스침으로나마 장손이 위인을 처음 대해본 것은 그가 산을 올라온 지 사흘째 되던 날 해 질 녘 저녁 공양을 끝내고 올라오던 길에서였다. 장손은 정식 먹물 옷을 입고 지내는 절 사람들과는 달리 광명전에서 길을 좀 내려간 표충사(表忠祠)라는 별전의 곁건물 정잿간에서 뒷산 골짜기의 암자를 드나드는 중들이나 복색이 제각각인 절 곁식구들과 함께 하루 두 끼씩 제 발로 끼니를 때우고 오게 되어 있었다. 그런데 이날 저녁때를 좇아 그럭저럭 시장기를 때우고 올라오다 보니, 그새 저녁 공양은 어떻게 하고선지 광명전 본당 건물 불실 안에서 웬 늙은 중 하나가 막 문을 나오고 있었다. 첫눈에 그 작은 체구의 늙은 중이 예의 무불 스님임이 분명했다. 장손은 제풀에 발길이 그쪽으로 이끌리며 저도 모르게 입속으로 무슨 인사말 같은 소리를 우물댔다. 하지만 늙은이는 그러는 장손을 제대로 알아보지도 못한 형국이었다. 장손이 두 손을 맞잡고 앞에서 어정대는 바람에 그가 잠시 발길을 멈춰 선 건 사실이었다. 그러나 늙은이는 그 앞에서 발길을 방해하고 든 것이 누구인지도 제대로 알아보려지 않은 채, 그것이 누구이든 상관이 없다는 듯 무심스레 한마디를 던져왔을 뿐이었다.

"그 어디서 오는 중생의 길이던고—"

장손은 처음 그것이 그를 알아보고 자신의 일을 묻는 소린가 하여 일순 당황하고 긴장했다. 그러나 그것은 늙은이가 장손을 알아보고 그의 일을 물은 것이 아니었다. 다음 순간 그는 장손의 대꾸도 있기 전에, 경황 중에 대답을 어물쩍대고 있는 그의 꼴상 따위는 아랑곳을 않은 채, 어딘지 공허하고 방심스런 눈길로 그를 한번 언뜻 스쳐보는 듯싶다가는 "그래 거기 잠시 쉬었다 가거라", 누구에겐지 모를 한마디를 남기곤 그대로 스적스적 장손을 지나가버리는 것이었다.

—어디서 오는 중생의 길이던고.

—거기 잠시 쉬었다 가거라.

내뱉어온 소리들이 장손의 처지에 그럴듯하게 들렸을 뿐, 그 무심스런 어조나 눈길이 아무래도 그를 알아보고 한 소리들이 아니었다. 장손의 존재 같은 건 금세 까맣게 잊은 듯 자기 선실 쪽을 향해 허정허정 걸어가는 노인의 뒷모습에서 장손은 차라리 위인의 소리들이 그저 아무에게나 길을 비켜나라는 재촉 소리쯤으로나 들렸다.

무불이고 일중이고 절 사람들의 그에 대한 응대가 그런 식이니 장손도 거기 더 이상 신경을 돋울 이유가 없었다. 그로선 별 말썽 없이 깃들일 곳을 얻어들게 되고, 목적한 일만 잘 도모해나갈 수 있으면 그만이었다. 그런 점에서 절 사람들의 그런 무관심과 방관적인 태도는 오히려 고마운 일이었다. 자고 이는 일이나 끼니를 때우는 일들에 별 불편이 없게 됐고 보면, 그리고 장손의 신분이나 사사로운 개인사에 위인들이 공연한 알은체를 하고 나설 바가 없고 보면, 그로서도 더 이상 바랄 것이 없게 된 셈이니까.

한데다 하루 이틀 주변의 기미를 살피다 보니 이 절 꼴짜기 일대는 난정이 년의 귀띔 그대로 뒤가 썩 구리거나 눈길이 많이 수상쩍어 보이는 위인들이 적잖이 수런거리고 있었다. 아침 저녁 끼니길에 표충사를 오르내리면서, 자고 일면 여기저기 숲길과 암자들을 헤집고 다니면서, 장손은 이미 수없이 그런 기미를 감지할 수 있었다.

그 절 사람들의 방심스런 무관심에 장손은 마음을 쓰기보다 오히려 느긋한 여유가 생겼다. 뿐더러 며칠 안에 크게 한탕을 치르고 서둘러 산을 내려가려던 애초의 계획을 바꾸어 자신도 어차피 정처 없이 떠도는 몸, 기왕 조용한 곳에 둥지를 틀고 들어앉은 김에 힘든 세월도 좀 줄일 겸, 일을 그저 조급하게만 서두를 게 아니라 여유를 가지고 천천히 더 확실한 수확을 노려보기로 작심했다. 그래 그는 심지어 정식 면대를 미룬 채 번번이 먼산바라기로 눈길을 흘리고 지나치는 그 무불 스님의 무심스런 방심기마저도 나이 먹은 사람의 조심성 때문이겠거니, 하지만 언젠가는 스님이 그를 직접 불러 정식 면대의 기회를 주겠거니, 언짢은 생각 한 번 안 해 온 터이었다.

그 무불이나 일중 행자들처럼 먹물 옷을 걸친 절 사람들 이외에도 장손이 좀더 마음의 여유를 가지고 일을 신중하게 도모해가야 할 사람들이 있었다. 그의 일에 주의나 관심을 보이지 않은 건 광명전이나 종무소의 절 사람들만이 아니었다. 중도 속도 아닌 절간의 더부살이들이나, 심지어는 그와 처지가 비슷해 보이는 외방 곁식구들까지 마찬가지 속내였다. 서로 간에 긴 말거래를 좋아하는 편은 아니었지만, 아침저녁 공양길에서나 뒷골짜기에 숨어 널린 암자를 찾는 길에서나, 장손은 구태여 위인들 앞에서 자신의 곁신분을 숨기려 하질 않았다. 얼마간 위험이 따르더라도 상대방을 위압하고 동요케 하자면 그편이 훨씬 효과적이기 때문이었다. 그는 거동 때마다 늘 헌 수갑을 지니고 다니며 더러는 실수인 양 옷자락을 들춰 올려 제 신분을 은근히 과시해 보이기까지 하였다. 절간 살이의 관행이 그래서일까. 아니면 그만큼 힘들고 깊은 사연들을 지닌 탓에 남의 일에 눈을 줄 여유들이 없어설까. 그 앞에 의당 어떤 주의와 경계심을 발동해야 할 위인들, 그 수상쩍은 외방 식객들조차도 무슨 주의나 경계심은커녕 그의 그런 껄끄러운 신분을 불편스러워하는 기색이 조금도 없었다. 그렇다고 그게 장손 앞에 속을 도사리거나 거꾸로 그를 피하려는 데서도 아닌 것 같았다.

　──아, 그렇습니까…… 그러시군요.

　──저야 그저 뭐…… 어쩌다 보니 이런 데까지 찾아들게 된 거지요.

　장손이 부러 추근추근 다가들어 말거래를 건네고 들면 위인들은 굳이 그를 피하려진 않으면서도, 응대는 번번이 그런 식의 무심스런 겉흘림 투뿐이었다. 도대체 어떤 흔들림이나 경계의 기미들이

없었다. 그것은 차라리 그에 대한 무관심이나 부주의를 넘어선 일
종의 도외시나, 쉽게 뚫고 들어갈 수 없는 단단한 벽이었다. 그래
그는 이런저런 겉바라기 스침뿐 속내를 제대로 짚어볼 만한 사람
이 아무도 없었다.

위인들의 그런 안하무인 식 태도에 오히려 그의 마음이 쓰였다.
이렇다 할 드러난 근거도 없이 제물에 은근히 자신의 처지가 불안
스럽기까지 하였다. 실은 그 백안시나 모욕감도 문제였지만, 때로
는 이상하게 자신이 거꾸로 위인들의 놀림감이나 감시의 대상이
되고 있는 듯한 느낌이 들곤 한 때문이었다.

——이자들이 정녕 기미를 알아차린 게 아닌가? 그래 짐짓 시치
밀 떼고서 내 노는 꼴을 구경하자는 수작들이 아닐까.

그런 예감이 빗나간 것이라면, 위인들이 그를 백안시하고 방심
하고 있을수록, 혹은 그렇듯이 겁이 없을수록 장손에겐 더욱 승부
가 쉬울 수도 있었다. 그리고 바로 그런 점 때문에 장손은 이미 한
두 곳 쓸 만한 승부처를 점찍어두고 있기도 했다. 하지만 반갑잖
게도 일이 그의 예감대로라면 그는 훨씬 신중을 기해야 하였다.
시일을 두고 천천히 기미를 살피면서 실수의 위험성부터 줄여나가
야 했다. 섣불리 일을 서둘고 덤비다 손을 헛짚는 날에는 그런 망
신이나 허망한 낭패가 다시 있을 수 없었다. 일껏 얻어든 은신처
를 어이없는 실수로 간단히 잃고 만 일은 이전에도 종종 경험한 터
이거니와, 이번엔 그의 자존심이 그런 식의 망신살(만약 그런 일이
일어나게 된다면)을 도저히 용납할 수 없었다. 기우일망정 장손은
당분간 본격적인 작업을 미루고 그런저런 의구심이 가실 때까지

주위의 정황을 좀더 유념해보기로 하였다.

　그런데 그런 장손의 석연찮은 의구심은 기우커녕 하루하루 시일이 지나감에 따라 어두운 그늘이 더 짙어갔다. 그것도 범상찮이 신경이 쓰일 것이, 광명전의 웃어른이자 장손의 후견인 격인 무불 스님의 거동이 아무래도 예사로워 보이지 않은 때문이었다.

　그가 산을 들어온 지 일주일째 되던 날 밤이었다. 장손은 저녁 공양이 끝난 얼마 뒤쯤 하여 스님이 내정의 오른쪽에 위치한 광명전 불실로 들어가는 것을 보았다. 그런데 그 무불은 본전 쪽에서 취침 종소리가 울리고 난 다음까지도 불실을 나오는 기미가 없었다. 장손은 취침종이 울린 시각 이후에는 경내외 출입을 삼가달라는 일중의 단속말을 들은 바가 있었다. 그러나 그는 이 며칠 그것을 제대로 지킨 일이 없었다. 취침종이 울리고 절 사람들이 조용히 잠자리로 들어간 이후의 시간이야말로 그에겐 오히려 숨은 기미를 살피러 다닐 은밀스런 내탐의 기회였다. 하지만 그로서도 늙은 무불에게만은 아직 섣부른 소행을 삼가야 할 처지였다. 그의 눈에 벗어날 짓을 했다간 자신의 처지가 어떻게 다시 어렵게 될지 몰랐다. 이날 밤도 그는 무불이 그 광명전 불실을 나와 집허당 침소로 드는 것을 볼 때까지 자신의 밤 밀행을 미루고 기다렸다. 무불은 장손의 그런 조급한 심사도 모른 채 종소리가 울리고 밤이 훨씬 이슥해진 다음까지도 불실을 나오는 기미가 없었다. 그러다 장손은 어느 사이 하회를 알지 못한 채 제가 먼저 잠에 떨어져 밤을 보내고 말았다.

　그리고 다음 날 새벽 동이 틀 무렵이었다. 간밤을 헛공사로 보내고 만 낭패감에 새벽 산골 정조라도 둘러볼까고 때늦은 기동을 서둘고 나섰을 때였다. 그는 방을 나와 산길을 나서다 말고 새삼스레 간밤의 노인의 일이 궁금했다. 한편으론 위인이 노구에 그 사이 어련히 때를 알아 침소로 돌아갔을까 싶으면서도 한편으론 왠지 또 그것이 미심쩍기도 하였다. 그는 스님의 거처 앞을 지나치다 말고 발소리를 죽이며 문 앞으로 다가가 잠시 방 안의 기척을 살폈다. 하지만 방 안에선 아직 아무런 기척도 들려오지 않았다. 그 순간 뭔가 등 뒤 기척이 이상하여 얼핏 다시 발길을 돌이켜 세웠다. 그런데 그새 어디서 어떻게 나타났는지 늙은이가 거기 마당 한가운데에 버티고 서서 그의 거동을 유심히 지켜보고 있었다.

그러나 노인은 그뿐, 졸지에 뒤를 들키고 나서 행신이 난처해진 장손이 미처 뭐라고 둘러댈 말을 찾기도 전에 우연히 발길이 거기 미쳤다 지나치듯 느릿느릿 그 앞을 가로질러 가버리는 것이었다. 음허음허음허 허음…… 그의 수작은 전혀 아랑곳을 않거나 의식조차 못한 듯 입을 꾹 다문 채 콧염불 소리 같은 걸 낮게 흥얼흥얼대면서. 장손은 그 예기찮은 무불 노인의 출현이 아무래도 우연으로 여겨지지가 않았다. 위인의 무심스런 지나침 역시도 오히려 몰래 남의 뒤를 엿본 사람의 의뭉스런 여유처럼 꺼림칙스럽기만 하였다.

그런 예기찮은 무불과의 조우는 그날 새벽녘 한 번만이 아니었다. 바로 그 며칠 뒤에도 비슷한 일이 잇따랐다. 그날 늦은 밤, 장손은 그도 혹 소용에 닿을 일이 생길까 싶어 이 절의 옛 고승들의 화상을 모시고 있다는 중앙 건물 보련각 내실을 몰래 살피러 들어갔다가, 거기 마룻장 바닥 한가운데에 염불 소리도 없이 조용히 어둠을 지키고 앉아 있는 노인의 뒷모습을 발견하곤 기절초풍 재빠르게 도망을 쳐 나온 일이 있었다. 게다가 또 다음 날 아침엔 일찌감치 눈이 뜨여 뒷산 진불암 쪽 기미를 좀 살피고자 가쁜 숨을 몰아쉬어가며 숲길을 오르는데, 이번엔 또 무슨 일로 길을 앞서나섰던지, 저만치 숲 사이로 쉬엄쉬엄 길을 올라가는 늙은이의 뒷모습이 어른거리고 있기도 했다……

하면서도 언제 한번 그를 제대로 알은척해 보인 적이 없는 노인이었다. 장손 쪽에선 물론 섣불리 제 기척을 앞세우고 나설 수도 없었지만, 노인 역시 그때마다 그를 알아보지조차 못한 듯 무심스런 스침뿐이었다. 아니면 기껏 그 방심스럽기 그지없는 먼바라기 눈길이 고작이었다. 하지만 장손이 가는 곳에 늘 앞서가 있거나 그의 길을 앞장서 막아서곤 하는 늙은이, 그의 은밀스런 행실을 등뒤로 의뭉스레 엿보고 있던 늙은이— 그가 말없이 모른 척하고 넘긴대서 장손까지 쉬 안심을 하고 넘길 일이 아니었다.

장손은 그 무불에게 마음이 유독 더 쓰일 수밖에 없었다. 그저 마음이 쓰일 정도가 아니었다. 그는 날이 갈수록 그 누군가로부터 거꾸로 감시를 당하고 있는 듯한 느낌이 더욱 뚜렷했다. 그리고 그 심상찮은 무불의 거동들로 미루어 그의 동태를 감시하고 있는 것은 누구보다 위인의 어린 시봉들을 포함한 늙은이 자신임이 분명해져갔다. 한번은 장손이 그 늙은이의 아리송한 의중을 짚어보려 일중 녀석을 은근히 얼러대본 일도 있었다.

"무불 큰스님은 밤잠이 영 없으신가보던데……"

집허당 무불의 옆방에 기거하는 일중 역시 입이 그리 가벼운 편이 아니었지만, 그런대로 언행에 수상한 곳이 덜해 보여 슬그머니 변죽을 울리고 들었다.

"나도 그리 밤잠이 많은 편은 못 되는디, 그 어른 잠자리를 들고 나시는 걸 좀체로 못 보겄어. 어느 날 밤엔가는 광명전 불전에서 아예 온밤을 꼬박 새우고 나오시는 것 같던걸."

그런데 그때 녀석의 대꾸가 엉뚱스럽기 짝이 없었다.

"큰스님께선 밤잠이 없으신 게 아니라 침소를 따로 들고나시는 일이 없으시지요. 큰스님께선 누워 주무시는 일이 없으시거든요."

"누워 자는 일이 없다니?"

어이가 없어진 장손의 되물음에 대한 녀석의 대답은 갈수록 더 괴이했다.

"큰스님께선 언제고 가부좌를 틀고 앉아 주무십니다. 그러니 굳이 어디 침소를 들고나실 일이 없으신 셈이지요. 어디고 마음 내키시는 곳에 주저앉아 염불삼매 선삼매에 들어버리곤 하시거든요."

"그건 결국 스님이 잠을 안 주무신다는 소리가 아니여?"

"불가의 말로는 결국 그런 셈이지요. 불가에선 잠을 자는 것도 와선(臥禪)이라 하니까요. 앉아서도 선, 길을 걸으면서도 선, 일을 하거나 누워 자면서도 선, 심신의 움직임 어느 하나 선 아닌 것이 없으니까요."

무불은 그래 언제부턴가 잠자리 대신 좌선삼매로 그것을 대신하는 어른으로 도량에선 이미 다 알려져 있다는 것이었다. 따라서 노인에겐 일정한 침소가 정해져 있기보다 불전이고 선방이고 처소를 가릴 것 없이 눈감고 앉아 염불을 시작하는 곳이 침소며, 심지어는 거처인 집허당 입침 시에도 몸을 눕히고 자는 일이 전무하다고. 수도 중인 중들은 깊은 도를 깨치기 위해 온갖 괴로운 시련을 참아나간다는 소리도 들었고, 그게 때로는 범인(凡人)들이 쉽사리 헤아리기 어려운 괴상한 기벽 · 기행을 일삼는 위인들도 많다고들 하였다. 하지만 늙은이가 방바닥에 몸을 눕히지 않고 아무 데서나 그저 꼿꼿한 앉은잠 꼴새로 밤을 지새우곤 한다니, 세상에 그런 괴팍스런 버릇이 다시 있기가 어려웠다. 장손은 도대체 듣도 보도 못한 해괴한 기벽이었다. 그게 사실이라면 그간에 그가 겪어 온 일들은 그런대로 의혹이 풀릴 수도 있었지만, 장손으로선 도대체 곧이가 들리지도 믿기지도 않는 소리였다. 장손은 어쩌면 위인들이 그의 의혹의 눈길을 알아차리고 얼렁뚱땅 그를 속여 넘기려는 계교가 아닌지 다시 의심이 되기까지 하였다.

"여느 사람들 눈에는 힘들고 기이해 보일 수도 있는 일이지만, 불심이 깊고 덕이 높은 스님들께선 흔하게 볼 수 있는 수행법의 하나지요. 저 같은 풋내기들은 흉내도 못 낼 일이지만 큰스님들껜 그닥 어려움도 크지 않고요."

장손의 낌새를 알아차린 탓인지, 같잖게 점잔을 떨어대고 있는 일중 녀석의 부연에도 그는 여전히 고개가 갸웃거려지기만 하였다.

하여 장손은 이후에도 반신반의 심사 속에 무불의 거동새에 계속 주의를 기울여나갔다. 무불의 기괴한 앉은잠 버릇이 사실이라면 장손은 어느 정도 마음을 풀고 지낼 수도 있을 터이므로 경계심

반에 호기심 반으로, 이번에는 특히 그 무불의 앉은잠 버릇을 확인해보고 싶어서였다.

4

어이없는 일이지만, 일중의 말대로 그 무불 스님의 앉은잠 버릇은 사실이었다. 장손은 마침내 자기 눈으로 그것을 직접 확인할 수 있었다.

일중의 귀띔이 있은 뒤로 장손은 다시 이삼 일 그 무불의 앉은잠 현장을 목도코자 밤마다 먼발치로 스님의 주위를 맴돌면서 자신의 밤잠을 설치곤 했다. 그동안도 스님은 장손의 어릿거림엔 아랑곳을 않은 채 거동이 늘 자의로워 보였으나, 장손이 노리는 바깥 잠자리는 하필 기미가 뜸해지고 있었기 때문이다. 스님은 물론 집허당 거처에서도 자리를 펴고 눕는 일이 없다는 거였지만 거긴 옆방의 일중 녀석이 걸리적거리는 데다가, 어둠 속의 일이라 기미를 제대로 살필 수도 없었다. 제대로 분명한 행상을 볼라치면 비좁고 어두운 방 안 쪽보다는 눈길이 닿기 쉬운 바깥쪽이라야 하였다. 그는 그래 저녁 해가 설핏해갈 때서부터, 절 사람들의 취침을 알리는 종소리가 가까워질 때면 더욱 세심하게 노인의 동태와 주위를 지켰다. 그의 소재나 행선지 따위 나들이 사항 하나하나를 빠짐없이 뒤쫓았다.

하지만 무불은 이 며칠 동안 집허당 거처에서 거의 꼼짝을 않다시피 하고 들어앉아 있기만 했다. 딱따그르르 딱따그르르 딱딱딱 딱따그르르…… 졸음기 속에 잠시 살아나는 듯하다간 이내 다시 힘없이 잦아들어버리곤 하는 그 숨결 소리와도 같은 쇠잔한 목탁 소리와 음허음허음허허허 이따금 먼 바람결에 스쳐 지나가듯 하는 탄식조 염불 소리 이외에 노인의 문밖출입이나 행선지는 용변소 길 정도가 고작이었다. 하다 보니 장손은 밤이 늦어서라도 행여 위인의 다른 기동이 있을까, 입침 종소리가 울리고 밤이 자정을 넘어설 때까지도 계속 그쪽의 기미를 지키느라 밤마다 심신이 녹아났다.

그러던 어느 날 밤이었다.

모처럼 만에 방을 나와 본전 쪽 큰방으로 내려가 저녁 공양 행사를 치르고 돌아온 노인이 이번엔 웬일로 또 저녁 어스름 속에 뒷산 숲 속 길로 슬그머니 모습을 지워 들어가고 있었다. 기미를 알아차린 장손은 바로 방을 나와 먼발치로 노인의 행보를 뒤쫓았다.

스님은 그런 장손의 낌새를 전혀 눈치채지 못해선지, 아니면 이미 기미를 알아채고서도 부러 모른 척해 넘기려 함인지 등 뒤 기척엔 조금도 괘념을 하는 빛이 없었다. 쉬엄쉬엄 계속 산길만 휘어올라가고 있었다.

그 무불의 발길이 머문 것은 그새 장손도 한번 발길을 한 적이 있는 진불암(眞佛岩) 너머 쪽의 팔부능선께서였다. 거기 남쪽으로 전망이 제법 시원한 바위층 아래로 움막과 진배없는 자그마한 억새지붕의 토굴 선방 하나가 들어앉아 있었다. 거기까지는 장손도 올라와본 일이 없었고, 누구에게 귀띔을 들은 바도 없던 터라

(무불암이란 소리는 누구에게선가 얼핏 한 번 스쳐 들은 일이 있었지만, 그 위치나 스님과 관련한 뒷사연까지는 알 길이 없었다) 사실을 짐작조차 못해온 일이었지만, 절골 사람들 간엔 오랫동안 무불암이라 불려온 스님의 독선방이었다. 무불이 오래전 이 산에서 발심출가(發心出家), 은사 스님에게 계를 받고 나서 다시금 산을 내려갔다가 20여 년의 긴 세월이 흐른 뒤 자기 법명도 잊어버린 늙은 돌중으로 재차 산을 찾아 들어왔다가, 그의 젊었을 적 도반(道伴)이라 할 수 있는 이 절의 조실 노암의 허락을 얻어 스스로 이곳에 작은 초가 한 칸을 얽어 세우고 10년 가까이 독선(獨禪)으로 세월을 보내오던 숨은 도량이었다. 심신이 쇠해가는 근년에 들어선 노암의 보살핌으로 광명전(집허당)으로 내려와 지내는 때가 많았지만, 무불암(늙은 무불의 독선방이란 뜻으로 언제부턴가 절에서는 그렇게들 불러왔다)은 아직도 다른 사람의 발길이 잘 미치지 않은 채 광명전 주위가 번거로워질 때면 스님만이 이따금 몸을 비켜 올라와 며칠씩 염불과 좌선삼매에 들었다 가곤 하는 곳이었다. 그런데 이번에도 무슨 일로 해선가 스님의 심기가 어지러워진 모양인가. 아니면 알게 모르게 그의 주위를 어지럽히고 다니는 젊은 훼방꾼에게 그의 괴로운 앉은잠의 현장을 똑똑히 보여줄 요량에서였을까—

어쨌거나 무불은 암자로 들어서자 한쪽에 군불을 지필 부삭과 나무청을 겸하고 있는 헛간을 한차례 둘러본 다음, 방금 산 아래 나들이라도 다녀온 사람처럼 곧바로 그 토방 마련도 없는 선실 문짝을 열고 컴컴한 어둠 속으로 사라져 들어갔다. 그리고 산길을 오르느라 거칠어진 숨결이 가라앉을 시간도 채 흐르지 않아서 그 정적에 싸였던 어두운 방 안으로부터 흠얼흠얼 뜻 모를 염불 소리와 딱따글 딱따그르 힘없는 목탁 소리가 흘러나오기 시작했다. 집 허당 거처에서도 늘 그래 왔듯 방 안엔 호롱불 하나 밝히지 않은 채였다. 말소리나 뜻이 분명하지 않은 그 염불 소리는 물론, 힘도 가락도 없이, 그러다가 언제 제풀에 슬그머니 적막 속에 잦아들지 시종을 가늠할 수 없는 목탁 소리였다.

아무래도 이날은 노인이 이곳에서 밤을 지낼 낌새였다. 더욱이 장소가 광명전과는 달라서 주변 눈길에 신경을 곤두세울 일도 없었다. 장손은 마침내 기회를 붙잡은 듯싶었다. 그는 모처럼 기회를 만난 김에 이번에는 기어코 노인의 그 수상쩍은 앉은잠의 진부를 확인해볼 작정을 다졌다.

그는 기미를 더 가까이 살피기 위해 자신도 내실 곁 헛간께로 몸을 숨겨 들어갔다. 그리고 언제 불길을 놓다 남은 것인지 알 수 없는 축축한 나뭇가지단 위로 몸을 기대고 앉아 어둠 속에 조용히 방 안의 기척을 살피기 시작했다.

예상대로 방 안의 염불이나 목탁 소리는 쉽게 끝날 것 같지 않았다. 어느 땐 한동안 소리가 맥을 놓고 잦아드는 듯싶다가도 이윽고 다시 정신이 되돌아온 듯 가락이 새삼 더 뚜렷해지곤 하였다. 중에겐 잠자리도 선중(禪中)이라 일컫고, 무불이 비록 몸을 눕히지 않고 앉은잠을 잔다 한들, 그 앉은잠 속에 염불을 외고 목탁까지 두드려대는 것은 아닐 터였다. 목탁을 두드리고 염불을 외는 것은 그대로 아직 독경이지 앉은잠의 과정은 아니었다. 노인의 진짜 앉은잠은 목탁이나 염불 소리가 아주 잦아든 뒤라야 하였다.

앉아 자든 누워 자든 소리가 아예 사라져주어야 그것을 확인할 수 있었다.

장손은 그 소리가 아주 잦아들어 멈추기를 기다렸다. 한동안 소리가 죽어 있는 동안도 더욱 확실한 시간을 참고 기다렸다. 얼마간 소리가 뜸해져 있다고 섣불리 기척을 살피러 나설 수가 없었다.

그런데 실상은 그렇게 너무 신중을 기하려 시간을 끈 것이 탈이었다. 아니 시늉뿐인 흙벽 틈으로 스며드는 밤 한기에 몸을 너무 꽁꽁 웅크리고 든 것이 허물이랄 수도 있었다. 장손은 어느새 기다리다 못하여 으뭉자뭉 제가 먼저 수마에 쫓기고 있었다. 그리고 몇 차례 숨이 잦아들었다 되살아나는 방 안 소리에 저도 함께 번쩍번쩍 의식이 소스라치다 끝내는 그 방 안 소리가 깊은 정적 속으로 가라앉아 들어가는 것도 모르고 아득한 잠 속으로 빠져들고 만 것이다.

그가 다시 정신을 되찾은 것은 희부옇게 어둠이 걷히기 시작한 신새벽의 차가운 한기 속에서였다. 냉기에 몸을 떨다 문득 잠을 깨어 정신을 차리고 보니 내실 쪽 기척은 그새 잠잠해 있는 채 주위가 부옇게 밝아오고 있었다. 그러나 다행히 아직 때를 완전히 놓친 것은 아니었다. 장손이 소스라쳐 일어나 문 앞으로 돌아가보니 간밤 그대로 닫힌 창문 아래 노인의 낡은 신발짝이 아직 가지런히 밤을 지키고 있었다.

장손은 이제 그 조용한 방 안 기척이나 기다리며 부질없이 시간만 끌고 있을 여유가 없었다. 그는 새삼 궁금하고 조급한 마음에 지금 막 새벽의 여명기가 젖어드는 그 명색뿐인 선실의 창문 앞으로 다가가 비바람에 삭고 찢겨나간 창호지 구멍 틈으로 눈길을 밀어붙이고 노인의 동정을 살피기 시작했다. 그리고 마침내 장손은 거기서 스님의 그 기이한 앉은잠 모습을 제 눈으로 직접 목도하기에 이르렀다.

잠시 뒤, 방 안에 가득 도사린 어둠 속에 그의 눈길이 다소 익어진 뒤였다. 희미한 내실 어둠 속으로 노인의 꼿꼿한 앉은잠 모양새가 천천히 떠올라왔다. 불기 한 점 없는 차디찬 선방 바닥 한복판에 손발을 가지런히 개고 앉아, 고개조차 거의 기울어들지 않은 강단진 모습이었다. 시간이 좀더 지나고 보니 방 안엔 다른 아무 치장이나 비치품이 없이 그저 뒤쪽 벽면 아래로 상자갑 같은 조그만 나무좌대 위에 손목과 무릎이 여기저기 상한 데를 붙여 바른 낮고 낡은 석고 불상 한 좌가 올라앉아 있었는데, 노인은 그 보잘것없는 흰 석고 불상을 향해 그 꼿꼿한 앉은잠 자세 속에 고요히 아침을 맞고 있었다. 아니 스님은 이미 잠이 깨어 있거나, 아니면 밤새껏 잠이 든 일이 한 번도 없었던 것 같기도 하였다. 그 꼿꼿하고 적막스런 뒷모습만으론 그가 지금 자고 있는지 깨어 있는지도 분명히 가릴 수가 없었다. 숨을 쉬거나 뒷기척으로 인해 그가 어떤 방해를 느끼고 있는 것 같지도 않았다. 날이 새거나 말거나 등 뒤로 사람의 눈길이 스며들거나 말거나 노인은 언제까지나 그저 그 조용하고 가지런한 모습뿐이었다.

하지만 그가 자고 있거나 깨어 있거나 노인이 그렇게 앉아 밤을 새운 것은 어쨌든 틀림이 없어 보였다. 이제는 그 스님의 앉은잠 버릇이 분명해진 것이었다. 그리고 그것은 호기심 반 경계심 반으로 설마 싶은 심사 속에 노인의 뒤를 밟아온 장손에겐 새삼 놀라운 일이 아닐 수 없었다. 아니 그것은 놀라움이기보다도 어떤 충격이나 감동에 가까운 것이었다. 그는 그 무겁고 잠잠한 스님의 모습 앞에 한동안은 숨결조차 제대로 가눌 수가 없었다. 뿐더러 일찍이 겪어 본 일도 없고, 스스로는 그 뜻도 알 수 없는 기이한 감동 속에 좀체 다시 발길을 돌이키지 못하고 그 자리에 눈길이 붙잡혀 서 있었다.

그가 놀란 일은 그뿐만이 아니었다. 장손이 그렇듯 한동안 선실 안 정경에 넋을 빼앗기고 서 있을 때였다. 스님은 어쩌면 그새 이미 잠이 깨어 등 뒤의 기척을 소상히 감지하고 있었는지 모른다. 혹은 처음부터 잠이 든 일이 없이 밤새껏 장손을 기다리고 있었는지도 모른다.

"그 어디서 오는 중생의 길이던고⋯⋯"

그 정밀스런 스님의 모습 뒤로 문득 그를 알은체하는 물음 소리가 넘어왔다.

장손은 일순 놀라고 당황했다. 언젠가 그가 산을 올라와 스님과 처음 마주치게 되었을 때 스님이 그에게 무심스레 던지고 지나간 바로 그 소리였다. 스님은 어쩌면 그의 모든 말을 그 한마디로 대신해버리는 버릇이 있는지도 몰랐다. 하지만 그것이 스님의 버릇이든 아니든, 그가 앉은 채로 밤을 지샜든 아니었든, 그것은 스님이 장손의 기미를 알아보고 한 소리인 것은 분명했다. 장손에겐 그것이 그렇듯 그의 속내를 환히 꿰뚫어보고 있는 스님의 힐책쯤으로 들려온 것이었다. 그래 그것이 군이 그의 대답을 물은 소리가 아닐지도 모른다는 사실을 떠올려볼 여유도 없이 제풀에 기가 질려 가만히 숨을 죽이고 있었다. 언젠가처럼 애써 무슨 말인가를 하려도 입속에서 말이 되어 나오질 않았다.

그때 다시 안에서 소리가 들려 나왔다.

"그…… 힘들고 고달픈 중생의 길이도다…… 거기서 잠시 쉬어가도록 하거라……"

영락없이 장손의 처지를 두고 한 말이었지만, 그 역시 그날 저녁 그의 앞을 비켜가며 혼잣소리처럼 등 뒤로 흘려온 소리 그대로였다. 그러곤 스님은 그것으로 그만이었다. 장손이 다시 불의의 일격을 당하고 아직도 어찌할 바를 몰라 당황하고 있는 동안 안에선 이미 다시 아무 일도 없었던 듯, 그것이 마치 꿈결에 뇌까린 혼잣소리였기나 하듯이, 웅얼웅얼 희미한 입속 읊조림 소리와 또닥또닥 가느다란 목탁 소리가 되살아나고 있었다.

5

일이 있은 곳이 무불암이라는 이름의 노인의 독선방이라는 것을 안 것은 이튿날 아침 장손이 표충사 정잿간에서 두어 명 객식구들과 조반을 먹으면서였다.

"거긴 무불 스님의 참선소랍니다. 거길 올라가시면 스님께선 며칠씩 잠도 안 주무시고 좌선삼매 속에 지내신다던가요. 난 아직 거길 직접 가보질 못했지만 일중 상좌님한테 들은 말이 그래요."

간밤에 산책 삼아 산을 올라갔다가 웬 중도깨비집을 만난 것 같더라— 장손이 짐짓 딴청을 피우며 흘려낸 소리에 산을 내려오다 아침 끼니를 빌리러 든 뒷산 암자의 한 곁식구가 무심히 알은체로 거들어온 소리였다. 듣고 보니 그것이 참선 중이었다면 간밤에 스님이 밤을 앉아 지낸 것은 다시 한 번 분명한 사실로 확인이 된 셈이었다. 그리고 그것은 스님으로선 어쩌면 당연한 일상의 한 행사였을 수도 있었다.

하지만 어쨌거나 그 새벽녘의 일은 시간이 흐를수록 더 마음이 쓰일 만큼 장손의 생애에선 퍽 유별난 경험이었다. 인간 만사를 시종 불신과 허세와 임시 변통술로 뭉뚱그려 살아온 장손에겐 스스로도 엉뚱하고 쑥스럽기 그지없는 그 모처럼 만의 감동기 또한 그만큼 집요하게 그를 끌어 붙잡고 있었다. 따지고 보면 그 '무불'이란 스님의 별호는 안에도 밖에도 부처님을 못 모신 중이란 뜻이었으니, 그가 제대로 부처님을 모시고자 하는 고행이 그토록 힘들고 험난스러운 것이어야 했는지 모른다. 장손이 보기에 스님은 과연 앉은잠보다도 아예 잠을 자지 않고 지내는 쪽이었다. 게다가 그 선실의 누덕누덕 상처를 싸매어 모시고 있는 석고 불상이라니. 비록 그것이 다치고 손을 본 상처투성이 석고불일망정, 스님은 나름대로 그 부처님의 형상만은 지니고 지내는 셈이었다. 그 눈에 보이는 부처님의 형상을 모시고 지낸다면 그 마음 안에도 방사한 형상의 부처님의 모습이 살아 있을 터였다. 그렇다면 스님이 속에 지닌 부처님 또한 그렇듯 상하고 보잘 것이 없게 된 처량한 형상이 아닐까. 그 상처투성이의 남루한 부처님 앞에 앉아 밤을 새우는 늙은이 중이라니……

장손은 스님의 앉은잠을 목격한 당장에는 물론이려니와, 거기서 잠시 쉬고 가거라—, 그 뜻밖의 알은체 소리에 놀라 오히려 쫓기 듯 산길을 헤쳐 내려오면서도, 그리고 집허당 그의 거처로 일단 몸을 숨겨들고 난 다음까지도 무언지 뜻이 분명찮은 충격과 감동 속에서 좀처럼 벗어져 나올 수가 없었다. 시간이 흐를수록 오히려 거기 발목이라도 깊이 붙잡힌 듯 심신이 맥없이 허우적대고 있었 다. 무엇보다 그 상처투성이의 석고불이 때없이 자주 눈앞에 어른 거려 마음을 딴 데로 돌릴 수가 없었다. 그 가엾고 처량한 석고불 과 괴로운 수마(睡魔)의 유혹을 뿌리치며 밤을 지키고 앉아 있을 스님의 모습이 떠오를라치면, 그는 느닷없이 속이 뜨거워져 오르 며, 아아 이 노인에게라면, 이 노인 곁에서라면……, 자신의 황량 스럽고 기약 없는 인생행로를 그만 노인 곁에 주저앉혀 의지해보 고 싶은, 어쩌면 한 번 그래 봐도 좋을 듯싶은 엉뚱한 생각까지 스 며들곤 하는 것이었다.

　장손으로선 또한 당연한 노릇이었지만, 그 스님과 자신에 대한 반발심도 적잖이 거세게 들끓어올랐다. 내력이나 바탕을 알 수 없 는 한 늙은 중의 기괴한 행투로 하여 나름대론 당당하고 거침이 없 어온 그의 오랜 처세 행각을 하루아침에 힘없이 무너뜨리고 말 수 는 없었다. 그것은 그날 아침 자신의 밀행을 스님에게 들키고 만 데 대한 반발심 탓도 있었지만, 장손은 우선에 자신의 심기부터 튼튼하게 다잡아두기 위해 그 당찮은 감동기부터 될수록 어쭙잖은 감상기로 웃어넘기려 하였다. 그날 밤 늙은이가 모든 걸 그렇듯 미리 다 알면서도 부러 모른 척 은연중에 그를 기다리고 있었다면,

그의 앉은잠은 진짜 앉은잠으로 곧이를 들어줄 수가 없었다. 게다가 그곳이 노인의 단독 참선소라면 그날의 앉은잠은 그 정해진 독선 기간에만 한정된 것일 수도 있었다. 그날의 앉은잠은 그에게 보이기 위한 거짓 꾸밈이거나, 아니면 우연 혹은 일정한 좌선 기간 중의 일이었을 가능성이 충분했다.

한마디로 장손은 그날 이후로도 그 무불의 앉은잠을 마음 한구석에서 한사코 부인하고 싶어 했다. 그날의 앉은잠이 비록 사실이었다 치더라도 그것을 스님의 한결같은 관행으로는 믿고 싶어 하질 않았다.

──소문난 열녀라고 신발 거꾸로 신어보고 싶은 생각이 없으란 법 없으니께. 그 늙은이도 어차피 손 따로 발 따로 지니고 난 사람인 바에야.

그것이 설령 노인의 변함없는 관행이 되어왔다 한들, 그리고 이번에는 그것이 더 철저한 참선 기간 중이었다 한들, 늙은이가 시종여일 그렇게만 지낼 수는 없으리라는 생각이었다. 길게나 짧게나 그에게도 언젠가는 몸을 밑바닥에다 드러눕히고 마는 어쩔 수 없는 실수나 자포자기의 순간이 있을 것이었다. 장손은 바로 그 순간을 붙잡고 싶었다. 그리하여 무불의 허황한 신화를 깨부수고 절 사람들의 헛믿음을 일깨워주고 싶었다.

하여 그는 이후로도 그 스님과의 무슨 사생결단의 맞겨룸에라도 든 심사 속에 밤잠을 설쳐가며 계속 무불암을 오르내렸다. 바로 그 숨어 쫓기는 절 곁식구들을 상대로 일을 크게 한판 치르러 온 그로선 엉뚱스런 오기요 시간 낭비가 아닐 수 없었다. 하지만 그는 그 일을 그냥 지나쳐 넘기고는 본업까지도 제대로 엮어나갈 수가 없을 것 같았다. 내기의 결정적인 순간을 붙잡아야 하였다. 그 통쾌한 순간을 놓치지 않기 위해 그의 밀행은 더욱 치밀하고 조심스러워져가고 있었다.

하지만 스님은 그러거나 말거나 장손 쪽 동정엔 계속 아랑곳이 없었다. 그의 밀탐 행보를 아는지 모르는지 그날 아침 이후론 그를 다시 알은척해오는 일도 없었고, 좌선의 자세에 어떤 변화의 기미를 보인 일도 없었다. 절 사람들의 말대로 그는 언제나 그 자세 그대로, 밤낮을 가리지 않고 창문 앞에 늘 같은 모양새로 가지런해 있는 신발짝들로 보아 용변소를 드나드는 낌새조차 없었다. 적막스런 참선만을 계속해나가고 있었다. 첫날밤 이후로는 그 음헐음헐거리는 입속 염불이나 목탁 소리조차 까맣게 사라져버려, 늙은이가 깨어 있는지 잠을 자고 있는지, 그대로 이미 숨이 끊어져 시신으로 굳어져가고 있는지조차 분간할 수 없었다. 때로는 별반 기척을 숨길 일도 없을 듯싶어 슬며시 문짝을 밀어볼라치면 실내는 여전히 미동도 없는 스님보다 맞은쪽 벽 밑의 석고 불상이 거꾸로 그를 지키고 앉아 있는 형국이었다.

장손은 결국 제물에 슬슬 맥살이 풀려갔다. 은근한 후회 속에 이제부터라도 헛짓거리 그만두고 제 일이나 좀 본때 있게 엮어가고 싶은 생각까지 되살아나고 있었다.

그런데 이 산 절골의 불안한 은신자들에겐 장손의 그 같은 밤 밀탐 행각에도 적잖이 신경이 곤두섰던 모양이었다. 어느 날 저녁 장손은 결국 그나마의 밀탐마저 파국을 맞고 만 것이다.

장손은 이날도 무불암엘 올라갔다가 별무소득 꼴로 자정이 넘은 산길을 터덜터덜 되돌아오고 있었다. 그가 이윽고 광명전 좌후방 외사채 쪽 길을 돌아 나오려다 보니 그 낡은 건물 창문 한 곳에서 아직 희미한 불빛이 흘러나오고 있었다. 돌담 사이에 들어박힌 조그만 통로로 광명전 경내와 맞통해 있으면서도 내원(內苑)과는 거의 사람의 내왕이 없는 그 울 밖 숲 속의 낡은 외사채는 그러잖아도 장손이 늘 신경이 쓰여오던 곳이었다. 듣기로 그곳은 옛날 일제 때나 6·25 전란 이전부터 바깥세상 눈길을 피해 찾아든 사람들을 절에서 받아 숨겨두고 보살펴오던 곳으로, 지금은 은신자의 안전을 기약할 수 없게 된 탓에선지 낡고 비좁은 세 채의 숙사 중 창문이라도 아직 성해 보인 맨 뒤쪽의 한 채만이 사람이 들고나는 숨은 거처 노릇을 하고 있는 곳이었다. 자취로 끼니를 따로 꾸려가고 있어 아침저녁 공양 시에도 얼굴을 한 번도 가까이 해볼 수 없었지만, 그곳엔 지금 두 사람의 젊은 친구들이 장손 이전서부터 산 살림을 따로 차리고 있는 중이었다. 진짜 허물이나 사연이 어떤 것인진 모르지만, 하나는 서울의 어느 방송국 일을 하다가 졸지에 건강이 나빠져 요양을 들어온 위인이고, 그보다 나이가 한참 아래인 애송이 녀석은 가까운 광주 쪽의 사립대학 학생으로 머리가 그리 좋지 못해 남 뒤처진 공부를 좀 보충해갈 요량으로 산공부를 들어온 친구랬다. 하지만 장손은 물론 그런 소리들을 다 곧이들을 어리숭이가 아니었다. 세상일에 너무 곧이곧대로 제 고집만 피우고 들다가 끝내는 허무하게 제 밥줄까지 놓치거나, 더하여 억울한 죄인으로 쫓기는 신세가 되고 만 위인들, 제 공부보다 세상 걱정으로 남 앞장을 서 날뛰다가 생죄인 꼴로 숨어 살게 된 학생 녀석들, 그 밖에도 갖가지로 쫓기고 숨어 살아야 하는 어려운 처지나 신세들, 이 며칠 사이에 확인을 한 일이지만, 이곳엔 과연 난정이 년 말 그대로 그렇고 그래 보이는 위인들이 자주 눈에 띄었다. 장손이 애초에 자신도 쫓기는 처지에서 쫓는 처지로 쉽사리 변신을 감행하게 된 것도 바로 그런 사정을 이용하여 잇속을 좀 꾀해보자 함에서가 아니었던가. 그런 장손이 위인들의 전력과 입산의 동기를 그대로 믿어줄 수는 없었다. 게다가 아무리 무불 스님 쪽에 눈이 팔려 지낸다고는 하지만 어느 한 곳 주위에 눈길을 소홀히 할 수 없는 그의 조심스런 처지였다. 믿고 곧이를 들어넘기기 커녕은 이곳 사람들 누구에 대해서와 마찬가지로 외사채와 그곳의 은신자들에 대해서도 적지 않이 주의를 기울여온 터이었다.

그런데 위인들은 과연 속허물들이 얼마나 깊어선지 도대체 제 속내를 짚어낼 수가 없었다. 어쩌다 먼발치로 옆모습이나 한두 차례 스쳐보았을 뿐, 그간엔 면면을 가까이 마주해볼 기회를 좀처럼 붙잡을 수가 없었다. 한 번은 일껏 마음을 다져먹고 위인들의 방문 앞까지 다가가 인기척을 놓아보기까지 했지만, 그때도 안에선 그저 괴괴한 정적뿐 사람이 깃들여 있는 기미조차 내보내질 않았다. 장손은 그럴수록 위인들의 속내가 더 궁금하고 수상했다. 그만큼 은근한 기대 속에 기회를 별러오던 참이었다. 근래는 그가 자주 그쪽 길을 사용하지 않았던 탓이겠지만, 그가 그간 무심히 헛보고 다닌 건지, 아니면 이날 밤 모처럼 불이 켜진 것인지, 장손은 그동안 무불암 밤길을 그리 여러 번 오르내리면서도 그곳의 불빛이나 밤 동정을 무심히 지나치고 다닌 자신이 새삼 이상스러울 지경이었다.

어쨌거나 그는 일단 불빛을 본 이상 이날 밤만은 그냥 지나칠 수가 없었다. 그는 버릇대로 늘 옷깃 아래 숨겨 지니고 다니는 헌 수갑을 한차례 확인하고 나서는, 살금살금 조심스레 발소리를 죽여가며 그 불빛이 새어 나오는 창문의 반대편 숲을 감돌아 뒤꼍으로 다가갔다. 그리고 그 뒷벽 아래 어둠 속에 몸을 숨기고 역시 희미한 불빛이 스며 나오는 머리께의 조그만 봉창문을 통하여 보이지 않는 방 안의 기미를 살피기 시작했다.

아니나 다를까. 방 안에선 두런두런 누군지 깨어 있는 사람의 말소리가 창 너머로 들려왔다. 소리가 낮아서 뜻을 분간해 알아들을 수는 없었지만, 두 위인이 왠지 아직 잠을 이루지 못하고 있는 기척이었다. 어찌 들으면 둘이서 심심풀이 이야기를 주고받는 것 같기도 했고, 또 어찌 들으면 둘 이상의 무리가 모여 앉아 웬 밤늦은 밀의 같은 걸 벌이고 있는 듯싶기도 했다.

흐흠, 역시 냄새가 다르더라니— 장손은 어둠 속에서 혼자 미소를 짓다 말고 다시 한 번 옷깃 속의 쇠수갑을 매만져보았다. 그리고는 방 안 기미와 소리들을 더 분명하게 가려 들어볼 양으로 온몸의 신경을 두 귀에 모은 채 긴장한 몸뚱이를 벽으로 더 바투 다가붙였다.

그런데 바로 그다음 순간. 등 뒤쪽에서 갑자기 웬 인기척 같은 것이 다가드는 듯한 서늘한 느낌이더니, 이내 뒷목줄기의 힘줄과 근육질이 무엇엔가 한꺼번에 몽땅 잘려나가는 듯한 둔중하고 예리

한 통증과 함께 눈앞이 깜깜 암흑으로 변해버렸다.

잠시 뒤 장손이 의식을 되찾고 깨어난 것은 숙사 안의 어둑한 알전구 불 아래서였다. 그가 정신을 되찾고 천천히 눈을 떴을 때 방 안엔 의외로 여러 사람의 얼굴이 주위를 둘러싸고 있었다. 그새 그리 긴 시간이 흐르진 않았던지, 더러는 아직 채 자리도 잡아 앉지 못하고 선 채로 그를 내려다보고 있는 사람도 있었다. 그중엔 이 방의 학생 녀석으로 보이는 밤송이머리 하나가 아직 팔소매를 걷어붙인 채, "이제 엄살에서 제정신이 돌아온 모양이구만요", 여유만만 같잖은 호기를 부리고 있는 모습도 보였다. 손바닥에 제법 굳은살깨나 박여 보이는 녀석으로, 그가 일을 당한 것도 아마 녀석의 마구잡이식 수도(手刀) 솜씨로 해서였던 것 같았다. 자신의 처지가 그 지경이 되어 그런지 그간 꽤 눈익힘들이 있어온 터일 텐데도 그 밖엔 더 짐작이 가는 얼굴이 하나도 없었다.

장손은 바로 녀석의 발부리 아래 걸레 뭉치처럼 아무렇게나 나뒹굴려져 있었다. 길을 따라 제대로 배운 일은 없어도, 그런대로 만만찮이 뚝심을 휘둘러온 장손으로선 그렇듯 낭패스럽고 험상궂은 몰골을 다시 생각할 수가 없었다.

창피하고 험한 꼴은 그 정도에 그치지 않았다. 속에서 울컥 뜨거운 것이 치솟아 올라와 저도 모르게 번쩍 몸을 일으켜 쳐다보니 그새 누구에겐지 두 손까지 등 뒤로 꽁꽁 묶여 있었다. 허리춤에 갖고 다니던 자신의 쇠수갑에 그의 두 손목이 한데 끌어묶인 것이었……

사정이 그만큼 분명해진 셈이었다. 그는 차라리 다시 눈을 질끈 감아버렸다. 그리고 치사한 애원이나 섣부른 저항 대신 이제 곧 그에게 내려질 어떤 처분이라도 더 이상 흉하지 않게 감내할 심산으로 조용히 주위의 기척을 기다렸다.

그런데 실상은 방 안 사람들도 여태 그의 그런 정황 자각과 체념의 시기를 기다리고 있었던 듯, 그리고 그의 침묵과 낭패스런 동정에 비로소 안심이 된 모양이었다.

"자, 이제는 사정을 좀 제대로 알아차린 모양이니, 눈을 뜨고 우선 일어나 앉아요."

좌중에서 특히 그와 가까이 자리를 잡고 앉았던 고참 격의(아마 방주쯤 되어 보이는) 사내가 나이 든 사람답게 제법 점잖은 목소리로 첫마디를 건넸다. 존댓말 속에서도 다분히 위압적인 명령 투로 그에게 몸을 일으켜 앉으라는 거였다.

장손은 금세 그의 말을 따를 수가 없었다. 뒤로 꺾여 묶인 팔목 때문에 움직임이 쉬울 수도 없으려니와, 아무리 처지가 그 꼴이 되었을망정 고분고분 순종을 하고 나서느니보단 차라리 매질이라도 당하는 편이 나을 듯싶었다. 그는 그냥 한동안 못 들은 척 꼼지락도 하지 않고 있었다. 위인들은 그제서야 그의 불편한 심사와 몸놀림을 헤아린 듯 학생 녀석과 함께 두어 사람이 달려들어 그를 반어거지로 일으켜 앉혔다. 장손이 마지못해 느직느직 자세를 가눠 앉고 나자 아깟번의 사내가 새삼 시답잖은 치레 소리와 함께 그를 차근차근 족치고 들기 시작했다.

"이거 절차가 좀 요상하게 되었소만, 결례를 널리 이해해주시고 이젠 마음을 놓도록 하시오. 그러잖아도 오늘 밤은 우리가 형씨를 이곳으로 모시려고 이렇게들 늦게까지 모여 기다리고 있던 참이니까요. 형씨한테 무얼 좀 긴히 알아보고 함께 의논해야 할 일이 있어 말이오. 그런 우리 바람을 형씨가 미리 헤아린드키 이렇게 찾아와주셨으니 우리로선 우선 고맙고 다행스런 일이오. 그러니 이제부턴 마음 푹 놓으시고 묻는 말에나 솔직하게 응해주시면 고맙겠소."

느물느물한 여유와 가시를 숨긴 말투 속에 어르고 뺨치듯 다가드는 낌새가 여간 만만찮은 위인이 아니었다. 영락없는 취조관의 노련한 수작이었다. 그것도 무얼 새로 캐려 들기보다 그에 대한 모든 일을 속속들이 알고서(그의 이날 밤 동정을 미리 알고 이때까지 그를 기다리고 있었다니!) 그 허물을 인민재판 식으로 다스리려 하고 있음이 분명했다. 장손으로서도 그저 국으로 당하고만 있을 수가 없었다. 허물을 빤히 다 알고 있는 터라면 이제 무얼 굳이 숨기고 자시고 할 것도 없었다. 하지만 일을 당할 때 당하더라도 사내의 기개만은 쉬 내팽개칠 수가 없었다.

"댁에들이 내게서 듣고 싶은 소리가 무언진 모르지만, 그래 지나는 길에 방 안 기미를 좀 엿들었기로 그게 무슨 큰 허물이라고 이런 험한 취급이오. 알 만한 이웃끼리 사람대접이란 게 도대체. 무슨 허물을 묻더라도 우선에 이 팔목부터 좀 풀어놓고 보자구요. 이 꼴로야 어디 입을 열고 싶은 마음이나 생기겠느냔 말요."

그는 한껏 뱃심을 끌어모아 마지막 자존심을 앞세우고 나섰다. 그러나 주위에선 거기까진 아직도 안심이 안 된 모양이었다.

"이 인간이 아직도 된맛을 덜 보았나, 지금 어디다 대고 흥정이야 흥정이. 덫에 걸려 바둥거리는 족제비 꼴을 해가지곤……"

애송이 녀석이 또 버릇없는 반말지거리에다 금세 다시 손찌검을 가해올 것처럼 위협적인 자세를 취했다. 그에 따라 몇몇 다른 목소리들도 녀석을 은근히 부추기고 들었다.

"그 친구 지금 제 주제나 처지를 잘 모르는구만."

"그 주둥아리부터 그냥 칵 뭉개버려!"

그런 가운데서도 섣불리 감정을 드러내지 않은 것은 역시 그 고참 격인 방주 사내였다.

"가만! 그렇게 조급하게들 굴 것 없어요."

그가 손을 들어 밤송이 녀석과 주위를 제지하고 나서는, 역시 조금도 동요의 빛이 없는 침착한 목소리로 장손을 차근차근 어르고 들었다.

"손을 풀어주고 안 풀어주고는 형씨 하기에 달린 거요. 그리고 이건 형씨를 까닭 없이 해치려는 게 아니라 우리들 서로 간에 어려운 처지를 함께 의논하고 헤쳐나가려는 지혜 모음의 자리라는 걸 아셔야 합니다. 그러자면 피차간의 처지에 서로 솔직한 이해가 앞서야지 않겠소. 자, 그러니 이젠 말을 해보시오. 여기 우리들이야 그간에 서로 모든 걸 알고 있는 처지들이니 오늘 밤은 신참 격인 형씨부터…… 형씬 대체 무얼 하러 이 산엘 들어온 사람이오?"

서로 간에 솔직한 이해를 나누자느니 어려운 처지를 함께 헤쳐나가자느니, 어렴풋이 짐작은 해온 터였지만, 장손으로선 너무 갑작스런 작자의 토설이요 제의가 아닐 수 없었다. 어찌 보면 그건 위인이 입에 바른 소리로 그를 얼러 넘기려는 술책일 수도 있었다. 쉽게 곧이를 듣거나 섣불리 귀를 솔깃해할 소리가 아니었다. 한데도 위인의 점잖은 의논 투는 뜻밖에 장손의 심기를 쉽게 녹여왔다. 이제 와 위인들 앞에 굳이 더 숨겨야 할 일도 없었고, 그쪽에서 먼저 믿음을 내세워 의논조로 나온 이상, 이쪽도 일단은 사내답게 분명한 태도를 보여주는 게 떳떳한 도리였다.

"그래, 좋수다! 형씨가 그렇게 호의적으로 나오니, 이 꼴이 돼 가지고 무얼 더 숨기겠소. 내 이제 솔직하게 말해주겠쉬다."

장손은 단시간에 결심을 굳히고 일도양단 식으로 간단히 속을 털어놓았다.

"내 보기엔 댁에들도 비슷해 보여 하는 소리지만, 나도 실은 세상 사람들 눈을 피해 도망을 다니는 몸이오. 그러니 이제 너무 이러지들 마쇼."

제법 여유 있는 너스레기까지 곁들인 장손의 고백에, 주위에선 그러나 미리 그걸 알고 있었던 듯, 그리고 그쯤으론 아직도 솔직한 토설이 다 못 된다는 듯, 놀라거나 동정 어린 수긍의 소리보다, 비슷해 보이긴 뭐가 비슷해 보여, 이 친구가 누굴 밀대꾼으로 취직시키려나— 어쩌고, 아직도 그가 미심쩍어선지, 마음이 아예 놓여버려선지, 공연한 넘겨짚음과 추궁의 소리들을 던져왔다. 그런 미심쩍은 심사는 아마 그 방주 사내 녀석도 한통속인 듯,

"가만, 형씨가 쫓기고 있는 처지인 것은 우리도 이미 알고 있는 일이오."

그가 다시 주위를 제지하며 자신이 대신 장손에게 매섭게 따지

고 들었다.

"우리가 참으로 형씨에게 듣고 싶은 말은 그렇게 쫓기는 처지에 있는 사람이 무엇 때문에 여기선 생사람을 뒤쫓는 못된 형사 행세를 하고 있느냐 이겁니다. 밤잠도 자지 않고 온 산골을 훑고 다니며 이곳저곳 사람들의 동정을 엿보고, 대체 그러고 돌아다니는 목적이 무어요?"

들고 보니 어느 면 당연한 추궁으로도 보였다. 위인들이 그를 아직 미심쩍어한 것도 그 이유가 밝혀지지 않은 탓일 터였다. 장손은 위인들 앞에 차츰 여유가 생겼다.

"내 일은 뭐든지 환하게 알고 있다면서 그런 건 또 뭣 하러 내게 다 묻는 거요. 댁에들이 알고 있는 대로 생각하면 그만이지."

그는 부러 좀 비아냥대고 나서 추근추근 사정을 설명했다.

"허지만 그게 정 내 입으로 듣고 싶다면 말을 못 할 것도 없쉬다. 내 이 절간엘 들어와 들으니께 이 옆 집허당 무불 스님이란 양반이 밤잠을 요상하게 앉아서 잔다고들 합디다. 헌디 내가 절 일을 잘 몰라서 그런지 그런 괴상헌 일이 어디 곧이가 들려야지라. 난 정말로 그런가 안 그런가 내 눈으로 직접 한 번 보고 싶어집디다. 허긴 나도 그 뒤로 스님이 밤잠을 앉아 자는 걸 직접 본 일이 있지만서도…… 그래도 난 그것을 믿을 수가 없었으니께요. 그런다고 스님이 허구한 날 늘상 저리 앉아서만 자겠느냐, 스님도 사람인데 다른 사람 안 보는 데선 몸을 눕힐 때가 있지도 않겠느냐, 그런 땔 내가 한번 붙잡고 말겠다…… 스님의 버릇이 워낙 당찮아 보인 탓에 공연히 그런 오기가 치솟더라니께요. 그래 실은 일이 이렇게 된 건데, 내가 그간 그 일로 밤이슬까지 맞고 돌아다녔다면 어디 곧이를 들어들 주겠소?"

놀리듯한 어조로 오히려 여유 있게 되묻고 드는 소리에, 주위에선 다시 힐난과 위협의 소리가 쏟아졌다.

"저 친구 지금 누굴 상대로 잠꼬대를 하고 있는 게여, 아직도 일을 어물어물 눙쳐 넘기려는 수작이여."

"거 입을 좀 똑바로 열게 해줄 방법이 없어그래?"

그러자 예의 방주 사내가 다시 소란을 제지하며, 위인들을 대신해 달래듯한 목소리로 질문의 핵심을 들이댔다.

"그래 무불암이나 불실들을 엿보고 다닌 건 스님의 좌수를 확인해보고 싶어서라고 해둡시다. 스님의 앉은잠은 우리도 이미 알고들 있는 사실이니까. 하지만 그 밖에 스님이 계시거나 발걸음도 하시지 않은 다른 암자나 요사 토굴들, 더욱이 오늘 밤처럼 바깥 기숙인들의 숙사를 엿보고 다니는 건 무슨 소용에서지요? 그것도 노형이 진정 쫓기고 있는 몸이라면, 그 쫓기는 괴로움을 누구보다 잘 알고 있을 처지에 같은 처지의 사람들에게 정말로 그럴 수가 있겠느냔 말이오?"

목소리는 부드러웠지만, 질책기가 완연한 눈빛이나 추궁의 내용이 새삼 만만치가 않았다. 장손의 실토를 위인들이 아직도 만족해하지 못하고 있음이었다. 어디서 어떻게 기미를 알아챘는지, 위인들은 물론 그에 대한 자신들의 해답을 가지고 있음이 분명한데도 그것을 집요하게 다시 장손에게 확인하고 싶어 하고 있었다. 장손은 이제 그럴 마음도 없었지만, 일을 섣불리 눙쳐 넘기려 들다간 언제 어떻게 상황이 되바뀌어 다시 무슨 봉변을 당하게 될지 몰랐다. 위인들이 이미 알고 있거나 아니거나 장손으로선 어쨌든 다시 제 입으로 거기까지 사실을 털어놓을 수밖에 없었다.

"그것도 아마 이미 알고들 있을 일일 테지만, 그걸 정 원한다면 내 거기 대한 것도 다 말을 허리다."

그는 위인들이 이미 알고 있는 사실을 제 입으로 한번 더 되풀이 확인해주어야 하는 쓰거운 수모감을 삼키며 부러 좀 자포자기 식의 투박한 어조로 솔직하게 털어놓기 시작했다.

"막바로 말해 댁들의 등을 좀 쳐먹자는 거였지요. 아까 형씨가 미리 말을 해주지 않았어도 내겐 한눈에 댁들이 바깥세상에서 이런저런 허물들을 짓고 몸을 피해 숨어 들어온 처지들인 게 분명해 보였으니께요. 그런 사람들은 대개들 제가 지은 허물 땜시 웬만한 협박 공갈도 쉽게 먹혀들게 마련 아니오. 그래 내 빈손 처지에 용돈푼이라도 좀 옭아내볼까고 만만한 디를 물색하고 다니던 참이었지요. 까놓고 말해 난 사실 그런 놈이었수다. 바깥세상에서도 그렇게 살아온 놈이었구요. 허지만 곧이가 잘 들리지 않을지 모르지만, 내 처음부터 그런 작정으로다 이 산을 찾아 들어온 건 아니었어요. 여기서 그 짓만 일삼고 지낸 것도 아니었고요. 아까 말처럼 나도 처음엔 사실 도망꾼으로 이 절골까지 찾아온 몸이었는디, 이곳 돌아가는 사정이 내게 마음을 바꾸게 하더란 말임다. 도중에 그 무불 스님의 요상시런 앉은잠 버릇에 눈이 팔려 아직까진 제대로 껀수를 올린 것이 없지만도……"

"자신도 쫓기는 처지에 같은 처지 이웃의 등을 치려 쫓는 자 행세를 했다니, 당신 참 양심 한번 편하게 타고난 인간이로구만. 바깥에서도 그런 식으로 살다가 쫓기는 신세가 되었다니, 여태까지 세상에선 어떤 사람들의 등을 치고 살아왔소? 아니 이것도 다 당신에 대한 우리 믿음을 위해서오만……"

뜻밖에 허심탄회해진 장손의 자포자기 식 토설에 방주 사내는 모처럼 노골적으로 그 장손의 무지스런 행각과 인간성을 꾸짖고 나서, 그의 바깥세상에서의 비행을 계속 추궁하고 들었다. 그의 일을 이미 다 알고 있다던 위인들도 거기까지는 역시 짐작을 못했던 모양이었다. 하기는 그럴 수도 없었을 일이었다.

장손은 이제 어차피 좌중 앞에 정체가 발가벗겨지고 만 처지, 새삼스레 무얼 망설이고 말고 할 것이 없었다. 그는 다시 방주 사내의 추궁에 뒤이어 중구난방 식으로 여기저기서 날아드는 힐난과 문책 투를 하나하나 의연하게 맞받아 넘겨나갔다.

"나같이 못 배우고 뚝심밖에 없는 놈이 등을 치면 어떤 놈들을 상대로 했겠소. 눈앞에 돈 풀어놓고 열통들을 내고 있는 겁 많은 촌놈들 밤 노름판들이나 털고 돌아다녔쉬다."

"당신 꽁무니에 숨기고 다닌 그 수갑 하나로 형사 행세를 하면서? 도대체 그 수갑은 어디서 구한 거요?"

"이 수갑은 원래 내가 차고 다니던 거요. 내가 차고 달아나다 거꾸로 이걸 좀 이용해보자는 거였지요. 노름판 녀석들 제 허물들엔 워낙 겁을 잘 먹는 놈들이라 불시에 달려들어 이 수갑 하나만 내밀고 족쳐대도 의심이나 대항을 하고 나설 엄두들을 감히 못 내니께요."

"원래는 자신의 손목에 채워졌던 수갑이라? 그렇담 임자도 처음엔 노름 전과자였던 게로구만?"

"배운 도둑질이라고…… 내가 그 짓을 하고 다녔으니께 그쪽을 털러 나설 궁리가 선 거지라. 나도 한땐 그쪽에 손이 제법 익은 몸이었쉬다. 그 바람에 한두 번 작은집 나들이도 했었고요. 그러다 막판엔 손목에 수갑을 건 채로 줄행랑을 놓았다가 이번엔 거꾸로 그걸로 밥벌이 수단을 삼게 된 거지 뭐요. 허지만 터가 그리 넓지를 못하다 보니께 그 짓도 길게는 못해 먹겠더라고요. 보성, 장흥, 강진 일대의 노름꾼들에겐 이제 그 가짜 짭새 소문을 모르는 놈이 없게 되더라니깐요. 헌디다 지난겨울부턴 한동안 이놈의 수갑을 포기한 듯싶던 장흥 본서에서까지 낌새를 알아차려갖고선 좆같이 귀찮게 뒤를 쫓아다니는 기미지 않어요. 그래 나중 참엔 심기도 좀 죽일 겸 잠시 동안 이 절골로 몸을 피해 들어온다는 게 결국은 이 지경 이 꼬라지가 됐지 뭡니껴."

"듣자 하니 당신 이번뿐만 아니라 애초에 천성이 그리 태어난 사람인 게로구만. 밖에서나 여기서나 그런 짓거리를 일삼아오면서 어디 한 곳 마음에 걸키적거리는 대목이 없어 보이니…… 그러고도 아직 양심에 부끄러운 대목이 전혀 없소?"

추궁의 차례를 한동안 등뒷사람들에게 넘겨주고 있던 방주가 이번에는 차라리 어이가 없다는 듯 장손의 얼굴을 빤히 들여다보며 다시 다그치고 들었다. 장손은 이제 그쯤으론 기세가 꺾일 수 없었다. 그는 갈수록 뱃심이 되살아나며 거꾸로 기고만장 좌중을 훈계하듯 하고 나섰다.

"그런 소리 마슈. 나라고 어디 그 노릇에 마음이 편했겠소. 이래 봬도 내게도 사리 판별력이나 인정이 아주 없는 놈은 아니란 말요. 허지만 댁들도 몰라 하는 소리들이 아니겠지만, 그 인정이니 양심이니, 제 사정이 급하고 어렵다 보면 그거 다 알량한 남의 노랫가락 아닙니꺼. 일테믄 돈이나 권력의 줄이 없어 억울하게 통신세를 망칠 지경이 되어봐요. 그런 때 어디서 양심이니 사리니 그런 맘 편한 노랫가락이 나와요."

"돈과 권력이라…… 그래 당신은 그 돈이나 권력 때문에, 그런 걸 얻으려고 그런 짓을 했단 말이오?"

새삼스런 어조의 사내의 추궁에 장손은 잠시 더 대꾸를 계속해 갔다.

"애초에 시작은 그랬던 셈이지러. 세상이 원래 그리 돼먹은 탓도 있겠지만, 난 누구보다 그 돈과 권력에 원한이 맺힌 놈이니께요. 그것 때문에 예까지 요 모양 요 꼴로 신세를 망쳐온 놈이기도 하고요."

"무슨 남다른 사연이라도 있다는 얘긴가?"

허허헛— 주인을 알 수 없는 비웃음 소리에 뒤섞여 이번엔 누군가 방주 사내의 등 뒤에서 추궁의 차례를 끼어들었다.

"사연이 있다면 그것도 한번 들려줄 수 있겠소?"

그 등 뒤의 비양거림 투를 받아서 방주 사내가 짐짓 다시 정중하게 청했다.

그런데 바로 이 대목에서였다. 지금까지의 고분고분하고 조박스럽던 자세에서 장손의 태도가 갑자기 매섭게 돌변했다. 그는 방주 사내의 물음에 대한 대답 대신 불시에 머리를 똑바로 쳐들고 아깟번 비웃음 투의 추궁자 쪽을 향해 한동안 심상찮은 눈길을 쏘아 보냈다. 그리고 새삼 어떤 참을 수 없는 수모감이 치솟아 오르는 듯 그 눈길 속에 느닷없는 노기가 어려들었다. 하더니 그는 다시 자신을 달래려는 듯, 그리고 그 알 수 없는 노기를 혼자 참아 삼키려는 듯 절레절레 고개를 털어 흔들고 나서는,

"사연이야 있었제. 댁에들도 대개 다를 바가 없겠지만, 나헌티도 그럴 만한 사연이 있었단 말여."

잠시 혼잣소리처럼 두서없는 소리들을 늘어놓았다.

"내 누인 지금 그 돈하고 권세 때문에 10년 너머 동안이나 억울하게 생감옥살이를 치르고 있다 이거여. 나 같은 동생 놈이 어디서 그 돈과 뒷힘을 얻어와 누명을 벗기고 구해내주기를 기다리면서 말여. 이 동생 놈이 그걸 못 구해가면 앞으로도 10년, 20년을, 어쩌면 아예 평생 동안을 감옥에서 썩어야 할지 모르는 서러운 신세로 말여……"

하지만 장손의 요령부득의 푸념 투는 그쯤에서 문득 다시 서슬이 꺾이고 말았다. 느닷없이 마음이 격해오는 바람에 제풀에 더 이상 말을 이어갈 수가 없어진 때문이었다. 다른 사람들은 영문도 알 수 없는 터에, 그들 앞에 장손은 그 절통스런 누이의 신세나 그동안 동기간에 면회 한 번 가볼 수 없었던 자신의 괴롭고 아픈 심사를 더 이상 들춰대기가 싫어진 탓이었다. 장손아, 장손아…… 우리 동상 장손이는 뭣을 하니라고 여태 나를 이 꼴로 놔두고 있답디여. 언제 내 억울한 누명을 벗겨서 밝은 대명천지로 내보내준답

디여…… 장손아, 장손아, 세상천지에 내 하나밖에 없는 소중한 내 동상 장손아…… 그럴 만한 힘이나 재주가 없는 줄 뻔히 알면서도, 신세가 불쌍타 어쩌다 대신 면회를 들어가준 마을 이웃 아낙에게 공연히 그런 헛하소연질로 그를 원망하고 있다던 소갈머리 없는 누이년, 그럴 만한 힘도 재주 마련도 없거니와 그래 20여 년 동안 그 일에 얼굴을 내밀고 나서기가 힘들었던 누이년…… 동상아, 내 동상아…… 년의 일만 생각하면 제 귀로 들은 일도 없는 그 누이년의 원망 어린 하소연 소리가 늘 귀에 쟁쟁하곤 하였다……

그는 마침내 고개를 다시 한 번 꼿꼿하게 쳐들고 뒤로 묶인 팔목을 힘껏 꿈틀대며 새삼 더 거친 목소리로 내질렀다.

"허지만 그깟 내 누이년 이야기는 이만 해둡시다. 이건 어디꺼정이나 내 개인사일 뿐이고, 나로선 별로 내키지도 않는 일이니께. 자, 그럼 더 무슨 특별한 허물거리나 위험이 없다면 이쯤 해서 그만 이 팔목이나 좀 풀어주겠소? 내 이 저고리 속주머니에 열쇠가 있을 거요."

자라는 사슬

6

"그래, 네가 지금 내게 묻고 싶은 게 무언고?"

노암 큰스님은 무릎 아래 넙죽 엎드린 장손의 큰절을 받고서야 위인의 절값을 치를 심산이 선 듯 그의 뒤통수 위에서 번져 오르는 웃음기를 거두며 우정 정색을 한 목소리로 물었다. 말투가 여전히 자기 수하를 다루듯한 막하대였다. 근간엔 산을 내려가지 않을 기미를 알아챈 탓인지, 노암은 처음 장손이 종무소 스님들의 제지도 뿌리치고 막무가내로 당신의 본전 쪽 선실로 뛰어들었을 때부터 그런 투의 응대였다. 그 무슨 일인고? 큰스님께 좀 여쭤보고 싶은 게 있어서 왔습니다. 내게 묻고 싶은 게 있다? 헌데 네놈은 어른을 처음 뵈러 온 놈이 절도 할 줄 모르느냐. 항차 내게 무얼 구걸하려 하는 위인이? 스님하고 저는 지금 첫 대면이 아닌데요. 요전날 큰스님께서 저를 광명전 무불 스님한테로 보내주시지 않았습니꺼— 물색 모르고 엇받고 나서는 장손에게 노암은 역시 힐책과 우격다짐 조였다. 그래 그땐 네놈이 절을 하였더냐. 어른을 찾아뵙고 무얼 구할 양이면 절부터 하여라. 지금 당장 어서!

잠자리와 끼니를 마련해준 유세에선지 장손이 산을 올라오던 날과는 어세가 전혀 딴판이었다. 예기치 못했던 갑작스런 하대 조에 웬 생트집 같은 힐책기까지 시퍼랬다. 장손은 일순 어리둥절하기도 하고 비위가 뒤틀리기도 했지만, 그런 노인의 거침없는 기세 앞엔 어쩔 수가 없었다. 모처럼 작정을 하고 스님을 찾아 내려온 길이었다. 그 법호가 무슨 영곡(影谷)이라던가 뭐라던가, 이 절간의 맨 윗자리 격인 주지라는 사람은 아예 얼굴 꼴도 한 번 구경을 할 수가 없었다. 성미가 원래 그래선지, 다른 곡절이 있어선지, 장손의 일은 노암이나 광명전 쪽에 내맡겨둔 채 무슨 간섭이나 알은체를 해오는 기미가 전혀 없었다. 그의 일을 그럭저럭 알은척해준 것은 그래도 노암이나 경운 스님들뿐이었다…… 늙은 노암이 그를 어떻게 대해오든 장손으로선 그 늙은이에게서밖에 달리 궁금증을 풀고 돌아갈 데가 없었다. 그는 하는 수 없이 자신의 자존심을 내던지듯 스님 앞에 넙죽 몸을 던져 엎드렸다가 어물쩍 그 자리에 무릎을 뭉그적거리고 앉았다. 스님은 그제서야 챙길 것을 그럭저럭 챙기고 난 사람처럼 장손에게 물음을 시작해온 것이었다.

…… 하여 장손도 기회가 온 김에 곧바로 용건을 털어놓기 시작했다.

"전 그 집허당 무불 스님의 일을 알 수가 없습니다."

나름대로 혼자서 며칠씩 별러 온 그 무불 스님의 앉은잠을 두고 한 말이었다.

"큰스님께서도 이미 알고 계실 일이고 저도 이 두 눈으로 직접 목격한 일입니다만, 스님의 그 앉은잠 버릇 말씀입니다. 그 어른 대체 뭣 땜시 그리 요상헌 잠버릇에 취미를 붙이고 계신답니까?"

그의 평소 버릇대로 잡담 제하고 단도직입 식으로 밀고 드는 소리에, 노암은 다시 어이가 없어진 듯 거기서도 한동안 더 딴전을 피우듯 대꾸를 이리저리 엇비끼고 있었다.

"그…… 무불의 좌수선(座垂禪)이 그 눈엔 요상헌 취미라…… 헌데 스님 일이라면 그 어른께 직접 여쭐 일이지, 어째 그 일을 내게 와 묻는고?"

"큰스님께서도 알고 기실 테지만, 그 어른이 어디 말을 해줄 분입니껴? 제 보기엔 원체가 생벙어리 같은 분인 디다 저한텐 제대로 알은척도 않으신데요. 그래 하 답답해서 오늘은 이렇게 스님헌티꺼지 사연을 여쭈러 오게 된 거 아닙니까?"

"네놈이 굳이 그런 건 알아 무얼 하려고? 네놈은 지금 제 더럽혀진 손모가지부터 씻어야 할 처지가 아니더냐. 그런 녀석이 제 분수를 모르고 어느 어른 일에 쓸데없는 참견인고!"

"더러운 손을 씻을래도 우선 그 절 물이 어디에 있는지부터 알아야지라…… 그래 스님께서 말씀을 좀 해주십사 이렇게 여쭙는 거 아닙니까? 전 어쩌면 정말로 한번 손을 씻어보고 싶어 여기까지 찾아 들어온 것인지 모르니 스님께서 그 물을 좀 가리켜주시라 이 겁니다. 물부터 보아야 손을 씻든지 말든지 허게 될 거 아닙니까?"

"정작에 제가 무얼 하러 예까지 들어온 줄도 모르는 놈이 어디서 제법 헛소리들은 주워들어가지고…… 그래 지금 나하고 선문답이라도 하자는 게냐…… 이 산중에 무슨 물이 고인다고 이런 데서 그걸 찾아. 네놈 콧구녁엔 그 어른의 앉은잠에 그런 물냄새라도 나더란 말이냐!"

장손의 답지 않은 엉뚱한 물타령에 노암은 짐짓 더 그를 윽박지르고 나서, 그러나 한편으론 그런 장손의 대꾸가 기특한 듯 그의 비유 속에 좀더 분명한 뜻을 담아주고 있었다. 거기에 장손도 좀 자신이 생겼다. 아직도 그 뜻이 분명치는 않았지만, 기왕에 자신이 자주 듣고 써오던 '손을 씻는다'는 소리, 거기에 스님이 나름대로 어떤 값을 매겨주는 눈치를 보고 그는 대충 어림잡아 떠오르는 대로 밀어붙이고 나갔다.

"도를 크게 통한 스님들은 마음만 먹으면 안 되는 일이 없다니 그랬는지도 모르지요. 그 어른 맘속에 지 손을 씻게 될 물방죽이 숨었든지…… 어쨌거나 저는 그 어른의 앉은잠 사연을 알아야 할 것 같구만요. 거기서 물을 얻어 손을 씻게 되든지 어쩌든지, 우선은 그러고 봐야 제 맘이 편해질 것 같으니께요."

"게다가 또 맹랑허고 허욕스런 탐착심꺼정……? 제 속에 제 방죽의 둑을 쌓을 생각은 없고 남의 마음속 방죽물만 엿보고 탐을 내는 어리석음이라니…… 그 어른 앉은잠에 물방죽은 무슨 물방죽이며, 설령 또 남의 맘속에 홍수물이 넘친단들 그게 너같이 어리석은 아집 덩어리한테 무슨 상관이더란 말이냐. 그 어른, 늘상 등창이 심해서 그러시는 것뿐일 게다. 젊었을 적부터 늘 몹쓸 역질

을 앓다 보니 잠자리에서도 등을 대고 누울 수가 없게 되신겨······
네놈은 그쯤만 알아두면 되는 일이니라."

인색스런 우회와 잦은 엇비낌 끝에 노암은 드디어 장손의 궁금
증에 대한 거칠고 소박한 해답의 실마리를 던져주고 있었다. 그
또한 뜻이 아리송한 선문답 식이었지만, 장손도 그새 며칠 절밥을
얻어먹고 지내온 탓에 그 말의 비의를 어렴풋이나마 짐작할 수 있
었다. 그것은 필경 실제의 등창앓이를 이른 것이 아닐 게 분명했
다. 노암의 비유는 장손이 그 노인의 앉은잠 모양새나 상해 고쳐
붙인 석고불들에서 보이지 않게 번져 나오는 듯싶던 어떤 마음속
의 아픔을 가리킴일 것이었다. 그리고 그 점에서 노암의 그렇듯
생뚱스런 비유 투는 장손을 답지 않게 숙연하게 만들었다. 하지만
그는 아직도 그 귀걸이 코걸이 식 절간 말투 속에 담긴 등창앓이의
참뜻을 분명히 짚어낼 수 없었다. 그 등창앓이의 아픔, 그로 인한
그 괴롭고 힘든 앉은잠이 절간 속 중들이 도를 닦는 한 방법인 것
은 짐작할 수가 있으되, 굳이 그런 아픔이 이들에게 어찌하여 그
렇듯 절실할 수 있으며, 심심산골 절간 속에만 들어앉아 지내는
이들에게 그것이 어디에서 비롯된 것인지, 그 등창앓이의 내력이
나 아픔의 색깔을 아무래도 잘 헤아려낼 수가 없었다.

노암 스님 역시도 장손의 짐작대로 거기 대해서까진 더 설명이
없었다. 중이 도를 닦는다고 꼭 그런 꼴로 애를 먹고 지내야 하느
냐, 그런다고 제절로 도를 통하게 되느냐, 한적한 산속에 혼자 사
는 처지에 마음속 아픔은 무슨 호강에 초칠 아픔이냐······ 노암에
게 한마디라도 더 입을 열게 하려고 이리저리 심기를 헤집고 들어

보았지만, 스님은 이제 그저 귀찮기만 하다는 듯,

"어따, 그 녀석 눈 안 뜬 강아지모양 시끄럽게 보채기는. 제 염통
속에 쉬가 들끓는 줄도 모르는 놈이 공연히 남의 일을 가지고……
그래 그 어른이 당신 일로 그렇게 도를 통하자고 밤잠을 못 주무신
다더냐. 당신 일로 그렇게 밤잠까지 못 주무실 괴로움이 많다더냐.
네놈의 눈에는 정녕 그렇게밖에 안 보이더냐."

그를 그만 내쫓으려는 질타뿐이었다. 등창앓이 때문에 몸을 눕
힐 수 없어서라던 처음 말을 바꾸어, 장손의 짐작대로 마음의 아
픔 쪽을 은연중 시인을 해준 것이나 그중 소득이었다고 할까. 하
지만 노암은 그런 질타마저도 그것으로 그만이었다. ……그렇다
면 그 같은 스님의 앉은잠은 언제까지나 변함이 없을 것이냐, 평
생토록 한 번도 누워 자는 일이 없을 거라 장담할 수 있느냐, 못된
호기심이나 궁금증 탓일진 모르지만 아무래도 스님에게 그 물냄새
같은 걸 맡은 듯싶으니, 기왕 그리된 김에 물방죽도 찾아볼 겸 얼
마 동안이 되든지 산에 머물러 지내는 동안이라도 스님 곁에 좀더
가까이 지낼 길이 없겠느냐…… 성깔을 죽여가며 노암께 한동안
더 소청을 늘어놔보았지만, 스님은 그때마다, 나도 모르는 일, 네
알아서 할 일— 아예 두 눈을 깊이 감아버린 채 조용히 좌우로 몸
을 흔들어대면서 같은 소리만 되풀이할 뿐이었다.

장손도 결국은 제물에 맥이 빠져 더 이상 어찌해볼 방도가 없었
다. 그쯤에서 그만 스님의 거처를 물러나오는 수밖에 없었다.

장손이 그렇듯 어정쩡한 심사로 다시 광명전으로 올라가고 난

뒤였다.

노암 스님은 위인 앞에서 정말로 부러 시치밀 뗐던 모양이었다. 위인과의 일에 무슨 뒷감당거리가 없을까 하여 곧바로 그를 찾아든 경운에게 스님이 새삼 의논 투로 물었다.

"그 위인 성정이 너무 거칠어 긴 공부를 시킬 재목은 못 되겠지만, 그런대로 한동안은 여기 머물러 지낼 듯싶어 보이는구만. 헌데 그 염탐질로 동병상련의 이웃들을 괴롭히는 짓은 좀 나아가고 있다던가?"

"전번 날 밤 객방 사람들끼리 위인을 혼내주고 타이른 이후부턴 그런 일이 좀 뜸해지고 있다 합니다. 허지만 집허당 큰스님을 밀탐하고 다니는 짓은 아직 여전한 듯합니다."

금세 노암의 심중을 헤아린 경운의 고변에 그는 그나마도 안심이 되는 듯 고개를 두어 번 끄덕이고 나서 다시 물었다.

"헌데 요지음 그 어른 근황은 어떠신가. 저 위인 일에 대한 심기는 어떠시고?"

"어제부턴 다시 집허당으로 내려와 계신 줄 압니다. 하지만 저 사람 일엔 아직 별 염량이 없으신 듯합니다. 일중이 녀석 말로는 위인을 제대로 알은척해보신 적도 없으시다니까요."

"그래애. 어쨌거나 좀더 두고 하회를 기다려보는 수밖에. 그 어른이 위인의 처지를 못 알아보셨을 리는 없는 일이니, 미구에 무슨 처결이 있으시겠제."

"그나저나 스님께서 위인을 받아 감싸주려 하신들 그걸로 정말 작자가 이곳에 맘둥지를 틀고 지내기나 하겠습니까? 이번엔 주지

실도 위인의 됨됨이에 좀 마음이 쓰이는 눈치던걸요."

"글쎄, 그도 더 두고 보는 수밖에. 제 입으론 제법 무슨 물방죽을 찾겠다고 그 어른 곁에서 지내게 해달라는 소청이지만, 그건 제놈도 무슨 소린지를 모르고 제 맘을 속이는 사설에 불과할 터이고…… 어쨌거나 위인이 그런 구실꺼지 들이대며 그 어른 곁을 원한 처지니, 그토록 세상을 겁내어 당신 곁을 의지해 지내고 싶어 한다면…… 이젠 제 일 제 알아 할 일이 아니던가. 틈 있으면 내가 영곡한테도 다시 통기를 해두겠지만, 위인의 됨됨이 때문에 주지실까지 지금까지 안 하던 알은체를 하고 나설 건 없는 일이고……"

장손의 신상을 돌봐주려는 것 이상의 어떤 다른 배려의 기미를 느낀 경운이 위인의 이후 동정과 향배에 대한 예견을 조심스럽게 묻고 들자, 노암은 거꾸로 그 수하에게 기미를 흘리고 만 자신의 의중을 다시 거두어들이듯 중언부언 말끝을 흐리고 말았다. 그리고 그쯤 입을 다무는 것으로 경운을 자리에서 내보냈다. 어찌 보면 무불이나 장손의 일들을 암묵리에 미리 다 계량해두고 있는 듯한 두 사람의 자리였다.

그러나 노암 스님 앞을 쫓겨나다시피 한 장손으로선 그런 스님의 보이지 않는 흉중을 헤아렸을 리 없었다. 그는 스님 앞을 물러나와 광명전 거처로 돌아온 다음에도 미심스런 심사가 조금도 풀리지 않았다. 무불 노인의 기벽에 대한 궁금증이 풀리기커녕은 오히려 낭패감만 잔뜩 더해온 꼴이었다. 노암을 찾아 내려간 것이 오히려 후회스럽기조차 했다. 아니 후회스럽고 못마땅한 것은 그보다 험한 일을 당한 그날 밤 즉시 산을 내려가버리지 못하고 그런 속 뜨거운 수모를 참고 삭이며 우물쭈물 여태까지 뭉그적거리고 있는 자신이었다. 그것은 그 자신도 석연한 설명이 어려운 일종의 불가사의였다.

그것은 물론 그 데데한 객방 녀석들의 아량이나 친절 때문이 아니었다. 그날 밤 작자들은 그를 묶어둔 채 듣고 싶은 소리를 똥트림 소리까지 다 들은 뒤에야 장손의 결박을 풀어주며, 불편스런 심기를 죽이고자 달갑잖은 생색 조로 떠벌려댔었다.

——미안하게 됐어요. 우리도 대개 알고 있는 일이었지만, 앞으로 서로 마음을 트고 함께 지내자면 당사자 입으로 사실을 확인해주는 것이 그중 바람직한 절차였으니까요. 자, 그럼 오늘 일은 그쯤 이해하시고 앞으론 서로 지혜와 힘을 나눠가며 어려운 시기를 이겨 넘어가도록 합시다.

장손이 쉽사리 산을 내려가지 않을 사람으로 여겼던지, 일테면 그때부터 장손을 멋대로 한통속 취급이었다. 위인들 말대로라면 그날의 일은 그러니까 장손이 그들과 한통속이 되어 무리 속으로 끼어들기 위한 불가피한 의식이던 셈이었다. 실제로 이후부터 위인들은 그에 대한 전날의 백안시나 경계심보다 그런대로 제법 살갑고 은밀스런 이해의 눈길을 보내올 적이 많았었다.

하지만 위인들의 그런 아량기가 장손에겐 조금도 고마울 것이 못 되었다. 묵사발이 되도록 두들겨 맞고 산을 쫓겨 내려갈망정 위인들의 아량으로 은신처를 계속 얻어 남게 되는 것은 자신도 용서하기 어려운 굴욕이었다. 다른 때 같으면 그 때문에도 더욱 못 참고 산을 뛰쳐 내려갔을 그였다. 한데도 그는 아직 산을 내려가지 않고 계속 뭉그적거리고 있었다. 산을 내려갈 생각커녕 위인들의 그 알량한 아량까지 산을 못 내려갈 구실로 삼고 있는 형편이었다. 내가 이 꼴을 당하고 그냥 산을 내려가? 그래, 내 오기가 어떤 놈인데 이 빚을 안 갚아주고 말여?

하지만 그의 그런 오기나 복수심 역시도 위인들의 그 고까운 아량 한가지로 그가 산을 못 내려간 진짜 이유는 못 되었다.

그렇다면 그가 산을 내려가지 않고 있는 진짜 이유는 무엇이던가. 노암은 그걸 공연한 겉구실이라고 했지만(그리고 그것이 사실일 수도 있었지만) 장손으로선 아무래도 그 무불 노인에게, 그 무불의 물방죽 냄새에 허물을 댈 수밖에 없었다.

그렇다고 그 노인이 그에게 무슨 배려의 낌새를 보여서가 아니었다. 굳이 거기까지 상관 지을 일은 아니겠지만, 스님은 장손에게 그런 남세스런 일이 있고 난 이틀쯤 뒤에 그 무불암의 앉은잠을 끝내고 슬그머니 집허당으로 내려왔다. 하지만 스님은 암자를 내려와서도 장손에 대해서나 당신의 일상 동정에서나 여전히 별다른 변화의 기미가 없었다. 주변 일에 매사 벙어리처럼 말이 없는 것이나 장손을 다시 보고도 그저 소 닭 쳐다보듯 아랑곳을 않는 것이나 전날과 달라진 대목이 하나도 없었다. 문밖출입을 끊다시피 하고 거의 왼종일 집허당 선실 구석에만 들어앉아 지내는 것도 전날 그대로였다. 그런 노인이 장손에게 따로 어떤 비호나 배려의 기미를 건네왔을 리 없었다. 그런 걸 기대할 수조차 없는 노인이었다.

하지만 장손은 이즘 그 무심스런 노인에게 왠지 자꾸 더 마음이 끌려가고 있었다. 그날 새벽 무불암에서 노인의 앉은잠을 목격한 이후부터였다. 자신도 연유는 알 수가 없었지만, 장손은 그때의 그 뜨겁고 충격적인 느낌이 좀처럼 가슴에서 사라지질 않았다. 사라지기는 고사하고 날이 갈수록 더 생생하게 그를 사로잡아오고 있었다. 그 적막스럽고 고통스런 모습이 시시때때 눈앞에 어른거리곤 하였다. 그것은 장손에겐 나날이 새로워져가는 어떤 울림 깊은 감동이었다. 그가 답지 않게 쉽게 내뱉은 소리에 노암 스님은 그리 유념을 하지 않는 눈치였지만, 장손은 어쩌면 정말로 그 무불 스님의 모습에서 부지중 어떤 물방죽의 냄새를 맡았었는지도 모른다. 그는 그 노인의 모습만 떠오르면 가슴이 다시 천천히 뜨거워져 오르며, 그 속에 거친 심기가 차분히 젖어 가라앉곤 하였다. 때로는 그가 노암에게 간청했듯이 노인에게 정말로 자신을 내맡기고 그 곁에 한동안 세월을 잊고 지내고 싶어지기도 하였다.

장손은 물론 그런 자신을 쉽게 용납하려지 않았다. 장손으로선 워낙에 그런 경험이 처음인 데다 자신의 일을 잘 납득할 수가 없었기 때문이다. 그래 그날 밤 스님의 앉은잠을 확인한 이후에도, 그리고 다시 위인들에게 그 말 못할 수모의 밤을 겪고 난 다음에도, 산을 바로 내려갈 생각보다는 스님의 잠자리만 계속 뒤쫓아 다니고 있었다. 영감태기가 언젠가는 몸을 눕혀 잘 때가 있겠지. 내 기어코 그 꼴을 보고서야 산을 내려갈 거라구— 스님의 앉은잠 모습을 그런 식으로 그냥 받아들여버리기가 싫었기 때문이다. 하지만 그도 실은 자신을 속이는 거짓 구실일 뿐 본심은 언제나 그 앉은잠을 다시 한 번 보고 싶은 쪽이었다.

하다 보니 그는 갈수록 노인에게 더욱 깊숙이 끌려 들어가는 꼴이었다. 그 노인의 앉은잠 모습에 대한 상상만으로도 가슴속이 어떤 따스한 열기에 젖어들거나 까닭 없이 심사가 편해지는 것은 둘째치고, 이제는 그 앉은잠의 사연과 숨은 뜻이 은근히 궁금해지기까지 했다. 그런 노인 모습 속에 숨겨진 인간적인 사연들을 가까이서 캐어 헤아려보고 싶기도 했다. 정말로 이젠 그 앉은잠의 실수라도 보지 않고서는, 그래서 노인의 순 날탕 속임수라도 목격함이 없이는, 하다못해 노인의 실패한 속세 인생의 비밀이라도 캐어 보지 않고는, 그대로는 제 발로 산을 내려갈 수가 없었다.

장손이 정말로 산을 내려가지 못하게 한 것은 아무래도 그 무불의 앉은잠일시 분명했다. 하지만 장손은 자신도 그 깊은 이유는 알 수가 없었다. 그는 때로 그런 자신에게 새삼스레 놀라고 어이가 없어지기도 했다. 지난날의 그라면 그런 일은 애초에 어울리지도 않았거니와 도대체가 어림이 없었을 일이었다.

이날 아침 장손이 본전으로 내려간 것도 바로 그런 연유에서였다. 노인에 대해서나 자신에 관해서나 그 혼자선 아무것도 문제를 풀어나갈 길이 없어 보여서였다. 말할 것도 없이 그 첫날 자기를 노인에게로 올려 보내준 노암 스님의 도움을 기대하고서였다. 하지만 그도 사실은 노암의 질책처럼 굳이 그 손을 씻을 물방죽 따위를 구하고자 해서가 아니었다. 그는 애당초 그런 것을 찾아 산을 올라온 것도 아니었고, 언감생심 아직도 그러고 싶은 생각까진 없었다. 그가 본전으로 노암을 찾은 것은 그보다 그 알 수 없는 힘으로 그를 끌어대는 무불의 마력을 벗어날 방도를 구하기 위해서였다. 그래서 이 수모스런 더부살이를 끝장내고 가벼운 기분으로 산을 내려갈 계기를 구하기 위해서였다. 장손으로선 그만큼 간절하고 조급한 심사이기도 했다.

그러나 결과는 허탕에 가까웠다. 노암 스님은 그 무불 노인에 대한 장손의 궁금증을 하나도 풀어주지 않았고, 그의 하산을 위한 어떤 새로운 계기도 마련해줌이 없었다. 그 질책 투와 귀걸이 코걸이 식 선문답풍으로 머릿속만 외려 더 얼떨떨해지고 있었다. 부질없이 후회와 낭패감만 사고 온 셈이었다.

옳든 그르든 이제는 제 길을 제가 찾아나가는 수밖에 다른 도리가 없었다. 그의 방법이란 역시 그가 지금까지 해오던 식뿐이었다. 노인의 실수를 기다리는 것뿐이었다. 그래 그 노인의 거짓 수행을 폭로하고 미련 없이 당당하게 산을 내려가는 것이었다. 거기엔 그 노암이나 외사 객방 위인들의 콧대를 보기 좋게 꺾어주고 싶은 오기스런 승부욕도 함께하고 있음이 물론이었다.

하여 장손은 노암 스님을 만나고 온 이후로도 계속 광명전 객방에 머무르며 무불 스님의 잠자리 염탐을 일삼고 지냈다. 이제는 이미 정체가 속속들이 다 드러난 처지여서 부질없이 암자나 객방 기식객들의 동정을 살피고 다니는 짓은 거의 단념을 한 채였다. 그는 마치 그 노암 큰스님에게 다시 한 번 대들어볼 구실이라도 구하듯 밤낮으로 오직 그 무불 스님의 앉은잠에만 매달렸다.

하지만 장손은 그럴수록 자꾸 더 노인에게 깊이 끌려드는 자신을 어쩔 수 없었다. 그의 기대처럼 노인의 앉은잠이 허물어진 적은 한 번도 없었다. 그는 계속 밤잠을 설쳐가며 스님의 잠자리를 쫓아다녔지만, 노인의 실수를 붙잡기커녕은 그 아프고 숙연스런 모습 앞에 자신만 속절없이 무너져 내리는 듯한 이상스런 무력감이 더해갔다. 더욱이 그처럼 심한 무력감 속에서도 그는 어떤 기이하고도 평화스런 귀의감 같은 것을 느끼며 밤새 그 앞을 떠나지 못해하곤 하였다.

장손은 그럴수록 노인과 자신에 대한 깊은 의구심에 쫓겼다. 늙은이가 도대체 어떤 가슴 아픈 사연이 있길래 하많은 날들을 저리 누워 자지도 못하고 저토록한 괴로움과 싸우고 지낸단 말여. 도를 통하고 해탈을 하는 길이 정녕 저 나이가 되도록 저리도 힘이 든단 말여? 게다가 그 노인 앞에 나는 또 웬일로 심신이 이리 흐물흐물 가라앉고 마음이 턱없이 편안해지는 것이여. 이게 대관절 다 무슨 도깨비 같은 조홧속이란 말이여……

스님은 여전히 아랑곳이 없었다. 마음씨가 꽤 넓어 보인 노암 스님마저도 그리 속 시원한 소리가 없었던 터에 그 꼬장꼬장한 생벙어리 노인에게서라니, 어떤 허점이나 해답의 계기를 기대했던 것부터가 애시당초 잘못이었던 것 같았다.

그런 가운데도 좀 다행스러운 일은 스님을 가까이 시중들고 있는 일중 시봉 녀석이 가끔 그의 그런 궁금증을 거들어준 것이었다.

"깨우침이란 원래가 그처럼 힘든 것이지요. 맹귀우목(盲龜遇木)이라는 말씀을 들어보셨는지……"

그날 밤 장손이 창피한 꼴을 당한 이후부터는 녀석도 그를 제법 안심하게 된 탓인지 모른다. 도대체 그 늙은이가 그런 꼴로 무슨 도를 통한다고…… 궁금증을 참다못한 장손의 불경스럽고 잦은 이죽거림 투에 한번은 그 애어른 같은 일중이 저도 제법 무엇을 알고 있는 것처럼 진짜 중 행세로 거드럭거리고 나섰다.

"불자가 그 깨우침을 얻는 것은 깊은 물속의 거북이가 천 년에 한 번씩 수면으로 떠오르다가, 그중에 우연히 몸을 얹어 쉴 나무토막을 만나는 것만큼 어렵다 하였습니다. 그것도 그 한 번의 깨우침으로 끝나는 것이 아니랍니다. 깨우치고 나서도 그 위에 부단히 수련을 계속해나가야 그 밝은 법덕의 빛을 안팎으로 내비칠 수가 있게 되는 것입니다."

장손은 맹귀우목커녕 불덕이고 개떡이고를 이해할 턱이 없었다. 그래 그저 가만히 듣고만 있으려니 일중은 그 장손 앞에 제 유식을 더 뽐내고 싶었던지 새삼 점잖게 긴 설교를 늘어놓았다.

"참 지혜란 깨우쳐 얻기도 어렵거니와 그 빛이 흐리고 사위지 않게 닦아 지켜나가기도 어려운 것이…… 이것은 노암 큰스님께서 자주 설해오신 이야깁니다만, 옛날 어느 산중 도량에 오랜 세월 깊이 불법 공부를 하신 스님이 계셨더랍니다. 그 스님이 평생의 수련 끝에 참깨우침을 얻게 되어, 어느 날은 마침내 자신의 법덕으로 세상을 제도하러 당신이 숨어 살던 산을 내려가셨더라고요. 그런데 스님이 도중에 그 산 밑 마을의 정자를 찾아들어 잠시 아픈 다리를 쉬고 앉아 있는데, 때마침 그곳 철부지 어린아이 하나가 당신 곁을 지나가다가 무심결에 그만 스님의 장삼 자락을 밟았겠다요. 모처럼 깨끗이 손질하여 차려입고 나선 옷자락을 더럽혀놓은 아이의 발자국을 보고 화가 치민 그 스님, 그렇다고 덕이 높은 불자의 처지에 아이를 함부로 야단치고 나설 수도 없어 옆에서 과일을 깎고 있던 주인의 칼을 빼앗아다 그 흙 묻은 자신의 장삼 자락을 싹둑 잘라내버렸어요. 그런데 아이는 스님이 저한테 화가 나신 줄도 모르고 오히려 그걸 더 재미있어하며 이번에는 제 흙이 묻은 더러운 손으로 그 할아버지 같은 스님의 목을 껴안으며 재롱을 피우고 들었어요. 그러니 스님은 어찌 되었겠습니까. 아깟번 대로라면 이번에는 스님이 당신의 목줄기를 잘라내야 할 판이었지요…… 스님은 그제서야 당신의 수련이 아직도 모자람을 깨닫고 그길로 다시 산으로 되돌아 들어가고 말았답니다……"

그것은 물론 중들이 수련을 쌓고 참 도를 깨우치기가 얼마나 어렵고 끝이 없는 일인가를 말하고 있음일 터였다. 장손으로선 다소간 다른 뜻으로 들리는 대목이 있는 이야기였지만, 말의 앞뒤나 어세로 보아 일중이 장손에게 말하고 싶은 것은 결국 그런 쪽일 터였다. 장손도 그쯤은 눈치로 짐작할 수가 있었다.

하지만 그 일중도 그저 그 정도뿐이었다. 절밥을 먹고 자라 녀석의 말투에도 절밥 건방이 잔뜩 들어 그뿐 더 다른 설명이 없었다.

"그 이야기가 나헌티는 중들이 이런 깊은 산중에 들어앉아 도를 깨친다고 백날 애를 써봤자 세상 가운데서 막 굴러먹고 사는 어린 애에게도 못 미칠 만큼 말짱 헛짓거리라는 소리로 들리는디, 그래서 진짜로 도를 깨우친 중은 이런 디 앉아서 더 헛짓거리 일 삼지 말고, 바깥세상으로 나가서 불덕도 베풀고 거꾸로 그 세상을 배우기도 해야 한다는 소리로도 들리는디, 어쩐고? 우리 무불 스님은 대체 아직 도를 깨우치지 못해서 저러고 고생인지, 도를 깨우치고도 그걸 베풀 줄을 몰라서 그저 저리 헛짓거리만 하고 있는 건지……"

생각대로 지껄여댄 장손의 비아냥 투에 일중은 더 이상의 대꾸가 없었다.

　장손은 결국 그 일중에게서도 노인이 그토록 한 괴로움을 감내해나가야 하는 아픔의 사연이나, 이야기 속의 스님이 산을 내려가지 못하고 다시 절간으로 돌아와 지냄과도 같은 그의 격절스런 독선(獨禪)의 비밀에 대해선 더 이렇다 할 설명을 들을 수가 없었다. 하물며 장손이 그 노인 앞에 마음이 불가항력으로 잔잔하게 주저앉고 마는 것이나 때로는 거기서 조용한 안식감을 느끼는 조홧속에 대해서는 어디서도 해명의 실마리를 구할 수가 없었다.

　하여 며칠 뒤 장손은 결국 다시 본전 쪽으로 노암 큰스님을 찾아 내려가기에 이르렀다. 궁금증이 풀리지 않은 만큼 무불에의 끌림이 그만큼 깊어갔고, 그에 대한 반발도 더욱 심해갔기 때문이다.

　하지만 노암 스님이라고 그새 그에 대한 생각이나 어법이 달라졌을 리 없었다. 아니 노암은 그 애어른 일중보다 흉중을 헤아리기 어렵고 말투가 더욱 아리송한 늙다리 중이었다.

　"어따, 그 위인 참, 눈앞이 어둡기가 칠대롱 속 한가지로구나. 그 어른이 어디 당신의 육신이나 마음으로 인해서 그리 아파하신다더냐. 당신의 등창병이 당신의 심신에서 비롯된 것이라더냐. 그 어른의 일로 해선 그리 아플 일이 없으시다."

　노암은 장손의 재방문길이 심히 못마땅하기라도 하듯 무불의 인생사엔 한마디로 그리 아프고 괴로워할 일이 없을뿐더러, 그의 아픔이나 고행 또한 그 자신으로 인함이 아니라 잡아떼고 나서, 그것을 엉뚱하게 다른 사람들, 다른 세상 탓이라 핀잔 삼아 우기고 나섰다.

"부처님께서는 중생이 앓으면 당신도 함께 앓으시고, 중생이 나으면 인하여 당신도 함께 나으시리라 하셨느니라. 그 세상 중생 중에 한 사람이라도 아직 아수라의 고통을 벗어져 나지 못하면 그가 구원을 얻은 다음에야 당신께서도 참 평화를 누리시리라 하신 말씀이니라. 그 어른을 외람되게 세존께 비견할 수는 없는 일이다만, 어쨌거나 그 어른도 당신의 일보다는 세상의 일로, 그 세상 사람들이 병앓이와 고통을 당하고 있음으로 인하여 당신도 함께 그 괴로움을 앓고 계심일 것이니라."

무불은 일테면 이미 도를 통한 중으로 자신보다는 다른 세상 사람들 때문에, 일중의 말대로 한다면 깨달은 다음에도 그 법덕과 지혜의 빛이 흐려들지 않고 늘 밝게 살아 있게 하기 위해, 자신이 그 괴로움을 대신하여, 그로 하여 세상에 그의 자비를 베풀고 있다는 소리였다. 듣기에 제법 그럴듯한 말이었다. 하지만 장손에겐 그것이 처음 듣는 소리도 아니려니와 도대체 씨가 먹혀들 수 없는 헛소리처럼 들렸다. 세상에서 진심으로 남의 고통을 함께해주는 사람이 있을 수 있다는 걸 장손은 그간 자신의 인생 체험으로 수긍할 수가 없었다. 말이 좋아 그저들 두고 쓰는 문자로 자비니 사랑이니 하지만, 그것은 절간이나 예수교 예배당 사람들 밥벌이 구실에나 불과할 뿐, 중도 예수꾼도 본심이나 행동은 그리 사는 사람을 만나기가 힘들었다. 게다가 실없고 부질없어 보이기는, 흉내질이나마 그게 설사 제 아닌 다른 사람들을 위한 짓거리라 한들, 그 노릇이 대체 누구에게 무슨 소용이 있느냐는 것이었다. 죽고 죽이고, 얼크러져 물어뜯고, 낯가죽에 철판 깔고 심장에 개털 덮고, 그러고도 깨어지고 할퀸 자국들을 숨긴 채 아득바득 기를 쓰며 살아가고 있는 사람들은 산 아래 저쪽인데, 이 같은 심심산골 적막강산 속에 들어앉아 그 세상의 아픔과 괴로움을 어찌 함께할 수 있다는 것인가. 산 아래 세상을 들출 것도 없이 이 산골 속까지 쫓겨 들어와야 했던 장손 앞에서마저 그 절벽 같은 침묵의 장막 속에 혼자 도사리고 지내는 무불이 어찌 그 쓰라린 인생고의 한 자락이나마 대신해줄 수가 있다는 말인가.

"그거 괜시런 헛수고 아니겠습니껴? 멀쩡하게 밥을 굶고 잠도 안 자고 앉아서 염불이나 왼다고 그 소리가 어디 세상 사람들 귀에나 들리느냔 말씀임. 또 그 소리가 귀에 들린들 위인들의 병들고 멍이 든 가슴에 무슨 효험이 있겠느냔 말입니다. 아편꽃 한 송이만큼도 아픈 데를 돌봐주고 괴로움을 덮어줄 수가 없는 것 아닙니까?"

장손은 거칠게 엇지르며 덤벼들 수밖에 없었다.

노암은 이미 그러는 장손이 무불에게 심히 끌려들고 있음을, 그러는 자신에게 겁을 내고 있음을 알고 있는 것 같았다. 스님은 장손의 거친 언동에 조금도 흔들리는 기색이 없이 타이르듯 차근차근 말을 이어나갔다.

"제가 모른다고 곁에 없음이 아니며, 제가 느끼지 못한다고 누림이 없음이 아니다. 밝은 햇빛은 멀리서도 세상을 밝히며 그 빛을 누리는 줄 모르는 중생들도 은혜를 입고 있음과 같이 높은 덕과 지혜는 그것이 아무리 멀리 있어 눈에 보이지 않더라도 무소부재

(無所不在)로 미치지 않는 곳이 없으며, 그 힘에 크고 작음이 없는 법이다. 이와 같이 깨달은 자의 지혜는 그 어디서든 깨달음의 빛 자체로서 널리 사람들을 깨우치고 위로하며 두루 편안하고 즐겁게 하는 것이다. 거기에 어찌 들고남이나 멀고 가까움이 문제이겠느냐…… 그 어른이 어디 자리해 계시든 당신의 지혜와 적공이 문제일 뿐이니라. 그것의 들고남이나 멀고 가까움을 따져 가리는 것은 마음이 부질없는 분별을 일으켜 어두운 무명(無明)에 빠지게 될 뿐이다. 보아라. 네놈도 이미 그 어른 곁에서 적지 않이 마음이 움직이고 있음이 아니냐. 네 얼굴에, 네 눈빛 속에 그리 써 있거늘, 그 은덕을 마음속에 곱게 누리고 고마워하면 되는 것을, 제 편히 자라고 대신 앉아 자고, 제 괴로움을 대신 앓아주고 계신 어른 일에 공연한 헛분별을 일으켜 거꾸로 시시비비를 일삼으려 하는고?"

장손에겐 역시 그 참뜻이 아리송한 선담(禪談) 투였지만, 어쨌거나 노암은 전에 없이 자상하고 긴 설법으로 장손의 어리석음을 깨우쳐주려 하고 있음이 분명했다. 그 노인 곁에서 너도 제법 마음이 움직이고 있음이 아니냐, 그 어른에게 어찌 거꾸로 부질없는 시비를 일삼고 나서느냐는 노암의 꾸지람 투에 장손은 과연 제풀에 속을 찔끔해하기도 하였다.

그러나 장손은 아직은 그 정도뿐이었다. 그에겐 아직도 스님의 말뜻이 아리송할 뿐 아니라, 심지어는 늙은이의 허황스런 사설(邪說)로까지 의심이 되었다. 그 노인네가 내 편히 자라고 그리 대신 앉은잠을 잔다? 내 인생고를 자기가 대신 앓는다? 그 무불의 앉은잠 모습에서 그가 이상한 감동을 경험하고 마음이 잔잔하게 가라앉아 든 것까지는 부인할 수 없었지만, 그렇다고 그 늙은이가 장손 자신을 위해 그랬다는 건 아무래도 곧이듣기가 어려운 억지 우김 같았다. 아니면 노암이 자신의 난처한 입장을 얼버무려 넘기려는 데데한 말놀음 같기만도 하였다.

장손의 상식으론 도대체 그 무불의 앉은잠 버릇이 무슨 눈에 보이지 않는 적공으로보다 아무래도 자기 마음속의 아픔 탓으로 여겨진 것이었다. 그는 그 무불의 앉은잠 속에 숨겨진 비밀스런 아픔의 사연이 아니고는 그것을 분명하게 이해할 수가 없었다.

하여 장손은 그날의 노암의 설법이나 힐책기에도 불구, 이후로도 여전히 그 노인의 앉은잠 염탐질에 마음을 쏟고 지냈다. 한편으론 자신의 하산길을 거기 내걸고 그 뜻 모를 앉은잠의 허방을 기다리며, 다른 한편으론 나름대로 만만찮은 자신의 인생 경험을 내걸고 무불의 그 괴상한 고행의 모습 뒤에 숨어 있을 모종 수수께끼의 사연을 노리면서.

7

두륜산(頭輪山) 구곡(九曲) 절간골은 어느새 원근 산색에 연두색 신록기가 깃들이기 시작했다. 그 신록의 산 능선들이 뽀얀 봄볕 속에 때이른 춘곤기를 즐기는 양 적막스럽기 그지없는데, 하염없이 적요로운 그 봄산 절골에 하루는 환청처럼 아련한 여자의 노랫가락 소리가 떠돌고 있었다.

　─가지 마라 가지 마라 심청아 가지 마라 우리 서로 놀던 정의
친형제나 다를소냐……

　처음에는 전혀 노랫말의 내용이나 정처를 알 수 없는 먼 산울림
비슷한 소릿가락이었다. 바람결에 실려 떠돌듯 멀어졌다가 가까워
지고, 가까워졌다간 다시 멀어지고 하면서 소리는 산새처럼 숲속
을 이리저리 누비고 돌아다녔다. 그것도 사람의 형체는 드러낸 일
이 없이, 여긴가 하면 저만큼한 능선에서, 저긴가 하면 다시 이쪽
골짜기의 숲덤불 속에서 저 혼자 끝없는 숨바꼭질을 계속하고 있
었다.

　여느 사람들 같으면 어느 근동 아낙이 산나물이라도 캐러 왔다
가 제 고되고 기박한 삶의 심회에 겨워 목청을 한번 돋워보는 소리
려니, 무심히 스쳐 들어 넘길 수도 있었다. 하지만 장손은 그 소리
가 떠돌기 시작한 첫날부터 전에 없이 심사가 어지러워지고 있었
다. 그 유난히 애절하고 유장(悠長)한 여자의 노랫가락을 근자에
들은 일이 있었기 때문이다. 바로 두어 주일 전 그가 산을 올라오
던 길목 여관에서였다. 소리의 여자는 그날 밤 대원여관의 난정이
분명했다. 외사채 패거리와 무불 스님의 일에 밀려 그동안 머릿속
에서 잊고 지내왔지만, 그날 밤 그녀의 애절하고 정한 깊은 소릿
가락은 아직도 그의 귓가에 쟁쟁했다.

　다름 아니라 그날 밤 난정과의 그 꿈결 같은 정분 나눔의 의례처
럼, 그녀가 성급하게 굴고 드는 장손에게 한동안 넋을 빼고 기다
리게 한 끝에 종당엔 어느 계집보다도 깊고 뜨겁고 그윽하게 제 몸

을 열어오던 기이한 합환 절차의 하나가 그 노랫가락 소리였다. 장손이 처음 그녀를 쉽게 알고 덤볐다가 예상치 못한 무안을 당하고 난 잠시 뒤였다. 장손의 애초 예상대로 여자는 다행히 제물에 다시 그 앞에 몸을 접어 앉고 나서 새삼스레 그의 무안한 심기를 달래주듯 장손의 긴 쫓김의 사연을 캐고 들었다. 그리고 장손도 마침 무안변을 겸하여 맘에도 없는 누이년의 기박한 팔자풀이를 빌려 그 쫓김의 내력을 대충 털어놓게 되었다. 손쉬운 완력이 통하지 않는 계집들에겐 때로 그런 어쭙잖은 호소 조가 효험을 볼 수 있는 때문에서였다. 그런데 과연 그 누이년의 이야기는 난정의 마음을 어지간히 흔들어놓은 낌새였다. 그랬구만요…… 그래서 그 가엾은 누님 일 때문시 동생분까지 신세가 이리 험난하게 됐구만이라…… 내 첨부터 그런저런 속 깊은 사연이 있는 손님 같더마는…… 이야기 중간중간에 난정은 이따금 제물에 애틋한 수심기까지 지어 보이곤 하다가, 장손의 사연이 어지간히 다해가는 것을 알고는,

"그나저나 알고 보면 그도 다 이 한세상 살아가는 노릇이요, 세상 나올 때에 업장으로 지고 나온 팔자소관 아니겠소."

심사가 창연하여 더 듣고 있기가 어려운 듯 제 쪽에서 미리 장손을 가로막고 나섰다. 그리곤 잠시 문을 열고 바깥으로 나가더니 방을 찾아올 때 미리 가져다둔 것인 듯 웬 손때 묻은 북통 하나를 껴안고 들어왔다.

"그러니 손님, 오늘 밤 우리 그런 기박한 팔자 원망일랑 노랫가락으로나 함께 달래보도록 합시다. 제가 그 가엾은 누님을 대신해

서투른 소리로나마 그간의 심고(心苦)를 좀 풀어드리도록 할게요."

장손의 맞은쪽으로 북통을 앞에 하고 앉으며 그녀가 일방적으로 제안을 해왔다. 이쪽의 의중이나 소양 따위는 아예 아랑곳을 않은 채였다. 그리고 그게 마치 이날 밤에 예정된 그녀의 은밀스런 절차였기라도 하듯이 북채를 부여잡고 제 장단에 제가 맞춰 소리를 시작한 것이 그 「심청가」 가락 한 대목이었다.

따라간다 따라간다 선인들을 따라간다 끌리는 치맛자락을 거둠거 둠 거둬 안고 비같이 흐르는 눈물 옷깃에……

사설의 흐름이, 심청이 제 봉사 아비를 위해 공양미 3백 석에 몸이 팔려 선인들을 따라 인당수 뱃길을 떠나가는 대목이었다.

장손은 처음 그 여자의 소릿가락이 달가울 리 없었다. 소릿가락에 흥취가 날 만한 정황도 아니거니와 그에 대한 별반 소양도 없는 터라, 사내 계집이 야밤 한 방에 마주 앉아 웬 시답잖은 굿판인가 싶은 비뚤린 심사뿐이었다. 어릴 적 가끔 고향 동네 사람들에게 주워들은 풍월로 그게 「심청가」의 한 대목이라는 것 정도는 짐작이 갔지만, 더 이상의 흥미나 관심은 솟을 리가 없었다. 그는 도대체 그녀가 갑자기 그런 엉뚱스런 굿판을 벌이고 나선 맘속조차 전혀 짐작할 수가 없었다.

장손으로선 그게 아무래도 여자가 그 앞에 어려운 처지를 모면해나가려는 얄미운 수작쯤으로까지 여겼다. 야밤에 제 발로 사내 방을 찾아 들어온 계집이 이제 와 또 무슨 변덕이 솟았길래?

하지만 알고 보니 그런 의구심들은 장손이 아직 여자의 심중을 헤아리지 못한 탓이었다.

시간이 잠시 흐르다 보니 장손은 웬일인지 자신도 모르게 마음이 서서히 달라지기 시작했다. 여자는 마치 길고도 깊은 목마름을 견디다가 여름비에 후줄근히 온몸이 젖어들 듯 제 장단 속에 그 구슬픈 부녀 이별의 한 대목을 목 놓아 엮어갔다. 장손은 그 여자의 망망한 노랫가락에 부지중 가슴속 심회가 뜨겁게 끓어올랐다. 머리 위에 난데없는 여름 햇덩이가 이글거리는 뜨거운 고통 속에 입속이 자꾸 바삭바삭 말라들었다. 잊고 지내자던 그 저주스런 누이년의 일이 다시 밀물처럼 가슴을 채우고 드는가 하면, 바닥 모를 분노와 갈증기를 참느라 숨결까지 고통스럽게 거칠어져갔다. 그러다 심청이 인당수 먼바다 가운데에 이르러, 여보시오 선인님네 도화동이 어느 쪽이오—, 도화동과 그 아비를 영영 이별할 때쯤 해서였다. 장손은 마침내 여자의 소리를 더 참을 수가 없었다.

그는 느닷없이 여자의 신명 들린 소리 가운데로 뛰어들어 북채를 난폭하게 빼앗아 던지고는, 마치도 목이 마른 자가 샘물께로 엎어지듯, 섶을 진 자가 불길로 뛰어들듯 여자를 정신없이 탐하고 들기 시작했다. 그리고 뜻밖에 그런 식으로 제 소릿결에 그를 깊이 기다리고 있었던 듯한 여자의 애달프고 다소곳한 순응 속에, 들짐승의 울부짖음과도 흡사한 그 어지럽고 난폭하고 간절한 요동질과 그에 뒤이은 절망스런 침잠의 되풀이 속에, 그는 그 진탕 속 같은 그녀와의 하룻밤을 홀려 지새우게 된 것이었다.

산속의 노랫가락은 바로 그날 밤 난정의 소리였다. 소리의 맵시나 사설도 대개 그날 밤과 비슷한 대목들이었다. 장손은 당연히 마음이 혼란스러워질밖에 없었다. 그간엔 경황 중에 잊고 지내온 터였지만 장손은 다시 그 소리만 들어도 육신 구석구석에 아직 나른하게 묻어 남아 있던 그날 밤의 격정과 자기 탕진(그날 밤엔 대체 그의 무진한 격정이 언제 마지막 스러짐에 이르렀던가)의 여운이 새록새록 되살아나는 기분이었다.

한데다 소리는 얄궂게도 그 하루만이 아니었다. 소리는 이튿날도 다음 날에도 며칠째 계속 산속을 떠돌며 장손의 심사를 어지럽히고 다녔다.

실은 난정이 그럴 만한 노릇이, 장손과 그녀 사이엔 그런 때 으레껏 뒤따르게 마련인 약조가 있었기 때문인 듯했다. 밝은 날 하루를 다시 여관 골방에서 뒹굴다 그날 해거름 녘쯤 여관문을 나설 때였다.

"내 며칠 뒤에 산을 내려갈 때 다시 들름세."

진의 반 치레 반으로 장손이 쉽게 한마디 던져본 소리에 난정은 내심 그 소리를 기다리고 있었다는 듯,

"그 말씀 잊지 마시오. 사람 기다리는 일 허사로 만드는 것만큼 큰 허물을 짓는 일도 다시 없습데다. 험한 고초를 겪으며 동기간을 기다리는 애달픈 누님을 생각해서라도 그 말씀 꼭 잊지 말고 한 번 더 찾아주시오. 소식이 없으면 내가 나서 어디라도 부르러 갈 것이니."

심상찮이 애틋하고 간절한 목소리로 숨은 정인 행세를 하고 나서던 것이었다. 허나 장손은 그녀가 어떻게 그를 부르러 온다는 것인

지도 짐작이 안 갔거니와 마음고생이 고된 사내 계집 간에 하룻밤 정분 나눔이 무슨 대술까 보냐고 말대접 삼아 무심히 고개를 끄덕여주고 온 일이었다. 산속의 노랫가락은 일테면 그 난정이 그를 기다리다 못해 그날의 약조대로 그를 부르러 나선 소리일 터였다.

그런데 그 소리가 장손의 심사를 그렇듯 어지럽히고 든 것은 그가 그런 난정과의 재회 약속을 지켜주지 못해서가 아니었다. 그로선 어쨌거나 조만간 다시 절골을 내려가야 할 처지라 그 점도 물론 마음에 걸리지 않은 바 아니었지만, 그보다도 더욱 그의 마음이 편치 않은 것은 그 난정의 소리만 들려오기 시작하면 그는 왠지 그 달갑잖은 누이의 일이 지겹게도 자꾸 지펴들곤 하는 것이었다. 그날 밤 소리를 시작할 때뿐 아니라 이튿날 헤어지는 자리에서까지 난정이 부질없이 그 누이의 일을 자꾸 들춰낸 탓인지 모른다. 그리고 그 난정의 하염없는 가락 속에 그의 누이 비슷한 애달픈 삶의 정회가 깃들인 탓인지 모른다. 어쨌거나 장손은 난정의 소리에서 그 지지리도 못난 누이년의 일이 문득문득 가슴을 할퀴고 드는 것이 무엇보다 막막하고 짜증스런 고통거리였다. 거기엔 물론 까닭이 없지 않았다. 다름 아니라 그 누이의 저주받을 인생은 바로 자신의 무력하고 참담스런 삶의 여정을 일깨우기 일쑤였고, 그 끝도 없고 억울한 고초에 보기 싫게 찌들어간 누이의 얼굴은 장손 자신의 잊혀져온 얼굴을 번번이 눈앞에 떠올리게 한 때문이었다.

한데다 장손에게 그것을 더욱 견딜 수 없게 한 것은 그 누이가 아직도 제 모든 것을 그에게 걸고서 그를 끈질기게 기다리고 있는 사실이었다. 그 생각만 떠오르면, 동상아 내 동상아…… 모질고

야속한 핏줄을 부르는 목소리가 금세 귓가에 쟁쟁하여 머릿속이 미쳐 터질 지경이 되곤 했다.

어쩌면 그 누이는 그의 저주받을 운명의 올가미와도 같은 것이었다.

그런데 하필 년이 그런 소리로 며칠씩 산을 헤집고 다니다니! 그는 마치 그 난정의 소리가 누이 대신 그를 애타게 찾아 헤매고 있는 것만 같아 때로는 자신이 그 소리에 쫓기고 있는 듯한 조급스런 심사가 되기도 했다. 사실을 말하자면 장손도 결국 언젠가는 다시 산을 내려가야 할 사람이었다. 좋든 궂든 원체가 사람이 살 곳이란 그 산 아래 사람들의 동네였다. 뿐더러 장손에겐 속여먹든 훔쳐먹든 일을 벌여나갈 마당이 있어야 하였다. 본색이 훤히 다 드러난 이상 절골은 이제 그의 온전한 삶의 마당이 아니었다. 자신이 거꾸로 속고 빼앗기는 한이 있더라도 그는 결국 사람들의 동네로 다시 내려가야 했다. 이제 절골 위인들에게선 더 볼일이 없어진 마당에 무불 노인과의 껄쩍지근한 일만 결판을 내고 나면 그는 더 미련 없이 산을 내려갈 생각이었다. 난정이 년과의 약속 때문이든 그 못난 누이를 위해서든 그것이 그가 살아오고 살아갈 길이었다. 그런데 그 무불과의 일이 아직 그 모양이었다. 결판커녕 오히려 발목이 자꾸 더 깊이 끌려 들어가고 있는 꼴이었다. 한데다 연일 그 난정의 소리까지 심사를 어지럽히고 드는 판국이니 장손은 초조하고 답답한 노릇이 아닐 수 없었다.

하지만 소리는 여전히 아랑곳이 없었다. 연두색 봄빛이 차츰 더 무르익어갈수록 소리는 그 무슨 산정령의 손짓처럼 신록 속의 숨바꼭질을 끈질기게 계속해가고 있었다.

절간 근처까지는 차마 모습을 드러내고 나타날 수가 없어선지, 날이 갈수록 정체를 더 깊이 숨겨 들어가면서, 장손이 때로 마음을 가다듬고 귀를 좀 가까이 기울여볼라치면, 소리는 거기서 문득 거짓말처럼 사라져 숨어들고, 그러다간 왠지 또 마음이 어지러운가 싶으면 그새 언제부턴지 소리가 다시 귓전을 쟁쟁하게 두들겨대고 있었다.

때로는 소리가 없을 때마저도 그의 마음속은 내내 그 꿈결 속 같은 여자의 노랫가락 소리가 가득해 있기도 하였다. 그리고 그런 때 장손에겐 거꾸로 그 산간의 적막감이 얼마나 절절했으며, 그 푸르른 산 능선 너머 하늘은 또 얼마나 사무치게 멀기만 했던가.

장손은 그렇듯 어지러운 심사 속에도 무불의 그 기이한 앉은잠에 대해서처럼 불가항력으로 나날이 마음이 이끌려가고 있었다. 이제 그에겐 그 노랫가락 소리가 산속을 헤매 다니는 어느 여인에게서가 아니라 그가 오랫동안 눈감고 지워 없애려 애써온 바로 그의 누이의 애절스런 호소로, 아니면 더욱 까마득하게 멀리 흘러가버린 그의 지난날의 어느 잊혀진 망각의 길목에서, 그가 태어나기도 전인 어느 멀고 먼 피안의 시간대 저쪽에서, 그렇듯이 아득한 기억의 깊은 켯속에서, 기약도 없이 그를 찾아 헤매 다니고 있는 또 다른 자신의 호소처럼 들려온 것이었다.

그러자 그 소리로 인한 어지러운 정회가 장손에겐 차츰 고통스럽고 저주스런 노여움으로 변해갔다. 그것은 누이와 자신의 남루한 삶에 대한 그의 독기 어린 저주를 불러일으켰고, 동시에 난정과 그 소리에 대한 불같은 노기를 부추겼다.

　장손은 결국 더 이상 그 소리를 견뎌나갈 수가 없었다. 산이나 그의 주위에서 소리를 쫓아버려야 하였다. 따지고 보면 그로선 굳이 그 소리와 자신을 답답하게 참고 지내야 할 필요가 없었다. 하루 이틀 간에 쉽게 산을 내려갈 사정이 못 될 바에야 소리의 요동기부터 죽여 쫓아버려야 하였다. 그러자면 우선 제 암기에 애가 닳고 있는 그 소리의 임자부터 한 번은 찾아 만나봐야 하였다.

　——제가 차마 절간까진 나설 수가 없어도, 저게 다 애간장을 태우며 나를 부르고 다니는 계집의 소리가 아닌가. 저게 바로 미구에 내가 되돌아가야 할 그 인간사에로의 길 재촉이 아닌가 말여.

　그가 무불과의 일을 하루빨리 결판내고 산을 내려가기 위해서도, 그걸 자꾸 방해하고 드는 그 괴로운 년의 암기를 내몰고 자신의 어지러운 심사를 가라앉히기 위해서도 한 번쯤은 그 노릇이 가히 필요할 것 같았다.

　하여 그는 어느 하루 마침내 작심을 하고 나섰다. 이른 봄빛이 유난히 화창한 그날 아침 녘, 장손은 마치 무슨 살기와도 같은 맹목적이고 난폭스런 충동 속에 그 산귀신의 홀림 소리 같은 노랫가락의 여자를 이번에는 제 쪽에서 마주 찾아 나섰다. 그리고 그는 그날 소리의 흔적을 뒤쫓아 한나절 내내 뒷산골짝의 숲 속을 정신없이 헤매 다녔다. 하지만 소리는 광명전 뜨락에서와 마찬가지로 그 소재나 방향을 여전히 종잡을 수 없었다. 푸른 하늘 무심히 멀어져가는 먼 산 능선 쪽인가 하면 연푸른 새 나뭇잎들이 바람결에 하얗게 뒤집어지는 아랫계곡 쪽에서, 건너편 산허리의 널바위껜가 싶으면 어느새 다시 행방조차 짚을 수 없는 까마득한 숲 속에서, 소리는 그렇게 이 산 저 산의 능선과 골짜기로 끝없는 숨바꼭질을 계속하고 다녔다.

장손은 그 한나절 소리와의 숨바꼭질에 심신의 기력이 온통 다 졸아붙어가고 있었다. 기운이 지쳐나는 것과는 반대로 그의 무더운 바지춤 속에서는 언제부턴지 난폭스런 남정의 욕망이 갈수록 조급하게 설쳐댔다. 마음속 깊이 도사려온 누이년에 대한 노기도 그만큼 더 사납게 부풀어오르고 있었다. 동상아, 동상아, 내 귀하고 소중한 동상아…… 귀하고 소중한 동상? 같잖게 무슨 개똥대가리 같은 귀한 동상! 이런 백치 같은 년의 주둥이를 붙잡아 그 자리에서 그냥 콱……!

…… 생각할수록 알량한 운명의 굴레였다. 뱃일을 나갔다가 시신도 찾을 수 없는 물귀신이 되어간 애비라는 사람과 그 지아비의 소상(小祥)도 치르기 전에 동네 머슴놈과 배가 맞아 어린 오누이까지 내팽개쳐두고 달아난 어미 덕분에 그 누이년은 일테면 일찍부터 장손이 인생길을 서로 의지하고 보살펴가야 할 세상 유일의 핏줄이던 셈이었다. 한데 그 누이년은 어렸을 적부터 눈 하나가 째긋한 곰보물색에다 심성까지 순하고 어벙한 푼수여서 마을 사람들로부터 늘상 반편이 취급을 받고 자랐었다. 장손은 그 어리숙한 장덕의 행신 때문에 동네 아이들과 싸움질도 많이 했지만, 그로하여 맘속에 쌓이고 든 것은 의지 없는 오누이 간의 우애나 동정심보다도 년으로 인한 창피스러움이나 노여움 쪽이었다.

그런 중에도 다행스러웠던 일은 누이년도 어느 구석 나름대로의 사람값과 구실을 지닌 점이었다. 그 사람값 매김에 눈이 밝은 마을 여편네 하나가 년의 쓸모를 일찌감치 찾아 사준 것이었다.

장덕의 나이 갓 스무 살이 되던 해의 이른 봄 무렵이었다. 생선 행상으로 읍내를 자주 드나들던 동네 이웃 아낙 하나가 하루는 장덕을 찾아와 그녀와 먼저 은밀스런 밀담을 나누었다. 그리고는 잠시 뒤, 뭐가 좋아 그런지 히죽히죽 입가에 웃음기가 번지고 있는 년의 등짝을 토닥여주고 장손에게로 와서는, 그가 마치 장덕의 손위 오라비라도 되는 양(하긴 이때까지 살아온 처지가 그런 식이었지만) 들이단짝 년의 때 이른 혼사를 의논해온 것이었다.

——이제, 느이 누이 앞길이 훤하게 트이고 안 트이고는 너 하나 마음 정해먹기에 달린 일인갑다. 그러니 너 내 말 잘 듣고 누님 일을 내게 맡기거라.

다짐부터 앞세우고 나서는 아낙의 이야긴즉 장덕에게 더 바랄 수 없는 마땅한 혼처가 나섰다는 것이었다. 듣고 보니 그것은 혼담이라기보다도 늙은 홀아비 회춘(回春)을 위해 팔려가는 후취살이 흥정에 다름없는 수작이었다. 아낙이 생것 광주리를 이고 자주 드나드는 읍내 마을에 몇 해 전에 환갑을 넘긴 나이 일흔 길의 윤씨 성 부자 홀아비가 한 사람 있는데, 나이 예순세 살 때 본처를 까먹고 서너 해 가까이를 혼자 지내온 영감쟁이로, 재산도 아쉽잖고 자식들 봉양도 나무랄 데 없으나, 그 혼자 지내는 심사나 행색이 늘 편치가 못해 보여, 종내는 그 자식들이 의견을 수합하여 노부의 말년을 맡길 만한 마땅한 재취감을 물색하고 나선 처지더랬다. 그래 아낙은 문득 장덕의 처지가 생각나서 말을 건네보았더니 그쪽에서 바로 반색을 하고 나서며 더 이상 바랄 수 없는 조건들을 덧붙여 일의 성사를 신신당부해왔다는 거였다. 어쩌면 그게 당연한 노릇이었는지도 모르지만, 그렇듯 더 바랄 수 없는 조건이란, 영감쟁이 생존 시 장덕의 호의호식은 물론, 영감 타계 시에는 장덕이 후일을 넉넉하게 누리고 살 만한 재산을 나눠주고, 거기다 누이 출가 후의 장손에 대해서도 제 앞날을 혼자서 도모해나갈 수 있도록 가계를 충분히 도와주겠다는 것이었다.

　──그래 내 특별히 너네 남매간의 딱한 처지를 생각해서 발벗고 나선 일이구만. 영감쟁이 나이가 좀 기운 게 흠이라면 흠이지만, 말이야 바른 대로 너네 형편에 그런 자리라도 아니면 저것이 어디 가서 계집 구실을 한번 해볼 날이 있었어? 것도 아직 그 나이에 영감태기 기력만은 젊은 사람 못잖이 탱탱허다는디. 세상사 쓴맛 단맛 다 겪어본 처지에 젊은 색시 귀염은 오죽이나 할 거고. 느이 누님도 바로 말은 않지만 그런 내 맘속을 금방 알아들은 기미더라. 그러니 인제는 하나뿐인 동기간에 니가 나서믄 그길로 바로 누이 팔자는 읍내 부자 윤 씨 영감 안방마님 팔자다. 글고 너도 누님 덕에 부자 영감 처남 남매간이 되는 거고…… 자, 그러니 너도 두말 말고 바로 내일이라도 당장 누이를 싸 보낼 작정을 내리거라. 저쪽 일은 벌써 다 매듭을 짓고 왔으니 뒷일은 모든 걸 내 시키는 대로 맡기고……

　아낙은 대단한 선심거리라도 가져온 듯 입에 침이 말랐다. 그리고 이제는 모지리 같은 웃음기만 히죽히죽 흘리고 서 있는 장덕이

년의 생각 따윈 문젯거리가 아니라는 듯 일의 진짜 당사자는 제쳐
둔 채 장손의 작심만을 되게 다그치고 들었다.

미처 숨을 돌리고 생각을 추려볼 틈도 없이 일방적으로 밀어붙
이고 드는 아낙의 성화에 장손은 처음 한동안 그녀가 원망스럽다
못해 어이가 없었을 정도였다. 그 원망과 수모감을 참으려 할수록
가슴에서 자꾸 뜨거운 노기가 치솟아올랐다. 이 여편네가 감히 어
디서 이따우 소리를! 누이년이 비록 어리숙한 반푼이 꼴일망정 그
간에 사람을 어떻게 취급해왔길래? 아낙의 이야기가 다 끝나고 나
서도 그런 수모감과 노기가 좀체 가실 줄을 몰랐다. 명색이 내 피
붙인데, 그래 장덕이 그 늙어빠진 홀아비 잠자리받이라니…… 멀
쩡한 인신매매나 별다름 없는 치욕스런 흥정의 내용은 고사하고
남의 아픈 데만 골라 건드려온 그 아낙의 조언이라는 게 한결같이
너무 당돌하고 갑작스러운 때문이었다. 게다가 이제 갓 스물밖에
안 된 어리숙한 반푼수를 그리 급히 다그쳐 탐해오는 속셈들이 아
무래도 석연치가 못할 뿐 아니라, 그로선 감히 떠올리기조차 싫은
어떤 참혹스런 상상마저 지울 수 없어서였다.

하지만 일은 결국 아낙의 계책대로 결판이 나고 말았다. 장손으
로서는 사실 새삼 어떤 결정을 내리고 말고 할 건덕지도 없었다.
아낙이 년을 어떻게 주물러놓았던지, 장덕은 그동안에도 아낙의
어깨 너머에서 히죽히죽 계속 모자란 암내를 흘리고 서 있었다.
무슨 천치성 색골이랄까, 달아난 어미의 궂은 피를 이어받은(뒷날
엔 장손도 그 점을 부인할 수 없는 터였으니까) 탓에선지, 장덕은
이미 그 나이에 동네 시러베놈들의 살맛을 아무렇잖게 받아들였다

는 소문이 몇 번이나 나돈 터였다. 년은 그걸 분하고 부끄러워하기보다 화가 복받친 장손의 다그침과 매질을 더 억울하고 두려워하던 치매성 색골이었다. 그 바보스런 웃음기는 년의 마음이 이미 아낙 쪽에 끌리고 있는 징표였다. 장손은 갑자기 그런 누이년을 더 참을 수가 없었다. 년의 지난날의 모지리 같은 행신들이 그 웃음기로 하여 새삼 더 지겹고 저주스러웠다. 년에 대한 까닭 없는 노기와 증오심이 한시바삐 그의 곁에서 년을 쫓아버리고 싶어 했다.

그리 보면 아낙의 말도 그리 틀린 소리는 아니었다. 제 년 팔자에 무슨 자리를 가려가며 번듯한 혼처를 기다릴 처지도 못 되거니와 그쪽의 조건이라는 것도 썩 괜찮은 정도를 넘어 년의 형편엔 외려 과분할 정도였다. 누이 덕에 자신이 무슨 치사한 도움을 받재서가 아니라, 어차피 번듯한 혼처를 바랄 수 없을 바에 남의 아낙 이름으로 머리나 한 번 쪽쪄보고 제 먹성·입성 걱정은 잊고 살 수 있겠기 때문이었다.

장손은 결국 그 자리가 뒤바뀐 일점혈육의 의지 노릇도 포기한 채 모든 일을 아낙의 처분에 내맡기기에 이르렀다. 그리고 그 아낙의 신바람에 의지해 굳이 작뱃날을 따로 정하고 말 것도 없이 이튿날 밤길로 바로 입던 입성 그대로 아낙과 함께 장덕을 읍내로 떠나보내고 만 것이었다.

하지만 그런 식으로나마 일단 년의 일을 마무리고 나니, 장손은 한동안 그 일이 제법 그런대로 잘 처결이 난 듯싶었다. 장손은 새삼 그 늙은 자형과 누이의 신혼살이를 찾아가보려고도 안 했지만, 장덕은 그럭저럭 윤씨 가의 사람이 되어 별 큰 탈 없이 잘 지내고 있다는 소식과 함께, 아낙 편에 이따끔 소홀찮은 곡량이 보내져 오곤 했다. 아낙 이외에도 읍내를 드나드는 마을 사람들이 가끔 물어 들여온 소문으로는, 기왕의 약속이나 기대와는 달리 몇 가지 아쉬운 점이 없는 것은 아니었다. 애초 생선 행상 아낙의 장담과는 딴판으로 윤 씨 영감은 나이가 이미 칠십 고개를 넘어선 노구인 데다, 젊은이 못잖다던 위인의 기력 또한 아낙의 공연한 허풍에 불과한 것이더랬다. 자식들이 다 장성해 있고, 집안 간의 우애가 썩 돈독해 보이는 걸 빼고 나면 가세도 재산도 내놓고 자랑할 만한 정도는 못 되더랬다. 하지만 다행스럽게도 장덕은 그런 걸 그리 허물하지 않고 그런대로 제 처지에 만족하고 지내는 편이더랬다. 집안에서 특별히 공경을 못 받고 호의호식까지는 못하더라도 명색 지아비라는 사람의 성품이 너그러운 편인 데다, 영감쟁이에 대한 잔시중거리 이외에 특별히 다른 주위 사람의 눈치를 볼 일은 없어 보이더라고.

무엇보다 장덕은 그 윤씨 가에서 먹고 잘 걱정 하나는 잊고 지내게 된 것이었다. 그리고 그걸로 장덕은 이후 몇 달간을 그런대로 별 말썽 없이 순탄한 시절을 보내고 있었다. 뿐더러 그러한 장덕의 한 시절은 장손에게도 모처럼 그 역겨운 애물단지의 질곡에서 벗어난 홀가분하고 배포 편한 한 시절이던 셈이었다. 장손에겐 특히 그 이웃 생선 행상 아낙이 처음 약속대로 읍내 윤씨 가를 자주 드나들며 그의 일을 대신 잘 보살펴준 덕도 있었다.

하지만 그 장덕에게나 장손에게나 그런 호시절은 길게 가지 못했다. 아무래도 제 속의 궂은 피를 못 속여선지, 주제에 그 못된 천치성 암기가 장손의 예상을 넘어선 탓이었다. 장덕으로선 그 유일의 사람 구실을 밑천 삼아 제 앞길을 더 확실하게 다져두렸던 것인지 모른다. 장덕이 윤씨 가의 사람이 되어간 지 반년쯤이 지난 그해 늦여름께서부터였다. 그동안도 계속 읍내 윤씨네를 드나들던 그 행상 아낙을 통해 년의 행신과 신상사에 관한 심상찮은 소문이 한 가지씩 흘러들어오기 시작했다. 장덕은 우선 늙은 윤 씨와의 잠자리에서 남정의 양기를 과도하게 탐한다는 것이었다. 년은 늙은이와의 첫 만남에서부터 보챔이 어찌나 심했던지, 윤씨 영감은 얼마 안 가서 바로 기력이 쇠진하여, 이후로는 자식들과 아랫사람들을 심히 민망하고 걱정스럽게 했을 지경이었댔다. 하지만 장덕은 웬일로 눈치·체면 가리지 않고 그럴수록 더 노구를 보채대어 기가 진해버린 영감태기까지도 종당엔 년을 퍽 탐탁찮게 여길 정도에 이르고 말았다고.

거기까지는 그래도 아직 약과인 셈이었다. 장손으로선 별다른 방책을 생각할 길도 없고, 또 그럴 만한 일도 못 돼 보여 그렁저렁 못 들은 척 여름 한 철을 넘기고 어느새 조석 기운이 선선해진 가을 절기로 접어들 무렵이었다. 어느 날 다시 읍내를 다녀온 생선 행상 아낙이 이번에는 정말로 마른하늘에 날벼락 같은 소식을 전했다. 누이년이 끝내는 제 늙은 서방에게 독물을 끓여 먹여 황천행을 시키고 말았다는 것이었다.

사연인즉, 이번에는 장덕이 어디서 뜬소문을 주워듣고 영감의 기력을 돋우기 위한 보양제로 뜸부기 한 마리를 구해들여 다른 식구 몰래 늙은이에게 고아 먹였다는 것이다. 그런데 그 뜸부기 곰국을 먹고 난 영감태기가 양기를 회복하기커녕은 독을 마신 사람 모양 갑자기 숨이 가빠오고 혀가 뻣뻣해지더니, 종내는 그길로 눈알을 허옇게 까뒤집으며 숨통이 아주 끊어지고 말았다고.

──어따, 색을 밝히는 건 타고난 모양이드라만, 그런다고 늙은이한테 그런 숭헌 것꺼지 끓여 먹였어야 쓰겄냐.

행상 아낙의 푸념 조마따나 년이 끝내 그 백치 같은 암기를 주체하지 못하고 엄청난 일통을 저지르고 만 것이었다. 사실 여부는 알 수 없었지만, 그 뜸부기가 신묘한 남성의 보양제라는 것은 근동에 널리 알려져온 소리였다. 하지만 늙은이나 허약한 체력에 그걸 함부로 취했다간 오히려 감당 불급, 해를 입기 쉽다는 것도 알려진 일이었다. 늙은이의 변고는 하필 그런 불운한 경우쯤에 해당할 터였다. 하지만 그게 비록 장덕이 제 사내의 양기를 북돋우려는 단순한 동기에 그 해독을 소홀히 한 무지한 실수로 빚어진 일이더라도 결과는 한 생목숨의 숨통을 끊어놓고 만 막중한 죄과였다.

한데다 처지가 더욱 수습 불능으로 어렵게 된 것은 망자 장례를 치르고 난 뒤부터의 윤씨 가 사람들의 혹독하고 박절한 처사였다. 남정 보양제로서의 뜸부기의 효능이나 부작용의 사례에 대해서는 윤씨 가 사람들도 이미 다 듣고 있었을 일이었다. 장덕이 뜸부기 이외에 다른 독물을 타 먹였을 리는 없었다. 늙은 영감의 보양 욕심 이외에 그를 해칠 다른 생각이 없었던 것은 새삼 의심할 바가 없었을 터였다. 윤씨 가 사람들도 처음에는 그쯤 너그럽게 양해를 하고 넘어갈 듯 별말 없이 조용히 상례를 치러갔다. 궂은 소문이 밖으로 새어나갈까 오히려 쉬쉬 주위 사람들 입단속까지 시켰다는 뒷소문이었다.

그러나 그것은 윤씨 가 사람들이 그렇듯 너그러워서가 아니라, 상서롭지 못한 소문 크게 번지기 전에 망자 장례부터 말썽 없이 치르고 나서, 연후에 일을 본격적으로 벌이려는 속요량에서였는지 모른다. 그것도 그쯤에서 년이 미리 죽으로 몸을 빼나왔으면 뒤늦은 곤욕은 모면하게 됐을지도. 장손으로선 사실 늙은이의 장례까지 조용히 치러진 뒤로는 장덕이 별일 없이 다시 봇짐을 싸 들고 곧 그에게로 돌아오게 될 걸로 알고 있었다. 그런데 거기서 다시 며칠이 지나도 년에게선 별다른 소식이 없었다. 그러다 하루는 생선 행상 아낙이 다시 읍내엘 들어갔다 다시 한 번 하늘이 무너져 내리는 소식을 가져왔다. 장덕이 동네로 돌아오기는커녕 며칠 전서부터 경찰서로 끌려가 지아비 독살 죄로 인생이 결딴나고 있다는 것이었다. 장례를 끝내고 난 윤씨 가 사람들이 어느 날 갑자기 태도를 돌변하여 장덕을 경찰서로 끌고 간 것이었다. 이번에는 보양제로 뜸부기를 잘못 고아 먹인 허물로서가 아니었다. 윤씨 가의 자식들은 이제 그것을 장덕의 실수가 아니라, 그 보양제나 실수를 빙자한 고의적인 독살로 주장하고 나서고 있다는 거였다. 그것도 그저 뜸부기만이 아니라 그 속에 다른 독물을 풀어 먹인 쪽으로 허물을 무섭게 몰아붙여가고 있다고.

──재수가 없어 그리됐는지, 그 집 사람들 말대로 지가 부러 그런 것인지 나도 그 내막은 장담할 수가 없지만, 가사 지한테 그리 재산 탐이 바쁘더래도 미욱하게 그리까장 서둘러댈 일은 무엇이여. 가만히 죽어 참고 기다리고 있었으믄 그 늙은이 앞날이 얼매

나 더 남았다고…… 아니 또 바로 말해 일을 그 지경으로 그르쳐 놓았으믄 그 집 사람들 가만히 참아줄 때 냉큼 몸이나 빼나오고 말 일이제, 지가 무슨 조강지처로 이쁜 노릇을 했다고, 그래 누구한테 고운 뒷감당을 받겠다고, 무얼 바라고 밉살맞게 미적거려! 그러니 재산 탐으로 뜸부기가 아니라 독물꺼정 타 먹였다는 허물을 뒤집어쓰제…… 그런 중정 저런 중정 헤아리지 못하고 지 처지만 생각하고 나선 나도 눈알이 삐었제……

장덕의 우매스러움을 답답하고 안타까워한 행상 아낙의 넋두리도 실은 그 윤씨 가 사람들의 패악스러움보다는 장덕의 누명을 사실처럼 나무라는 격이었다. 장덕은 윤씨 영감 사후에 물려받기로 약정된 재산 탐에 맘이 쫓겨 제 늙은 영감을 독살한 중죄인의 처지가 되고 만 것이었다.

하지만 장손은 일이 그 지경에 이르러서도 별달리 힘을 보텔 방책이 있을 수 없었다. 자신이 일을 추려나갈 주변도 없었고 주위에 힘을 빌릴 만한 사람도 없었다. 그저 분하고 억울할 뿐이었고, 년의 인생이 더욱 저주스럴 뿐이었다. 자신의 무력한 처지 역시 지겹고 짜증스럽다 못해 종당에는 될 대로 되라는 식의 자포자기 심사가 되고 말았다.

……안 할 말로 정말 제 년이 그런 꿍심을 품고 작자에게 독을 풀어 먹였다면 그 죗값을 받는 것은 당연한 일이제. 그게 아니라면 법에서 모든 걸 밝혀내줄 테고. 년이 정말로 뜸부기만 삶아 먹인 게 사실이라면, 죄가 되더라도 그게 얼마나 큰 죄가 되려고. 한 몇 년 착실히 콩밥 신세나 지고 나오면 되겠제—

그런 장손을 보다 못한 동네 사람들이 나중엔 그를 떼밀듯 어르고 다그쳐대기에까지 이르렀다. 윤씨 놈들이 사정을 뻔히 알면서도 장덕을 굳이 독살범으로까지 몰아댄 것은 애초에 약조한 영감 사후의 재산을 내놓지 않기 위한 수작이다. 장덕이 일찍 그걸 포기하지 않고 그 집에 비적비적 늘어붙어 있었기 때문이다, 그러니 이 일을 좋게 마무리 짓는 길은 한 가지뿐이다, 기왕지사 그런 꼴로 영감이 가고 만 마당에 이젠 전날의 약조고 뭐고 다 걷어치우고 장손이 년을 찾아가 그 몸뚱이나 다시 집으로 데려오도록 나서 봐야 한다. 그걸 장손이 윤씨 가 사람들에게 납득시키면 그 사람들도 그쯤에서 일을 마무리고 싶어 할지 모른다……

　듣고 보니 장손도 그럴듯한 방책이었다. 그래 자신이 직접 나설 수는 없었지만(그가 도대체 그 윤씨 성바지 놈들이나 빨간에 들어앉은 누이년의 꼬락서닐 어떻게 마주하고, 일을 어떻게 꾸려나간단 말인가), 예의 행상 아낙에게 그 뜻을 건네맡겨 대신으로 다시 한번 읍내엘 다녀오게 하였다.

　하지만 그도 다 때가 늦은 일이었다. 이쪽이 기미를 잘못 짚은 것인지, 윤씨 가엔 애초 씨도 먹혀들질 않았을뿐더러, 이미 살인 죄인으로 년을 붙잡아다 족쳐대던 경찰에서도 이젠 그 윤씨 가의 의사와는 상관없이 그녀를 그냥 내보내줄 수가 없게 되어 있더라는 거였다. 게다가 처음부터 일이 그를 수밖에 없는 것은 장덕의 웬 어이없는 고집의 탓도 크더랬다. 간신히 길을 얻어 경찰서 면회를 찾아간 아낙 앞에, 장덕은 아닌 게 아니라 자신은 윤씨 영감 기력을 돋워주려 뜸부기 한 마리를 고아 먹인 허물밖에 결단코 그

죽음에 다른 죄는 없노라 태평스런 표정이더라는 것이다. 게다가 년은 과연 그 지경에 처해서도 아직 그 영감 사후의 재물 분배 약속을 맘에 품고 있었던지, 장손을 대신해 간 아낙의 권유 따윈 아예 들으려 하지도 않더랬다. 나는 그 뜸부기 곰국을 먹인 죄밖에 없는디, 내가 어쩨 그 집 가서 빈손으로 쫓겨나와…… 인제는 법에서 옳고 그른 것을 다 알아서 매듭을 지어줄 것이여. 내가 누명을 벗고 여기서 풀려 나가는 것도, 그 집에서 내가 차지할 재산 몫도 다…… 그 고립무원의 처지에서도 오직 '법이 알아서 처리해주리라'는 희망 속에 제 몫의 재물에 대한 집착을 못 버린 채 오히려 아낙 쪽을 안심시키고 싶어 하는 꼴이더라고— 일은 년에게서부터 파탄일 수밖에 없었다.

하지만 그 장덕의 미더운 희망이었던 '법'이라는 것도 이런 경우엔 별로 믿을 만한 것이 못 될 게 뻔했다. 무엇보다 일단 일을 벌이고 나선 윤씨 가 사람들은 경찰 조사 과정에서나 이후의 재판 과정에서나 있는 재력과 연줄을 다 동원하여 장덕을 일방적으로 몰아붙였다. 의지가지없이 혼자 감방 속에 묶여 갇힌 장덕의 처지에선 그 막무가내 식 유산 타령까지도 그녀의 범의에 크게 불리하게 작용했을 터였다. 법에선 장덕의 어려운 처지를 감안하여 국선 변호사를 붙여주고, 뒤에 가선 죽어 묻힌 망자의 시신을 다시 파헤쳐내는 소동까지 벌이고서도 종당엔 무엇을 어떻게 보아선지 그녀를 흉악한 독살범으로 인정하여 무기징역의 중형을 내리고 말았다. 그리고 그로부터 장손의 인생행로에도 그 뜻하지 않았던 오랜 유랑과 도피의 세월이 시작된 것이었다. 행상 아낙이나 동네 사람

들의 등을 떼미는 성화도 못 들은 척 재판이 다 끝나가도록 면회
길 한 번 없이 제 누이의 일을 끝끝내 나 몰라라 외면해온 장손에
게도 나름대론 그 법에 대한 기대와 한 핏줄의 정의(情誼)가 간직
되고 있었던 것인가. 장덕이 끝내 그 억울한 누명을 쓰고 무기징
역의 중형을 선고받았다는 소식을 전해 듣고, 장손은 뒤늦게 분통
이 끓어올라 한달음에 읍내의 윤씨네로 달려가 젊은 뚝심을 닥치
는 대로 휘둘러댄 것이었다. 그리고 그 앞뒤 가리지 않는 완력의
발광에 윤씨 가 사람 두엇이 병원까지 떼메 실려간 무참스런 소동
을 빚고 만 것이었다.

　물론 뒷일이 무사할 리 없었다. 그리고 그래 장손은 뒤늦게 제
위험한 처지를 깨닫고 겁을 집어먹은 채 윤씨 가를 빠져나와 집으
로 돌아오던 길로, 다시 그 집과 고향 마을을 버리고 정처 없는 쫓
김의 길을 나서게 된 것이었다…… 그게 바로 그의 삶이 이렇듯이
거칠고 황량하게 떠돌며 그 역시 끊임없이 비정스런 계집질 편력
의 길을 걷게 된 파란의 시작이었다.

　모든 허물은 그 천치 같은 누이년의 가당찮은 암기와 헛된 꿈이
사단인 셈이었다. 그리고 그가 그 집과 고향 마을을 떠나게 된 것
도 다시 생각해보면 그의 신변의 위험 때문만이 아니라 그 지겨운
누이의 굴레로부터 벗어져나려는, 그 누이와의 저주스런 운명의
줄을 끊고 돌아선 박절스런 절연의 도망질이었을 수 있었다.

　하지만 그렇게 고향집까지 등지고 나선 기나긴 도피 행각과 유
랑 생활로 해서도 장손은 끝끝내 그 누이년의 불행의 굴레에서 벗
어져날 수가 없었다. 동상아…… 내 동상아…… 언제부턴가 누

이년의 소리가 그를 계속 따라다니며 괴롭혀대고 있었다. 그가 그 장덕의 원망어린 하소연 소리를 처음 들은 것은 예의 그 생선 행상 아낙에게서였다.

고향 마을을 떠난 뒤 장손은 처음 1년여를 연안어선 일에다 몸을 의탁하고 지냈다. 그러다 이젠 좀 뒷일이 궁금해지기도 하고, 그동안 사정이 달라졌을 것 같기도 하여 어느 여름날 밤 그 고향 마을집을 은밀히 찾아 들어간 일이 있었다. 하지만 아직도 거기서 그를 기다리고 있는 것은 겹친 낭패감뿐이었다. 그동안 장덕은 형식적인 절차에 불과한 2심 재판 과정 끝에 역시 1심 때와 같은 무기징역을 선고받고 순천교도소에서 항고심을 포기한 채 무기수로 옥살이를 치르고 있는 중이었고, 거기다 자신도 아직 폭행 치상범으로 기소 중지 상태 속에 경찰의 수배를 받고 있는 처지였다. 그쯤은 장손도 대개 예상하고 각오를 해온 바였다. 그를 더욱 낭패스럽고 짜증나게 한 것은 예의 행상 아낙의 달갑잖은 푸념이었다.

——그래도 자네는 한 피붙이가 아닌가. 자네 말고 또 누가 거길 찾아가볼 사람이 있었는가. 이제라도 한 번 누님을 찾아가보소. 어디서 뭣을 하고 지내길래 소식 한 번 없다더냐고, 언제 돈 벌어지를 풀어내주려 온다더냐고, 자네를 기다리느라, 목이 꺽꺽 메이데…… 동상아, 내 귀한 동상아, 나를 이래 두고 너는 여태 어디서 무엇을 하고 있을거나. 어서어서 너라도 돈 많이 벌어와서……

그간 바닷일로 육신이 부쩍 거칠게 부풀어오른 장손에게 은근히 겁을 먹은 탓이었을까. 아니면 설마 싶어 제 잇속을 챙기다가 장손네의 일이 거기까지 이른 것을 보고 나름대로 생각이 달라진 탓이었을까. 전에는 늘상 윤씨 가의 눈길에만 매여 지내듯 하던 아낙이 그사이 언제 장덕의 옥살이 면회까지 다녀와선 주책없는 넋두리를 늘어놓은 것이었다.

장손은 물론 그럴 만한 힘이나 주변이 없는 터라 그런 소리를 들을수록 마음만 더 아팠다. 마음이 아릴수록 그는 새삼 더 년의 처지가 짜증스럽고 분통이 치밀었다. ……그래 이제 와서 또 나더러 어쩌라는 것이야……

장손은 그래 그 보이지 않는 누이의 올가미에서 몸을 빼어 도망치듯 그길로 다시 마을을 훌쩍 빠져나오고 말았다. 이번에는 고깃배 대신 간척 사업장이나 도로 공사판 같은 막일판을 찾아 남해안 일대를 떠돌아다녔다. 그러면서 한편으론 일판 주변에 성행하는 막노름판을 가까이하기 시작했고, 끝내는 한다 한 이름난 꾼들과도 자리를 자주 같이하기에 이르렀다.

그러나 장손은 그렇듯 다시 고향집과 누이를 버리고 떠나 헤매면서도 그 장덕의 일을 깡그리 잊고 지낼 수가 없었다. 누이가 아낙에게 당부했다는 애달픈 하소연 소리가 그를 계속 따라다니며 귀청을 울렸다. 동상아, 내 동상아, 나를 이래 두고 너는 여태 어디서…… 어쩌면 그 아낙을 다시 만나기 전부터도 그의 깊은 곳 어디에서 자주 들어왔던 듯싶은 그 누이년의 소리는 이제 아예 그에게 둥지를 틀고 들어앉은 듯 끊임없이 심사를 어지럽혀 들곤 하였다.

그는 끝내 그 소리를 참고 지낼 수가 없어 한번은 과연 아낙의 조언대로 그녀의 복역지인 순천교도소로 모처럼 년을 은밀히 찾아가 만나보기까지 했다. 물론 그 역시 년을 돌보려서가 아니라 그 소리의 성화를 못 견뎌서였다. 심사가 그러니 년을 만나고서도 자연히 고운 말이 나갈 수가 없었다.

——이게 다 니 팔자 소관이제 나하곤 상관없는 일 아니여? 그리 알고 인제부터는 날 기다리려고도 하지 말어!

장덕이 정말로 그를 괴롭혀대고 있었기라도 하듯이 퉁명스럽게 윽박지르고 들기부터 하였다. 그런 장손 앞에 그 누이 또한 일찌감치 그의 아픈 심사를 헤아려 체념을 하고 있었던 듯,

——나도 일없다. 나는 일없으니 내 걱정은 하지 말고 너라도 어서 돈 좀 벌어 사람값을 하고 살거라. 돌봐줄 사람 없고 돈까지 없고 보면 어디서 한번이나 사람값을 하고 살겄드냐……

제 힘든 처지는 염두에도 둘 일이 없는 듯 장손 쪽 앞길에만 당부를 거듭했다. 자신의 일로 다시 장손을 괴롭혀올 듯싶은 기미라곤 전혀 찾아볼 수가 없었다. 이를테면 장손은 그것으로 그 누이에 대한 빚 아닌 빚을 깨끗이 청산하고, 년의 지겨운 굴레를 벗어나게 된 셈이었다. 그 지긋지긋한 소리의 성화도 그걸로 자연히 가라앉아 사라져야 마땅했다.

하지만 그도 다 소용이 없었다. 누이를 찾아가 제 입으로 직접 다짐을 받듯이 하고 돌아온 뒤로도 소리는 여전히 그를 떠나지 않았다. 아니, 이번에는 소리뿐만이 아니라, 장손 자신이 누이의 해원(解怨)을 위해 이를 갈아붙이고 더욱 돈벌이를 서둘렀다. 언젠가는 제 힘으로 정말로 누이를 구해내리라 마음까지 턱없이 조급해졌다.

손 빠른 돈벌이는 역시 노름판을 앞설 곳이 없었다. 게다가 어장과 공사판 주변은 다른 어느 곳보다 밤노름판이 성했다. 장손은 날이 갈수록 노련하고 대담한 꾼으로 자리를 잡아갔다. 그리고 그것이 이런저런 곡절을 겪어가며 오늘의 장손에까지 이르게 한 것이었다. 그동안도 물론 누이년의 소리는 언제 어딜 가나 귀에 늘 쟁쟁해 있은 채. 그리고 그래 그 누이년의 소리를 짓이기듯 자신도 알 수 없는 복수심에 치를 떨며 여자들을 닥치는 대로 깔아뭉개대면서. 그 가증스런 누이년의 팔자가, 전생의 저주처럼 지겹게도 악착스런 그 하소연 소리가 결국엔 장손의 인생길까지 오늘 이 꼴로 몰아붙여온 것이었다.

그런데 이즘 와선 그의 신변이 어느 때보다 위태롭고 피곤해 있는 참이었다. 그래 얼마 동안 손발을 개어얹고 몸을 피했다 나갈 요량으로 찾아든 절골길이었다. 그런데 그 예기치 않았던 대원여관에서의 하룻밤 기이한 연분으로 난정이 년이 다시 그렇듯 심사를 어지럽히고 다닌 것이다. 그것도 하필이면 그 애달픈 하소연 같은 노랫가락으로 누이년의 지겨운 기억까지 건드려대면서.

장손은 이제 그 소리에 심사가 조급하고 짜증스럽다 못해 끝내는 참았던 노기가 다시 치솟아오르고 말았다. 그리고 그녀가 누이를 대신해 그 저주스런 색정기에 애가 닳고 있기라도 하듯, 그래 자신도 그 누이년에 대한 노여움과 회원을 년에게서 대신 풀어보고 싶어지듯, 한시바삐 여자와 그 소리를 붙잡아 다시 한 번 무참히 그녀를 짓부숴 쫓아버릴 참이었다.

—그래, 오늘은 내 이년을 기어코…… 그날은 내가 네년에게 홀

려 속을 빼앗기고 말았지만, 오늘은 천만에 사정이 다를 게다……

8

장손이 그 산정령의 홀림과도 같은 소리의 여자, 난정을 찾아낸
것은 해가 거의 중천까지 치솟아오른 낮참께서였다. 그것도 장손
이 예상한 곳과는 전혀 반대편 쪽 골짜기 아래서였다.

──천지로 맹세하고 일월로 증인 삼아 상전이 벽해되고 벽해가
상전이 되도록……

드문드문 사설을 알아들을 수 있을 뿐이었지만, 이날의 소리는
대개 한 여자가 정인을 떠나보내는 「춘향가」의 애끓는 이별 장면
근방에서 마냥 원정에 사무치고 있었다. 그리고 여자는 그 정인이
마침내 '이만큼 보이다가 저만큼 보이다가, 달만큼 별만큼 불티만
큼 망종고개 아주 깜박 넘어가'버리는 허망한 이별을 치르고 나서
제 설움에 겨워서 목소리마저 잠긴 듯 한동안 다시 종적이 감감해
지고 있었다. 광명전에서 능선을 두어 굽이나 돌아 넘은 한 남향
의 산허리께서였다. 소리가 그치고 나니, 청천명일 아래 갑자기
입을 다문 봄산골 신록 속 잦아들듯 한동안 고요만이 첩첩했다.
장손은 그 정적 속에 비로소 심한 갈증과 허기를 느끼기 시작했다.

그는 이윽고 눈 아래쪽 골짜기로 터덕터덕 힘없이 발길을 이끌
고 내려갔다. 소리를 정녕 놓치고 만 거라면 싱거운 숨바꼭질 놀
음은 그만 걷어치우고 계곡물에 목이라도 축이고 산을 내려가기

위해서였다. 그런데 어쩌면 장손은 그때까지 소리의 반대쪽 울림만을 쫓고 있었는지 모른다. 혹은 그새에 진짜 소리가 그를 앞질러 거기까지 자리를 옮겨와 있었는지도 모른다. 골짜기로 내려가 장손이 계곡물로 목을 축이고 막 몸을 일으키려 할 때였다.

　——꿈아 무정한 꿈아, 오신 님을 붙들어주고 잠든 나를 깨워나 주제……

　문득 근처의 숲 속 어디선가 그를 놀래키듯 갑자기 그 「춘향가」의 뒷대목이 이어져나갔다. 옷깃을 부여잡고 통곡을 쏟아대는 듯한, 혹은 세상사 모든 일을 체념하고 제 팔자 원망에 목이 메고 있는 듯한 허망하고 애절스런 여자의 소리였다. 한나절 내내 산골을 메아리치고 다니던 그 청청한 기운이 다 소진한 난정의 소리였다. 장손은 워낙 예상을 못했던 일이라 그렇듯 기운이 탈진한 소리에도, 무심결에 발 앞의 꿩 울음소리라도 만났을 때처럼 제물에 화들짝 몸을 소스라치고 일어섰다. 그리고 그 소리의 정체에 안심을 하고 나서야 방금 눈앞에서 놓치고 만 그 날짐승의 행방을 탐색하듯 조심조심 소리의 여자를 찾았다.

　소리는 놀랍게도 바로 열 발짝 거리도 안 되는 아래쪽 계곡 숲가에서 들려오고 있었다. 거기 숲 끝의 편편한 너럭바위에 난정이 아무렇게나 몸을 구부리고 주저앉아 지금 한창 제 소리에 넋을 놓고 취해들고 있었다.

　——하루 가고 이틀 가고 열흘 가고 한 달 가고 날 가고 달 가고 해가 지날수록 임의 생각이 뼛속에 젖어든다……

　산골을 헤매느라 그녀도 땀기에 몸이 젖은 모양인가. 그 속 맑고 시원스런 계곡물에 화창한 봄볕처럼 스스럼이 없어진 것인가. 난정은 뜻밖에도 저고리를 벗은 데다 긴 머리채까지 앞으로 풀어 내려뜨린 모습이었다. 계곡물에 방금 머릿결을 감을 양이다가 땀기를 식히던 중에 다시 소리가 시작된 듯, 난정은 그렇게 발을 뻗고 주저앉아 제 소리에 취해든 채 사람이 다가드는 기척도 알아차리지 못하고 있었다.

장손은 이제 더 의심하거나 망설일 필요가 없었다. 그녀는 분명 대원여관의 난정이 분명했고, 그녀가 이 며칠 소리로 온 산을 어지럽히고 다닌 것도 그를 불러내기 위해서였음이 틀림없었다.

——그래, 오늘은 내가 이렇게 네년을 짓뭉개주러 오셨다. 그러니 이번엔 네년의 그 앙큼스런 암내 소리가 아예 다시 요망을 떨지 못하게 해줄 게다.

난정은 일테면 그 한나절 긴 숨바꼭질 끝에 이제는 장손의 길목을 막고 앉아 그에게 부서지기를 기다리고 있는 터수였다. 그러니 이번에는 장손이 모습을 드러내고 나서야 할 차례였다. 그래서 단숨에 그 요망스런 암기를 무참히 거덜내줘야 하였다. 하고 나면 자신도 그 소리로 하여 밑도 끝도 없이 머릿속을 가득 채우고 드는 부질없는 망념들을 쫓아버릴 수 있을 터였다.

그는 마치 먹이를 눈앞에 둔 맹수처럼 새삼 더 몸을 움츠리고 기척을 숨겼다가 이윽고 숲 밖으로 성큼 모습을 드러내고 나섰다.

그런데 그때 하필 장손으로선 예상치 못한 일이 일어났다. 앞으로 늘어뜨린 머리채 때문에 소리를 하기가 거북해진 탓인지, 난정이 그때 문득 가락을 멈추고 머리채를 한번 홀쩍 뒤로 젖혀 넘기고 있었다. 예상치 못한 일이란 그러나 난정의 그런 돌연스런 거동새가 아니었다. 이상스런 일은 그 순간 장손 자신이 화들짝 놀라며 그 자리에 다시 발길이 굳어 서고 만 것이었다. 난정은 그러고도 아직 그의 기미를 알아차리지 못한 듯 이내 다시 소리를 계속해나갔다. 그 소리에 전혀 흐트러짐이 없는 것이 아무래도 아직 이쪽 일을 눈치채지 못했음이 분명했다.

그런데 웬일인지 장손은 한동안 그 굳어붙은 발길이 다시 움직여주질 않았다. 마치도 생면부지의 여자를 몰래 숨어 엿보고 있는 듯 가슴까지 두근두근 숨이 떨려나왔다. 싱그러운 신록과 따스한 봄볕 속에 뽀얗게 드러난 여자의 살색은 비좁고 어두운 여관 골방에서와는 전혀 다른 농익은 육향(肉香)을 뿜어내고 있었다. 장손은 눈앞에 둔 여자의 짙은 색향 때문에 제 숫기가 움츠러들어본 일이 없었다. 그 역시 나눠 받은 피는 속일 수가 없어 그 어미나 누이 못지않게 색정이 심히 성한 편이었다. 뿐더러 그는 누이 쪽의 암기는 기오(忌惡)하거나 심히 역겹고 어쭙잖다 하면서도 자신은 한 번도 그것을 저주스러워해본 일이 없었다. 막일판과 노름판을 떠돌아다닌 지난 세월 동안 그는 오히려 그 누이의 가당찮은 암기에 대한 복수처럼 그것을 적지 않이 자랑거리로 여기면서 통쾌한 황음(荒淫)을 일삼아온 터였다. 기회가 생기면 어떤 경우에도 기가 꺾여 망설이거나 물러선 적이 없었다. 물론 여자의 물색을 가리거나 같잖은 체면 따월 생각한 일도 없었다. 말 그대로 단도직입 일을 이루고 나면 마무리도 그만큼 통쾌하고 깨끗했다. 그런 때 그가 대개 여자에게서 취한 건 질펀한 색정의 교합보다도 여자를 무참히 들부숴주는 통쾌한 해원감(解怨感) 쪽이었지만, 어쨌거나 한번 일이 끝나고 나면 그것으로 더 다른 아쉬움 따위를 남긴 일이 없었다. 무슨 시원스런 앙갚음이라도 하고 난 듯 미련 없이 자리를 털고 일어나 여자를 떠나갔고, 그것으로 그만 모든 걸 잊어버리곤 해온 그였다. 어떻게 보면 그런 황음의 버릇이 그의 삶을 그토록 더 황량하게 해온 것인지도 몰랐다. 그런데 난정의 경우는 왠지 좀 사정이 달랐다. 전일 그 여관에서부터도 다른 때에 비해 뭔가 자꾸 앞을 가로막아서는 듯 일이 수월치 못하더니, 이제는 이미 깊은 살맛을 거쳐버린 여자 처지인데도 왠지 또 마음이 범상스러워지질 못했다. 그런 개운치 못한 장손의 스스럼기는 그날 밤 일이 있고 나서도 마찬가지였다. 그날 밤의 색연은 장손도 일찍이 경험해본 일이 없었을 만큼 그윽하고 질탕한 성연(盛宴)이었다. 다른 날의 즐거움이 그 통쾌한 공격과 파괴의 삭막한 승리감이었다면, 그날 밤은 참으로 질펀한 색정의 어우러짐에서 솟아오른 깊은 교환(交歡)의 즐거움이었다. 그런데 그 화창한 교합의 쾌감에 비해 사후의 느낌이 다른 때와 달리 영 개운치가 못했다. 다른 여자들의 경우에서처럼 마음이 미련 없이 돌아서지지가 않았다. 그녀를 완전히 들부숴주고 난 승리의 쾌감이 없었다. 보다는 오라비 어쩌고 한 그녀의 허튼소리 때문엔지 제 누이라도 범한 듯한 꺼림칙한 죄책감 같은 것이 그의 마음속에 심상찮은 여운을 남겼다. 게다가 그런 장손의 꺼림칙한 기분은 이 며칠 난정의 끊임없는 소리로(그녀의 소리는 과연 아직 부서지지 않고 있었다) 하여 턱없이 애틋하고 하염없어지기까지 하였다.

모든 것이 그 알 수 없는 소릿가락의 조화였다. 난정이 다른 여자들과 다른 것이 있다면 오직 그 소릿가락뿐이었다. 장손 앞에 년은 늘 그 노랫가락 소리를 앞뒤로 하고 다니거나, 정작에 소리를 하고 있지 않을 때마저도 그 비슷한 정조(情操)를 담고 있었다. 심신이 다 무너져 내리는 듯한 그 하염없는 심사 속에 제풀에 사지가 꽁꽁 묶여버리는, 그러나 그걸 쉬 물리치고 덤벼들 엄두가 나지 않는 이상스런 마비감, 그것이 년의 소리의 불가사의한 마력이었다.

그날 밤 여관에서 소리가 시작되기도 전서부터 장손이 이미 경험한 알 수 없는 사슬이었다.

——그렇다면……!

장손은 드디어 마음의 작정을 내렸다. 이번에야말로 그 소리의 숨통을 아주 끊어놓고 말리라. 소리의 둥지 격인 년의 육신을 단숨에 요절내주리라.

하지만 아직 그것도 그의 생각뿐이었다. 난폭하게 꿈틀대는 마음속 충동뿐 육신은 여전히 꼼짝을 할 수 없었다. 난정의 눈길에나 붙잡히지 않았을 뿐 어마중에 이미 숲을 벗어져 나온 몸뚱이가 그 자리에 엉거주춤 발길이 굳어 선 채 오도 가도 못하고 용만 쓰고 있었다.

장손은 그럴수록 제 그런 꼴에 더 화가 치밀어올랐다. 하지만 조급하게 서두르고 성화를 부린다고 될 일이 아니었다. 제 조급스런 성깔을 죽이고 나서는 것도 한 방책일 수 있었다. 앞으로 나갈 수 없으면 뒤로 물러서 기다려라. 무엇보다 그는 우선에 그 소리

의 힘을 정면으로 맞서나갈 수가 없었다. 그는 그 소리의 마력이
라도 좀 지쳐나기를 기다려야 하였다.

그는 본능적으로 발소리를 죽이며 조심조심 뒷걸음질로(그 뒷걸
음질의 쉬운 움직임이라니!) 난정의 시야에서 슬그머니 몸을 비켜
서기 시작했다. 그러나 알고 보니 그도 다 용렬하고 부질없는 짓
이었다. 난정이 먼저 그곳에서 소리로 그의 길목을 지키고 있었던
것은 과연 우연한 일이 아니던 모양이었다. 그녀는 이미 장손의
은밀스런 접근을 알면서도 그때까지 계속 그런 기미를 숨기고 있
었음이 분명했다. 장손이 그 뒷걸음질에 거짓말처럼 발이 풀리고
있을 때 — 난정은 마치 그걸 기다리고 있었기라도 하듯 노랫가락
소리가 문득 끊어진 듯싶더니, 이어 느닷없이 그녀의 힐난 투가
날아왔다.

"소리 중도에 객이 자리를 뜨는 것은 인사가 아니지라. 산간에 정
이 겨워 입성을 좀 덜했기로 그것을 허물할 처지도 아닌 터에……"

햇볕은 따스하고 신록 또한 싱그럽기 그지없는 깊은 봄 산 계곡,
물 흐르는 소리마저 마냥 한가로워 천지간에 아무것도 허물거리라
곤 없었다. 한데다 이날은 그 기나긴 숨바꼭질 놀음 끝에 급기야
는 뒤통수에 어이없는 일격까지 당하고 난 처지였다.

장손은 난정에게 그만큼 더 난폭하고 충동적이었다. 그는 난정
의 그 예기찮은 한마디에 일순간에 온몸이 마비기에서 풀려났다.
그리고 그길로 곧 들짐승처럼 달겨들어 년의 몸뚱이와 소리를 단
숨에 짓부수고 들기 시작했다. 발치께에 놓였던 그녀의 산나무새

바구니가 계곡 아래로 한참이나 곤두박질쳐 내려가고, 년의 발뒤꿈치가 바위 바닥을 밀어내다 피가 맺힐 정도로 거칠고 가파른 승부였다. 그나마 여자의 그 넓은 한복 치마폭이 등판짝의 아픔을 좀 덜어준 셈이었을까.

그런데 참으로 알 수 없는 노릇이었다. 일은 어지간히 결판진 쪽이었는데도 이번 역시 장손은 뒷맛이 개운칠 못했다. 통쾌한 유린의 승리감보다도 무언지 꺼림칙하고 미진스런 기분에다, 그가 이따금 누이의 일이 떠오를 때면 문득문득 기분을 어둡게 해오던 그 어쭙잖이 비감스럽고 애틋한 정한 같은 것이 그의 마음을 까닭 없이 심난스럽게 했다. 난정의 소리가 아직도 귓가에 쟁쟁하게 떠도는 듯싶은가 하면, 등짝이 식고 난 한참 뒤까지도 그는 쉬 몸을 접고 일어설 수가 없었다. 난정 쪽은 이미 옷 단속을 끝내고 남정의 기동을 말없이 기다리고 있는데도 그는 제 이마가 서늘해올 때까지 하염없이 멀기만 한 봄 하늘을 받고 누워 지향 없는 상념 속을 헤매고 있었다.

한마디로 난정과 소리는 아직도 끄떡이 없었다. 난정이나 그 소리를 부숴놓기커녕은 자신만 볼품없게 구겨지고 만 꼴이었다. 그는 아무래도 그걸 쉬 납득하거나 참을 수가 없었다. 그래 이윽고는 그 부질없는 상념들을 훌훌 털고 일어나 앉으며 자신의 낭패를 벌충할 심산이듯 이번에는 그의 실패한 몸뚱이 대신으로 박정하고 사나운 말몽둥이질로 난정을 닦달하고 들었다.

"자네 그 소리질은 어떻게 쥐배웠어? 도대체 어디서 어떻게 배워먹은 놈의 소리길래 날마다 온 절골을 뜯어엎고 다니느냔 말여!

소리허는 사람덜은 다 그러는 거여, 뭐여. 앞으로도 또 그런 미친 지랄을 떨고 다닐 거여, 어쩔겨?"

소리질을 어디서 어떻게 배웠느냐보다 이제 그만 귀찮게 심사를 건드리고 다니지 말라는 윽박질이었다. 잠시 전 여자를 품고 난 처지에 상대방의 심사를 조금도 돌보지 않은 데퉁스런 행짜였다.

하지만 난정은 이제 제법 속이 너그러운 지어미 행세로 그런 장손을 서운해하거나 원망스러워하는 기미가 별로 없었다.

"왜…… 이녁한테도 내 소리가 그리 맘에 들지 않더이까?"

그새 망연히 먼산 능선 쪽만 좇고 있던 난정의 눈길이 그의 험구에 문득 가벼운 원정과 함께 장손의 얼굴 위를 스쳐 지나가고 있었다. 그 눈길이 다시 아득히 허공으로 비끼면서 한숨기 어린 자탄의 소리가 뒤따랐다.

"그야 당사자인 나부터도 그렇고, 그걸 배워준 사람도 그랬으니, 댁에라고 귀에 편할 리가 없었겠지요. 헌다고…… 눈에서 멀어지면 마음에도 멀어진다는 소리를 못 들으시었소! 밉든 곱든 그래도 제 정한을 품은 소리를 그리 허물을 하시게?"

말인즉 원정과 푸념 투가 분명했지만, 난정은 정작 그걸로 장손을 원망하고 허물하려는 것 같지가 않았다. 보다는 오히려 들돌처럼 거칠고 난폭스럽기만 한 남정에게서 그만 알은체나마 그녀로선 고맙고 반가운 기색이 완연했다. 메치면 깨지고 부서지기보다도 오히려 더 낭창거리며 되감겨드는 꼴이었다. 웬만한 패악이나 패대기질 따위엔 끄떡도 없을 여자였다. 장손은 그럴수록 더 비정스럽고 거칠어질 수밖에 없었다.

124

"정한을 품다니? 그 알량한 하룻밤 배꼽맞춤으로 해서 말인가? 그래, 그게 무슨 숫처녀 숫총각 새 구멍내기 행사라도 치른 거라구. 그러고 그게 대체 얼마나 된 일이라구, 내게 무슨 정한을 품어?"

장손은 짐짓 더 가당찮아하는 어조로 여자를 모질게 공박하고 들었다. 제물에 제 발이 저려온 격이랄까. 말을 잘못 알아들은 탓이기도 했지만, 난정이 무슨 정한을 어쩌고 하는 소리에 그는 새삼 어이가 없어진 때문이기도 했다.

난정은 이번에도 별로 괘념을 하는 빛이 없었다.

"글쎄라. 나 같은 여자가 하룻밤 연분에 무슨 정리가 그리 깊어질 수야 있었겠소. 이녁하곤 상관없이 다른 데서 품은 정한을 애꿎게 이녁한테 풀려고 한 것인지도 모르지요. 어쩌면 나한테 소리를 가르쳐준 사람의 정한을 대신한 대목도 있었을지 모르고…… 그러니 거기선 너무 괘념치 마시오."

정한의 뿌리를 제 쪽 허물로 돌리며 장손의 공박을 간단히 비켜서버렸다. 매사를 그렇듯 부드럽게 받아들이는 난정에게 그의 심한 퇴박이 먹혀들기보다는 제 발목만 자꾸 더 깊이 잡혀들고 있는 격이었다. 그러고도 그저 더 아무 원망도 바람도 없는 사람처럼 그의 곁을 하염없이 지키고 앉아 있는 계집이라니—

장손으로서도 이젠 더 그녀를 어찌해볼 도리가 없었다. 자신도 그 그윽한 난정의 너그러움에 이상스레 심사가 차츰 편해져가고 있었다.

—그래, 이 여잔 다른 누구한테서 제 깊은 정한을 품어 지니게 됐다던가. 그렇듯 온 산골에 제 소리를 누비고 돌아다닌 게 누군가

그 소리를 가르쳐준 사람의 정한을 대신하고 있음이라 했던가……

난정의 차분하고 너그러운 분위기에 그만큼 여유가 생기고 있는 탓일 터였다. 장손은 이제 그 난정의 사연이 은근히 궁금했다. 그녀가 누구에게선가 그런 원정을 품어 지니게 되었다면 거기엔 필경 그만한 사연이 있게 마련이었다. 그리고 그녀가 누군가 다른 사람의 정한을 제 소리로 대신하고 다니는 것이 사실이라면, 거기에도 그 며칠 장손과의 일보다 다른 절실한 곡절이 있을 터였다. 장손은 차츰 남의 이야기를 하듯 한가한 기분으로, 그러나 여전히 타박기가 가시지 않은 투박스런 어조로 난정을 다그치고 들었다.

"남의 원한을 자네가 소리로 대신하고 다닌다고? 자네가 뭣땜세? 그 소리질을 배워준 사람이 자네하고 웬 상관이길래?"

하고 보니 과연 여자는 장손이 짐작한 대로였다.

"상관이야 소리를 가르쳐준 것만큼 큰 상관이 또 있겠소. 소리를 가르쳐준 것이 바로 세상살이를 가르쳐주고 그 정한을 심어준 것 한가진 터에요. 내 소리가 엷어서 그 정한을 제대로 풀어내리지 못한 것이 외려 한이지라."

그녀의 일에 대한 장손의 모처럼의 관심에 난정은 처음부터 그걸 기다리고 있었듯이 먼 산 능선 위로 새삼 눈길을 차분히 거둬 얹으며, 이번에는 제풀에 장손을 앞장서 한숨기 섞인 사연을 엮어나가기 시작했다.

"한 3년쯤 저쪽 일이었더랍니다. 전 그 무렵 제 스물다섯 나이에 제물에 등을 떠밀려 여기저기 읍내 주점들을 떠돌다가 종당엔 무슨 바람결에라도 내몰리듯 이 절골 여관까지 흘러들게 되었더랍니다. 그런디 때마침 그 대원여관에 기가 막히게 목청이 빼어난 30대 중반쯤의 소리꾼 여자 하나가 먼저 들어와 있지 않았겄어요……"

난정은 마치 이제 그 소리 대신 이야기로 제 정한풀이를 대신해 나갈 요량이듯 자신에게 소리를 가르쳐준 여자와 그 소리의 사연에 목소리가 더욱 깊숙이 가라앉아 들어가고 있었다. 그녀의 사연 또한 그만큼 길어질 수밖에 없었고, 거기 따라 장손도 차츰 그 기이한 마비감에 다시 심신이 무너져내리며 그녀의 사연에 조용히 귀를 맡기고 앉아 있었다.

……여자의 소리는, 그동안 이리저리 색주가를 떠돌면서 귀동냥 소리나 들어온 난정으로선 그 맛이나 깊이를 미처 다 헤아릴 수가 없었다. 그러면서도 난정은 왠지 그 소리가 처음부터 무작정 좋았다. 그리고 오래잖아 그 소리에 마음이 깊이 반해빠지고 말았다. 그 도도하고도 아득한 정한…… 난정은 그녀의 목청소리만 들으면 육신 뼈마디가 온통 무너져내리는 것 같은 아픔을 겪었고 세상만사가 다 부질없어 보이는 심한 허무감을 느꼈다. 그 통절한 아픔과 하염없는 정한에 사지가 찢겨나가고 혼백이 피를 토하는 듯한 몸살기를 겪곤 했다. 한시도 그 소리를 외면하고 돌아서기보다 거기 더 깊이 속이 끌려 들어갔다. 소릿병을 제대로 얻어 걸린 것이었다. 그때부터 난정은 그대로 여자와 함께 그 대원여관에 눌러앉아 지내며 그녀를 졸라대어 소리를 배우기 시작했다. 제 나이도 괘넘찮고 사람과 소리를 다 같이 좋아하여, 언니 언니, 그녀를

진심으로 따르며 보채고 드는 난정의 소망을 여자가 마지못해 거
둬준 것이었다.

난정은 그때부터 그 송화(松花)라는 이름의 소리꾼 여자 '언니'
와 여관을 드나드는 술손들의 주석 일을 돌보며 한편으론 그 '송화
언니'의 소리를 익히는 데 있는 노력과 정성을 다 기울였다.

그러나 그녀의 소리는 난정의 욕심처럼 노력과 정성만으론 쉽게
익힐 수가 없었다. 송화의 소리는 난정이 아무리 애를 써도 그 깊
이를 근처에도 다가갈 수 없었다. 소질과 정성이 쌓여 목청은 그
런대로 비슷하게 닦여갔지만, 그것도 실상은 겉흉내질에 불과할
뿐 깊은 마디가 맺혀 앉질 못했다. 송화는 그에 대한 핀잔과 충고
삼아, 난정의 소리가 깊이를 얻지 못한 허물인즉, 그녀의 삶에 아
직 제 뿌리와 마디가 앉혀 있지 못한 데에 있으리라 하였다.

——소리하는 사람의 행로에 제 삶의 단단한 마디를 못 앉히고
겉떠돌고 있으니, 그 소리도 제 뿌리 없는 인생살이 한가지로 빈
울림만 지어낼 뿐인 게지.

하지만 송화는 그 세상일이나 소리에 뿌리를 앉히고 마디를 짓
는 일이 무엇이며, 그것을 어떻게 이루어갈 수 있는지에 대해선
더 깊은 말을 해주지 않았다. 그저 전심전력 인간사를 아끼는 마
음으로 소리를 해가노라면 언젠가는 필시 그 세상사나 소리에 눈
이 띄고 길이 열리는 때가 오리라는 막연한 위로와 당부의 소리뿐
이었다. 난정은 먼저 그런 송화의 소리 속에 절절이 녹아들어 있
음에 분명한 그녀 자신의 슬픈 인생 역정부터가 궁금했다. 그녀
자신의 소리의 뿌리나 마디가 어떤 것인지, 그것들이 그녀의 소리

를 어떻게 모습지어온 것인지, 거기서 제 길을 얻고 싶었기 때문이었다.

하지만 송화는 자신이 살아온 과거사에 대해서는 더욱 말이 적었다. 탯줄을 묻은 고을이 어딘지, 일가 피붙이를 비롯한 집안 사정은 고사하고, 소리의 길을 들어서게 된 내력이나 수련의 과정, 심지어 제 나이나 본성명(송화는 물론 본명일 수가 없었다) 들에 대해서까지 속을 제대로 털어놓은 일이 좀처럼 없었다. 난정의 채근에 응대를 해오거나, 무심결에라도 섣불리 이야기를 흘린 일이 거의 없었다.

──한세상 살아가면서 이 나이에 내력 없는 사람이 있을라던가.

난정이 짓궂게 후비고 들라치면 송화는 미상불 심상찮은 사연을 내비칠 듯하다가도,

──사람이 참 취미가 별나고 못돼먹었구만. 아프고 쓰라린 남의 인생살이 내력은 어디에 쓰려고 그리 파고들길 좋아해?

흐트러지려는 마음새를 금세 다시 다잡아 여미며 난정의 호기심을 나무라버리곤 하였다. 남다른 사연을 지녔음은 분명한데, 그것을 좀처럼 엿볼 길이 없었다.

──천애 고아로 의지가지가 없던 아이였겠지. 그걸 어느 가객 놈이 잠자리 의지 삼아 거둬 데리고 다니면서 제 소리를 이어준 거 아닌지.

──이런 산골에 들어앉아 세상 나갈 생각을 않고 지내는 걸 보면 벌써 바깥세상 어디에 인간사 쓴맛 단맛 다 겪고 나서 이젠 그도 저도 색기가 다 시들어 소리 하나로 예까지 밀려들어온 신세쯤

될 테지. 논다니 동네서 저쯤 된 나이 몸이면 단맛이 다 나간 퇴물 덩이 아니겠어.

여관 사람들이나 손님들 가운데에도 그녀나 그녀의 소리의 내력에 이런저런 허튼 추측들을 일삼아온 터였다. 그런 실없는 추측들 가운데엔 때로 사리가 제법 그럴싸하게 들리는 소리도 없지가 않았다.

——아마 이웃 절동네 어디로나 올라간 제 정인쯤 기다리고 있을 걸세. 소리에 끼인 저 깊은 정조를 짚어보게. 저 나이의 여자가 이런 곳에 눌러앉아 저렇듯 정한이 깊어지는 곡절이 달리 무어겠어. 필경 이 절고장에 하몹쓸 제 정인을 앗긴 일이 없고서는 가당찮은 노릇이제.

그녀의 옛 정인이 절로 올라가 머리를 깎고 중이 되어버린 바람에 여자가 그 한풀이로 이곳에 그렇듯 제 소리판을 틀고 앉게 했으리라는 추측이었다.

난정으로서도 그중 그럴싸하고 마음이 끌리는 풀이였다. 송화는 사실 특별한 경우가 아니면 여관의 골방에서보다 산골 나들이 소리를 훨씬 좋아했기 때문이다. 그녀는 자주 날씨만 웬만하면 나물 바구니를 옆에 끼고 뒷산골로 올라가 숲속 바위나 계곡가 같은 데서 한나절씩 목청을 돋우다 돌아오곤 하였다. 난정까지도 그녀를 쫓아다니며 그 산간 소리 공부를 하고 돌아올 적이 많았다. 그 극성맞은 산행 소리 취미만 하여도 그녀가 그 소리로 절골에 앗긴 정인을 찾아 헤매고 있다고 할 만했다.

그러나 송화는 누가 어떤 소리를 하든 그저 못 들은 척 무심히 흘려 넘기곤 했다. 당사자만이 사실을 제대로 알고 있을 일을 그 장본인이 입을 여는 일이 없으니, 난정도 어느 쪽을 곧이듣거나 믿을 수가 없었다. 그만큼 소리도 쉬 익어들 수 없었다. 소리에 마디가 박히지 못하고 있었다. 그것이 무엇인지, 방법이 어떤 것인지 알지 못했기 때문이다. 세상이나 인간사에 아직 물정이 트이지 못했기 때문이었다.

난정은 그래 몇 년째 어둠 속을 헤매듯 그 겉목청을 닦는 일에만 정성과 공력을 다 바쳐온 셈이었다.

그런 세월이 3년여를 흐르고 난 저 1975년 늦가을 녘이었다. 송화는 그 무렵 며칠 간 어인 사연인지 예의 절골 산행이 유난히 잦아지고 있었다. 여관 일에선 아예 손을 놓아버리다시피 한 채 날만 새면 혼자 숲으로 들어가 종일토록 소리질로 해를 보내고 돌아왔다. 그렇게 목청을 쏟고 돌아온 송화는 무슨 소리의 혼령에라도 씐 듯 눈알까지 벌겋게 충혈이 되어 있곤 하였다. 그러다 어느 날 그녀는 마침내 들끓는 신열 속에 몸이 져 눕고 말았다. 그녀는 그렇게 자리에 누워서까지도 소리를 못하는 것만 안타까워하였다.

——이 찬 가을 낙엽진 산골에 새가 되어 굽이굽이 소리나 뿌려주고 다닐 것을. 소리를 하다하다 지쳐서 죽고 나면 혼령이라도 다시 새가 되어 소리를 하고 다닐 것을……

생시에선지 꿈속에선지 그런 소리들을 자주 홍얼거리곤 하였다. 그러다 그녀는 어느 날 밤 부스스 자리를 털고 일어나 여관 옆을 흐르는 계곡물로 내려가 앓은 몸을 씻고 왔다. 찬물로 머리를 감고 몸을 씻고 돌아와선 골방 윗목에 정화수를 마련하고 그 앞에 까닭 모를 소리 치성을 봉행했다. 난정은 처음 영문을 알 수 없어 뒤에서 어정쩡히 구경만 하고 있었다. 그러나 그녀는 결국 이날 밤 안으로 그 곡절을 듣게 됐다.

——옛날 이 절골 주막 한 곳에 청이 썩 지극한 소리꾼 여자 한 사람이 들어앉아 있었더라네. 그곳이 바로 이 대원여관 자린지 어쨌는지는 모르지만 하여튼지 그 여자는 인근 고을에 널리 소문이 퍼졌을 만큼 청이 빼어났는데……

넋을 놓고 무한정 소리를 뽑고 있던 송화가 밤이 한창 이슥해지고 나자 드디어는 기력이 다 진하고 말았던지, 스적스적 자리를 거두고 아랫목으로 내려왔다. 그리곤 내내 함께 그녀를 기다리다 이때서야 비로소 잠자리를 펴고 드는 난정의 곁으로 자신도 함께 나란히 몸을 눕혀왔다. 하더니 한동안 그대로 잠이 들어버린 듯 깜깜한 침묵 속으로 가라앉아 들고 있던 그녀가 뜻밖에 조용히 다시 입을 열어왔다. 그렇게 난정 쪽의 기미는 아랑곳을 않은 채 제물에 차근차근 실마리가 풀려나간 송화의 이야긴즉, 듣다 보니 난정이 그토록 고대해온 그녀와 그녀의 소리의 내력이었다.

우선 그 이야기의 사연은 이러했다.

어느 해, 찬바람에 우수수 낙엽이 몰려다니던 늦가을날 저녁 무렵, 한 허름한 길손이 그 주막을 찾아들었다. 한눈에도 금세 세상 풍파에 시달릴 대로 시달려 온몸에 피곤기가 덕지덕지 배어든 지친 몰골의 사내였다. 한데다 그날 밤 사내가 그 여자에게 들려준 위인의 처지는 그녀가 그의 누추한 차림새나 용모에서 짐작한 것보다도 훨씬 더 창연하고 막막했다. 한마디로 사내는 제 고향 고을에서 엉겁결에 어떤 기막힌 춘사(椿事)를 저지르고 쫓겨나 긴 세월 음지로만 세상을 떠돌아다니는 도망꾼의 신세였다. 사내의 지치고 망연스런 처지에 저절로 가슴이 뜨거워진 여자는 그 한밤 내내 자신의 소리로 그의 아픈 심사를 쓸어 달래주었다. 하다 보니 그 유장한 여자의 소리 속에 두 사람의 마음이 서로 뜨겁게 흘러 만나 결국엔 깊은 육신의 통곡으로까지 이어지기에 이르렀다.

그리고 이튿날. ─길손은 이른 새벽 혼자 은밀히 주점을 빠져나가 뒷절골로 종적을 감춰 들어가고 말았다. 그리고 다시 얼마 뒤, 여자는 그 길손이 머리를 깎고 중이 되어버렸다는 소식을 풍문에 어렴풋이 들었다.

일이 그리 되고 보니 여자는 처음 그 일을 별로 마음에 두려 하질 않았다. 그런 사내들을 처음 겪은 것도 아니었고, 더욱이 머리까지 깎고 중이 돼버린 처지라면 속세의 인연 따윌 다시 돌아볼 사람이 아니었다. 부질없이 사람을 기다리거나 원망을 짓고 살 만한 제 처지도 아니었다. 여자는 그 길손과의 잔바람결과도 같은 짧은 연분을 다른 때처럼 깨끗이 잊어버리려 하였다.

그런데 이번에는 행인지 불행인지 일이 그럴 수가 없게 되어갔다. 그 하룻밤 짧은 연분의 끈이 뜻밖에 그녀를 질기게 옭아매온 것이었다. 길손이 떠나가고 한 달이 못 되어 그녀는 생각지도 않게 뱃속에 태기를 느끼기 시작한 것이다.

그녀는 한 번도 그런 일이 없던 터라 한동안 마음의 갈피를 잡을 수 없었다. 한편으론 난처하고 당황스러워진 반면, 다른 한편으론 반갑고 뿌듯한 기분이기도 했다. 제 처지가 딱하고 원망스러워지는가 하면 떠나간 사내가 새삼 애틋하게 그리워지기도 했다.

어쨌거나 그녀는 우선 사내를 한 번이라도 다시 만나고 싶었다. 사내를 만나봐야 제 마음의 가락이 추려질 것 같았다. 그 사내는 이미 머리를 깎고 속세와 인연을 끊은 사람이었다. 그런 일로 다시 속세로는 돌아올 사람이 아니었대도 그녀는 꼭 한 번 얼굴이라도 만나보고 그가 뿌린 새 생명의 소식을 알려주고 싶었다.

그 한겨울 그녀는 주위에서 눈치를 못 채도록 몸을 은밀히 건사하며 갖가지 방법으로 사내를 뒤쫓았다. 사내의 소재도 수소문해보고, 그가 있음 직한 곳을 자신이 직접 찾아 올라가보기도 했다. 한 번은 일부러 사람까지 사대어 며칠씩 절밥을 얻어먹고 지내게한 일도 있었다.

하지만 한번 산으로 숨어 들어간 사내는 아무리 애를 써도 종적을 찾을 길이 없었다. 어느 암자 토굴에서 어떤 경로로 해서든 이쪽의 소식을 접했을 수도 있으련만, 그 드넓고 깊은 절골 쪽에서는 아무리 기다려도 사내의 소식이 내려온 일이 없었다.

그렇게 그 겨울 한 철이 허망하게 지나가고 어느덧 이듬해 봄 절기가 시작됐다. 여자도 그만큼 눈에 띄게 배가 불러왔다. 여자는 그럴수록 심사가 더 추연하여 그대로 기다리고만 앉아 있을 수가 없었다. 그녀는 결국 어느 날 마음을 다져먹고 다시 절골로 올라갔다. 그리고 그로부터 그 한 봄 내내 두륜산 구곡 숲 속을 소리로 누비고 다녔다.

하지만 그도 다 부질없는 노릇이었다. 사내는 끝끝내 종적이 없었다. 여자 역시 그 봄이 기울어들 무렵쯤엔 더 이상 부른 배를 숨길 수가 없게 되어, 어느 날 돌연히 절골을 떠나갔다. 그리고 다시 몇 달간 낯선 골을 떠돌다가 어느 집 헛간방에서 딸아이를 낳게 됐다.

그러니까 여자는 그렇게 대원사 절골을 떠나간 뒤론 평생 동안 다시 그곳을 찾아온 일이 없었다. 그리고 늙도록 남도 천리 낯선 산하만 골라 찾아 떠돌면서 그녀의 소리 하나를 딸아이에게 이어줬다. 그래 그 딸아이는 일찍부터 그 소리꾼 어미의 청을 따라 배우고 다니면서도 그런저런 내력은 전혀 알지를 못했다. 어미의 소리 속에 깃들인 그 정한 깊은 사연은 물론, 그 아비에 대한 일이나 제 출생의 내력에 대해서도 물론 들은 일이 전혀 없었다. 그녀는 그저 그 어미의 소리로 잉태되고 소리 속에서 태어난 무성(無性)의 인간처럼 무심스레 자라갔다. 그리고 그 몸매에 처녀 티가 피어나고 그것이 다시 허무하게 시들어갈 때까지도 작배(作配)를 이루어 그 어미와 어미의 소리 곁을 떠나가지 못하고 있었다. 어미로부터 지어받은 송화라는 이름과 소릿가락을 운명 삼아 그 늙은 어미와 세상을 함께 떠돌고 있었을 뿐이었다.

그러던 어느 해. 그녀의 나이 어언 서른을 바라보던 병인년 겨울이었다. 소리꾼 어미는 마침내 몹쓸 역질을 얻어 그 고달픈 생애를 뜻밖에 간단히 마감했다.

하지만 그녀의 떠돌이 한평생은 그렇게 허망스럽기만 한 종말이 아니었다. 소리꾼 어미는 죽음에 임박하여 그 딸에게 비로소 제 아비의 일을 일러준 것이었다. 일테면 그 어미의 고달픈 생애에는 결이 곱고 미향(美香)을 품지는 못했을망정 그 잃어버린 지아비로 인한 굳은 정한의 마디가 배어 있었던 것이다. 그리고 그녀는 그 정한의 아픈 마디를 소리로 소리로 풀어온 것이었다. 그 신비스럽도록 유원(幽遠)한 소리의 마력, 그 딸아이가 제 젊음까지 망단(妄斷)한 채 거기 반해 살아온 연유가 거기 있었다.

그런데 그 딸에겐 그것이 어미의 죽음에 더한 또 다른 충격을 불러왔다. 어미의 생애와 소리 속에 깊이 숨겨져온 사연에 그 딸은 새삼 제 소리를 곰곰 되돌아보게 된 것이었다. 그 원도 정한도 없는 소리에 제 인생이 더없이 허망스러워지고 만 것이었다.

그래 그녀는 이후로 한동안 그 뿌리도 마디도 못 지닌 제 소리를 외면한 채 세상을 계속 혼자 덧없이 떠돌아다녔다. 그리고 그런 덧없고 지향 없는 유랑의 세월 끝에 그녀는 언제부턴가 자꾸 발길이 한쪽으로 이끌리기 시작했고, 그러다 끝내는 이 대원사 절골까지 길을 찾아들게 된 것이었다……

— 난정이도 이미 짐작을 했겠지만, 이게 바로 내가 서너 해 전에 이곳을 찾아들게 된 경위였제……

송화는 이제 웬만큼 사연이 다해가는 듯 거기서 한차례 긴 한숨을 토하고 나서 이야기를 서서히 마무려나갔다.

— 그런디 그렇게 예까지 흘러 들어와서야 나는 어머니의 깊은 정한이 그새 내게로 고스란히 옮아 들어와 있었던 걸 알아차리게 됐지 뭔가. 나를 예까지 이끌어 보낸 건 다름이 아니라 그 소리로도 못다 한 가엾은 어머니의 정한이었더란 말이제. 어머닌 내게 마지막으로 말했었지. 내가 죽은 걸 불쌍타 하지 마라, 나는 죽어서 새가 될란다. 넋이라도 새가 되어 대원사 절골로 날아가 못다

한 소리를 마저 다 뿌리고 다닐란다…… 그 어머니의 넋이 새가 되어 쟁쟁한 소리로 나를 예까지 이끌어온 거란 말이네.

그 어미의 넋이 새가 되어 못다 한 소리를 이 절골에 뿌리고 다니겠다 함은 그녀의 정한이 죽음에 이르러서도 아직 다하지 못한 까닭임은 두말할 것이 없었다. 그리고 그 딸이 그 어미의 넋과 소리를 좇아온 것은 그 어미의 정한을 그녀가 다시 이어받고 있음인 것이었다. 일테면 그 딸도 어미를 대신해 그 아비에 대한 정한을 앓게 된 것이었다. 아니 이제는 제 삶을 그토록 비정하게 내팽개쳐온 아비에 대한 원정이 새삼스럽던 그녀였다. 그래 그녀는 그 어미의 여원(餘怨)을 어미 이상으로 아파하며, 이제는 그녀 자신 새가 되고 소리가 되어 어미의 넋 한가지로 산골을 헤매 다니게 된 것이었다. 그렇듯, 그 어미의 생애의 모든 것을 제 속에 깊이 품고 만 것이었다.

그러니까 그녀가 그 대원여관에 들어앉아 몇 년씩 세월을 보내고 있는 것도, 그녀 역시 행여 그 소리를 말미 삼아 아비의 소식이라도 만나게 될까 해서였다. 과연 그녀는 산을 들어온 이후로 옛날 이 절골에 그 비슷한 소문을 남긴 스님이 있었다더라는 소리를 몇 차례 들은 일이 있었다. 그러나 소문은 그저 소문일 뿐이었다. 그 스님이 어떤 사람인지는 물론, 그것이 대체 언제 적 일이며, 그가 지금은 살아 있는지 죽었는지, 아직도 이 절골에 남아 살고 있는지 어떤지 정확한 뒷일을 아는 사람이 없었다.

어느 땐 이 사람 같다 하고, 어느 땐 저 사람 같다 하고, 내력의 가닥에 따라 떠오르는 사람이 이리저리 바뀌어 말해지기까지 하였다. 게다가 여관이나 술손들 가운데엔 그런 일에 제대로 관심을 기울이려는 사람도 드물었다.

　여자(송화)는 무작정 기다리는 수밖에 없었다. 때로는 직접 산속을 찾아 들어가 소리로 사연을 뿌리고 다니기도 하였다. 하지만 기다림도 하소연도 다 소용이 없었다. 산에서는 여전히 아무 소식도 없었다. 그녀는 이제 더러 그 어미의 사연이 어쩌면 사실이 아닐지도 모른다는 생각이 들기도 했다. 그것은 그 어미가 딸을 위해 자신의 생애 중에 만난 남자들의 이야기를 이리저리 듣기 좋게 엮어 들려준 것 같기도 했다. 그러나 그 딸은 이제 어미를 원망하거나 자신의 행적을 후회하지 않았다. 그녀는 이제 그 아비에 대한 정한으로 하여 자신의 삶이나 소리에 어떤 절절한 신명의 뿌리가 내린 것을 깨달은 때문이었다. 그녀는 계속 그 어미의 사연을 믿을 수밖에 없었다. 아비의 종적 또한 쉽게 단념할 수가 없었다…… 그리고 그렇듯 철이 바뀌고 해가 가면서 난정을 만나고 또다시 몇 해가 흘러갔다.

　그런데 끝내는 그녀도 더 기다릴 수가 없을 만큼 기력이 다하고 만 것인가. 아니 그것으로 그녀도 이제는 제 인생과 소리에 나름대로 단단한 매듭을 앉히게 된 것인가.

　──그러니 결국은 나로 해서도 그 어머니의 여한은 풀어드릴 수가 없으려나 보구만. 오늘이 예 와서 네번째 보내는 어머니의 기일인데, 이렇듯이 나까지 정한만 더 깊어가니……

　그날 밤 송화는 거기서 비로소 긴 사연을 맺으면서 어딘지 깊은 예감이 어린 목소리로 난정에게 마지막으로 당부를 해왔다.

─내 기력이 이러니 이젠 새 잎이 필 내년 봄을 기약할 수조차 없는 형편 같아…… 그러니 난정이 혼자 새봄을 맞거든 내 못 간 산골을 대신 가서 굽이굽이 못다 한 소리나 더 뿌려주려나……

그리고 다음 날 이른 아침 그녀는 혼자서 산으로 올라가 한나절 소리로 산골짝을 울리다간 그길로 영영 이 절골과 여관을 떠나가고 만 것이었다─

"언니는 그러니까 그날 밤 마지막으로 자기 소리로 어머니의 제사를 치르고 이곳을 떠나간 셈이었지요. 뒤에 생각해보니 전해에도 그 무렵이면 그런 이상한 행사가 있었지만, 전 그저 무심히 보아넘긴 바람에 미리 그런 눈치를 못 챈 거였어요……"

송화가 절골을 떠나간 것으로 난정도 이제는 제 이야기를 끝내려는 듯 그 아득하던 목소리가 한결 장손의 귓가로 가까워져오고 있었다.

"……어쨌거나 언니는 그렇게 한 번 이곳을 떠나간 뒤로 다시 소식이 없었어요. 어디서 어떻게 지내고 있는지, 그새 쇠약한 몸이 더 나빠져서 아예 세상을 등지고 말았는지. 저도 그 뒤론 그런 걸 그리 알아보려고 하질 않았구요. 언니가 어디에 살고 있든 죽었든 인생사가 다 그렇듯이 덧없게만 보인 탓이겠지요. 궁금하기로 친다면 저는 언니가 그렇게 훌쩍 이곳을 떠나가고 만 속사연 하나도 제대로 헤아릴 수 없었으니 말이에요."

난정은 아까 나물 바구니가 구르면서 흘려놓은 더덕뿌리 하나를 주워다 흙을 털고 무심결에 입 끝으로 씹으면서, 이젠 제법 자신도 소리꾼다운 소리를 읊조려댔다.

"헌디 참으로 이상한 일이었어요. 언니가 그렇게 허망하게 떠나
가고 나니, 그때부터 제겐 왠지 그 언니가 가슴속에 품어온 고달
픈 인생사들이 제게로 옮겨온 것처럼 제 마음이 쓰리고 아려오는
거였어요. 언니의 소리꾼 어머니의 정한이 언니에게 무거운 짐이
되었듯이, 그 어머니와 언니의 인생사에다 그 언니의 생부라는 스
님에 대한 그리움과 원망들까지 모조리 말이에요…… 헌디다 그
언니와의 마지막 밤 이후부텀은 미련인지 원망인지 알 수 없는 심
사 속에 제 전일에 무심히 떠나보낸 남정들까지 새삼 뒷모습들이
어른거려댔구요. 떠나보내고 까마득히 잊고 지내온 남정들이 제
가슴에 뒤늦게 못을 박고 든 거였지요……"

그래 그녀는 그 송화가 떠나가고 난 지난겨울 한 철을 봄철만 기
다리며 살아온 셈이었다 했다. 송화의 당부도 당부지만, 그녀를
대신해서 든 제 심회 때문에서도 봄철이 되면 난정은 산으로 올라
가 가슴속에 쌓인 것을 쏟아 뿌리고 싶어진 것이었다. 하지만 그
러다 지레 망단이 되어선지 정작에 봄철이 가까워지면서부터는 맘
이 외려 좀 차분히 가라앉아들고 있던 참인데, 때마침 장손이 찾
아들게 된 것이었다. 그리고 그가 다시 훌쩍 산으로 올라가버리자
그 일이 하루하루 다시 간절해지기 시작했다는 것—

"그러니 이 봄 한 철 제가 날마다 소리를 하고 다니는 것이 굳이
이녁 때문이라곤 생각 마시오. 이건 언니의 당부 때문일 수도 있
겠고 제 마음속 곡절 때문일 수도 있으니께요. 이녁과의 일이나
약조라 생각한 대목이 아주 없지는 않더래도 그 또한 이녁보단 제

속허물풀이에 더 당한 일이 아니겠소. 그러니…… 어째 이제는 좀 마음이 편해지시겠소?"

난정은 처음 사연을 시작할 때의 제 다짐을 줄곧 명념하고 있었던 듯 다시 한 번 장손을 안심시키려는 소리로 긴 이야기를 끝맺었다. 그리고는 이제 자신 속의 아쉬운 여운을 헹구어내듯 산더덕뿌리만 무심히 씹어대고 있었다.

장손은 이제 오히려 그런 난정 앞에 심신이 힘없이 주저앉는 느낌이었다. 그녀의 보이지 않는 정한의 강물 속으로 자신이 깊숙이 가라앉고 있는 듯한 아득한 느낌이었다. 장손이 그렇듯 산으로 올라가버리고 나서 하루하루 그 봄산과 소릿가락이 간절해지고 있었다던가. 그래 떠나간 송화의 당부나 자기 정한 이외에 두 사람 간의 약조가 생각났던 대목이 없지도 않았다던가. 하지만 장손의 그같은 느낌은 난정과의 우연스런 하룻밤 연분과 바람결처럼 무심한 뒷날의 약조에서 그녀가 그를 완전히 놓아주지 못하고 있는 기미 때문이 아니었다. 쉬운 대로 말하면 난정은 일테면 그 떠나간 사람의 정한을 넘겨받고 그 정한풀이를 흉내질하고 있는 격이었다. 그런 점에선 그 난정의 소리에 저를 찾아 헤매고 있는 듯한 원정을 느낀 장손이나, 그게 꼭 장손을 향한 회원의 소리만이 아니라는 난정의 소명은 다 같이 큰 잘못이 없었다. 그렇다고 그 둘이 다 옳을 수도 없었다. 난정의 말마따나 그녀의 소리는 장손을 부른 것만도 아니었고, 더욱이 난정이 제 소리로 송화나 그 어미의 정한풀이를 대신해왔다 한들 그것이 제대로 되어왔을 리도 없었다. 남의 정한으로 제 소리의 뿌리를 삼고 질긴 마디를 앉힐 수는 없는 일이었다. 흉내질은 그저 흉내질일 뿐이었다. 난정은 그저 그 떠나간 사람들— 송화와 그 어미들의 사랑과 아픔을 제 것인 양 헛되이 품어온 것뿐이었다. 사정인즉 분명히 그래 온 셈이었다.

하지만 장손은 이제 어이 된 일인지 그런 난정이나 그녀의 소리를 그렇게 간단히 보아 넘길 수가 없었다. 한 줄기 큰 강물이 언제부턴가 그녀의 속 깊숙이에서 가득 넘쳐흐르고 있었다. 난정은 그 강물로 모든 것을 받아들여 함께 흐르고 있었다. 소리꾼 어미의 황량스런 한 생애도, 그것을 이어받은 송화의 깊은 정한도, 그리고 그 이름 모를 스님의 비밀과 장손 자신의 고달픈 인생사도, 심지어는 저 저주스런 누이년 장덕의 애달픈 소망들까지도 거기에 함께 얼려 흘러가고 있었다. 거기선 이제 그 소리꾼 모녀의 한 깊은 사연들도 더 이상 그 어미나 딸의 것이 아니었다. 이름 모를 스님이나 장손의 그것들도 이미 제 것으로 남아 있지 않았다. 난정은 그 모든 것을 자신의 드넓은 소리의 강물로 함께 받아들여 흘러가고 있었다. 그녀는 이제 흉내질을 내고 있는 게 아니었다. 흉내를 내거나 대신함이 아니라, 이제는 그 모든 사연들이 그녀의 소리 속에 깊은 뿌리와 마디를 지어가고 있었다. 장손 자신도 언제부턴가 그 강물의 한 줄기로 함께 섞여 흐르고 있었다……

하지만 장손은 역시 장손이었다. 그는 언제까지나 그런 괴이한 기분에만 빠져 있을 수가 없었다.

그는 이윽고 자신을 휩싸고 거대하게 흘러가는 강물을 의식하고 자신도 모르게 몸을 부르르 떨었다. 그리고 무작정 그것을 거슬러 빠져나와야 한다는 강박과 안간힘 속에 혼자서 독하게 이를 갈아

붙었다.

　──아니다, 이건 홀림수다. 처음부터 여우 같은 홀림수가 있었어.

　절에선 그걸 무슨 인연이고 윤회라고 한다던가. 사실이 그랬는지, 난정의 몽상 속 이야긴지, 여관을 들어서고 난정을 만나기까지의 그의 정황이 그 옛날의 남정과 너무도 비슷했다. 그리고 이후의 난정과의 일들이 거의 다 흡사했다. 한데다 그 어미의 말이나 절골 사람들의 추측대로라면, 송화의 생부는 뒷절골로 올라가 진짜 중이 되었다고……! 장손은 그 일련의 사연과 정황 속에 자신도 모르게 천천히 옭죄어 들어오는 어떤 무서운 기연과 윤회의 사슬 같은 것을 느꼈다. 보다도 웬 음험스런 음모의 요기마저 느껴졌다. 그는 일거에 그것을 빠져나와야 하였다. 그렇다고 이 판국에 그가 먼저 년을 피해 도망질을 칠 수는 없는 노릇이었다. 년부터 먼저 들부숴놓아야 했다. 인연이라면 그 인연의 줄을 끊어야 했고, 윤회라면 그 바퀴살을 부숴 주저앉혀버려야 했다. 항차 그것이 어쭙잖은 인간의 숨은 계략이라면 무엇보다 년에게 더 이상의 적원(積怨)을 남기게 될 여지를 없애줘야 했다. 난정 따위의 요기에 홀려들거나 알량한 감상기에 빠져들어서는 안 되었다. 난정을 다시 한 번 무참하게 짓밟아 년에게서 자신의 흔적을 깡그리 지워 쫓아버려야 했다. 그러자면 역시 년을 아예 콩가루로 부숴주는 것뿐이었다. 감히 제깟년이 누구를 꾀어 홀려 제 한을 배려들다니!

　그는 다시 한 번 뜨거운 노기 속에 자신의 허물어진 전의를 부추겼다. 그리고 단시간에 아랫도리 쪽에 힘을 모아 안고 나서 년을 향해 불끈 몸을 일으켜 세웠다.

"자네, 이제 보니, 그놈의 소리에 뿌린지 매딘지 그런 걸 구하느라 어지간히 조바심을 쳐온 모양이구만그래. 공연히 넘의 일로 제 소리 뿌렁일 심겠다고 헛고생 흉내질만 일삼으면서 말이여."

그는 부러 더 거칠고 무지스런 행투로, 그새도 오로지 그 생각 뿐이었던 듯 난폭하게 그녀를 다시 밀어붙이고 들었다.

"그러니 어뗘? 그 쓰잘따구없이 남의 차지 죽은 뿌리들만 찾아 헤맬 게 아니라 기회가 닿을 때 제 속으로 제 뿌리를 받아 지녀두는 게? 자네 소망이 그처럼 간절허니 내 오늘 한 번 더 자네헌티 무료로다 그 정한의 뿌리라는 걸 허벅지게 보시해줄 모양이니."

그런데 뜻밖인 건 난정 쪽도 그쯤 이미 다 각오가 되어 있는 듯한 무관스런 태도였다. 난정은 그처럼 조급하고 난폭스런 장손의 공세 앞에 어딘지 좀 쓸쓸한 원망기 같은 것이 깃들인 눈길뿐 더 다른 저항이나 거부의 기색이 없었다. 그리고 그의 말마따나 제 군은 정한의 뿌리를 품기 위해 모든 것을 용납하고 받아들이는 자세로 묵묵히 자신을 내맡겨왔다.

하고 보니 그 역시 장손의 과신이 부른 오산일 뿐이었다. 장손은 결국 그 노릇도 다 부질없는 허사가 되고 말았다. 그는 끝끝내 그 난정의 강물을 거슬러오르거나 터뜨려버릴 수가 없었다. 그녀는 조금도 부서질 줄을 몰랐다. 장손이 그녀를 짓부수기커녕 자신만 조그맣게 그녀의 안으로 자꾸 사라져 들어가고 있었다. 이를 악물고 용을 써봐도 그럴수록 제 흔적조차 찾을 수 없게 되어갔다. 그녀의 받아들임은 실상 한정이 없었다. 그는 그 무한정한 그녀의 받아들임을 먼저 이겨낼 수가 없었다. 보다도 그 아득하고 하염없는 받아들임에 저도 모르게 뜨거운 눈물을 흘려대는 자신을 견딜 수가 없었다.

그는 끝내 다시 이를 악물고 있는 힘을 다해 몸을 박차고 일어났다. 그리고 그 유장하고 우람한 강물의 흐름에서 간신히 언덕을 찾아 올라선 도망꾼처럼 제 발로 황급히 그 여자와 여자의 강물을 떠나가고 말았다.

9

그러나 장손은 그날의 일로 하여 예상치 못한 소득 한 가지를 얻고 있었다. 그건 물론 난정과 함께 있을 때는 분명하게 깨닫지 못한 일이었다. 아니 그 난정의 이야기를 들을 때부터도 마음 한구석엔 이미 어렴풋한 느낌이 어려들던 일이었다. 그 소리꾼 모녀의 애달픈 사연을 뒤에 숨어 엮어온 비정의 사내, 그 어미에게 마지막 속세의 인연을 심어주고 자기 혼자 훌쩍 산으로 들어가 끝내 그 인연의 끈을 외면해버린 남자, 그리고 뒷날엔 그 딸과 난정에게까지 끈질긴 정한의 뿌리를 내리고 있는 수수께끼의 늦깎이 — 그게 어쩌면 그 어미가 딸을 위해 엮어 꾸민 이야기거나 한 남정과의 일이 아닐지도 모른다는 추측이 뒤따랐음에도 불구하고, 장손은 난정의 이야기를 듣는 동안 왠지 그 적막스런 무불 스님의 모습이 몇 번씩 눈앞을 스쳐간 것이었다. 어쩌면 그 무심하고 비정스런 사내가 바로 무불 스님 그 늙은이 아니었을까. 그 사내가 지금의 무불 스님으로 늙어 있는 것이 아닐까. 그래 그 말 못할 사연이 회한 되어 그토록 모진 늙은이 꼴이 된 게 아닐까. 그것이 위인에게 저리 말을 잃은 채 밤잠을 못 자고 마음을 앓게 해온 곡절이 아닐까……

하지만 난정을 곁에 한 처지에서 그런 생각은 길게 이어질 수가 없었다. 알 수 없는 노여움과 동정기가 뒤얽히는 묘한 애증의 갈등 속에 제물에 도리질을 쳐버린 일이기도 했다. 생각이 깊어봐야 그럴 만한 근거나 진부를 캐어볼 방도도 없는 일이었다. 그저 그런 막연한 예감뿐으로 생각을 접어 뒷일로 미뤄둔 일이었다.

그러고 산을 내려와보니 우연찮이 노인이 집허당을 비우고 없었다. 일중에게 슬쩍 행선(行先)을 물어보니, 이날 아침 녘 무불암으로 다시 선정(禪定)을 올라갔다는 것이었다. 그런 갑작스런 행보의 사연이 또한 썩 심상치를 않았다. 스님이 암자를 내려온 지가 아직 며칠도 되지 않은 터라, 이번에는 그 참선행의 동기가 좀 달랐다.

"봄철이 되기만 하면 이 광명전은 주위가 많이 어지러워서요. 처사님도 이 며칠 겪어 알고 계시겠지만, 유독 이때쯤이면 소릿가락이 어지간히 산속을 어지럽히고 다녀야지요. 무불암은 길이 멀고 숲도 깊은 곳이라, 스님께선 번잡스런 주위를 피해 그곳으로 며칠 선을 가신 거랍니다."

녀석의 무심스런 덧붙임이었다. 그런데 그 일중의 아심찮은 설명에 장손은 문득 산에서의 어렴풋한 의혹이 새삼 다시 머리를 치켜들었다. 스님이 여자의 소리를 피해 갔다? 그처럼 심기가 굳고

불심이 깊은 노인네가 모습도 뜨지 않는 한 아낙의 소리질 따위에 마음이 어지러워져서? 그렇다면 위인은 그 소리의 숨은 곡절을 알고 있거나, 유다른 감회를 피치 못한다는 말인가.

장손은 그 소리로 하여 스님이 암자로 올라가게 된 앞뒤 사정을 좀더 은밀히 캐묻지 않을 수 없었다. 하지만 일중은 아는지 모르는지 거기서 더 이상 깊은 말을 해주지 않았다. 그토록 귀찮은 소리를 일삼고 다니는 게 어떤 여자냐, 여자가 그러고 다니는 사연이 무엇이냐, 스님이나 일중이 거기 대해 알고 있는 대목이 있느냐…… 짐짓 공연한 호기심을 가장한 장손의 물음들에, 녀석은 절 사람들의 잦은 버릇대로 고개부터 젓고 나선, 말대접 삼아 노인의 심상찮은 산행 버릇만 한번 더 확인해줄 뿐이었다.

"저도 정작 그 소리를 하는 사람은 본 일이 없으니, 스님께서도 그건 역시 마찬가지실 겁니다. 사람의 모습을 본 일이 없으니 스님이나 저나 그 사람이 누군지, 무슨 사연으로 그러고 다니는지 남의 속사정을 알 수가 없지요. 하지만 어쨌거나 스님은 영 그 소릴 못 참아 하셨어요. 소리가 몇 년이나 봄가을로 온 산골을 떠울리고 다녔거든요. 스님께선 그 소리가 유난히 극성스런 봄가을 한 순씩은 이곳을 피하여 암자로 올라가 참선으로 지내다가 내려오곤 하셨지요. 헌디 이참엔 날씨가 풀리고도 한동안 잠잠하길래 그냥 저냥 조용히 넘어가려는가 했더니 그렇지가 못했어요……"

자신만 아니라 무불 스님 역시도 여자의 정체나 소릿가락의 사연은 알고 있을 수가 없다는 소리였다. 장손은 그만 대답만으로도 우선 만족이었다. 스님은 다만 이번만이 아니라 몇 년째 계속 소리를 피해 다니고 있음이 확인된 것이었다. 몇 년째 계속 들어온 소리라면 그간에 귀가 익어 마음이 거기에 무심해질 법도 한 일이었다. 한데도 매번 소리를 피해가는 것은 그걸 특별히 마음에 불편해하는 탓이기가 쉬웠다. 그야 이번에는 사람이 바뀌어 소리의 장본인은 예년의 송화가 아닌 난정이었다. 그런데도 스님이 거처를 옮긴 것은 소리의 사연으로 해서가 아니라 그 소리 자체가 시끄러워서였을 수도 있었다. 하지만 애초 무불의 늙은 귀엔 오랜 한솥밥으로 이어져온 두 소리가 달리 들리기 또한 어려운 일이었다. 노인으로선 목청이 바뀐 것을 모르고 있기 쉬웠다. 그래 올해도 몇 해째 이어져온 같은 목청 소리에 지레 처소를 쫓겨 올라간 격이기 쉬웠다……

무불의 거동이 아무래도 석연하지가 못했다. 그가 바로 그 원정(怨情)의 사내였을 공산이 갈수록 더했다. 그래 늙은이가 지난날에 대한 회한으로 지금껏 저리 마음을 앓고 있는 것인가. 밤이면 자리 펴고 잠자리도 못 들고 저리 힘든 죄 닦음길을 걸어온 것인가.

장손은 거기 생각이 이르자 이젠 아예 그 무불의 남다른 고행까지도 위인의 죄 닦음의 방편쯤으로 여겨져 까닭 없이 속이 뒤틀려오르기까지 했다.

──헌다고 그게 무슨 소용이 있는 일이여. 자기 혼자 이런 산속에 숨어앉아 후회를 하고 절통해한다고 한번 지은 허물이 벗겨질 것이여? 그런다고 일을 당한 그 모녀의 원한이 풀릴 것이냔 말이여! 하기보담 차라리 산을 타고 내려가 한을 품고 죽어가는 사람

손이나 한번 잡아주는 쪽이 백 배나 나은 일이었제. 목구멍에 피가 배도록 산속을 찾아 헤매던 그 딸년을 한 번이라도 불러주고 품어주는 것이 사람이 할 일이제……

하지만 다시 한 번 곰곰 생각해보니, 거기까진 아무래도 아직 성급한 생각이었다. 그것은 어디까지나 가능성에 불과할 뿐 사실로 확인이 된 일이 없었고, 쉽사리 확인이 될 일도 아니었다. 그로선 더없이 예감이 분명했지만, 예감이나 추측만으론 일을 단정하기가 아직 일렀다. 그 혼자 생각에 일을 너무 앞질러가고 있었다. 보다 분명한 징표나 사실이 나타나야 하였다.

장손은 다시 마음을 가라앉히고 한 며칠 침착하게 무불의 동정을 기다렸다. 늙은이가 산을 내려오면 그땐 가부간에 무슨 기회가 생기리라— 그럴 만한 기회가 생기지 않으면 이쪽에서라도 그것을 만들어야 하였다. 그는 자신이 스님의 암자로 올라가볼 수도 있었지만, 이후로도 계속 숲 속을 어지럽히고 다니는 난정의 소리 때문에 섣불리 몸을 움직이고 나서기가 주저됐다. 이젠 그 무불에게 사실을 캐어보기 전에는 부질없이 난정을 먼저 만나볼 수가 없었다. 그녀에겐 그럴 일도 없었고 그래서도 안 되었다. 밤으로는 물론 그녀의 소리가 자취를 감췄지만 그땐 또 어둠 속으로 암자엘 올라가봐야 그 껌껌한 침묵밖에 노인의 다른 기미나 동태는 살피고 올 것이 없었다. 그는 그 난정의 낭자한 노랫가락 소리에 제 어지러운 심사를 지그시 눌러 참으며, 스님이 암자로 내려오기만을 기다렸다. 그리고 혼자 까닭 없이 제 노여움 기를 부추기며 그 늙은이를 단번에 기를 죽여 닦아세울 짓궂은 방책을 가다듬고 있었다.

　——늙은이가 그 소리꾼 여자를 상관한 게 틀림없다면, 그 딸년의 소리를 그대로 이어받은 난정을 품은 나는 누군가. 육신의 피를 대신해 노인은 나와 그 소리로 연이 이어진 장인 사위 사이가 아닌가 말이다. 늙은이가 산을 내려오기만 하면 내 우선 위인에게 그것부터 기어코 밝혀주고 말 테다!

　하지만 그도 아직은 성급하고 빗나간 계산이었다. 숲 속의 소리가 아직도 여전했기 때문이다. 장손은 미처 생각이 미치지 못한 일이었지만, 일중의 말대로라면 소릿가락이 물러가지 않은 한 그 소리를 피해 간 무불이 먼저 암자를 내려올 리 없었다. 그런데 소리는 봄이 무르익어갈수록 오히려 연일 더 기승을 떨어댔다. 그리고 과연 장손이 아무리 목을 빼고 기다려도 노인은 아직도 한동안 암자에서 내려오려는 기미가 없었다.

자비강산(慈悲江山)

10

"허긴 나도 어디선지 흘려들은 소린 듯싶긴 하다만…… 그 다 허무한 뜬소문일 것이니라."

노암 스님은 장손이 소리꾼 여자를 만나보았다는 소리에 역시 어딘가 좀 자신이 덜한 대꾸였다.

"더욱이 사람의 한평생 가운데엔 누구에게나 크고 작은 과실이 있게 마련, 혹여 그 일이 그 어른의 과거사였으면 어떻고 그 어른 아닌 다른 누구의 허물이었드면 어떻더란 말이냐. 그것이 지금 그 어른께 무슨 상관이더란 말이냐. 그 다 부질없는 분별을 좇고 있음이니라……"

장손의 심상찮은 태도와 표정들로 스님은 그간의 일에 이미 어떤 짐작이 있었던 것인지 모른다. 장손이 다시 불쑥 그를 찾아 나타났을 때부터 노암은 짐짓 눈을 지그시 감은 채 무심스레 상체만 흔들고 앉아 있었다. 하다간 장손의 입에서 여자의 이야기가 시작되자 송충이가 달라붙은 듯한 그의 짙은 두 눈썹이 움찔하면서 몸의 흔들림까지 잠시 멈칫거리고 있었다. 그러나 그는 이내 그 무넘스런 흔들림과 너그러운 침묵 속에 이미 모든 것을 다 알고 온 듯이 자신만만해하는 장손의 이야기를 끝까지 경청했다. 그리고 장손의 토설이 끝나고도 아직 한참 더 침묵을 계속한 끝에 마침내 그 어려운 몇 마디를 뱉어놓았다. 그리고는 노스님은 그걸로 볼일을 다 끝낸 사람처럼 눈을 감은 채 그 한가로운 몸짓을 다시 시작했다.

하지만 그 스님의 시인도 부인도 아닌 대답은 다른 때의 시퍼렇게 호된 어세에 비추어 장손에겐 오히려 시인 쪽에 가깝게 들렸다. 게다가 스님은 그 묵연스런 침묵과 한가한 몸짓에도 불구하고 얼굴에선 여전히 어떤 어두움의 자국을 지우지 못하고 있었다. 장손의 토설을 노인이 말처럼 대범스레 들어넘기지 못한 탓이었다. 장손의 심중을 이미 다 헤아리고도 짐짓 시치밀 떼고 있음이었다.

──그야 스님으로서도 난처하실 게 당연하니께. 설마하면 일이 거기까지 갈 줄은 몰랐을 거 아닌가 말여.

장손은 처음부터 그 노암의 속셈이 뻔해 보였다. 먹물 옷 걸친 위인들의 저 의뭉한 수작이라니. 난처하고 거북한 지경을 당할 때면 으레껏 내세우고 나서는 행투들이 그랬다. 지혜가 깊은 척 엉뚱스런 말놀음으로 옹색한 처지를 피해나가거나, 마음이 너그러운 척 입을 아예 다문 채 알 수 없는 짓거리로 딴전을 피우거나.

노암의 경우도 대충 비슷할 터이었다. 장손이 제풀에 자리를 물러가게 하여 곤경을 벗어나려는 계책일시 분명했다. 하지만 장손에겐 어림없는 헛수고였다. 그로선 내친김에 노암의 속을 끝까지 열어보아야 했다. 그래서 노암의 꼿꼿한 콧대를 꺾어주고, 그 앉은잠과 답답한 침묵 속에 자신을 숨기고 있는 무불암 늙은이의 사연과 진짜 정체를 발가벗겨줘야 했다. 그럴 작정으로 이날 아침 일찍부터 노암을 찾아 내려온 그였다. 일은 오히려 지금부터가 시작이었다.

"전 그래도 스님께서 그리 밤잠도 제대로 안 주무시고 도를 닦는다, 세상일 근심에 마음을 아파하고 계신다, 겁주는 소리들만 하시길래, 정말 무슨 큰 자비심에서 그러신 줄 알았구만요. 헌디 알고 보니 그 노릇이 기껏 젊어 스쳐 지난 한 아녀자에 대한 정한이나 죄책감으로 해서였드만요. 자기가 상관한 여자를 바로 헌신짝같이 내팽개치고는, 때늦은 죄책감에, 그 여자의 한정 없는 하소연이나 기다림을 모른 척 외면하고 돌아앉아 지내온 배신에 대한 두려움…… 스님은 결국 그런 자기 업보에 쫓기다 그리되신 거 아니었어요?"

장손은 그 보이지 않는 무불 노인의 멱살이라도 끌어 잡아채듯이 부러 더 단정적으로 야비스런 공박 투를 취하고 들었다.

"헌다고 어디 그걸로 허물이 벗겨집니꺼. 밤잠을 안 자고 앉아 염불만 왼다고 여자의 원한이나 한 번 얽힌 인연의 끈이 제절로 풀리겠느냔 말입니다. 그보단 차라리 중옷을 벗고 산을 내려가 한번 더 여자를 품어주는 쪽이 외려 사람의 도리지요. 저라면 백 번 그러고 남았겠어요. 막바로 말해 스님도 한때는 젊은 기운이 넘치는 사내대장부였을 테니, 이건 꼭 그 어른의 실수나 몰인정을 탓하재서가 아니라, 그만 일로 평생을 저리 죄책감에 쫓기면서, 그것도 그게 무슨 대단한 고행처럼 속사연을 깊이 숨기고 계시니, 그게 참 딱하고 의뭉스러운 노릇 같아 해보는 소리지만서도요."

하고 나니 과연 노암은 그 방심스런 몸짓과 침묵 가운데에서도 장손의 다그침을 빠짐없이 새겨듣고 있었던 게 분명했다. 뿐더러 위인이 무엇을 겨냥해 그렇듯 심한 소리로 대들고 있는지도 분명히 뜻을 알아듣고 있었다. 그는 그 장손의 버릇없는 언동을 그리 허물하려는 기색이 없었다. 장손의 거북스런 힐난과 공박에도 그는 한동안 더 아무 대꾸가 없이 다그락다그락 손끝에 염주알만 굴려대고 있더니, 이윽고 장손이 할 소리를 웬만큼 다 쏟아놓은 듯싶어 뵈자 비로소 천천히 입을 열기 시작했다.

"그거 참, 아무래도 오늘은 네가 그 어른의 헛그림자를 몹시 벗어나고 싶어진 게로구나. 허긴 네 눈엔 매사 헛그림자밖엔 보일 것이 없을 게니 그 아니 눈앞이 답답하고 어지럽겠느냐. 그 당연하고 당연헌 일이로다. 나무관세음……"

역시 첫마디부터 장님 하늘 쳐다보기 식의 엉뚱스런 뒤집기 수법이었다. 그가 무불의 헛그림자만 잘못 보고 참모습을 보지 못하고 있다는 핀잔이었다. 뿐더러 그는 여태 장손에게서 그 무명의 고통스러움이 더 깊어지기를 기다리고 있었다는 투였다.

"지가 스님의 헛그림자밖에 못 본다면, 그럼 그 스님의 지난날 사연들이 사실이 아니란 말씀입니까?"

장손이 이번에는 그 노암의 말놀음에 더 놀아나지 않겠다는 듯
볼이 부은 소리로 치받고 들었다. 하지만 노암은 기왕 입을 떼고
나선 김에 그 부질없는 망념만 좇고 있는 장손의 귀를 좀 후벼 뚫
어줄 심산인 듯 그의 물음 하나하나에 예의 그 아리송한 절늙은이
설법 투를 한참씩 계속해나갔다.

"설령 스님께 그런 아픈 사연이 계셨던들 지금 그 어른의 저 같
은 고행이 어찌 그 일로 해서겠느냐. 석가모니 부처님께서 출가를
단행하신 일도 그러하셨거니와 모든 자비심은 제 마음의 눈뜸에서
부터 시작되는 법, 그것이 오직 당신의 평화나 위안만을 구함에서
가 아니라 이 세상 만인의 어려운 인생사 고해(苦海)를 함께하고
자 함에서라면 그 아니 숭엄스런 자비행(慈悲行)이 아니겠느냐.
그 바로 하나에서 천이요 만이요 무한량으로 넓어지고 높아지는
길일 것이니라. 항차 그와 같은 허물을 짓고도 제 과실을 다시 돌
아봄이 없는 위인이 따로 있을 수도 있는 데에랴……"

"스님께선 그렇다면 그런 허물을 안 지니셨는데도 남의 허물을
대신해 우리 인생사의 고해를 함께하려 하고 계시다는 뜻입니까?
남의 허물로 그렇게 산중에 혼자 숨어 앉아서요?"

"남의 허물로 해선지 당신의 허물로 해선지는 내 알 바 없으되,
그걸론 그 어른의 수행이나 자비행에 차이가 날 수는 없다는 소리
니라. 그리고 그 어른의 산중 선에 대해 말할작시면, 이 세상은 산
과 물이 함께하고 있어 제 모양을 갖추어 강산(江山)이라 이르는
것, 산으로 살려는 자는 높이 솟는 데에 힘을 써야 하고, 물로 살
려는 자는 멀리 흐르는 데에 힘을 쏟는 것이 각기 제 분수의 일인

것이니라. 스님은 바로 그 산으로 높아지고 계심일 것이니라."

"대체 그 산은 무어고 물은 무엇이관데요?"

"산은 솟음이고 물은 흐름 아니더냐."

"솟음은 대체 무어고 흐름은 또 무어구요?"

"산의 솟음이나 물의 흐름은 한가지로 일러 자비(慈悲)라 할 것이다. 산의 솟음은 자(慈)로 인하고 물의 흐름은 비(悲)로 인한 까닭이라. 고로 자는 산으로 솟아오르고, 그것이 물을 얻으면 비로 흐를 것이다."

"자는 또 무엇이고 비는 무업니꺼."

두 사람 간엔 이제 그 무불 노인의 과실 여부 문제를 넘어서 불법수행과 제도축생의 문제로까지 이어져가고 있었다.

그간 절밥으로 귀가 제법 익어진 탓인가. 노암의 계속된 딴전 투 대꾸나마 장손은 그런대로 대충 그 뜻을 짚어나갈 수가 있었다. 그래 그도 말끝마다 비아냥거리 삼아 노암의 설법조를 엇물고 늘어졌다. 하지만 노암은 그런 덴 조금도 괘념치 않은 채 시종 그 오연스런 딴전 투의 응대로 일관하고 있었다. 장손은 그럴수록 저도 모르게 그 노인의 말그물에 자신이 자꾸 더 얽혀 들어가는 느낌이었다.

"자는 이웃에 마음이 열리는 기쁨과 즐거움을 주는 길이요, 비는 남의 아픔과 슬픔을 함께하면서 그것을 쓰다듬고 위로해주는 길이다. 그런즉 자는 지혜에 가깝고 비는 무실(務實)하는 자세에 가까울 것이니라. 허나 그것도 이름[謂]이 다를 뿐, 그 값이 서로 다른 자리에 있음이 아니다. 남의 아픔이나 괴로움을 함께하는 무실의 태도는 옳은 지혜에서부터 얻어져야 하고, 지혜는 마침내 세상 가운데로 흘러들어 제값을 밝히는 까닭이다. 고로 자와 비는 서로를 짝하여 자비로 한몸을 짓게 되는 것이다. 이는 산과 물이 서로를 짝하여 비로소 온전한 강산을 이룸과 같음이다."

"그럼 그 자와 비, 지혜와 자비라는 건 그것을 쌓아 올리고 행해 나갈 사람이 따로따로라는 겁니까. 산으로 사는 사람과 강으로 살 사람이 애초부터 따로따로 태어나는 거난 말씀입니다."

"태어남보다도 자신이 깨닫고 지어나감일 것이니라. 사람들 가운데에 세상사 모든 일을 한 몸으로 감당해나갈 이는 많지 않다. 사람따라 어두운 마음의 문을 열고 지혜의 빛을 밝히는 일에 알맞은 심지가 있는가 하면, 그것을 세상에 펴나가는 일에서 제 값을 뽐내는 품성이 있게 마련이다. 하여 사람들은 대개 제 품성을 좇아서 혹은 자의 길을 택하고 혹은 비의 길을 택하여, 지혜를 쌓는 일이 아니면 그것을 세상에 나눠 행하는 일에 제각기 제 신명을 바치며 살아가게 마련이다. 허나 그것이 어느 쪽이든 서로 간에 그 솟음과 흐름을 시기하고 허물할 바가 없는 것이…… 산은 산이요 물은 물이로되 그 산과 물은 솟음과 흐름으로 서로 어우러져 하나의 강산을 이루기 때문이다. 산의 솟음과 물의 흐름, 그 솟음의 높음과 흐름의 장원함 그것이 우리를 즐겁고 풍요롭게 하는 소이다. 지혜는 스스로 높아짐으로 다른 사람의 즐거움이 되고, 무실은 스스로 넓고 깊고 힘찬 흐름으로 이웃들의 동행을 사게 되는 소이다. 이 강산은 그 자와 비, 높은 지혜와 힘찬 흐름이 한데 어우러지는 인간사의 큰 마당인즉, 사람 따라 품성 따라 산을 택한 자는 그 지혜로 높아지고 물과 강을 택한 자는 그 힘찬 수행으로 멀리 흐르는 일에 제 소임을 다할 것이다. 이는 산이 저 스스로 흘러내릴 수 없음이요, 물은 제 스스로 높아질 수 없음인 까닭이다. 산이 제 스스로 흘러내리려 나서고 물이 제 스스로 높아지려 든다면 그보다 어리석은 노릇도 없을 게다. 허나 물은 산으로 하여 높아지고 산 또한 그 물로 하여 흐를 수 있으니 그 아니 서로가 고마운 일이 아니냐."

도도하게 이어져나간 노암의 설법 앞에 장손은 갈수록 머리가 어지러웠다. 하지만 이제사 거기서 슬그머니 손을 들고 물러설 수는 없는 일이었다.

"헌다면 대체 그 지혜의 산이라는 건 어떻게 해서 높아지는 겁니꺼. 무불 스님겉이 엉덩짝에 구더기 떼가 일도록 선방 속에 뭉기고 들어앉아 있기만 하면 제절로 그리되는 겁니까?"

그는 거두절미 자신이 알아들은 대목들만 골라서 기를 쓰듯 거친 질문들을 계속했다. 거기 따라 노암의 술래잡기 식 설법 투도 아직 한참 더 어지러운 조화를 계속해나갔다.

"그 일이 어찌 가히 그리될 수 있겠느냐. 그 어른이 거기 그저 아무 생각도 없이 그러고 앉아만 계신다더냐. 모르면 몰라도 스님껜 아마 그 조용한 모습 속에 지옥 같은 뜨거움과 아픔을 참고 계실 것이니라."

"그러니까 그렇게 밤잠을 안 자고 고통스런 시간을 참고 앉아 계시면 지혜라는 게 제절로 솟아오를 것이냔 말씀입니다. 큰스님 말씀대로 그러고만 있으면 지혜가 저절로 강물로 흘러 내려가 세상을 널리널리 적셔주게도 되고요?"

"아픔을 지니는 것은 모든 지혜와 흐름의 시작이니라. 아파하는 마음만이 참 지혜의 빛을 볼 수 있고 이웃에 대한 자비행의 큰 문을 열어나갈 수 있는즉, 마침내는 이 세상 사람들이 그 아픔이 지혜로 넘쳐 내리는 흐름 속에 죄를 씻고 땀을 씻고 고통과 한숨과 눈물을 씻게 될 수 있음이니라."

"그렇다면 스님은 아픔이 모자라 아직은 지혜가 썩 높아지질 못한 건가요? 아니면 그 아픔이 지혜로 익어 삭질 못했거나, 지혜는 높은데 스님이 세상으로 흘러내릴 생각을 않고 계신 건가요. 스님께선 저토록 기력이 쇠해가고 계신데도 아직 저러고만 앉아 계시니 말씀입니다. 전번날 큰스님께서도 제게 말씀을 하셨지만, 그 무불 스님 근처에선 무슨 물방죽 흐름커녕 썩은 웅덩이 냄새도 맡을 수가 없겠던데요."

"고행 속에 참 지혜를 구하고자 아무리 애를 쓴들 그것이 어찌 그리 쉬울 일이겠느냐. 게도 다 인연을 얻어야 하느니라. 참 지혜를 만나는 일도, 그 지혜로 세상으로 흘러내리는 일도 모두가 그만한 인연으로 해서니라…… 허지만 네가 어찌 아느냐. 스님의 지혜가 이미 높을 대로 높아 계신지, 그 지혜가 인연을 얻어서 세상으로 깊이 흘러내리고 있는지, 네 눈으로 어찌 그것을 볼 수 있겠느냐 말이다."

노암은 장손이 아무리 기를 써도 결국은 도로아미타불이었다. 장손의 어떤 힐난이나 시비 투에도 노암의 설법은 전혀 흔들림이 없었다. 장손으로선 거의 틈을 엿볼 수 없는 말의 절벽이었다. 그

런데 그 지혜나 지혜의 흐름이 이번엔 또 웬놈의 인연을 얻음으로
해서라니? 장손은 이제 그 끝없는 입발림 말 그물 속을 더 헤쳐나
갈 엄두가 안 났다. 게다가 무불 노인에 대한 반감(장손은 노암 스
님의 '지혜를 위한 고통과 아픔'이라는 말속에서도 그 무불 노인의 허
물을 보는 듯하였다) 때문엔지 노암의 그 마지막 인연이란 소리까
지 이상스럽게 마음에 걸렸다.

　장손은 사실 난정을 만난 이후로 오직 그 무불의 하산만을 기다
려온 셈이었다. 노인에 대한 배신감과 까닭 없는 노기, 자신도 알
수 없는 어떤 뜨거운 승부욕이 그를 그만큼 부추겨댄 때문이었다.
노인에게서 느껴지던 편안한 안도감, 그래 한동안 그의 곁에 머물
며 마음을 의지하고 싶던 이상스런 끌림은 오히려 그에 대한 능멸
기 어린 훼손욕과 가열한 복수심으로 뒤바뀌고 있었다. 무엇보다
우선에 위인의 입으로 그 사실을 직접 한 번 들어보아야 하였다.
사실의 확인을 위해서보다도 위인의 입으로 자신의 사연을 눈물로
직접 털어놓게 해줘야 하였다. 하여 그 앉은잠과 고행의 속사연이
절 사람들의 생각처럼 향기롭거나 떳떳하지가 못함을 밝혀 보이려
는 것이었다. 장손에겐 차라리 그편이 더 알기 쉽고 사람다운 노
릇으로 여겨졌다. 뿐더러 그걸로 무불이나 노암 스님은 물론 그를
믿고 받들어온 절골 사람 모두에게 보기 좋게 한 대 먹여주고 싶었
다. 하지만 소리는 여전히 그칠 날이 없었고, 늙은이 역시도 암자
를 내려올 기미가 없었다. 조바심을 참아가며 한 며칠 애써 그 여
자의 소리를 외면한 채 몸을 사리고 앉았으려니 끝내는 좀이 쑤셔
더 버텨낼 수가 없었다. 그는 마침내 자신이 직접 암자로 올라가

무슨 수를 써서라도 노인에게 사실을 실토시키기로 작심했다. 그리고 이날로 산행을 예정하고 일차 본전 쪽 노암부터 찾아 내려온 것이었다. 위인을 불쑥 찾아 올라가는 것보다 노암 쪽의 속내를 한번 더 짚어볼 겸 산행의 구실을 얻어볼까 해서였다. 만족할 수는 없더라도 노암은 예상대로 그 무불의 숨은 사연에 대해서만은 분명하게 부인을 못했다. 그것은 장손에겐 시인이나 진배없었다. 하지만 노암은 그것을 조금도 무불의 허물로는 여기고 있지 않은 눈치였다. 허물을 하기보다 그로 인한 고행을 무슨 큰 지혜나 자비행의 채찍질처럼 두둔하려 들고 있었다. 더욱이 끝에 가선 무불의 그 지혜나 지혜의 흐름을 위해 다시 무슨 인연까지 닿아 얽혀야 한다는 거였다.

장손은 이제 그 노암과의 이야기를 더 끌어나가고 싶지가 않았다. 이젠 그 어지러운 노암의 말그물을 더 이상 헤쳐나갈 재간도 없었다. 노암의 마지막 인연이란 소리가 그를 막바로 겨냥해 던져진 듯, 그 인연의 올가미가 제 머리 위로 얽혀들기라도 하듯 기분이 섬찟해지기까지 했다. 한데다 노암은 그런 장손을 재촉하듯 다시 한 번 심상찮은 소리를 해오고 있었다.

"헌데 네놈은 무엇이관대 그 어른의 일을 그리 못 봐 하고 조급해하느냐. 승냥이가 개짐승을 미워하듯, 사람이 잔내비 노는 꼴을 기휘하듯, 그 어른이 네놈의 얼굴이라도 닮아 지니셨더냐. 하더라도 아서라. 서둘러대지 말 일이다. 시간과 섣불리 다투려 들지 말거라. 그 어른이 못내 그러고 기다리시는데, 네가 어찌 그 어른을 앞장서 허둥대고 있음이냐. 산을 내려간다고 다 내려감이 아님인즉, 섣부른 내림으론 머물러 기다림만 못할 때가 많음이다……"

　이날 장손은 그쯤 엉뚱한 설법만 듣고 그 노암 앞을 물러나와 다시 광명전으로 올라오고 말았다. 그리고 그것으로 무불암을 올라가볼 생각도 접어둔 채 한 며칠 마음 어수선한 시간을 보내고 있었다. 굳이 무불암까지 산을 찾아 올라가 봐야 시비의 장본인인 그곳 늙은이 역시도 노암보다 쉽게 입을 열어올 것 같지가 않았다. 그 생벙어리 늙은이가 다행히 입을 연다 해도 어차피 같은 생각, 같은 말본새— 더 알기 쉽고 솔직한 소리를 기대하기 어려웠다. 아니 그보다 그 인연 운운 소리 하며 승냥이 잔나비 따위 흉한 금수들까지 들먹이며 그를 나무라던 노암의 심중엔 그의 채근을 어딘지 노인의 처지에다 바로 관련짓고 있는 듯싶어 제물에 공연히 기분이 불편해진 때문이기도 하였다. 게다가 아직도 원근의 숲 속에선 난정의 소리가 계속 심사를 어지럽히고 다녔다. 그것은 말하자면 그를 다시 세상으로 부르는 소리였다. 그리고 그는 어쨌든 언젠가는 결국 그 세상으로 다시 내려가야 할 사람이었다. 그는 이참에 차라리 심기를 바꾸어 산을 내려가버릴까도 생각했다. 무불 노인의 일이 모두 노암의 말대로라면 그는 이제 굳이 더 늙은이의 일에 관심이나 상관을 할 건덕지가 없게 된 셈이었고, 그 노인의 사연을 따지고 허물할 자리가 없다면 이곳에 남아 버틸 구실이나 흥미도 반쯤은 덜했다. 그럴 바엔 차라리 난정이 년과 어울려 년의 기둥서방으로 팔도 유람이나 시작해 봐? 그런저런 망념 속에 며칠째 부질없는 시간을 허송하고 있었다.

11

그러던 어느 날.

산그늘이 산문 안을 내려 덮어올 저녁 무렵. 20대 후반쯤의 낯선 여자 하나가 모처럼 만에 광명전 길을 찾아 올라왔다.

"외사에 계신 정 처사님의 사모님이시라요."

치마 두른 여자에 대한 장손의 야릇한 눈길을 나무란 일중의 알은체였다. 녀석의 그 경고를 겸한 충고도 있고 하여 장손은 그쯤 꿈틀대는 호기심을 참아 넘기려던 참이었다. 그런데 이날 밤 용변을 다녀오다 보니 밤이 아직 좀 이른 시각인데도 여자 손님을 맞은 그 정 씨네 숙사엔 벌써 불이 꺼져 있었다. 알 만한 일이었다. 방주 격인 정 씨네가 모처럼 짝을 이루어 외박을 나갔다면, 혼자 남은 학생 녀석이 벌써 잠자리를 잡아들었을 리 없었다. 모처럼 만의 내외의 해후를 위하여 녀석이 어디론지 잠자리를 비켜 나가주었음이 분명했다. 전날의 봉욕이 떠올라 얼핏 발길이 내키지는 않았지만, 그의 성미에 아무래도 그냥 눈을 돌리고 지나쳐갈 수가 없었다. 잠시 망설임 끝에 그는 결국 그 어둠에 싸인 숙사 뒷창문 아래께로 가만가만 발길을 이끌어갔다. 그리고 조용히 숨소리를 죽인 채 창 너머 방 안 기척을 살피기 시작했다. 안에서는 예상대로 오랜만에 불이 붙은 두 젊은 육신의 은밀스런 잔치판이 한창이었다. 아직 안 됐어? 그래 아직…… 좀더, 조금 더 기다려요…… 스적스적 규칙적으로 이불깃 스치는 소리에 섞여 쫓기듯 하면서도 신음에 가까운 두 사람의 속삭임 소리가 창문 너머까지 함부로 새어 넘치고 있었다. 바야흐로 한창 고비로 치달아 오르면서 절정을 인내껏 아끼고 있는 중이었다. 일이 너무 뜸했던 탓인지 잔치가 그닥 길어진 것 같지도 않은데 사내 쪽이 너무 성급하게 서둘러대고 있었다. 위인은 절정을 아끼고 있는 게 아니라 거꾸로 조급하게 쫓겨대고 있었다. 난 더 안 되겠는데…… 아직도 한창 중턱쯤께를 헤매고 있는 여자에게 위인은 야속하게도 그녀를 더 밀어 올려줄 여력이 없는 듯 실망스런 독백조를 흘리고 있었다. 여자도 그 소리에 이젠 더 사내를 억지로 붙잡을 수 없는 듯 아쉬운 체념투로 상대를 부추겼다. 그럼 지금 해버려요…… 당신 맘대로……

그러고는 그만이었다. 마지막으로 힘을 모두는 소리조차 없었다. 여자의 마지못한 허락의 소리를 신호로 둘은 그대로 그 깜깜한 어둠의 벼랑을 힘없이 미끄러져 내린 듯 방 안이 한순간에 조용해지고 말았다. 연기만 피우고 불길은 끝내 못 일구고 만 꼴이랄까. 모처럼 해후치고는 싱겁기 짝이 없는 승부였다. 장손은 공연히 자신이 허탈스러워지며 위인의 변변치 못한 기력이 안타까웠다. 언젠가 그 앞에선 그 주둥이 매질이 그토록 다부져 보이더니 제 익어무른 계집 하날 숨이 껀껀 끊어지게 밀어붙이지 못하고 제가 먼저 흘러터져? 배웠다는 것들이란 대개 그리 입만 까진 축들이지만, 위인의 무기력이 딱하고 측은했다. 사정만 여차하면 자신이 위인을 대신해 계집의 입이 떡떡 벌어지며 살려달라 아우성을 내지르게 해주고도 싶었다.

하지만 물론 일이 그리 될 수는 없었다. 여자의 몸이 제대로 식

혀졌을 리 없는 터에 다른 때 같았으면 그럴 만한 여지나 계책이 없을 바도 아니었다. 시간을 주고 기다리며 기회를 엿보면 길이 열릴 수도 있었다. 이날 밤은 피차간 사정이 그럴 경우가 아니었다. 장손이 그쯤 기분이 미진한 대로 발길을 숙사로 돌이키려던 참이었다.

"당신 여기 와서 몸이 더 안 좋아진 것 같아요……"

한동안 잠잠해 있던 창문 너머 어둠 속으로 그간 미진한 육신의 아쉬움을 달래고 난 듯 긴장이 풀린 여자의 걱정 소리가 들려왔다.

"미안해, 조금 있다가 다시 해보지……"

그 은근한 여자의 푸넘기에 제풀에 민망스러워하는 위인의 자신 없는 얼버무림, 그리고 거기 그닥 기대를 못 걸어 하는 여자의 시들한 다독임 소리 .

"괜히 당신 무리할 거 없어요. 전 이제 괜찮으니까요…… 내가 뭐 그런 재미 좋아서 여기까지 온 건가요……"

"알아…… 하지만 당신이 매번 허탕만 치게 되니까……"

"다시 그런다고 확실한 거 있겠어요…… 일이 되려면 이걸로도 아인 들어앉을 수 있어요. 그리만 돼주면 당신 몸을 더 상할 일도 없겠고……"

발길을 잠시 더 머물고 귀를 기울이다 보니, 둘 사이엔 다시 장손의 귀가 솔깃해지는 소리들이 오가고 있었다. 여자가 매번 허탕만 치고 다닌다는 소리에 위인이 그토록 늘 모자라는가 했더니, 알고 보니 씨 심기의 실패를 말함이었다. 여자가 그 부부간의 씨받이를 구실로 남자를 자주 찾아와 보채댄 모양였다. 하지만 그건 어차피 구실에 불과할 노릇이었다. 여자는 계속 남자에게 무리를 말리면서도 그 아이와 남정의 건강에 대한 아쉬운 체념 투 속에 자신의 미련기를 지우지 못하고 있었다. 거기 더욱 기가 상한 남자의 오기도 그대로는 물러설 정황이 아니었다. 소망스런 2세의 운명까지 걸린 일이니, 다른 때도 매번 그러다 만 꼴이었겠지만 다시 한번 허물어진 수컷의 체면을 건 다부진 공격을 시도해봐야 할 처지였다.

아무래도 금방 자리를 비켜 나올 수가 없었다. 한편으론 사내를 몰래 응원해주고 싶은 심정으로, 다른 한편에선 여자의 낭패스런 한숨 소리라도 다시 듣고 싶은 야릇한 호기심으로 그는 염치불고 그 자리에 계속 숨을 죽이고 기다렸다. 그것도 지레 어떤 제 막연한 기대감 같은 것을 꾸욱 눌러 참으면서였다. 그는 사실 어느 편이냐 하면 이번에도 일이 낭패로 끝나기를 은근히 바란 쪽이었다. 색기를 밝혀서건 씨를 그리 바라서건 일이 다시 한 번 낭패가 된다면 여자로선 꿩도 매도 다 놓치게 되는 판이었다. 씨를 그리 바라고, 색기가 넘쳐나는 여잘수록 뜻밖에 틈이 생길 여지가 많았다. 저런 여자…… 먼 길 온 김에 물색 좋은 씨를 보면 슬금살짝 못이긴 척 담아갈 염사도 생기렷다. 내 그땐 절대로 똘씨 표 안 나게 깊이깊이 심어줄 테니……

장손은 일테면 그런 엉뚱한 상상 속에 들떠 오르는 기분을 지그시 눌러 참으며 계속 방 안의 기척을 기다렸다. 하지만 다음 순간 장손의 그런 기분은 급전직하로 주저앉고 말았다. 잠시 침묵 끝에 다시 이어진 방 안의 말소리가 장손의 기대와는 전혀 딴판으로 흐르고 있었다.

"지금까지 그렇게 공을 들이고 애를 써왔는데도 소용이 없었는데 이번이라고 일이 그리 쉬울라구. 난 이제 단념하고 있어. 우리 사이에 꼭 아이가 있어야 하나. 당신만 좋다면 나 이제 이런 짓……"

"안 돼요. 그건 안 돼요. 당신은 아이가 없어도 상관없단 말예요? 이렇게 둘이서만 늙어갈 수가 있어요? 당신은 그럴 수 있을지 몰라도 난 그럴 수 없어요…… 여기서 노력을 포기하면 안 돼요. 이번에 안 되면 다시 또 오면 돼요. 그러니 마음을 좀더 차분하게 먹고 기다려서……"

새삼 자신이 없어하는 남자의 체념 투에 여자의 조급하고 완강한 다그침. 두 사람의 아이 타령은 그저 내외간의 밤 잠자리 행사의 구실이 아니라 정말로 여자의 회임을 위한 안타까운 소망이 담긴 간구의 소리였다. 그것도 오랫동안 허탕질만 계속해온 초조하고 고통스런 달거리 행사임이 분명했다. 그 지치고 허망스런 낭패감으로 하여 두 사람의 어조에는 이제 더없이 비애스런 체념기와 절망감이 깔려들고 있었다. 거기다 끝내는 가늘게 새어 나오는 여자의 한숨 소리.

이젠 위인들에게 다시 질펀한 색연을 기대하기는 틀린 일이었다. 일을 제대로 다시 벌여보기도 전에 두 사람 스스로가 부질없는 원망으로 기분들을 망쳐버리고 있었다. 하지만 장손까지 거기서 기분이 주저앉고 만 것은 그 한 쌍의 허망스런 체념 때문이 아니었다. 여자의 그 그악스런 집착이 허물어져 내리는 비애스런 목소리에 장손은 문득 어떤 까닭을 알 수 없는 노기와 심한 혐오감

속에 또 하나의 반갑잖은 얼굴이 떠올라온 때문이었다. 사내에게
그렇듯 아이의 씨를 갈망했던 여자, 그러나 끝내 뜻을 이루지 못
한 채 그 어쭙잖고 알량한 꿈으로 하여 제 신세만 조진 여자, 그
혈육의 인생까지 망친 여자— 바로 그의 누이 장덕의 답답한 얼굴
이 떠오른 것이었다.

　　—자네 누이가 그때 영감한테 뜸부기를 삶아 먹인 건 알고 보
니 천성으로 남정을 탐해서가 아니라 영감의 씨를 하나 받고 싶어
서였다데.

　뒷날 마을의 생선 행상 아낙이 장덕의 본심을 그 앞에 대신 실토
해온 소리였다. 장손은 그 무렵 마을을 다녀 나와 다시 한 3년 노
름판을 떠돌다가 돈을 잃은 홧김에 뚝심을 휘둘러 사람 하나를 심
하게 상하게 한 일이 있었다. 그래 노름질과 주먹질 죗값으로 1년
가까이 가막소살이를 하고 나오던 길이었다. 자신이 그 답답하고
험한 옥살이를 겪고 나오다 보니 그간 남의 일처럼 팽개쳐온 누이
의 일이 자꾸 앞에 밟혀 모처럼 만에 다시 그 고향 마을 쪽엘 잠시
들른 일이 있었다. 누이의 소식이나 그새 어디로 옮겨갔을지 모르
는 새 복역지도 알아볼 겸 사정이 닿으면 한 번쯤 면회라도 가봐
줄 요량에서였다. 한데 이젠 그 윤씨 가와의 셈이 다 끝나고 만 때
문인지 행상 아낙이 전번까지 입을 다물어온 새 사실을 뒤늦게 털
어놓은 것이었다.

　　—씨를 하나 받아놔야 영감이 죽거나 맘이 변하드래도 쉽게 쫓
겨나지 않으리라는 요량에서였겠제. 내 그땐 저쪽 사람들 입단속
이 심한 디다, 자네 맘만 더 아프게 할 것 같아 입을 꾹 다물고 있

었네만, 그때 언젠가 내 순천꺼정 가막소 면회를 갔을 때 그런 속을 내게 다 털어놓지 않았는가. 제 깜냥엔 그래도 거기다 희망을 걸고 경찰서나 재판소에다 그런 말을 해봤지만 아무 데서도 말짱 소용이 없는 일이더라고 말여. 생각 없는 금수도 제 살 길을 알더라고 년한테 글씨 어디서 그런 중정이 생겼던지…… 경찰서 재판소는 다 그렇다 치드래도 그런 지를 처지 따라 손을 맞잡아주진 못할망정 못된 색정에 눈이 뒤집힌 년으로나 알았으니 그런 내가 굳은 땅에 쎄를 박고 죽을 년이제……

아낙은 무슨 생각에서였든 뒤늦은 후회 속에 제물에 목이 메고 있었다. 장손도 이미 짐작해온 대로 년이 늙은이에게 독을 먹이지 않은 것은 물론, 그녀가 뜸부기를 고아 먹인 것 역시도 기력이 쇠한 늙은이의 양기를 탐해서가 아니라 늙은이의 씨앗을 받고 싶어서더라는 것이었다. 그게 모두 사실이라면 장덕의 핏속을 흐르는 음기는 그녀의 유일한 사람값이었고, 년은 그 암기를 밑천으로 삼아 제 인생의 앞길을 지키려 했던 셈이었다.

어찌 보면 참으로 눈물겨운 인생이었다. 하지만 장손은 그런 장덕을 더욱 용납하기가 어려웠다. 그래 이제 와서 나더러 무얼 어쩌라는 말이냐. 제가 제 팔자를 그리 지고 태어난 것을, 게다가 제 손으로 제 운명을 그리 뭉개온 것을. 장덕의 처지가 눈물겹고 아플수록, 살인이든 색정기든 누이의 진심을 잘못 알아온 데 대한 회오의 감정보다 그로 하여 새삼 더 괴로운 굴레를 덧쓰고 만 듯한 낭패감과, 공연히 마을을 잘못 찾아 들어왔다는 뒤늦은 후회만 더해온 것이었다. 아낙을 통하여 누이의 재소지가 아직 순천교도소 그대로인 것을 알고서도 그녀를 한 번쯤 다시 찾아가보려던 생각까지 천리만리 멀어졌다.

하지만 장덕은 그것으로 결국 장손을 더욱 험한 인생길로 몰아붙인 격이었다. 뒤늦게 알게 된 장덕의 결백과 억울한 처지는 장손에게 어쩔 수 없이 더 황량스런 인생행로를 떠돌게 한 것이었다.

뀌어본 방귀 피워본 바람이라고 그때 장손이 누이의 일에 등을 돌리고 다시 발을 들여놓은 곳은 전날의 해변 고을 노름판들이었다. 물고기가 물을 찾아가듯 장손은 그 밖에 다른 손에 익은 일이 없었기 때문이었다.

하지만 장손은 거기서도 끝내 장덕의 굴레를 벗어날 수가 없었다. 동상아, 내 동상아, 나를 여기 이래 두고…… 누이의 애달픈 하소연 소리가 끊임없이 그의 귓가를 따라다녔다. 그는 그만큼 자신도 모르게 마음이 자꾸 더 조급해져갔다. 그는 결국 언젠가는 그 누이를 찾아가봐야 할 처지였고, 그런 제 마음의 소리까지는 부인할 수 없었던 때문이었다. 그러자면 우선에 형편이 좀 피어나 손에 움켜쥔 것이 있어야 하였다. 한데도 노름질은 판세만 요란하고 손질만 번잡할 뿐 실제로 손에 잡힌 것은 늘 보잘것이 없었다. 따고 잃는 일이 자주 엇갈리는 데다 쌈쌈이만 자꾸 더 헤퍼져갔다. 단속 관서 녀석들의 불시 덮치기에 매번씩 거둬 바치는 무마비도 소홀치를 않았고, 때로는 그마저 여의치가 못하여 판돈과 밑천까지 몽땅 다 내던지고 빈손 도주를 불사해야 할 때도 부지기수였다. 그야 한때는 손길이 제법 걸었던 시절도 없지가 않았었다. 한 사오 년 다시 그 노름판 밥을 먹은 끝에 이번에는 아예 판쓸이 사냥꾼 쪽으로 전업을 감행하고부터였다. 어느 날 밤 또 한차례 단속에 걸려들어 판돈을 다 빼앗기고도 쇠팔찌까지 얻어 차게 된 것이 그 전업의 계기였다. 이미 한차례 가막소살이를 겪고 나온 전력에 그의 재범 연행은 곧 제2의 가막소 길이나 다름없었다. 그는 결코 그 생사람 무덤길을 다시 따라갈 수는 없었다. 하여 그는 연행 도중에 패거리들과 맘을 통해 불시에 팔찌째로 위인들을 후려 쓰러뜨리고 각자 제 팔찌의 열쇠들을 챙긴 다음 그길로 뿔뿔이 삼십육계를 놓은 것이었다. 자연히 그는 이제 더욱 전날의 노름판으로는 되돌아갈 수가 없었다. 그래 한 며칠 혼자 수갑을 풀어들고 헤매다 보니, 나중엔 그걸 그냥 내팽개쳐버리느니 쓸모 있게 활용해볼 요량이 떠올랐다. 그렇지 않아도 늘 위인들의 수입이 썩 손쉬워 보이던 터에 일테면 그 사냥 무기가 저절로 굴러들어온 것이었다.

그는 차제에 자신을 아예 사냥꾼 쪽으로 위장하여 거꾸로 노름판을 털고 다니기 시작했다. 이번에는 물론 낯이 팔린 골을 피해 다른 작은 시골 마을들만 골라 덮치고 다닌 데다, 그 판에서 잔뼈가 굵다시피 해온 그에겐 그 동네 풍속과 꾼들의 약점에도 누구보다 눈이 익고 귀가 밝을 수밖에 없었다. 그가 지닌 사냥 도구라곤 오직 제가 제 손목에서 풀어낸 쇠수갑뿐이었지만, 그의 새 사업을 다스려나가는 데에는 그 쇠수갑 하나로도 위력이 충분했다. 수입도 그만큼 늘어간 건 물론이었다.

하지만 장손은 아직도 그 장덕을 찾아갈 일을 자꾸만 뒤로 미루고 있었다. 수입이 늘면 늘수록 더 욕심이 생기고 손에 쥔 것이 늘상 보잘것없어 보였다. 그는 마음속의 끈질긴 소리를 외면한 채 한

번만 더 한번만 더 끊임없이 노략질만 계속하고 다녔다. 누이의 일을 그렇듯 뒤로 미루고 있었기보다, 거기서 그만큼 생각이 멀어진 것이었다. 그리고 맘에도 없는 그 헛벼름질 속에 장손은 그 뒤가 구린 등치기의 구실로나 장덕을 아직 잊지 않고 있었을 뿐이었다.

한데다 그의 처지 또한 그의 그런 처사에 썩 좋은 구실이 되어준 셈이었다. 벌이가 그만큼 크고 손쉬운 대신 신변의 위험 또한 그만큼 가중되게 마련이었다. 그는 끊임없이 쫓기면서 덮쳤고, 덮치고 나선 다시 자신이 쫓기는 처지였다. 그나마 한껏 얼굴이 알려진 골을 비켜 다닌다곤 했지만, 쫓기면서 쫓는 그 밤사냥 짓이라니, 그 짓도 또 몇 년을 계속해나가다 보니 나중엔 행적이 차츰 드러나가는 판이었다. 그의 발길은 갈수록 무거워질 수밖에 없었고, 그래저래 그는 끝내 그 장덕의 면회 따윈 머릿속에서 까마득히 잊은 채 등 뒤로 바짝 다가든 제 위험을 피하여 이곳 절골까지 몸을 숨겨 들어오게 된 것이었다. 언젠가 우연히 흘려들은 풍문으로 장덕이 그 순천에서 광주교도소 쪽으로 복역지를 옮겨갔다는 어렴풋한 소식을 마지막으로 그 누이가 지금은 어디 처박혀 지내는지 분명한 수형지조차 알지 못한 채였다.

하지만 어쨌거나 그의 인생행로가 이 지경에까지 이른 것은 지금은 소식조차 알 수 없는 그 누이 장덕에게 사단이 있었던 셈이었다. 그리고 좀더 깊은 허물을 따지자면, 그 지랄 같은 팔자와 그걸 가당찮게 넘어서보려는 년의 어리석은 소망이 진짜 화근이었다. 바로 그 늙은이의 씨를 배에 받고 싶어 한 저주스런 소망— 그 숙명의 굴레처럼 그를 지겹게 얽어매오던 찢긴 소망의 얼굴—

172

장손은 그 방 안의 수심에 찬 소리에 문득 그 누이의 가증스런 얼굴이 떠올라온 것이었다. 그 비애스런 음색과 절망감 때문이었을까. 장손은 이날 낮 언뜻 스쳐본 여자의 얼굴이 실제로 누이년을 많이 닮았던 것 같은 엉뚱한 느낌이 들기까지 했다.

　그는 그걸로 호기심이 일시에 무너져 내리고 말았다. 호기심뿐 아니라 혼자서 은근히 들떠 오르던 기분이 곤두박질치듯 진창으로 주저앉고 말았다.

　──여자들이란 대체 어쩌자고 그저 무작정 아이를 배고 싶어 하는가. 그것이 도대체 무슨 짓들인 줄이나 알길래? 네것들이 그것으로 어떤 생령의 어떤 운명을 빚어내는 짓이길래. 그것을 네것들이 상상이나 해봤으며, 두려워해본 일이 있느냔 말이다. 그러고서 그걸 그리 악착같이 바라느냔 말이다……

　그는 마치 자신의 절박한 인생길 허물을 힐책하듯, 그리고 그의 허물의 장본인을 바로 눈앞의 창문 너머에 마주하고 있기라도 하듯 혼자 노기에 찬 원정을 짓씹고 있었다.

　하지만 방 안의 인간들은 그 장손의 존재나 불편스런 심기 따윈 전혀 아랑곳이 없었다. 이젠 그 저조한 기분 속에 더 이상 의욕도 사라지고 만 모양이었다. 둘 사이엔 잠시 더 장손이 알아들을 수 없을 만큼 낮은 말소리만 뜸뜸이 이어지고 있더니, 어느샌가 그마저 깜깜한 적막 속으로 가라앉아 들다간 이윽고 어느 쪽에선지 가는 콧소리를 서서히 뽑어 올리기 시작했다.

　이젠 장손도 그만 발길을 돌이키는 수밖에 없었다. 연놈들에겐 이제 더 기다리거나 노려볼 일이 없었다. 하지만 그리 싱겁게 길을 되돌아오면서도 장손은 왠지 기분이 자꾸 더 무겁고 절박해지고 있었다. 장손에겐 실상 그걸로 이날 밤의 일이 다 끝난 게 아니었다. 이젠 그 연놈들의 답답한 사정이나 여자에 대한 미심스런 호기심 때문이 아니었다. 이상한 일이지만 이젠 정말로 무불 스님을 찾아가 묻고 싶었다. 장덕이 년이나 정가의 여편네가 그토록 소망한 씨를 세상에 몰래 심고 온 늙은이. 그 자기 씨에 대해 늙은이 무엇을 알고 있으며 그 일을 어떻게 감당해왔는가를 진정 자기 입으로 말하게 하고 싶었다. 그가 그 앞에 가슴을 치며 회한의 눈물이라도 쏟는 것을 봐야 할 것 같았다. 그것은 이제 그 피의 인연을 외면하고 헛염불만 일삼고 있는 노인에 대한 모멸감이나 맹목적인 승부욕 때문에서만이 아니었다. 무불은 이제 장손 자신의 오랜 숙제의 대행인처럼 여겨졌다. 그래 그 해답에 대한 간절한 소망의 표적으로 여겨졌다. 따지다 못하면 터놓고 매달리며 하소연이라도 하고 싶었다. 어쨌거나 이제는 스님과 확실한 결판을 지어야 하였다. 한동안은 좀 시들해 있던 그 일이 이젠 새삼 무엇보다 절박하게 느껴졌다. 산을 내려가더라도 우선 위인을 만나 그 일부터 결판을 낸 다음이라야 하였다.

—그래 내일이다. 더 미룰 것 없이 바로 내일 아침 암자로 올라가는 거다.

장손은 결국 그렇게 작정을 내리고 거처로 돌아왔다. 그리고 밤새 더 마음을 다지고 이튿날 아침을 맞았다.

12

　이튿날 아침. 절골 일대엔 그 장손의 암자행을 더욱 조급하게 몰아댄 예기찮은 소동이 일고 있었다.

　암자행을 일단 결심한 탓엔지, 이날 아침 장손은 다른 날보다 기분이 느긋해 있었다. 아침 공양 차 표충사 쪽 별전엘 내려가서도 실없이 좀 시간을 길게 끌고 있었다. 평소엔 숙사에서 단독 취사를 해온 위인들이었지만, 이날은 행여 그 정가네 안팎이 절밥을 찾아 내려올 수도 있겠기 때문이었다. 뭐 특별히 가려볼 용건이 있어서가 아니었다. 동정심과 혐오감, 부러움과 경멸감이 엇갈려 드는 가운데 산을 올라가기 전에 여자의 얼굴이나 한번 더 스쳐보고 싶은 야릇한 호기심 때문이었다. 하지만 그건 역시 부질없는 기대였다. 다른 사람들이 모두 식사를 끝내고 자리를 뜰 때까지도 위인들은 길을 내려오는 기미가 없었다. 그것도 몸풀이라고 아직 곤한 늦잠에 빠져 있거나, 저희끼리 모처럼 오붓한 조반을 마련하고 있을 수도 있었다. 혼자 그런저런 실없는 상상 속에 장손은 한동안 더 마음을 서성이다 마지막으로 싱겁게 공양간을 비켜 나왔다. 올라가는 길에 잠깐 외사 쪽을 스치면서 위인들의 기미를 살필 수도 있을 듯싶어서였다.

　그런데 그렇게 느긋한 심사 속에 길을 올라가다 보니, 이날따라 웬일로 본전 쪽 행자 놈이 일찍부터 집허당을 급히 다녀 내려가는 걸음새더니, 그새 이미 광명전과 집허당 안팎으로 분위기가 전에 없이 어수선해지고 있었다. 그 애어른 같은 일중의 거동이 당 안 팎으로 눈에 띄게 부산하게 돌아가고, 부근 길목으론 아침부터 수런수런 산행꾼들의 발길이 자주 지나가고 있었다. 한데다 그도 또 잠시 동안뿐이었다. 광명전 경내나 주위에선 이내 다시 인적기가 거짓말처럼 싹 사라지고 말았다. 언뜻언뜻 소리 없이 눈길을 스쳤다 사라지곤 하는 일중의 모습 외엔 어디서도 사람의 그림자 하나 찾아볼 수가 없었다. 광명전뿐 아니라 절골 전체가 온통 적막강산 경으로 알 수 없는 긴장기와 불안감에 휩싸이고 있었다.

뭔가 심상찮은 일이 일어나고 있음이 분명했다. 장손은 곡절을 알 수 없었다. 그에게 곡절을 일러줄 사람은 일중 시봉뿐이었다. 하지만 녀석은 뭔가 제 급한 일에 쫓기느라 장손 따윈 아직 안중에도 없었다. 도대체 녀석을 붙잡아 세워볼 틈이 없었다. 그는 졸지에 침묵만이 가득한 세상 밖으로 그 혼자 멀리 내팽개쳐지고 만듯 막막한 적막감에 휩싸이고 있었다. 때가 아직은 일러서겠지만, 이날따라 그 지겹던 난정의 소리조차 감감한 것이 적막감을 한층더 절절하게 하고 있었다. 그는 문득 어수선한 분위기 속에 한동안 머리에서 떠나 있던 그 외사채 정가네게서라도 좀 사정을 알아보고 싶었다. 위인들이라고 이런 판에 물색없이 방 안에만 들어박혀 있으리란 보장이 없었지만, 아직은 조반 요기 전이기가 쉬운 때라 모처럼 여자까지 올라와 있는 처지에 운신이 그리 가볍지는 못할 터이기 때문이었다.

하지만 행여나 하는 기대 속에 외사 쪽을 나가 보니, 위인들도 그새 이미 방을 비우고 없었다. 햇빛이 아직 들지 않은 그 외사 방문짝 앞엔 위인들의 신발짝이 어디론지 사라진 채 서늘한 정적만 가득 괴어 흐르고 있었다.

그런데 그 사이 일중 시봉은 제 할 일이 대충 다 추려진 참이었을까.

——이 사람들이 아침도 하러 오질 않더니, 일찌감치 아랫동네로 성찬을 하러 내려갔나.

어정쩡한 심사 속에 장손이 잠시 발길을 멈칫거리고 있을 때였다.

"안 처사님은 그냥 여기 이러고 계실 거지요?"

한동안 모습조차 띄지 않던 녀석이 어느새 등 뒤로 다가와 힐책하듯 불쑥 한마디 던져왔다. 그리곤 장손이 미처 말뜻을 알아차리지 못하고 어정쩡해 있으려니 녀석이 다시 이죽이듯 주의를 일깨워왔다.

"허기사 안 처사님은 그 사람들하고 이리저리 인연이 많은 처지실 테니 자리를 피할 이유도 없으시겠지요. 하지만 알아서 잘 처신하십시오. 오늘이나 내일 본서 사람들이 여기로 인사를 온다니께요."

이죽거리는 말투가 그의 신변 단속을 위해서보다 노골적인 비아냥과 공박기가 앞을 서고 있었다. 녀석의 태도가 갈수록 심상치가 않았다. 하지만 이내 일의 곡절이 밝혀졌다.

"그 친구들이 여길 왜?"

자신도 모르게 신경을 곤두세우며 다그치고 드는 소리에 녀석은 그런 장손의 속내를 뻔히 알면서도 입으론 여전히 딴전만 피웠다.

"그야 옛날부터 거래가 있었던 사이니 안 처사님께 감사 문안을 드리러 오는 거 아닌가요. 그 바람에 괜히 다른 사람들만 불안하고 번거롭게 됐지만 말씀예요."

장손은 비로소 사정을 짐작했다. 본서에서 이쪽에 무슨 수상한 낌새를 눈치챈 모양이었다. 그래 잠바씨들이 절골을 덮쳐들 요량 중에 그 정보가 미리 새어 나온 것 같았다. 그런데 그것을 장손 때문이거나 그의 밀고 탓으로 의심을 한 모양이었다. 그것도 대개는 녀석 혼자의 생각일 리가 없었다. 저희끼리 깡그리 몸을 피해 사라지면서 그에겐 귀띔 한마디 없었던 정황으로 보아 그것은 필시 절골 사람들 전체의 생각이기가 쉬웠다. 그날 밤의 곤욕스런 닦달을 가하고도 개운찮은 전력 때문에 그를 계속 따돌리고 의심해온 것이 분명했다. 장손은 불끈 부아부터 치밀어올랐다. 그러나 당장은 그게 문제가 아니었다. 우선은 그도 위험한 자리부터 피해두는 것이 급했다.

"일중이 그걸 어떻게 알았어? 그자들이 절을 뒤지러 온다는 걸 말이여."

기미를 빼내온 경위가 밝혀지면 그 목적은 짐작이 쉬울 터였다. 그는 위인들이 절을 뒤지러 오는 곡절을 알고 싶어 녀석의 고까운 비아냥기를 무시한 채 한번 더 위인에게 매달려보았다. 하지만 일중은 이번에도 긴 말을 일러주려지 않았다.

"절 못 믿겠으면 그만이지요. 허지만 그런 거 하나 미리 알아낼 수 없으면 이 절골 기숙인들이 무얼 믿고 여기다 몸을 의지하고 지내겠어요. 그 양반들 지금도 소식을 듣고 다들 몸을 비켜갔지 않아요."

제 말을 믿든 말든 알아서 하라는 투의 뻬딱한 소리뿐이었다. 그리곤 이미 한 번 노암의 질책이 있었음에도 절옷 입은 사람에 대한 그의 조심성 없는 말투가 새삼 마땅치 못한 듯 녀석은 그쯤 제 말만 끝내고 그대로 스적스적 자리를 비켜 가버렸다.

장손은 그러나 이제 그런대로 사정이 분명해 보였다. 녀석의 말 대로 절골에 조만간 사냥꾼 나리들이 나타날 건 의심의 여지가 없었다. 그러나 그것이 장손 자신을 표적으로 삼고 있는 일은 아닐 터였다. 절골 위인들의 편찮은 처지하며, 기미를 알자마자 순식간에 몸을 비켜버린 잽싼 움직임들이라니. 전부터도 그런 일을 꽤 자주 치러온 일종의 비상 대피 행사가 분명했다. 장손으로서도 물론 마음 놓고 어정거리고 있을 일이 아니었다. 다른 사람들도 대개 다 마찬가지 사정이겠지만, 그래서 다들 미리 몸들을 피해 갔겠지만, 그것이 누구를 겨냥한 그물질이 되었든 거기에 일단 함께 싸잡혀들고 보면 제 허물까지 줄줄이 따라 드러나게 될 처지였다. 정가네 안팎까지 그렇듯 (아마도) 방을 비켜나간 판국에 그 혼자 어정어정 시간을 허비하고 있을 계제가 아니었다.

장손은 바로 집허당 거처로 돌아가 방 안을 대충 정리하고 자신도 몸에 걸친 가벼운 차림 그대로 서둘러 무불암으로 숲길을 오르기 시작했다.

이번엔 정가네의 일에 이어 그 예기치 못한 잠바 나리들의 내습 소식이 장손의 암자행을 더욱 다그쳐댄 셈이었다. 거처도 비켜설 겸, 기왕에 작정한 일 무불 스님과도 맞닥뜨려버릴 겸, 덕분에 차라리 일이 잘된 셈이었다. 일중이나 누구에게 새삼 행선지를 알려

야 할 필요가 없었으므로 그로선 별다른 숙식 마련도 갖추지 않은
채였다. 이번에는 그 늙은이의 앉은잠을 지키러 가는 행보가 아니
었다. 소리꾼 여자들과 그 소리의 사연들을 들이대어 늙은이의 비
밀을 캐러 가는 길이었다. 그가 한평생 산속의 중으로 외면해온
혈연 간의 인륜과 도리를 묻고, 그의 흉중을 짚어보러 가는 길이
었다. 언젠가 일중에게서 스님이 평소 생식으로 지낸다는 소리를
들은 일이 있는 데다, 피신의 기간이 그리 길어질 바도 아니어서
숙식 마련 같은 건 굳이 필요한 일도 아니었다. 스님과의 일 또한
그만큼 결판이 빨라야 하였고, 그 나름으론 그도 제법 이제 자신
이 만만했기 때문이었다.

　──기다리시라구요. 오늘은 내 기어코 그 고린 오장육부를 다
토해 보이시게 할 테니. 그리고 중이 아닌 한 인간과 남정으로 모
처럼 통한의 눈물을 쏟게 해드릴 테니. 도대체 이제 와서 늙은이
가 그 밖에 다른 무슨 헛수작을 부릴 수가 있단 말여.

　장손은 그쯤 만만한 투지 속에 쫓기는 사람답지 않게 길을 오르
는 발걸음이 신명스럽기까지 하였다. 그리고 산을 오르면서 뜸뜸
이 거처를 피해 나온 사람들을 먼발치로 스치기도 하였고, 나중엔
그 난정의 소릿가락까지 뒤늦게 발길을 어지럽히고 들었지만, 그
런 덴 별로 마음을 쓰지 않은 채 곧바로 무불암까지 숲길을 헤쳐
올라갔다.

　그러나 일은 물론 장손의 뜻대로만 되어가지 않았다. 단걸음에
암자까지 당도한 장손이 섬 밑에서 잠시 가쁜 숨을 가라앉히며 낌
새를 살펴보니, 형용뿐인 선실엔 짐작대로 스님이 그 오롯한 좌선

삼매에 들어 있음이 분명했다. 검정 고무신 두 짝이 문 앞에 나란히 놓여 있는 선방에선 음헐음헐 스님의 입속 염불 소리와 딱따글딱따그르 조는 듯한 목탁 소리가 이따금 바깥까지 흘러나오고 있었다.

장손은 이윽고 마음을 한번 더 단단히 다져먹고 스님의 방 앞으로 천천히 다가갔다. 스님 쪽에선 이렇다 할 알은체가 없었더라도 장손으로선 이미 한차례 발길이 있었으므로 이번에는 그리 조심스럽게 망설일 필요가 없었다. 그는 우선 한번 헛기침 소리로 기척을 알리고 나서 부러 더 천연스럽고 조심성 없는 목소리로 문안 인사를 들여보냈다.

"스님, 저 광명전의 안장손입니다요. 전에도 한 번 와 뵙고 간 적이 있습니다만, 그간도 스님께선 별일 없으신지요."

스님의 안부보다 주의를 밖으로 끌어내려는 수작이었다. 하지만 예상대로 방 안에선 아무 대꾸가 없었다. 소리를 못 들었을 리 없으련만, 안에선 여전히 흠얼흠얼 희미한 염불 소리만 계속되고 있었다. 그쯤은 장손도 미리 각오를 하고 온 터였다. 그리고 어차피 내친걸음이었다. 방 안의 반응이 있거나 말거나 그는 계속해서 밀어붙이고 들었다.

"실은 제가 오늘 스님께 좀 여쭤볼 사연이 있어 왔습니다만, 스님의 심기가 어떠신지요."

이번 역시 노인의 심기를 물음이 아니었다. 틈을 좀 내달라는 주문을 겸하여 공략을 시작하려는 제 다짐의 절차였다. 그런데 그때, 그에게 무슨 유다른 낌새를 느꼈음인지, 예상보다 일찍 반응이 나타났다. 어느 순간 스님의 염불 소리가 스러지고 잠시 조용한 침묵이 이어지더니, 이윽고 영탄조의 한마디가 문을 흘러나왔다.

"그…… 어디서 오는 중생의 길이던고……"

이미 이쪽의 기척을 띄운 터라, 듣기에 따라선 새삼스런 물음일 수도 있었다. 하지만 장손은 이제 거기 괘념치 않았다. 전에 몇 차 례 경험을 한 바 있어 그는 노인의 버릇을 알고 있었다. 노인은 장 손의 행로를 묻고 있음이 아니었다. 그 언제나 같은 소리— 그리 고 그 벙어리나 진배없는 노인에게서 그가 들을 수 있었던 유일한 알은체 소리— 그 어디서 오는 중생의 길이던고…… 그 소리를 몇 차례 되풀이 듣다 보니, 장손은 거기 언뜻 실제 행로 이상의 다 른 깊은 뜻이 있는 것 같기도 했다. 하지만 그건 역시 상대방을 가 리지 않은 노인의 무심한 알은체 소리이기가 쉬웠다. 대답이 소용 없는 혼자 알은체 소리— 대꾸를 해봐야 그걸로 그뿐, 기껏해야, 거기 잠시 쉬었다 가거라— 역시 그 무심스런 한마디뿐으로 자기 혼자 고개나 끄덕이고 말 노인이었다. 오긴 어디서 와? 깜깜한 에 미 방아질통 구덩이에서 애비 좆뿌리에 묻어 나왔제. 장손은 공연 한 심술기만 솟았다.

그는 스님의 소리를 무시했다. 그리고 곧바로 다음번 공격의 채 비를 서둘렀다. 한 번도 다른 말을 입에 담은 일이 없으니 그런다 고 무슨 다른 뒷말을 끌어내기가 쉬울 수는 없었다. 하지만 장손 은 그럴수록 오늘은 무슨 수를 써서라도 늙은이의 고집스럽고 데 데한 침묵의 뿌리부터 뒤흔들어놓고 싶은 응징성 승부욕이 더욱 치열해져갔다.

아니나 다를까. 미처 그런 장손의 입이 떨어지기도 전에 선실에
선 다시 음헐음헐 무심스런 염불 소리가 흘러나오기 시작했다. 그
것을 신호로 장손은 노인에 대한 추궁과 힐난의 물꼬를 터뜨리기
시작했다.

"스님, 사실 전 저 아랫동네 산소리의 여자를 만난 일이 있습니
다요."

그는 스님의 염불 소리를 무시하고 댓바람에 난정과 그 소리의
곡절부터 들이대고 나섰다.

"백난정이라고…… 대원여관의 소리꾼 여자아이를 만나서 그
소릿가락 속에 얽힌 숨은 사연들을 모두 들었습니다. 그 여자들이
오늘까지 대를 이어가면서 이 산에 그리 애가 타게 소리를 하고
다니는 사연도요. 알고 보니 그게 다 까마득한 옛날 무정한 정인
을 찾아 헤매고 기다리는 소리더만요. 누군가 무심히 뿌리고 간
몹쓸 인연의 씨앗이 달갑잖게 싹을 터 모질게 자라오른 덕으로 말
씀입니다. 그런디 알고 보니 그 일이 스님과도 무관치가 않은 듯
싶더만요. 그건 본전 쪽 노암 스님께서도 지한테 시인해주신 일이
고, 큰스님께서도 일찍부터 짐작이 계실 일이시겠지만 말씀입니
다."

안에서는 여전히 아무 대꾸가 없은 채 예의 그 음헐음헐 도깨비
하품 소리 같은 염불 소리만 흘러나오고 있었다. 장손은 그럴수록
더 목청을 돋워가며 추근추근 집요하게 공세를 계속했다.

"그래 오늘은 스님께 직접 진부(眞否)를 듣고 싶어 찾아뵈러 왔
습니다만, 그 소리꾼 계집의 말이 정말 사실인지요. 그게 사실이

라면 스님께선 어째서 그 여자아이를 한번쯤 불러봐주지 않으시고 지금껏 그렇게 모른 척하고만 계신지요?"

이번에는 스님을 아예 일의 장본인으로 치부한 직접적인 추궁이었다. 그래도 스님의 한가한 염불 소리엔 변화의 조짐이 조금도 없었다. 그리 들어 그런지 이따금 솟아올랐다 내려앉아 사라져가는 목탁 소리만 더 기승스레 잦아지고 있었다. 장손은 차라리 문을 박차고 들어가 늙은이의 멱살이라도 끌어올려버리고 싶었다. 그래서 번쩍 본정신을 되찾아 억지소리라도 토해내게 하고 싶었다. 그러나 차마 그럴 수는 없는 노릇이었다. 그는 전에 없던 인내심을 발휘하여 지혜와 방책을 다 동원해나갔다. 그런 식으로 그 창문을 사이에 한 기이한 공방은 거기서도 한참이나 더 팽팽하게 계속됐다. 당신은 그 모녀의 사무친 원망(願望)과 정한을 생각해본 일이 있느냐, 그걸 모른 척 이런 데 혼자 들어앉아 공염불만 왼다 한들 일이 해결되느냐, 거기서 무슨 도가 트이고 마음이 편해질 수 있느냐, 당신 혼자 해탈을 하고 마음이 편해진들 저들에게 그것이 무슨 소용이 있으며 그걸로 제 인연과 업보가 다할 수 있느냐, 당신이 저지르고 온 과실이 무엇이며 당신이 닦아온 불법이 무엇이냐, 더구나 그 앉은잠의 고행이란 건 또 무엇이냐, 당신이 여태껏 그러고 지내온 건, 더욱이 그 알량한 구두선을 핑계 삼아 한사코 그 소릿가락들을 피해 다니고 있는 것은 그 소리의 여자들과 자기 허물이 그렇듯 두려워서가 아니냐, 그런 식으로 쫓기면서 갑갑하게 입을 다물고 앉아 도를 닦느니보다 이제라도 차라리 자리를 박차고 내려가 여자를 찾아 만나 그 앞에 눈물로 허물을 비는 것이 옳은 일 아니냐……

그런데 그 일방적인 추궁과 공박 투가 저도 모르게 차츰 절규와 호소 조의 넋두리로 변해가다 끝내는 그도 제풀에 힘이 지쳐 무심코 말길이 잠시 끊어졌을 때였다. 말을 쉬고 잠시 동정을 살피려니 그새 뜻밖에 방 안의 기척이 달라져 있었다.

"어디로 가는 길이던가, 그 어디로……"

음헐음헐 방 안을 떠돌고 있는 염불 소리가 처음보다 훨씬 발성이 분명해진 데다, 언제부턴지 그 말뜻까지 꽤 달라져 있었다. 어디로 가는 길인가, 그 어디로…… 이번에는 오던 곳을 묻는 것이 아니라 가는 곳을 되풀이 묻고 있는 턱이었다. 한숨과 자탄기가 완연한 그 소리 역시 스님이 늘 어디서 오는 중생의 길이던가고 물어올 때 한가지로 장손이나 누구에게 대답을 구하는 물음이 아니었다. 그것은 누구보다 스님 자신을 향한 탄식과 회한의 토로에 가까운 소리였다. 그리고 그의 숙명의 화두(話頭)와도 흡사했다. 오고 가는 곳을 물음이 아니었다. 하지만 그 소리는 어찌 된 일인지 그 어느 때보다도, 그리고 노인이 어디서 오는 중생의 길이던고— 오던 곳을 무심히 물어온 소리보다도 장손을 훨씬 막막하고 처연스럽게 하였다. 마치 스님이 그의 깊은 심사를 대신하고 있기라도 하듯 그 소리에 공연히 자신이 와르르 무너져 내리는 듯한 충격과 통증이 지나갔다. 그리고 그로부터 그는 한동안 자신도 알 수 없는 격한 감정의 소용돌이에 휩쓸려 그로선 좀처럼 고삐를 놓치지 않아온 그 특유의 발광기까지 폭발시키고 말았다.

그는 순식간에 방문을 박차고 선실 안으로 뛰어들어갔다. 그리고 그 껌껌한 선실 바닥에 부서진 석고불을 마주하고 꼿꼿이 앉아 있는 스님에게로 내던지듯 몸을 부려 엎드리며 절규하기 시작했다.

"스님, 어째서 여기 이러고만 계십니까! 어째 여기 이러고 무한정 혼자 속만 앓고 계시냔 말씀임다. 이런 게 도대체 무슨 소용이 길래요…… 스님이 여기 이러고 계신다고 그 여자들의 원망이 풀릴 일입니까. 그 정한에 사무친 사람들에게 한 번이라도 직접 눈길을 돌려보고, 하다못해 스님의 손길로 등짝이라도 따뜻이 쓸어주는 것이 이보단 나은 노릇 아니냔 말씀입니다. 그 노릇을 어찌 이리 두려워하고만 계십니까……"

하지만 노인은 아직도 여전히 다른 반응이 없었다. 눈을 꾹 감은 채 꼿꼿한 자세 그대로 절벽처럼 아득한 침묵만 지키고 앉아 있었다. 이제는 오히려 그 입속 흠얼거림 소리나 이따금씩 작은 목탁 소리를 빚곤 하던 무심스런 손놀림마저 끊어지고 만 것이 그의 마음이 움직인 유일한 표시였다. 장손은 그 신음 소리보다도 깊고 껌껌한 노인의 침묵이 더 절망스럽고 아프게 느껴졌다.

"말을 좀 해보십시오. 끝내 이러고만 계시는 스님의 뜻을 말씀입니다. 이러고 무엇을 어쩌시겠다는 건지, 입을 열어 말씀을 해보시란 말입니다. 말씀을 주시면 저라도 그 요망스럽고 두려운 소리를 아예 멀리 쫓아드릴 테니께요……"

그는 스님의 손과 어깨를 부여잡고 흔들어대기도 하고 어린애 투정처럼 무릎 위에 제 얼굴을 비벼대기도 하면서 안달기 섞인 넋두리를 계속했다. 그리고 그 스님의 수정 같은 침묵과 절벽 같은 모습 앞에 그의 절규는 차츰 하릴없는 애원과 무색한 원망기로 가라앉아갔다.

장손의 흥분과 넋두리가 끝난 것은 그런 애원이나 원망기조차 제풀에 맥이 풀려, 이윽고 주위가 조용해지고 난 뒤였다. 그 껌껌한 침묵 속에 가라앉았던 스님의 소리가 마지막 큰 숨처럼 길게 토해 나왔을 때였다.

"……어허어허…… 그 어디로 가던 길이더냐. 어허 그 어디로…… 끙!"

느닷없이 되살아난 스님의 일성에 장손은 문득 잠에서라도 깨어나듯 정신이 번쩍 되돌아왔다. 동시에 그의 얼굴과 함께 노인의 무릎 위에 묻혔던 한쪽 손등에 눈물기가 축축이 얼룩져 있는 것이 보였다.

그는 순간 용납할 수 없는 무엇을 본 것처럼, 그리고 그 사이 울음에 지쳐떨어진 철부지모양 아득한 기분에 빠져든 제 몰골에 놀라듯 화들짝 다시 몸을 일으켜 세웠다. 뿐만이 아니었다. 스님의 그 메마르고 오연스런 자태 앞에 그는 문득 가슴속이 얼음장처럼 싸늘해지는 듯싶더니, 불현듯 늙은이의 숨통을 끊어놓고 싶은 음산한 살의가 꿈틀대 오르기 시작했다.

노인에 대한 장손의 느닷없는 살의는 그를 더 이상 그곳에 머무를 수 없게 하였다. 스님의 침묵은 장손의 그 살의까지도 섣부른 범접을 용납하지 않았는지 모른다. 아니면 장손의 가슴 깊은 곳 어디엔가는 아직도 노인에 대한 간원과 승부욕이 살아 있었던 때문인가. 장손은 무작정 자신의 충동을 좇을 수가 없었다. 그는 한동안 전에 없이 침착한 인내심을 발휘하여 밀려드는 살의를 꾹 눌러 참고 있다가 끝내 그 위태로운 충동에 제가 쫓겨 도망치듯 암자를 뛰쳐 내려오고 말았다.

그건 어쨌거나 현명하고 다행스런 일이 아닐 수 없었다. 암자를 빠져나와 한참 숲길을 헤쳐 내려오다 보니 장손은 새삼 그런 자신이 아슬아슬하게 느껴져 저도 모르게 비로소 한숨이 터져 나왔다.

하지만 이날 일은 그걸로 마무리가 지어진 것이 아니었다. 그는 그 경황없는 하산길에서마저도 또 한 사람 예상찮은 인물과 발길이 마주쳐 위인의 달갑잖은 참견을 참아 넘어가야 할 사정이었다.

그가 한참 숲길을 달려 내려와 암자가 보이지 않을 만큼한 능선 굽이를 하나 돌아서고 나서 잠시 발길을 멈추고 한숨 돌리고 있을 때였다.

"내 어쩐지 이쪽이 심상칠 않더라니…… 허허."

느닷없이 앞을 가로막고 나서는 소리에 눈길을 둘러보니, 그새 마을로나 내려간 줄 알았던 외사채의 정가가 여편네도 없이 혼자 건너편 골짜기께의 만일암 가는 길을 거꾸로 내려오다 그를 마주하고 서서 허허 웃고 있었다. 반가움과 웃음기가 섞인 위인의 말투로 보아 정가가 웬일로 그를 찾아 만일암에서 부러 이쪽으로 길을 내려오던 중인 모양이었다.

장손은 이내 위인의 속내가 짚여왔다. 그날 밤의 수모와 어거지 화해 끝에 피차간에 마음을 트고 지내자 다짐을 하고서도 장손은 계속 늘 위인들 노는 꼴이 미심쩍고 고까웠다. 마음을 의지하고 어려움을 나누기보다 말 없는 경계심과 대결 의식만 더해갔다. 속을 주지 않기로는 위인들 쪽이 외려 더했다. 이날 아침 녘 일이 바로 그런 사례의 하나였다. 작자들은 이후도 기회만 있으면 저희끼리 은밀스런 수작을 일삼았다. 알게 모르게 한곳에 모여앉아 심상찮은 밀담을 나누고 있을 때가 많았다. 평소엔 별로 눈에 띄는 일이 없다가도 일단 그런 밀회의 자리가 마련되고 보면 그날 밤처럼 어디선지 낯이 선 위인들까지 줄줄이 길을 숨어 모여들어 있곤 했다. 장손이 그런 기미를 쉽게 접할 수 있는 건 외사채 정 씨네의 거처 쪽에서였지만, 그 외사채가 조용해 있을 때도 이쪽에서 자주 다른 암자·토굴들로 사람을 찾아다니는 낌새가 역력했다.

하지만 위인들은 그에 대해 장손에게 어떤 귀띔도 건네온 일이 없었다. 마음을 터놓고 무슨 일을 의논하기는 고사하고 여전히 그를 찜찜해하고 경계하는 눈치였다. 겉으로만 얼렁뚱땅 큰 말썽 안 나도록 얼러 넘어가려 했을 뿐 내심으론 여전히 그를 따돌리고 백안시해온 꼴이었다. 그야 장손도 굳이 위인들의 일을 알고 싶거나 상관하고 들 생각이 없었다. 더욱이 그걸 방해하거나 귀찮게 하고 들 생각 따위는 맹세코 먹어본 적이 없었다. 이 몇 해 바깥세상 돌아가는 꼴에다 위인들의 그 꼴같잖게 뻣뻣한 목소리들만으로도 장손에겐 그 밀담이나 수작의 내용들이 뻔했다. ─숨어 지내는 게 무슨 큰 벼슬 노릇인가. 좋은 일자리에 제 에미 애비 돈 얻어 편한 공부나 하던 팔자들에 제 맘 제가 꼴려 이런 데까지 쫓겨들어 뜨신 밥 얻어 묵고 지내는 것도 모자라 또 무슨 호사스런 불평불만들이여…… 그 불평불만 놀음이 무슨 호강에 겨운 애국질인가 말여. 이 안장손이처럼 정말로 오갈 데 없이 주린 배를 끌어안고 막판 절벽 끝까지 한번 쫓겨보라지. 거기 무슨 세상이니 나라 꼴이 보이느냔 말여……

번번이 심사가 뒤틀려오긴 했지만, 그쯤 철없는 호사 놀음으로나 치부해 넘기려 해온 그였다. 그런데 이날은 위인들의 처사가 아침부터 정도를 지나치고 있었다. 그중에도 특히 외사채 정가의 처사가 그랬다. 동기야 어찌 됐든 장손도 숨어 쫓기는 위험은 마찬가지였다. 잡히고 보면 그도 역시 한 그물 속 고기 신세가 되고 말 처지였다. 어쩌면 오히려 위인들의 호사 놀음에 자신이 애꿎은 피해자 꼴이 되고 말 수도 있었다. 그런 위험을 눈앞에 당해서도 그에겐 이렇다 할 귀띔 한마디 없이 저희끼리 날쌔게 자리를 비우고 간 위인들이었다. 그 정가가 웬일로 새삼 그를 찾아 나타나다니— 일중 녀석 말마따나 그를 정말로 읍내 나리들 한패거리로 의심하고 있거나, 적어도 그만한 주의가 필요한 인물로 여겨온 탓일 터였다. 그러고도 아직 안심이 안 되어선가. 그래서 그가 광명전에 행선지를 알려두지 않고 온 것이 위인들을 그렇듯 꺼림칙하게 한 것인가. 장손은 어쨌거나 그 정가의 출현에 새삼 자신이 감시라도 당하고 있는 양 심사가 뒤틀려 올랐다. 내 네놈들의 그 알량한 호사 놀음에 정말로 뜨거운 물을 끼얹어줘?

하지만 정가 쪽은 그런 장손의 불편스런 심기를 전혀 알아차리지 못한 모양이었다. 그야 장손의 짐작이 모두 사실일뿐더러, 그로 하여 심사가 심히 꼬인 것을 알아차렸다 하더라도 그런 속내를 쉽게 드러내 보일 정가도 아니었다.

"어쩐지 자꾸 이쪽으로 맘이 끌려 혹시나 하고 왔더니, 역시 여기 계셨군요, 허허. 하지만 안 선생은 그 사람들과는 일찍부터 인연이 많았던 처지시라면서 뭐가 두려워 여기까지 피신을 해오셨어요."

정 씨는 장손의 기분이야 어떻든 반가움을 숨기지 못하는 낌새였다. 더욱이 그 전날 밤의 궂은일을 염두에 두고 선 듯 그의 산행을 허물없이 놀리려 들기까지 했다.

그러나 장손은 그런 정가를 간단히 곧이듣고 안심을 할 수가 없었다. 장손은 그게 오히려 이쪽을 떠보려는 수작 같아 심사가 더욱 언짢게 움츠러들었다.

정 씨도 그제서야 그런 장손의 기분에 마음이 쓰인 모양이었다.

"그런데 왜 벌써 산을 내려가시려구요. 무불 큰스님께선 그새도 여전하시고요?"

길을 비켜주기를 기다리듯이 묵묵부답으로 계속 찌부둥해 있는 장손의 안색에 정 씨가 비로소 어조를 바꾸어 진중하게 물었다.

장손은 거기서도 계속 모른 척하고 있을 수가 없었다. 그는 마지못해 고개를 두어 번 애매하게 끄덕여주었다. 정 씨 쪽이 두 가지를 거푸 물어온 바람에 자신도 어느 쪽인지 뜻이 분명찮은 건성 대답이었다. 그러나 정 씨는 그걸로 대개 사정을 짐작한 듯 계속 진지한 어조였다.

"지금 산을 내려가시는 건 안 좋을 것 같은데요. 위인들이 벌써 다녀갈 때가 못 됐어요. 안 선생이나 무불암 형편을 대개 알 만해 드리는 말씀입니다만, 여기서 지내기가 마땅치 않으시면 나하고 함께 만일암 쪽으로 가시지요. 다른 친구들도 여럿 올라와 있으니 거기서 함께들 오늘 밤을 지내고 내일 오후쯤 산을 내려가시는 게 안전할 겁니다. 늦어도 내일까진 작자들이 다녀갈 모양이니까."

뒤늦게나마 모처럼 장손을 위한 호의였다. 장손에겐 그 역시 고깝고 귀찮은 참견일 뿐이었다. 돌아가는 사정을 제 일처럼 환히 꿰뚫고 있는 것도 마음이 편치 못한 데다, 그에 대한 위인의 새삼스런 친절도 호의로보다는 자기들 눈앞에 장손을 묶어두고 거동을 감시하려는 의뭉한 수작처럼 보였다. 그렇다고 웃는 낯에 침을 뱉을 수 없는 일, 그의 친절에 정면에서 면박을 줄 수는 없었다.

"왜…… 또 멋모르고 당신을 따라갔다가 그날 밤처럼 곤욕을 치르라고요? 난 싫수다. 그런 꼴 두 번씩 당하느니 차라리 산을 내려가 작자들하고 한판을 붙어버리는 게 낫지."

그는 모처럼 입을 열어 정가의 권유에 오금을 박아주고는,

"헌다다 실은 지금 산을 내려가려는 게 아니라 스님의 공양거릴 좀 마련해다 드릴까고 나선 길이고요. 스님이 며칠 동안 공양을 드신 흔적이 안 보이는디다 기력도 영 말이 아닌 것 같고 해서 말요."

말 닿는 대로 스님의 사정을 들어 자기 행보의 목적을 분명하게 못 박았다. 자기도 모르게 며칠 노인 곁에서 지내볼 생각이 스쳐간 탓이었다. 노인의 생식으로 암자에서 별도 취사가 불가능한 사정이라 스님보다는 자신의 끼니 감당 생각에서 나온 소리였으나, 동시에 그 정가와의 달갑잖은 동행을 거절한 말이었다. 그러나 그건 또 한 번 속 쓰린 낭패를 자초한 꼴이었다.

"허허, 그 일이 그렇게 가슴에 맺혔던가요. 하지만 너나없이 함

192

께 쫓기고 있는 마당에 이번에야 설마 그런 일이 있을라구요. 사실은 그런 걸 겁나 하실 안 선생도 아니신 줄 알지만, 함께 올라가실 의향만 계신다면 그날 밤 일을 사죄할 겸하여 내가 그 일을 책임지도록 하지요. 허허……"

만일암을 함께 갈 일에 대해서는 정 씨도 농담 삼아 눙을 쳐 넘기고는,

"그리고 스님의 공양식 걱정은 안 하셔도 될 겁니다. 아직 안 선생이 모르고 계셨나 본데, 암자로 오시면 스님께선 대개 단식으로 지내고 계시거든요."

장손도 대강 짐작했으면서도 머릿속에 확실하게 유념해두지 못한 사실을 슬쩍 덧붙여오는 것이었다. 장손은 되레 제가 제 발을 밟은 아픔에 갈수록 부아만 더 치밀었다. 도대체 자신은 이곳의 일에 대해 무엇 하나 제대로 알고 있는 것이 없었다. 무불 노인의 사연이나 속마음에 대해서는 말할 것도 없었고, 위인들 패거리의 그 빈번한 밀회나 이날의 돌연스런 소동에 대해서도 속사정을 확연하게 알고 있는 것이 없었다. 그런데 이번엔 또 노인의 단식까지라니— 그에겐 매사가 그런 식으로 잘못 알고 있었거나 모르고 있었던 일들뿐이었다. 그것도 주위에선 대개 알고 있는 일들을 그 혼자 눈뜬 장님 꼴로 지내온 것이었다. 그는 다시 한 번 주위가 답답한 벽으로 둘러싸인 듯한 고립감과 열패감으로 속이 심하게 뒤틀려올랐다. 그리고 끓어오르는 오기와 복수심으로 자신도 모르게 부르르 주먹에 힘이 갔다.

"날 너무 그렇게 쉽게 보다간 서로가 안 좋을 거구만그려. 이리

저리 괜히 심사를 건드리면 내 못된 버릇이 참을성을 잃어버리게
된다 이 말씀여!"

그는 그 무모하고 살인적인 충동을 거푸 억눌러 참으며 혼잣소
리처럼 거칠게 내뱉었다. 그리곤 그 말투나 얼굴색이 졸지에 달라
진 장손 앞에 아직 영문을 알 수 없어 어리둥절해 있는 정 씨 따윈
아랑곳을 않은 채 저 혼자 맷돌처럼 숨을 식식거리며 가던 길을
서둘러 헤쳐 내려가고 말았다.

13

"맹귀부목(盲龜浮木)이란 소리를 들은 일이 있더냐?"

노암 스님은 장손이 무불암을 다녀온 것을 그리 괘념하는 빛이
없었다. 그가 이날로 다시 암자를 내려오고 만 일에 대해서도 한
가지로 별다른 단속이 없었다. 그것은 이날 낮 정 씨의 예상을 앞
질러 본서의 잠바씨들이 일찍 산을 다녀간 때문이었으리라. 하지
만 노암은, 무불 스님이 줄창 '그 어디서 오고, 어디로 가던 길이
던고'만 외고 앉았더라는 장손의 고변에 뒤늦게 잔잔한 미소를 머
금으며, "오고 감이라…… 그 어른 참 오랜 세월 오고 감에 헤매
임이 많았던 분이었제……" 혼잣속 흘림 소리와 함께 한두 차례
깊은 수긍의 고갯짓을 보내왔다. 그리고 장손이 그 노암의 기미를
틈타 "무불 스님은 아직도 높고 밝은 지혜커녕 당신 자신의 마음
속 병조차도 감당을 못하고 괴로움과 두려움에 떨고 앉아 있더라"

고 엇받고 들이대자 그는 다시 한참 묵연히 상체만 흔들어대다가 이윽고 엉뚱스레 그 장님거북 소리를 끄집어낸 것이었다. 장손도 전에 한번 일중 녀석에게서 들은 바가 있는 소리였다.

"여기 와서 한 번 들은 일이 있습니다. 허지만 일중 시봉은 맹귀 우목이라고 했던 듯싶은디요."

장손은 거침없이 대답했다. 그러니까 노암은 역시 예상한 대로였다. 그는 장손이 다시 그를 찾아 나타난 소이를 미리 다 꿰뚫고 있었던 듯 그 지혜라는 것의 어려움에 대한 비유를 다시 한 번 천천히 풀어나가기 시작했다.

"우목(遇木)이나 부목(浮木)이나 거 다 같은 소리…… 그러니 어쨌거나 너도 그 같은 인연이 없고서는 지혜를 얻기가 얼마나 어려운 노릇인가는 짐작이 가겠구나. 깨달음이란 그토록 어렵고 힘든 일이니라. 그렇다고 그 어른이 아직도 허망한 무명 속에만 머물고 계시다는 소리는 아니다…… 그 어른의 어려움을 그쯤 맘속 깊이 새겨 모셔드려야 도리라는 말이니라."

"하지만 깨달음이라는 게 그토록 어려운 것일 바엔 죽도록 고생만 하다 말 짓거리 일찌감치 걷어치고 우리마냥 마음이나 편히 대충 살아가는 게 낫지 않겠습니꺼! 깨닫거나 못 깨닫거나 먹고 싸고 잠자고 한세상 어정대다 죽어가기는 어차피 매일반일 텐디 말입니다."

본심은 반드시 그런 것이 아닌데도 어조가 점점 더 막되어가고 있는 장손의 버릇없는 대거리에도 노암은 조금도 동요의 빛이 없이 추근추근 비유와 설명을 이어나갔다.

"그도 그럴 것이다. 허나 사람 사는 길이 어디 다 너만 같다더냐…… 옛날에 한 청맹과니가 지팡이를 토닥이며 길을 가고 있었더니라. 이 사람 비록 앞은 못 보아도 오랫동안 어둠 속을 걷는 데에 이골이 난 발길이 그리 서툴지는 않았던 편이었어. 헌데 그렇게 한참을 걸어가다 어느 대목쯤서 우연히 그 먼눈이 뜨이고 말았겠다. 참 고맙고 반가운 일이었을 테지. 허지만 그게 이 위인에게는 행운이 아니라 큰 낭패가 된 게야. 눈앞이 갑자기 환하게 밝고 보니 무엇이 무엇이고 어디가 어딘질 통 알 수가 없게 되었거든. 눈을 감고는 지팡이로 그럭저럭 더듬어 다니던 길이 눈을 뜨고 보니 거꾸로 앞뒤를 알 수가 없게 된 게야…… 위인이 한참 그 자리에 낙담을 하고 서 있으려니 때마침 행인 한 사람이 곁을 지나가는 중이라. 그래 이 사람 그 행인을 붙들고 하소연을 했구나. 여보시오, 도대체 이놈의 세상 꼴이 어떻게 된 게요. 나는 원래 앞을 못 보던 사람인데 도중에 갑자기 눈이 뜨이질 않았겠소. 그런데 눈이 뜨여 세상 만물을 보게 되니 외려 어디가 어딘질 알 수 없고, 내가 가고 있던 길마저 잃었구려. 대관절 이 노릇을 어찌하면 좋겠소…… 그러자 그 말을 듣고 난 행인 잠시 생각 끝에 위인에게 일러주기를, 그 뭐 크게 걱정할 일이 아니구랴, 밝은 세상이 그토록 불편하거든 다시 눈을 감고 가면 될 일이 아니겠소…… 옳거니! 그 청맹과니 과연 무릎을 치고 나서 눈을 다시 꼭 감고서는 토닥토닥 지팡이에 발길을 의지해 가던 길을 유유히 잘도 찾아가더란다……"

이번에는 그 어둠 속을 살고 있는 장님과 깨달음으로 지혜의 빛

속에 살고 있는 사람과의 비유였다. 노암은 그 청맹과니의 일화를 빌려 어둠 속의 삶과 밝은 빛 속의 삶이 같을 수가 없음을 적절하게 설명하고 있었다. 이날도 그 무불 노인의 처지에 대해서보다 바로 눈앞의 장손을 경계하기 위한 훈화였다. 지혜니 깨달음이니 그런 일엔 그리 관심이 깊을 수가 없었지만, 장손도 이제 그쯤은 대강 알아들을 수 있었다. 그런데 노암의 설법 조는 거기서부터가 진짜 본론이었다.

"깨달음이나 지혜가 비록 그리 어렵다 한들 그것을 쉬 단념할 수는 없다는 얘기니라. 힘이 들고 어렵다고 그 물 위로 떠오르는 일을 그치고 만다면 지혜의 통나무는 영영 만날 수 없는 일 아니겠느냐. 아무리 어렵고 힘이 들더라도 떠오르는 일만은 계속해보아야 천재일우 때를 만날 수가 있을 일 아니더냐. 스님의 고행이 바로 그에 맞닿는 일이니라. 더욱이 스님은 올라앉아 쉬고 흐를 튼튼한 부목은 아직 못 만났을망정, 몸이 물 위로 솟아올랐을 때마다 밝은 세상은 수없이 보았을 어른이 아니냐. 그 지혜의 밝은 빛을 보았은즉 몸이 다시 가라앉는다고 어찌 그것을 포기할 수 있겠느냐. 그것을 부질없어하는 것은 본시 그 밝은 곳을 본 일이 없는 탓에, 그 깜깜한 무명의 물밑에서도 불편 없이 살아가는 눈뜬장님들, 일테면 너 같은 청맹과니들에게나 가당한 일인 게다. 그러니 그것을 구하고 계신 스님과 외면하고 지내려는 너의 길이 어찌 같을 수가 있겠느냐."

노암은 바로 그 명암으로 분별된 인생길의 비유 속에 장손의 삶을 아예 장님의 길로 치부하여 그 어리석은 무명을 당연시하고 있

었다. 나아가 그 무불 노인 일에 대한 장손의 관심을 심히 껄끄럽
고 가당찮은 참견으로 경계하는 투가 역력했다. 무지하고 무명하
여 차라리 마음이 편할 인생이라니. 그런 세상살이가 더 가당할
인간이라니— 노암에게라도 그 무불의 독존과 침묵의 허물을 물
으려다. 그래 그 돌연스런 살의까지 꿈틀대던 격한 심사를 달래보
려 왔다가 이번엔 그 무불의 침묵이나 백안시보다도 더한 홀대와
내침을 당하게 된 꼴이었다. 흔히 중이나 목사가 죽으면 그 입부
터 도려다가 지옥으로 보내야 한다더니— 그는 한편 서글프고 울
화가 치밀면서도 그 한통속처럼 거침이 없는 노암 앞에 달리 무슨
대들어볼 말이 없었다. 한동안은 그저 막막한 심사 속에 끓어오르
는 울화통만 눌러 참고 있었다.

　그러나 그는 차츰 제 마음과 생각의 가닥이 잡혀갔다. 그 도저
한 노암의 설법 앞에 그가 왜 그토록 울화가 치미는가, 노기와 적
개심을 애써 눌러 참으려다 보니, 바로 그 원망과 분통의 뿌리가
애당초 노암을 다시 찾아 내려오게 된 저간의 심정과 목적이 차츰
되생각히운 것이었다. 그가 노암을 찾아 내려온 것은 무불 노인의
그 답답하고 독존적인 침묵 때문임은 다시 말할 필요가 없었다.
그리고 그 침묵의 허물은 한사코 자신의 사연을 드러내지 않으려
는 웅크림뿐만 아니라, 아무도 받아들이지 않고 아무와도 마음을
함께하지 않으려는 오만스런 독존성 쪽이 오히려 더했다. 장손이
노인 앞에 더욱 분통이 끓어오른 것도 이제는 위인의 사연에 대한
답답함보다 장손을 그렇듯 철저히 백안시하는 타인경시의 독존성
때문이었다. 그래 노암에게라도 그 허물을 대신 묻고 격한 심사부

터 가라앉혀보려던 참이었다. 그런데 노암 역시도 그를 대하는 태도가 별다를 바 없었다. 소 닭 보듯 한 무불의 침묵이나 이웃집 개 몰듯 그의 알은체를 가당찮아하는 노암의 질책이나, 그를 우습게 알고 내치려고 들기는 마찬가지 꼴이었다. 높은 지혜를 구한다, 세상일을 대신 아파한다, 말로는 성인군자처럼 막힘이 없으면서도, 정작에 그 지혜를 펴고 아픔을 함께해줘야 할 세간 사람들과는 도대체 손가락 하나 맞닿거나 자리를 같이해볼 생각이 없는 위인들이었다.

과연 그러했다. 노암도 그 세상으로 흘러 내려갈 생각이 없는 노인이었다. 그 스승에 그 제자라 당연한 노릇일 테지만, 맹귀우목인가 부목인가 하는 소리의 풀이는 노암도 그 전날의 일중과 별다른 데가 없었다. 일중 시봉의 전날의 설명처럼 노암도 그것을 지혜나 깨달음의 어려움에 비유했다. 그러나 그 노암의 이번 설명에는 지혜의 흐름에 대한 이야기가 없었다. 그리고 전번엔 무불이 이미 지혜를 얻었으면서도 '흐름의 인연'을 기다리고 있는 것처럼 말하더니, 이번에는 부목이나 세상의 빛을 언뜻언뜻 스침밖에 보지 못한 가운데 더욱더 확실한 빛과 튼튼한 지혜의 자리를 구하고 있는 중인 것처럼 말하고 있었다. 그것은 물론 무불이 아직 아무런 지혜나 깨달음을 얻지 못했다는 소리가 아니었다. 언젠가 그가 한 말 그대로 지혜란 쌓음과 높아짐이 결국 흐름으로 이어지게 마련이요 오히려 그 흐름 속에 참값이 있다고 했던가. 무불에게도 그 떠오름에서 잠깐씩 세상의 빛을 만남과 같은 지혜와 깨달음은 얻을 수 있었을 터였다. 그리고 나름대로 흐름을 기다리며 이미 어떤 인연을 만나 제 값의 흐름을 이루고 있을 수도 있었다. 노암이 그 흐름이나 흐름의 인연에 대한 말이 없는 것은 그 자신 그 흐름에 대한 관심이 없는 때문이었다. 무불처럼 단단하게 속으로 웅크러드는 독존적 자기 집착과 번드럼한 말놀음뿐 지혜로 흘러 섞일 세상이나 그 방편에 대한 생각은 남의 일인 때문이었다.

그러나 장손에겐 그것이 문제였다. 무불이나 노암의 깨달음이 얼마나 높아지고 있는가는 그에겐 그리 상관이 없는 일이었다. 작은 지혜라도 그것이 어떻게 세상으로 흘러내리는지 그 방법과 인연이 관심거리요 마음의 숙제였다. 노암을 찾아 내려온 마지막 목적도 실은 거기에 있었다. 어찌 된 일인지 이제는 그 무불 노인의 비밀이 문제가 아니라 그것을 분명히 알지 못하고는 자신도 산을 내려갈 수가 없기 때문이었다. 자신이 산을 내려가기 위해서도 그는 이제 그것을 알아야 하였다. 기왕 산을 내려와 자리를 마주한 김에 자신의 일처럼 노인의 생각을 대신해온 노암 쪽부터 그것을 분명히 해두어야 하였다. 따지고 보면 그 무불의 닫힌 입과 가슴을 열게 하려는 것도 바로 그 해답을 구하려는 일 한가지였다.

"그런데 그렇게 힘든 고행으로도 무불 스님껜 아직 그 세상으로 흘러내릴 만한 지혜를 얻을 수가 없었다는 말씀입니꺼. 그게 아니고 스님께서 이미 깨달음이 계시다면, 그래 지금 그 지혜가 흘러내릴 인연을 기다리고 계시다면 그것은 언제쯤이나 가서 될 일이겠습니까. 그 인연은 어디서 어떻게 생기는 것이고요?"

장손은 한동안 나름대로 생각의 가닥을 추리고 나서 노암의 매몰찬 질타를 비켜서듯 이번에는 짐짓 더 침착한 어조로 묻기 시작했다.

하지만 노암은 이번에도 별다른 변화의 기미가 없었다. 그는 웬만큼 섭섭한 힐난이나 내침의 매질에도 장손이 으레 다시 그렇게 나올 위인쯤으로 여겼던지 그의 계속된 물음 앞에 별로 귀담아하거나 얼굴을 돌리려는 기색이 없었다. 대신 이번에도 그 구렁이 담 넘어가듯 한 애매한 선담 투로 옹색스런 대답을 얼버무려나가고 있었다.

"그 어른의 깨달음이 얼마나 한지를 내가 어찌 아느냐. 허나 돈오점수(頓悟漸修)! 한 깨달음이 있었다 하더라도 그것으로 그 지혜의 값이 다 이루어지는 것은 아니다. 지혜는 끊임없이 다시 닦아나가야 그 빛을 잃지 않고 더해가는 법이다. 그 지혜가 흘러내리는 일이야 그것이 가득 차올라 제절로 흘러넘치게 될 때가 아니겠느냐. 그는 또한 물 위로 떠오른 눈먼 거북이가 제 인연의 큰 부목을 만나 그것을 확실하게 타고 앉은 때일 것이니라."

장손도 자연히 그 노암의 말투를 닮아갈 수밖에 없었다.

"구슬이 서 말이래도 꿰야 보배라고라, 그럼 스님은 그 지혜가 제절로 흘러넘칠 때를 저러고 기다리고 계신다는 말씀입니까? 지혜라는 건 깨달음 자체보다 세상으로 흘러내려 그 세상을 널리 적셔주는 데 참값이 있다 하지 않으셨습니까. 그게 언제가 될지도 모르는 마당에, 지혜가 가득 차 제절로 흘러넘치기만을 기다리고 있지 말고, 작은 지혜나마 그 빛을 잃기 전에 세상을 밝혀주고 제값을 펴나가는 게 더 나은 노릇 아니겠느냔 말씀입니다."

그는 전에 없이 열심히 물어댔고, 노암 스님 역시도 그걸 다시 괘념하거나 허물하는 일이 없이 산늙은이답게 노숙한 지혜를 발휘해나갔다.

"상구보리(上求普提) 하화중생(下化衆生)이라 하였으니, 위로 지혜를 구하고 아래로 중생을 교화한다 함은 구하면서 동시에 행해야 한다는 뜻, 구하면 행하는 것이 당연한 도리니라. 항차 그 행함 가운데에 참으로 귀한 구함이 있음에랴. 허나 어두운 무명이 사람을 어리석음 속에 얽매는 것 한가지로, 지혜라는 것 또한 그 한 조각 빛 속에 사람의 눈과 마음을 가두기가 쉽다 했으니, 그 지혜의 빛을 보지 못한 무명 속의 얽매임이 사람의 길이 아니듯, 한 지혜의 그림자 속에 제 삶과 세상일을 가두어버리는 것도 참 지혜의 길이 아님이라…… 다시 뛰어넘고 계심일 것이니라. 한 지혜에 마음이 얽매이면 더 크고 넓은 지혜로는 나아갈 수가 없으매 오히려 그 한 가지 지혜를 버리고 뛰어넘는 데서라야 다른 모든 지혜를 아우르는 참 지혜의 문 앞에 서는 것과 같음이다. 그래서 종내는 그 문의 이름조차도 사라진 대도무문의 거침없는 큰 지혜의 자리에 이르러야 함이니라. 사람이 참 지혜에 이르려는 마음의 자유가 무릇 이와 같아야 하는 것인즉, 그래 옛 고승대덕들은 조사를 만나면 조사를 죽이고 법을 만나면 법을 죽이고, 심지어는 불타를 만나면 불타를 죽이라 이르셨느니라…… 그 작은 지혜들이 정녕 큰 지혜로 값하게 할 양이면 그것을 언제나 큰 지혜 속에 다시 버릴 수 있어야 하는, 큰 지혜의 그림자 속에서라야 할 것이니라. 아마 스님께서는 당신이 구하고 깨달은 것들을 더 큰 지혜의 봇물 속으로 버리고 버리고 또 버리고 계심일 것이니라. 흐름이란

202

대저 그와 같이 끝없는 버림과 비움 끝에 당도한 참 자유에 비롯해
야 하는 것인즉, 그 아니 멀고 어려운 노릇이 아니겠느냐."

"그럼 결국 또 작은 지혜들로는 흘러서는 안 된다는 말씀이 아
닙니까."

"그 흐름의 불가함보다 얕은 지혜로 인한 섣부른 흐름의 자연스
럽지 못함과 위태로움을 말한 것뿐이니라…… 사람들이 더러 돌
중이나 구두선이라 말들 하지 않더냐. 그 악업이 어떤 것인지 아
느냐…… 옛날에 한 선승이 깊은 산속에서 오랜 참선 끝에 나름대
로 깨우침을 얻고 나서 마침내 어느 날 세상을 제도하러 산을 내려
가는 길이더니라……"

노암은 거기서 그가 자주 빌려 쓴다던 일중 시봉의 귀띔대로,
평생 수도 끝의 모처럼 하산길에 한낱 철부지 어린애의 재롱기 앞
에 망신을 사고 돌아선 학승의 일화를 빌려왔다. 그리고 그 괴팍
한 늙은이의 보기 좋은 낭패로 흐름의 어려움과 위태로움을 한번
더 적시했다.

"생각해보아라. 그 학승은 제 지혜나 덕성이 웬만하다고 자신을
했을 텐데도 그 첫걸음에서부터 철부지 어린애 하날 당해내지 못
했구나. 허나 그 학승의 아집이 그만했기 망정이지 거기서 조금만
더 오방했어보아라. 당장 그 아이의 모가지가 달아났을 거 아니
냐. 참 지혜에 이르기란 그토록 어려울 뿐 아니라, 그것이 설익은
채 거리로 나섰을 땐 그렇듯이 심히 위태로운 것이더니라……"

역시 귀걸이 코걸이 식으로 이번에도 그 일중 시봉과 별반 다른
데가 없는 풀이였다. 장손도 거기 물론 수긍할 대목이 없는 건 아

니었지만, 일중 때와는 달리 노암 앞에선 그 아전인수 식 일방적 해석을 그대로 받아들이고만 있을 수 없었다.

"허지만 그 스님이 낭패를 본 것은 지혜가 모자람보다 그 지혜가 쓰잘데없는 머릿속 공론에 불과했던 때문이 아니었겠습니까? 머리로만 찾아 얻은 지혜가 철부지 어린애나마 세상 사람들 가운데서 함께 싸고 먹고 자면서 몸과 마음 전체로 살아온 그런 살아 있는 심성과 작은 지혜 앞에선 그처럼 쓸모없는 것이 되고 만다는…… 세상과 동떨어진 산속 지혜 닦음의 부질없음을 경계하려는 그런 이야기가 아니겠느냔 말씀입니다."

"그도 또한 옳은 말이다."

뜻밖에 당돌스런 장손의 반격에 노암은 버릇처럼 그를 일단 수긍했다. 그러나 그건 물론 승복의 표시가 아니라 보다 크고 질긴 말그물을 던지려는 임시방편의 물러섬에 불과했다. 바로 그 노암의 반박이 이어졌다.

"스님이 아이에게 그것을 배웠음은 사실이다. 그래 그 즉시 자신의 지혜가 모자람을 깨닫고 산으로 되돌아 들어간 것이 아니냐."

"스님이 거기서 그것을 배웠으면 다시 또 산으로 들어갈 것이 아니라 이제는 넓은 세상으로 나가서 그 세상 가운데서 배워야 하지 않았겠습니까. 산중에서 공염불과 구두선만 일삼을 게 아니라, 진짜 사람들의 세상살이 가운데서 함께 부대끼며 펄펄 살아 움직이는 지혜를 쌓아나갔어야 옳지 않았겠느냔 말씀입니다."

"세상 가운데서 사람들과 함께 계속 사는 법을 배우며 그 가운데에 깨치는 사람도 없지 않을 것이다. 허나 학승들의 고된 참선은 일찍이 세상 가운데서 그만한 부대낌과 수행을 거친 끝에 마침내는 제 자신을 바로 깨닫고자 시작한 대참회의 구도행이니라. 한 깨달음과 지혜는 그 자신의 견성(見性)에서부터 비롯되는 것인즉, 산중 수행이 그 가장 지극하고 소망스런 방편이니라. 그 깨달음과 지혜가 아직 온전치 못한 지경에서 무턱 세상으로 내려가 헤매고 다니는 것, 그것이 돌중들의 작폐가 아니더냐. 스님이 그 어린애를 죽이러 다시 산으로 들어간 소이일 것이니라."

"스님이 아이를 죽이러 가다니요?"

"그 아이의 지혜 말이다. 깨달음의 길을 가는 수행자는 무릇 한 지혜를 만나면 다시 그 지혜를 죽이고 넘어서야 한다지 않으냐. 그 아이의 부드러운 심성과 지혜를 배우고 넘어설 자리는 아직 그 혼자만의 산중 선처가 마땅했을 것이니라."

아무리 대들고 흔들어봐야 노암은 끝끝내 요지부동이었다. 노암의 심중이 그렇듯 절벽인 만큼 무불의 하산까지는 더욱 기대나 기약이 어려운 일이었다.

장손은 마침내 맥이 풀리고 말았다. 아니 그 맥이 풀리는 듯한 무기력한 절망감 속에 한동안 가슴속에 조용히 숨을 죽인 채 가라앉아 있던 노여움과, 무불 노인에게 느꼈던 그 음산한 살기가 이번에는 눈앞의 노암을 향해 서물서물 위태로운 요동질을 시작했다. 그래 그는 그쯤 자리를 일어서려다 말고 마지막으로 한번 더 결론을 확인하듯 결연스런 어조로 물었다.

"큰스님 말씀대로라면 무불 스님이 세상일에 눈을 돌리게 되실 날은 아직도 기약이 없겠구만요. 하더라도 그때가 대체 언제쯤이나 되겠습니껴?"

하지만 노암은 그것 역시 시원한 대답이 없었다.

"그야 물론 당신의 지혜가 높아지다 못해 제절로 철철 흘러넘칠 때일 것이니라. 지혜가 흘러내리는 것도 그것을 얻는 일 한가지로 그럴 만한 인연이 있어야 하는 것인즉, 비록 지금 어른의 지혜가 그와 같다 하더라도 그 인연을 얻어야 할 터이고."

다시 또 그 인연 타령이 시작되고 있었다. 장손은 그 노암의 인연 타령에 쐐기를 박듯이 재빨리 말꼬리를 자르고 들었다.

"그러니 그 인연이라는 게 언제 어떻게 만나지게 되는 것이냔 말씀입니다. 무불 스님은 언제까지나 무작정 저렇게 그 인연이란 것만 기다리고 앉아 계실 거냐구요. 세상 가운데엔 그리 오랜 세월 당신을 찾아 헤매던 옛 인연의 부름 소리까지 있었던 터에 그것은 인연으로 치려고도 않은 채요."

"……그거야 누구도 모를 천지조화의 섭리인 것을 내가 어찌 알 수 있으며 말할 수 있겠느냐. 어쩌면 스님께선 진작에 그런 인연을 만나 그 은밀한 흐름 속에 계신 것인지도 모를 일일레라…… 그 공연히 네가 성화를 댈 일이 아니니라."

저 혼자 조급스러워하는 장손의 채근을 나무라듯, 노암은 그 소리꾼 모녀와의 인연에 대한 소리는 못 들은 척 어딘지 뜻을 알 수 없는 은밀한 웃음기 속에 언제까지나 마냥 한가로운 소리뿐이었다.

"헌데 네놈은 그 어른의 일에 어찌 그리 참견이 많으냐. 그놈 참으로 머리라도 깎은 놈이라면 제 은사부터 죽이자고 덤빌 위인이로고나, 아서라. 그 어른께 함부로 근접하려 들지도 말려니와 쓸데없이 네가 나서 서두를 일도 아니니라. 서두르고 덤빈다고 될 일이 아니더니라. 어른께서 아직 기다리고 계신 일을 항차 너 같은 잡중(雜衆)이 앞장서 나서 번거롭게 설칠 일이……"

"어디, 헌 누더기라도 한 벌 있으면 위인에게 올려보내줘야겠어."

장손이 광명전 제 처소로 올라간 뒤로 노암 스님이 뒤늦게 종무소의 경운을 불러 일렀다.

"그 위인을 여기 그리 오래 두시렵니까?"

경운이 좀 의외인 듯 물어오는 소리에 노암은 이미 그만한 예견이 있어온 사람처럼 여전히 조용한 웃음기 속에 고개를 끄덕였다.

"발심을 기다릴 만한 위인은 못 되지만, 거친 심성을 잘만 다스리면 제법 한몫을 감당할 재목이라 잠시 더 붙들어두고 봄이 어떨지."

"허지만 집허당 큰스님께선 아직까지 알은체도 한 번 제대로 안 주신 모양입니다."

첫날 위인을 집허당으로 보낸 일이 아직 무불의 마음을 움직이지 못하고 있는 것으로 판단한 경운이 한마디 더 뒷소리를 달았지만, 노암은 여전히 생각을 바꿀 기색이 아니었다.

"그 어른 언제 그리 사람 받아들이는 기미를 보이시던가. 뒷일 살펴주는 흔적을 나타내시는 적 있었고? 위인도 그것을 알아챌 수는 없겠지만 마음속엔 이미 느끼고 있는 일일 것이야. 평생 하나뿐인 스님의 게송(偈頌)을 위인이 이미 듣고 있질 않던가. 그 어디서 오고 어디로 가는 중생의 길이더냐…… 위인에게도 그보다 귀하고 절실한 업장이 어디 또 있을라구. 그래 저도 모르게 그 어른 곁으로 가고 싶어 저리 안달 아니던가. 입으로는 이것저것 구실을 읊어대도 마음은 한가지로 분명할 것인즉— 위인은 조만간에 다시 암자를 찾아 올라갈걸세. 스님이 그런 걸 상관할 바는 아니지만, 그러자면 저 위인의 복색이라도 좀 먹물기가 있는 것이 편하실 일 아닌가."

"헌다고 위인이 절 복색을 쉽게 몸에 걸치려고 할는지……"

"어디 금세로 찾아 내려갈 곳도 없는 위인, 그래야 저도 있는 날까진 마음이 더 차분할 테지. 그 위인도 그만한 지략이나 염량은 지닌 작잘 테고…… 그런다고 절옷을 오래 걸치고 지낼 중생도 아니니, 거기서 제 옳은 인연의 길을 얻어 나설 때까진 그리 해주는 것이 승가의 도리 아니던가. 이 일은 주지실까지 번거롭게 할 것도 없으니 경운이 알아서……"

"큰스님의 의향이 그러시다면 물론 그리 거행하겠습니다."

경운도 물론 노암의 그런 심중은 대충 헤아릴 수가 있었다. 그러나 장손과 같은 잡인을 군이 독선중의 무불 스님 곁에 묶어두려는 처사가 아무래도 석연치 못한 듯 다시 그의 의중을 짚고 들었다.

"하지만 큰스님께서 저 사람에게 한몫을 감당하게 하시려면 대승의 심성을 길러주셔야 하지 않겠습니까. 외람스런 말씀이나, 큰스님께선 늘 저자에게 소승의 길목을 일러오신 줄 압니다만, 평소엔 대승을 설해오신 스님께서 어찌 위인에겐 시종 산중선을 보이려 하시는지요?"

그러나 노암은 일찍부터 그만한 요량과 마련이 있었던 투였다.

"허허, 저 위인에게 지금 소승이고 대승이고가 어디 있을손가……"

그는 가볍게 수하를 꾸짖고 나서, 그 경운을 향해서도 여태 장손이 그토록 못마땅해해온 아리송한 비유의 설법 투를 펴나갔다.

"그 힘이 너무도 거칠고 방만하여 쓸모가 없은즉 여기서 그 결을 좀 순하게 가다듬고 한곳으로 모두어 옳은 인연을 따라 흐르게 하려는 것뿐…… 허나 위인의 심성을 굳이 불심에 비춰 말한다면, 우선에 먼저 소승에 이르고서야 대승의 큰 문을 볼 수 있음이 아니던가. 지금 그자가 부쩍 무불의 하산을 입에 담게 된 것은 제 맘속 업장이 그만큼 무겁고 절박스런 때문일 것이야. 저도 모르는 그 업장의 괴로움과 아픔이 제 몸속에 가득 차올라, 제 눈으로 그것을 바로 보게 될 때라야 위인이 제 몫을 바로 감당하게 될 때일 것인즉……"

"하지만 위인에게 언제 그 아픔의 씨앗이 자라고, 그것을 바로 보게 될 때가 오겠습니까?"

"내 보기론 위인 속에 그 씨앗이 지녀 있고 이미 그 싹이 터오르기 시작한 조짐이던걸. 무불 곁에서라면 아마 그리 될 수도 있을 것이야. 경운도 그간에 어디서 주워들은 바가 있었을 터이지만, 그래 그 어른도 위인 앞에서 그 헛된 뜬소문이 점지해준 당신 몫의 옛 업장에다 다른 사람의 몫까질 그냥 함께 더해지고 계신 듯싶어 보이고. 그래 내 위인을 굳이 그 어른 곁에 있게 하려는 것 아닌가. 기다려봐야 알 일일 것이야."

"위인이 곱게 암자로 올라가 그때까지 스님 곁에 있으려고나 하겠습니까."

경운이 그 뜬소문이나 옛 업장 운운하는 소리는 부러 못 들은 척 이번엔 다른 걱정을 하였다.

"앞으로 끌면 한사코 뒤로만 물러나려는 즘생은 그 힘을 거꾸로 하여 뒷걸음질로 끌어줄밖에. 스님이 이미 늘 그리하고 계시지 않던가. 스님의 묵언이 그렇듯 위인을 내치실수록 위인은 더 바투 달겨들 것인즉. 하여튼지 일간 헌 누더기나 한 벌 모른 척하고 마련해 올려보내 봐."

"그러다 위인이 정작으로 중이라도 되겠다고 나서면 어찌하시게요. 하하. 위인의 심성이 워낙 가팔라서 제 흐름의 소임을 잊고 산중선 놀음에만 빠지게 될 수도 있는 일 아닙니까."

그쯤 윗처분에 따를 수밖에 없어진 경운의 객소리에 노암은 다시 한 번 그를 안심시키듯 농기 섞인 어조 속에 여유를 보이고 있었다.

"그때는 그때대로 고삐를 뒤로 끌면 될 일이지. 위인의 머리라도 깎아주든지 해서 산중에 붙들어 앉혀둘 요량인 듯…… 허허…… 다만 위인이 어느 때 무슨 재변을 다시 부리고 들지 모르니 경계와 단속의 눈길을 항상 게을리하지 말 일이고……"

14

　노암의 예상대로 장손은 과연 스님과의 대좌 이후 당장 다시 무불
암으로 올라가고 싶은 충동에 자주 쫓기고 있었다. 늙은 도반을 위
한 노암의 긴 설법에도 그로선 쉽게 승복할 수가 없었기 때문이다.

　우선 무엇보다 장손이 보기에, 늙은이는 온전히 지혜가 차오르
기를 기다리고 있는 게 아니었다. 더욱이 그 지혜로 세상을 널리
적시려 흐름의 인연을 기다리는 것도 아니었다. 늙은이는 아직도
젊은 날의 죄업에 괴로움을 당하고 있을 뿐이거나, 흐름의 인연을
기다리기보다 세상일이 두려워 부러 더 모른 척 외면을 하고 있는
것뿐이었다. 장손은 그런 늙은이의 답답한 행세나 노암의 변명 섞
인 부추김 어느 쪽도 쉽게 동조하기가 어려웠다. 설사 그 늙은이
의 지혜가 온전해져서 흐름에의 인연을 기다리고 있다 하더라도
그렇게 무작정 기다리고만 있는 것은 두고 볼 수가 없었다. 그는
자신이 다시 암자로 올라가 스님과 결판을 내야 할 것 같았다. 그
앞에 그 괴로움과 아픔의 정체를 털어놓게 하고, 세상을 두려워하
는 은폐된 본심을 사정없이 까발겨 드러내주고 싶었다. 그리고 노
암의 그 오만스럽고 독존적인 아집까지도 무참하게 짓밟아 뭉개주
고 싶었다. 그래야 자신은 더 다른 미련 없이 산을 내려갈 수 있을
것 같았다.

　하면서도 장손은 그 당장 산행을 결행하지 못하고 이삼 일 마음
을 망설이고 있었다. 헌데 네놈은 그 어른의 일에 어찌 그리 참견

이 많으냐. 아서라…… 노암은 장손의 노인에 대한 참견을 실히 못마땅해하면서 그의 주변을 얼씬대는 걸 경계했다. 장손에겐 왠지 그것이 노암의 겉단속 치레소리로만 들릴 뿐 내심은 전혀 그렇지가 않은 것만 같았다. 속마음은 오히려 그의 성화 섞인 참견을 은근히 부추기고 있었던 것 같았다. 그 호된 질책과 내침 투에도 불구하고 그를 끝까지 참고 응대해준 것이나, 터놓고 사람의 성깔을 할퀴고 들던 그 산행에 대한 경계와 단속의 소리들이 어딘지 내심에 다른 것을 숨긴 사람의 왼손 부추김질 같았다. 그의 속을 환히 다 들여다보고 앞뒷일의 향방을 다 재어놓고 있을 듯싶은 노인이었다.

아니나 다를까. 노암은 장손더러 무불 노인의 일에 물색없이 성화를 대지 말라더니, 그건 늙은이보다 장손의 일을 두고 한 소리였는지 모른다. 이튿날 아침 종무소 쪽에서 그에게 생각지도 않았던 먹물 옷 한 벌이 올라왔다.

"안 처사님 처지에 세간 복색으론 지내기가 불편하실 테니 바깥 사람들 눈길도 가릴 겸 여기 계실 동안은 이걸로 지내는 것이 어 떠시겠느냐구요. 입고 안 입고는 안 처사님한테 달린 일이니 맘 꼴리는 대로 하시라는 총무 스님의 말씀이셨어요."

입산 첫날에 장손을 광명전까지 데려다 준 종무소 행자 녀석의 시큰둥한 전갈이었다. 그날처럼 역시 좀 버릇이 없고 건방기가 든 녀석의 전갈이었지만, 그걸로 이제는 노암의 속셈이 더욱 분명해진 셈이었다. 녀석에게 옷을 올려 보낸 것은 경운이었지만, 그것은 애초 노암의 주선에서였음이 분명했다. 그리고 그것은 장손이 뭐라든 그가 아직 한동안 이곳에 남아 머무르게 될 것을 미리 내다본 소이에서였음이 분명했다.

어쨌거나 장손은 굳이 그걸 사양할 생각이 없었다. 주위가 편치 못한 피신살이 처지엔 세간 복색보다 절간 옷이 미상불 지내기가 나을 게 당연했다. 행자 녀석 말마따나 바깥 사람들의 눈길을 피하기도 좋으려니와 착의감 또한 편안하고 자의로워 보인 때문이었다. 아직 얼마나 더 하산을 미적거리고 지내게 될지 몰랐지만, 그때까진 어쨌든 그걸로 지내는 것이 여러모로 유리한 상황이었다.

하지만 장손은 그 먹물 옷으로 차림새를 바꾸고서도 여전히 암자행을 망설였다. 하던 지랄병도 멍석을 깔아주면 그친다는 격으로 노암의 저의가 갈수록 미심쩍어지고 있었다. 아무래도 그 먹물옷 속에 노암의 보이지 않는 덫이 숨겨져 있는 것 같았다. 자신이 어딘지 부처님 손바닥 위에 놓고 있는 잔나비 꼴로나 느껴진 것이랄까. 그가 암자를 찾아 올라가는 것이 어쩌면 그 노암의 숨은 함정에라도 빠져 들어가는 것 같은 경계심과 두려움이 앞을 선 것이었다. 그리고 그에 대한 그 나름의 오기와 반발심이 그의 암자행을 적지 않이 어렵게 해온 때문이었다.

하지만 사실 장손이 그렇듯 암자행을 며칠씩 미룬 데는 한 가지 보다 큰 까닭이 있었다. 암자의 노인에 대한 장손 자신의 그 위태롭고 은밀스런 살의였다. 그놈 참으로 머리라도 깎은 놈이라면 제 은사부터 죽이자고 덤빌 놈이고나…… 뜻은 전혀 달랐던 게 분명하지만, 노암의 그 마지막 비유의 한마디는 우연찮게도 그 눈앞의 장손의 심중을 정확히 꿰뚫은 셈이었다. 그렇지 않아도 장손은 그

'선승이 아이를 죽이러 다시 산으로 들어갔다'는 노암의 먼젓번 비유에 제물에 가슴이 덜컥했던 터였다. 거기서도 장손은 그 암자에서부터의 까닭 모를 살의가 서물서물 다시 고개를 쳐들어오던 참이었다. 한데다 노암의 그 거듭된 소리에 장손은 다시 한 번 자신 속의 살의를 제 눈으로 똑똑히 확인하게 된 것이었다. 소리는 장손이 광명전 처소로 올라온 뒤로도 그의 귓가를 계속 떠나지 않았다. 그리고 엉뚱하게도 그 무불 노인과의 마지막 결판을 재촉해 대고 있었다. ─산을 내려가야 한다. 그러자면 먼저 늙은이와 결판을 내야 한다…… 늙은이가 계속 저런 식이라면 이제 다른 길이 없지 않은가. 내가 산을 내려가기 위해선 안됐지만 늙은일 죽이기라도 해야 한다. 늙은일 죽이고 산을 내려가야 한다!

장손은 자신도 모르게 속으로 중얼거리곤 하였다. 그런 상태로 산을 올라갔다간 정말로 무슨 짓을 저지르게 될지 몰랐다. 노인을 정말로 죽이게 될지도 몰랐다.

하지만 장손으로서도 그것이 진정 불가피한 일은 아니었다. 따지고 보면 그는 당장 산을 내려가려 해본 일도 없었고, 노인이 부러 그의 하산길을 막아서고 있는 것도 아니었다. 그가 바라는 것은 자신의 하산보다 노인의 변화였고 참회의 몸부림이었다. 자기 인생사에 대한 뼈아픈 속죄의 모습과 그 방법이었다. 노인을 죽인다고 그가 산을 내려가게 될 수 있을 것도 아니었고, 노인의 죽음으로 대신 그의 속죄의 모습과 방법을 볼 수 있게 될 일도 아니었다. 장손도 그쯤은 사리가 분명했다. 무작정 충동만을 좇아 나설 수는 없었다. 더욱이 이제는 노암까지 그의 마음속 살기를 알아차린 눈치였다. 그러고도 웬일로 그에 대한 경계보다는 생각지도 않았던 먹물 옷까지 보내어 그를 부추기고 드는 마당에 그것은 제가 제 함정을 파고드는 꼴이 될 수도 있었다. 한데도 그 충동을 쉽게 잠재울 수가 없는 것이 두려울 뿐이었다.

그로선 가능한 데까지 참고 기다리는 수밖에 없었다. 그는 제 마음이 좀 가라앉을 때를 기다리며 그 위험스런 충동과 갈등 속에 하루하루 지그시 산행을 미뤄가고 있었다. 그새로 부쩍 더 푸르름이 더해진 산골 숲 속에선 아직도 난정의 소릿가락이 간간이 심사를 어지럽혀왔지만, 그조차도 짐짓 더 귀를 멀리한 채였다.

그러던 어느 날. 장손에겐 결국 그 암자행을 서둘러 감행하고 나서야 할 사단이 닥쳐들었다. 무슨 조홧속에선지 이번에도 그 악연의 본서 위인들로 해서였다.

이날은 또 오후 한나절 내내 절골 일대가 별 소문도 없이 수상한 정적 속에 가라앉아 있었다. 장손이 거처에서 늘어지게 낮잠을 자고 일어나 나와 보니, 그새 저녁 산그늘이 짙게 내려앉은 광명전 일대엔 사람의 그림자 하나 움직이는 기미가 없었다. 광명전뿐 아니라 울 바깥 외사채나 절골 전체가 쥐죽은 듯 조용했다.

장손은 금세 사정을 직감했다. 어딘지 근방에 다시 사냥꾼이 비쳐든 낌새였다. 며칠 새로 읍내 서 위인들의 그림자가 자주 스치고 있는 데다. 이번엔 일중까지 꼴을 볼 수 없는 것이 다른 때보다 더 공기가 예사롭질 않았다. 그와 함께 이번 역시 자기에겐 통기 한마디 없이 저희끼리 은밀히 처소를 비우고 간 위인들이 괘씸스럽다 못해 비열해 보이기까지 했다.

그러나 당장은 그런 걸 따지고 있을 계제가 아니었다. 그는 그 정체를 가늠할 수 없는 위태로운 적막감에 쫓기듯 우선 집허당 밖 외사채로 나가봤다. 가망은 없었지만 주변 기미도 살필 겸 정 씨가 행여 아직 제 거처에 들어앉아 있을까 해서였다. 하지만 그건 역시 부질없는 기대였다. 외사채는 이미 문이 꼭 잠긴 채, 어찌 보면 오래전에 인적이 끊긴 폐사처럼 주위까지 어수선하게 어지럽혀져 있었다. 겨를 없이 조급하게 쫓기고 있는 처지들인 건 분명해 보였지만, 어쨌거나 위인들이 겉 다르고 속 다르게 그를 대해왔음이 다시 한 번 확인된 셈이었다. 처지가 어려운 때일수록 마음을 서로 합하고 의지해가며 곤경을 함께 이겨나가자고 했던가. 그 주둥이에 개똥이나 한 바가지씩 처밀어넣어줄 위인들! 저희끼리 소문 없이 몸을 비켜가고서도 뒤늦게 그의 행방과 움직임이 불안하여 이리저리 의뭉하게 뒤를 밟아다니던 전날의 정가 소행처럼, 이런저런 위인들의 껄끄런 행짜들로 하여 장손으로서도 그런 소리는 이미 신용할 수 없게 된 지 오래였다. 하더라도 남의 처지엔 아예 눈을 돌린 채 용렬스런 의심과 교활한 경계심으로 끝내 다시 그 혼자만 따돌리고 간 위인들의 행투엔 새삼 분노가 치밀어올랐다.

그런데 그때. 행인지 불행인지 장손에겐 뜻밖에 그 화풀이의 기회가 쉽게 찾아들었다. 장손이 그렇듯 불편스런 심기 속에 다시 외사채 문 앞을 돌아서려 할 때였다.

"어이, 거기!"

등 뒤에서 갑자기 그를 불러 세우는 소리가 날아왔다. 발길을 다시 멈추고 얼핏 뒤를 돌아다보니 빛바랜 황갈색 가죽 잠바 차림의 땅딸막한 사내 둘이 그를 향해 급히 외사채길을 올라오고 있었다.

장손은 순간 잠시 아차 싶은 생각이 들었다. 주위엔 그 밖에 다른 표적이 없는 데다 거칠고 불손한 작자의 말투가, 어색하게 겨우 먹물 옷만 걸쳤을 뿐 머리빡이 아직 시커먼 그를 진짜 절 식구로는 보아줄 성싶지가 않았기 때문이다.

위인들은 과연 장손의 예감대로였다.

"당신, 여기서 뭐하는 사람이야?"

어정쩡해 있는 그 장손의 앞까지 단숨에 길을 차고 올라온 위인들이 금세 그의 목젖이라도 꺾어 누르고 덤빌 듯 가쁜 숨결이 채 가라앉기도 전에 거칠게 물어왔다. 그의 먹물 옷 따윈 전혀 안중에도 없는 가파른 추궁이었다. 혹은, 기미를 미리 들켜 허탕을 친 사냥꾼이 뒤늦게 길을 잃고 눈앞에 허둥대고 있는 표적물을 만난 것처럼 조급스럽고도 득의만만한 으르렁거림이었다.

하지만 사정이 위급할수록 더 여유가 생기는 것이 장손의 불가사의한 변통술이었다.

"저, 지 말씀입니껴? 지는 이 아래쪽 표충사 유물관에서 잔일을 돌보고 지내는 사람인디요."

사내들의 불손하고 위압적인 추궁에 그는 때마침 먹물 옷을 걸친 사람답게 긴 짬 들이지 않고 공손히 표충사 당우 쪽을 가리켰다. 그리고는 거의 본능적인 지략에서 자신에게 향해진 위인들의 주의를 눈앞의 외사채 빈 거처 쪽으로 이끌었다.

"헌디…… 오늘은 또 무신 일들이십니껴? 그러잖아도 아까부터 주위가 갑재기 조용해져서 사정을 좀 알아볼까 싶어 올라왔던 길인디, 여기도 사람들이 말끔 방을 비우고 없이니……"

어리숙한 말투로 천연덕스레 여유를 부려던 장손의 술수는 예상대로 즉시 효과가 나타났다.

"이 방에도 사람이 들어 있었소?"

깊은 정적에다 낡고 어수선한 주변 분위기 때문에 거기엔 미처 주의가 미치지 못했던지, 장손의 소리에 다른 사내 하나가 그 자물쇠가 채워진 헌 창살 구멍으로 눈길을 갖다 대며 뒤늦게 물었다. 하더니 장손의 대답도 듣기 전에 다시 눈을 떼고 돌아서며 제 혼자 말투 끝에 깐깐하게 재우쳐 물었다.

"방 안엔 헌 신문지 나부랭이뿐이구만. 벽장이 따로 있는 건지 이부자리 같은 것도 안 보이고. 한데 여기 어떤 사람들이 들어 살아요? 물론 이 절간의 중들은 아닐 텐데, 여기서 위인들이 무슨 짓들을 하고 지내느냐구. 그리고 지금은 다 어디로들 간 거구?"

이번엔 거기 사람이 들어 살다가 때맞춰 자리를 비켜서버린 낌새를 알아차린 소리였다. 그러나 아직도 장손이 기대한 만큼은 의심이 깊거나 매섭질 못했다. 장손은 그게 아직도 마뜩지가 못했다. 위인들이 방을 비우고 갔을 만한 곳은 물론 짐작이 뻔했다. 위인들의 신분이나 정체들도 대강 다 알고 있는 푼수였다. 하지만 위인들이 거기서 무슨 꿍꿍이 짓을 꾸미고 있는지는 그로서도 분명한 것이 별로 없었다. 그것은 제 녀석들이 밝혀내야 할 일이었다. 장손은 내심 그걸 기대했었다. 위인들 노는 꼴로 보아 그가 알고 있는 작자들의 신분이나 정체도 말짱 진짜가 아닐 수 있었다. 장손은 차제에 앙갚음을 겸하여 위인들에게 그것을 깡그리 밝혀내게 하고 싶었다. 그런데 위인들은 물색없이 그것을 장손에게 묻고 있었다. 제 할 일도 잘 모르는 딱한 위인들이었다. 똥덩이를 건드려 뒤집어주기까지 해야 냄새를 맡으려나?

작자들의 콧구멍이 그 정도뿐이라면 손을 좀 더럽히는 수밖에 다른 도리가 없었다. 그는 추근추근 주위를 한차례 더 둘러보고 나서 짐짓 볼이 부은 소리로 주의를 이끌었다.

"글씨, 아침 공양 때까지 잠잠해 있던 사람들이 방을 비웠으면 어디 다른 갈 곳이 있겠소? 전부터도 자주 내왕이 있었으니 뒷산 만일암 어디쯤으로나 갔겄지요. 허지만 그 사람덜 무얼 하던 위인들인지, 거기서 무신 일들을 꾸미고 있는지 늘상 자기들끼리만 쑥덕거리고 올라가니 낸들 어뜨케 그 속을 알겄소. 한 사람은 서울에서 어떤 방송국 일을 하다 무신 일론지 뒤를 캐이는 바람에 여기까장 피신을 해 들어왔다던가 어쨌다던가……"

위인들의 의심을 부추기는 정도를 넘어 음흉스런 밀고의 손가락질을 보여준 셈이었다.

그런데 뱃속을 알 수 없는 위인들이었다. 장손을 아예 별 볼일 없는 인간으로 여긴 탓인지, 위인들은 장손의 노골적인 제보에도 별반 이렇다 할 반응이 없었다. 그의 예기찮은 소리에 오히려 어이가 없어진 듯 말없이 서로 잠시 눈길들만 주고 보고 있었다. 그러다 하릴없이 잠겨진 창문만 한 번 더 가볍게 흔들어보고는 그대로 그냥 어정어정 길을 돌아 내려가버리는 것이었다. 장손의 처지를 더 꼬치꼬치 캐고 들지 않은 것이나 다행이었다 할까.

장손은 공연히 위인들에게 제 속만 내주고 만 꼴이었다. 제 뭐

주고 뺨까지 얻어맞은 격으로 제 속을 내준 데다 기분만 더러웠다. 괜히 똥덩이를 잘못 건드려 더러운 냄새만 잔뜩 몸에 묻힌 꼴인 가……

장손은 새삼 울화가 치밀고 그 정가들의 처사가 더욱 괘씸스러웠다. 그런데다 뒤늦게 어둠을 타고 산을 내려온 그 정가들의 수작은 그를 더욱 참을 수 없게 만들었다.

"안 선생이 갑자기 그 먹물 옷은 웬 거요? 오늘도 안 선생은 그 친구들을 별로 괘념하는 기미가 아니던데, 안 선생한테도 무슨 그런 험상궂은 복색까지 꾸며야 할 허물이 있었던가요. 아니면 정말로 이곳에 주저앉아 진짜 절공부라도 시작해볼 참이신지."

한방 학생 녀석과 늦은 저녁 공양을 다녀오던 정가가 그를 보고 농담인지 진담인지 모를 짓궂은 소리를 던져왔다. 낮에 있었던 일이나 장손의 심중을 위인이 알고 있을 리 없었지만, 장손은 다시 그에게까지 놀림을 당하는 것 같아 가슴속이 심하게 뒤틀어 오른 것이었다.

하지만 일은 실상 거기서 끝이 난 게 아니었다. 장손의 계략도 효험이 없었던 게 아니었다. 본서 잠바패들이 그런 식으로 싱겁게 산을 내려간 것은 알고 보니 위인들의 교활한 술책이던 모양이었다.

이날 밤 자정을 한참 더 넘긴 시각. 산을 아주 내려가버린 줄 알았던 위인들이 그간 어디에선가 몸을 숨긴 채 기미를 엿보다가 어둠을 타고 다시 불쑥 외사채를 덮치고 들었다. 그리고 그때쯤엔 안심하고 제 거처에서 잠자리를 펴고 있던 두 사람 중에서 정가만

을 조용히 깨워 데리고 내려갔다. 별일 없으리라 여기고 깊은 잠
에 빠져 있던 장손은 낌새조차 알아차리지 못한 변고였다. 장손이
일의 전말을 전해 들은 것은 이튿날 아침에사 일중을 통해서였다.

"위인들이 김 학생 쪽은 거들떠보지도 않고 들이닥장 정 선생님
쪽을 지목하고 들더랍니다. 당신이 정 아무개냐, 알아볼 게 있으
니 우리하고 함께 가자…… 정 선생님의 신상사나 주변 사정을
미리 다 알고 온 게 분명하더라고요. 정 선생님도 미리 그만한 각
오가 있어온 듯 아무 소리 없이 순순히 뒤따라 나섰고요……"

사정을 알아보러 올라온 경운 스님에게 일중이 외사채의 김가
녀석을 대신해 고해 올린 소리였다. 일중의 고변은 다만 그것뿐,
정 씨가 무슨 일로 어디로 끌려간 것인지, 또는 언제쯤 돌아오게
될지 따위에 대해선 굳이 더 설명을 덧붙일 필요도 없다는 듯 세세
한 대목엔 입을 다물고 말았다.

경운도 그런 것은 더 묻지 않았다. 그 역시 거기까지 설명이 없
어도 앞뒤를 뻔히 알고 있는 사람처럼 무거운 침묵 속에 한동안 고
개만 끄덕이고 있었다. 그러다 사단이 벌어진 외사채 쪽은 둘러볼
생각도 않은 채 그대로 터덜터덜 길을 내려가버리고 말았다.

위인들의 그런 행작인즉 일견, 장손은 그 일에 아무 상관이 없
는 걸로 도외시하고 있는 것처럼 보였다. 얘기 중에 슬금슬금 귀
를 세우고 다가선 그를 별반 경계하는 것 같지도 않았다.

하지만 그건 역시 위인들의 겉꾸밈새일 뿐이었다. 그의 접근을
아랑곳하지 않은 척하면서도 진작에 그 앞엔 자세한 말을 줄여버
린 것부터 장손은 심사가 그리 편해 할 일이 아니었다. 그런데 위

인들은 한참이나 나중까지도 장손 앞엔 한사코 일의 뒷곡절을 쉬쉬하고 있었다. 심지어는 그 정가의 수하 녀석까지도 말을 좀 물어볼라치면 쌀쌀맞게 면박만 주곤 하였다.

"절간 옷까지 입은 분이 모르는 일을 내가 어찌 알겠어요. 남의 일에 왜 그리 마음을 쓰고 그러세요."

장손은 그럴수록 심사가 모질어져갔다. 예상치 못했던 잠바 나리들의 기습 소식에 자신도 처음엔 당혹스럽고 난처한 느낌이 없지 않았다. 똥물을 좀 먹여주려던 건 사실이지만, 일이 그새 거기까지 급진전되리라곤 미처 예상을 못한 때문이었다. 하지만 위인들 돌아가는 수작이 아무래도 그에게 초지를 더욱 굳게 다지게 하고 있었다.

——언제라고 작자들이 날 한패거리로 알아준 적이 있었던가.

정가의 뒷일이나 절 사람들의 속생각 따윈 이제 궁금해할 것도 괘념을 할 것도 없었다.

——어차피 눈앞에 칼을 빼어들고 나선 꼴이라면 제 피로 제 손을 더럽히는 일만은 다시 없게 해얄 터. 그러자면 이번엔 잠바씨 녀석들이 좀더 똘똘하게 굴어줘야 헐 턴디, 어쩔란가?

장손은 다시 마음을 모질게 다져먹었다. 이젠 어쨌든 일을 위인들에게 맡겨두고, 그로서는 모른 척 추이를 지켜보기만 하면 되는 일이었다. 마음을 편히 먹고 기다리기만 하면 될 일이었다. 그러자면 우선 그의 주변이나 동태가 광명전에서보다 좀더 자연스럽고 자유로울 필요가 있었다.

자의 반 타의 반으로 장손이 다시 무불암으로 노인을 찾아 올라가게 된 경위였다.

15

절골로 올 때의 옷가지 보퉁이 하나와 노암이 올려보낸 먹물 옷
복색 그대로 이날 아침 바로 무불암으로 올라온 장손은 그길로 그
노인과의 결판내기 싸움으로 들어갔다.

"스님, 제가 다시 올라왔습니다. 노암 큰스님의 생각도 그러신
듯싶고 해서 이참에는 한동안 스님 곁에서 함께 지내볼라고요."

쉬운 대로 우선 노암을 끌어들여 그 딴에는 예의를 갖춰 고한다
는 입좌(入座) 인사에, 그사이 벌써 좌선에 들어 있던 노인이 이
날은 그 '어디서 오는 길이던고 운운'의 무심스런 알은체조차 않은
채 으뭉자뭉 염주알만 굴려대고 있었다.

하지만 장손은 암자로 올라오고 보니 우선은 마음이 한결 차분
해졌다. 높은 산중에 외떨어진 초막 토굴이라 그간 좀 소홀히 해
온 신변상의 안전은 말할 것도 없었고, 일일이 울컥거리고 노여움
을 자주 타던 심기도 모처럼 허물없는 의지를 찾아든 듯 차분해졌
다. 그는 별달리 할 일도 없겠다, 노인이 알은체를 하거나 말거나
멋대로 뒤쪽에다 자리를 잡고 앉았다. 그리고 그때부터 긴긴 봄날
하루가 기울고 다시 밤이 깜깜 깊어질 때까지 늙은이와 말 없는 강
단내기 싸움을 벌였다. 그것으로 마지막 결판까지는 낼 수 없더라
도 젊은 육신의 힘으로 노인을 끝까지 괴롭혀 우선 그 육신의 굴복

이라도 얻어내보자는 지구력 싸움이었다. 오랫동안 불기를 하지 않은 밑바닥이 눅눅하여 처음에는 군불이나 한 부삽 밀어넣고 올까 싶기도 했으나, 늙은이가 견뎌온 걸 나라고 못 참아내랴, 그대로 오기스럽게 자리를 지켜나갔고, 기왕지사 한자리에 밤까지 지내게 된 바에 무불의 그 괴상한 앉음자세까지 흥을 내어 쫓아갔다. 이제는 그것이 싸움의 진짜 목적은 아니더라도 이번에야말로 늙은이와 한자리에서 그의 앉은잠을 확인해볼 절호의 기회이기도 하였다.

하지만 장손이 그 노인을 이길 수는 없었다. 그가 노인을 이길 수 없었으므로 그 앉은잠의 확인도 물론 불가능했다.

밤이 점점 깊어가면서 노인의 자세나 기척에 얼마간의 변화가 생긴 건 분명했다. 그 끈질긴 노인의 몸놀림과 입속 흥얼거림 사이로 뜸뜸이 긴 침묵이 끼어들기 시작한 것이었다. 시간이 흐를수록 더욱 간격이 벌어져간 그 깜깜한 침묵의 늪 속으로 머리가 풀려가던 스님의 소리가 아예 까마득히 가라앉아 들어간 적도 있었다.

하지만 스님은 그것으로 잠이 들어버린 건 아니었다. 한동안 가뭇없이 사라졌던 소리가 어느 순간 서서히 되살아나기도 했고, 때로는 그것이 뱃속 깊이 움츠렸다 한꺼번에 불쑥 치솟아 올라오듯 갑자기 큰 신음 소리로 터져 나오기도 했다. 소리가 까마득히 죽어 있을 때마저도 노인의 자세는 여전히 요지부동 흐트러지는 기미가 조금도 없었다. 그런 노인 앞에 장손은 아무래도 그 늙은이를 이겨낼 수가 없을 것 같았다. 늙은이를 죽이고밖엔 그가 산을 내려갈 수 없을 것 같은 살기 어린 절망감이 문득 다시 머리를 스쳐 지나가곤 했다. 하지만 그는 그때마다 머리를 세차게 내저었다. 이젠 장손으로서도 막상 그럴 수가 없었다. 부나무 가지처럼 바싹 말라붙은 몸집이었지만, 그 앞에 앉아 있는 노인의 모습이 어딘지 태산처럼 거대하고 육중하게만 느껴졌다. 그리고 그 뜸뜸한 영탄조나 침묵 속엔 장손이 감히 범접할 수 없는 도저한 위엄과 무거운 통증 같은 것이 그를 향해 두 눈을 무섭게 부릅뜨고 있는 것 같았다. 거기다 이따금 말 없는 질타처럼 노암 스님의 그 묵연스런 얼굴까지 눈앞을 스쳐가곤 했다. 장손은 뜻을 헤아릴 수 없는 절절한 아픔과 단단하고 무거운 노인의 자태 앞에 제풀에 기가 질려 그를 어떻게 해보려는 생각커녕, 사지가 마비된 듯 몸이 꽁꽁 굳어 앉아 그 소리 없는 시간의 흐름이나 지키고 있었을 뿐이었다.

당연한 일이었지만, 자세가 먼저 허물어진 것은 그 장손 쪽이었다. 날을 밝혀서라도 스님을 지키리라던 장손은 밤이 깊을수록 무릎이 못 견디게 쑤셔오고 눈꺼풀이 자꾸 무겁게 흘러내렸다. 기를 쓰고 그것을 참아내려던 장손은 새벽녘이 가까워진 막판 무렵에 이르러선 저도 모르게 깜박 그 오기가 주저앉고 만 것이었다.

그러니 장손은 노인이 끝내 그런 식으로 밤을 지새운 것인지, 아니면 한때나마 그가 모른 다른 방법으로 잠을 훔치고 있었는지 분명한 사정조차 알 수 없었다. 새벽녘까지 그가 몸을 웅크리고 지켜낸 것은 바닥이 차가운 그의 자리뿐이었다.

초장부터 허망스런 낭패를 보고 만 꼴이었다. 그러나 장손은 그쯤으로 기가 꺾여 자리를 물러서고 말 수는 없었다. 그는 우선 웅크리던 사지를 거두고 일어나 잠시 동안 방을 나가 여명의 냉기 속에 아랫배에 차오른 요의를 풀고 들어왔다. 그리고는 새삼 스님의 등뒤로 바짝 자세를 가다듬고 다가앉아 아직도 별 기동의 기미가 보이지 않는 그 늙은이의 꼿꼿한 자세를 묵묵히 지키기 시작했다. 냉돌바닥에서 으뭉자뭉 밤을 지새운 탓엔지 때이른 허기와 피곤기가 심했지만, 끼니 마련조차 없이 길을 올라온 터이라 날이 밝는다고 달리 몸을 부릴 일도 없었다. 노인이 기동을 시작할 때까지는 그도 그냥 그대로 기미나 지키고 앉아 있는 수밖에 없었다.

스님은 바깥 날이 밝고 나서 숲 속의 새소리가 창문을 낭자하게 두드려댈 때까지도 여전히 아무 기동의 기미가 없었다. 방 안에 가득했던 냉기가 조금씩 가시고 늦게 떠오른 봄날의 햇살이 동남향 창문에 하얗게 젖어들 때까지도 사정은 마찬가지였다. 섭생이 심히 메마른 탓인지 용변길 출입 한 번 갖는 일이 없었다.

스님이 잠시 그 굳어진 몸을 풀고 자리를 일어선 것은 다시 오정이 다 가까워지고 있을 무렵이었다. 스님은 이때도 뒤에 붙어 앉아 그를 기다리고 있는 장손은 전혀 안중에 없는 거동새였다. 모습만 보이고 육신이 없는 허깨비처럼 어느 순간 기척도 없이 방을 나가버린 것이었다. 몸을 움직이는 기척이나 발소리는 물론 문을 여닫는 소리조차 어슴푸레 가벼운 여운을 남겼을 뿐이었다.

일판이 그리되고 보니 장손은 이번에도 그를 쫓아 자리를 움직일 수가 없었다. 바로 그를 따라나설 일도 없으려니와 이제는 실상 그러고 싶은 생각도 없었다. 기왕 오기를 부리고 나선 김에 그에 대한 노인의 처결이 있을 때까지는 그대로 앉아서 버텨나갈 작정이었다.

226

하지만 스님은 그런 장손에겐 종내 아랑곳이 없었다. 자기 혼자 어디서 굳어진 사지를 풀고 그 메마른 육신에 아침 습기를 취하고 있었던지, 그는 방을 나간 지 한참이나 지나서야 한 점 바람기와 함께 얼핏 다시 선실로 돌아왔다. 그리고 장손 쪽은 거들떠보지도 않은 채 다시 그 절벽처럼 오연스런 자세로 돌아가버리고 말았다. 이번에는 이따금 염주알 굴려대는 가는 마찰음뿐 때 없이 흠얼거리던 입속 염불 소리조차 까맣게 가라앉아버린 채였다.

그런 묵상과 적멸의 시간이 다시 긴긴 봄날 하루가 저물고 창문에 어둑어둑 저녁 어스름이 젖어들 때까지 계속됐다. 그리고 그 선실까지 스며든 저녁 어스름 속에 맞은편 벽 밑의 흰 석고불의 모습이 희미해져갈 때쯤에서야 스님은 마침내 그 긴 묵념에서 깨어난 듯 문득 한 소리를 토해냈다.

"그…… 어디서 오는 중생의 길이던고…… 그 어디로 가는 중생의……"

역시 그 뜻을 종잡기 어려운 지향 없는 탄식조였다. 그러나 이번에는 그 혼자 무심히 읊조리는 소리가 아니었다. 끝없이 깊은 묵념의 골짜기에서 문득 의식의 표면 위로 치솟아오른 듯한 그 한 마디를 신호로 스님은 한동안 같은 소리를 몇 차례 되풀이하고 있더니 나중엔 놀랍게도 전에는 전혀 듣지 못한 엉뚱스런 몇 마디가 덧붙여 나오고 있었다.

"애도 배지 않고 애를 낳는 시늉, 씨알도 품지 않고 꽃을 피우고 열매를 기르는 시늉…… 그 모두 다 부질없는 노릇이던 것을…… 어디로 가는 길이던가. 그 어디로……"

장손은 놀라지 않을 수 없었다. 그야 이번에도 그 스님의 말뜻이 무엇인지를 분명히 알아들은 것은 아니었다. 하지만 장손은 그것이 어딘지 뒤에 버티고 앉아 있는 그를 지목해서나 염두에 두고 한 소리가 분명한 것 같았다. 노인은 그 장손의 무모한 버팅김을 본뜻을 못 지닌 어리석은 흉내질로나 나무라고 있는 것 같았다. 아니 이제 장손은 말뜻 따위는 문제가 아니었다. 입에 풍이 든 사람처럼 누구에게랄 것도 없이 늘상 같은 소리만 되풀이해오던 스님이 드디어는 제법 분명한 상대를 겨냥하여 입을 연 턱이었다. 그 기나긴 스님의 침묵이 방금 그 앞에서 깨지고 만 것이었다. 뿐만이 아니었다. 스님은 거기서 그림자처럼 소리 없이 몸을 일으켜 세우더니 다시 한 번 그를 지목해 하는 소리가 분명한 어조로,

　"물을 마시거라."

　나지막한 한마디를 등 뒤로 남기고는 그대로 조용히 방을 나가버렸다. 수없는 낭패를 거듭해오며 장손이 그토록 참고 기다리던 스님의 그에 대한 분명한 알은체의 말이었다.

　장손은 일테면 그것으로 그 답답한 침묵과의 싸움에 모처럼 첫 승리를 붙잡게 된 셈이었다. 물을 마시거라— 스님의 당부인즉 속을 길게 비울 때라도 물은 가끔씩 취해야 한다는, 장손도 언젠가 들은 바가 있었던 금식 수칙의 하나였다. 스님은 장손을 위해 부러 그것을 권해온 것이었다. 하긴 그런 스님의 알은체가 아니더라도 장손은 이미 뱃가죽이 등에 달라붙고 육신이 온통 바닥으로 허물어질 것 같은 심한 허기를 느끼고 있었다. 입속은 쓰디쓴 단내로 가득했고 정신은 마치 무중력 상태의 진공 속을 부유하듯 균형

감을 잃어가고 있었다.

하지만 장손은 기회가 온 김에 노인의 심중을 좀더 후벼 파들고 싶었다. 스님이 손수 마실 것을 마련해주기를 바랄 수는 없었지만, 말이나마 한번 더 식음을 권해오기를 기다려보고 싶었다. 그래 그 괴로운 기갈증과 허기 속에 그대로 계속 자리를 지키고 앉아 있었다.

하지만 그건 역시 어림없는 욕심이었다. 혼자 말없이 방을 나간 스님은 한참이 지나도록 돌아오는 기척이 없었다. 방 안이 완전히 어둠 속에 묻히고 드문드문 밤산새들 울음소리가 한참 깊어갈 때까지도 스님은 감감무소식이었다. 그를 두고 혼자서 산을 내려가 버린 것이 분명했다. 하지만 장손은 거기서 섣불리 자리를 털고 일어나 방을 나올 수가 없었다. 스님이 정말 산을 내려갔다면 모르되, 짐작이 자칫 빗나간 날이면 모처럼 힘들게 견뎌 쌓은 적공이 한순간에 도로아미타불이 되고 말 참이었다.

―산을 내려갔다면 또 그만한 처결이 따를지도 모르지.

장손은 그래 그 심신을 쥐어짜는 듯한 극심한 공복감 속에서도 이를 악물어가며 그 적막스런 어둠을 혼자 고집스럽게 지키고 앉아 있었다.

그런데 이날 장손의 예상은 과연 큰 빗나감이 없었다. 스님이 그를 피해서듯 홀연히 산을 내려간 것도 그랬고, 산속에 혼자 남겨진 그에 대한 조처가 바로 뒤따른 것도 그랬다.

허기와 피곤기를 오기와 뚝심만으로 버텨내기에는 한도가 있게

마련이었다. 장손은 이날 밤 스님을 기다리다 언제부턴지 다시 그
차가운 바닥에 몸을 부려 웅크리고 으뭉자뭉 불안스런 꿈결 속을
헤매고 있었다. 끊임없이 퍼담고 마셔대는 꿈결 속을 헤매다 괴롭
게 눈이 뜨인 것은 문창지가 이미 하얗게 밝아 오른 뒤였다.

스님은 역시 길을 되돌아온 기척이나 흔적이 없었다. 그걸 한번
더 확인하고 난 장손은 이제 더 기다리거나 거리껴 할 것이 없었
다. 그는 벌떡 오그라든 사지를 박차고 일어나 아직도 떨리고 비
틀거리는 걸음걸이로 창문을 밀치고 바깥으로 나왔다.

그런데 바로 그 방문 앞 창틀 아래 전에 없던 물건 보퉁이 같은
것이 하나 놓여 있었다. 다가가 살펴보니 조그만 양은 솥단지 하
나와 올망졸망 여러 가지 곡물류를 나눠 싼 곡량 자루들이 서너
줌 부식거리와 함께 쑤셔 박혀 있었다. 스님이 그걸 여기까지 손
수 가져다 놓고 갔을 리 없고 보면, 노인의 뜻을 받아 그새 아래쪽
행자 녀석 하나가 산을 다녀간 것이 분명했다. 귀찮은 아침 심부
름길을 올라왔다 가면서도 별다른 기척이나 싫은 소리 한마디 없
이 길을 돌아선 것 역시도 그의 일에 섣부른 참견을 말라는 스님의
당부가 있었기 때문일 터였다. 일테면 이제부턴 그와는 더 자리를
함께하지 않으려는 처사였다. 그러니 잠을 자든 지랄용천 굿을 하
든 원한다면 그 혼자 암자에서 멋대로 지내보라는 뜻이었다. 혼자
산을 내려가버린 인정머리치고는 그나마 고마운 배려였다.

어쨌거나 장손은 기분이 새삼 통쾌했다. 노인이 산을 내려간 것
은 그를 더 못 견뎌 암자에서 밀려 내려간 것 한가지였다. 눈감고
등지고 온 진세까지는 아니더라도 장손 자기로 하여 노인을 아랫

골로 쫓아 내려보내게 된 것만이라도 그로선 모처럼 기분이 들떠오를 수밖에 없었다. 더욱이 노인은 이제 끼니 마련까지 해 올려보낼 만큼 그의 일을 마음에 두고 있음이 역연했다. 그 속작량이 무엇이든 장손을 한동안 암자에 머물게 하려는 것이 그의 뜻인 것 같았다. 풍광 좋겠다, 사람 눈길 뜸하겠다, 어푸러진 김에 쉬어가랬다고, 장손으로서도 곧장 다시 길을 쫓아 내려갈 일이 아니었다. 노인의 보이지 않는 의중을 기다릴 겸 거기서 한 며칠 푹 쉬어 지내는 것이 좋을 것 같았다. 그 은밀하고 한가로운 주위가 유행가 가락에도 읊조려지고 있듯이 무언가 꼭 좋은 일이 생길 것 같기도 하였다.

더욱이 그 같은 장손의 기대는 뜻밖에도 일찍 눈앞의 현실로 다가왔다.

그로부터 얼마 뒤, 장손은 흐느적흐느적 암자를 나와 진불암 쪽 골짜기길을 타 내려오고 있었다. 아무리 허기가 지고 기력이 진했다 한들 생곡을 그대로 입에 넣을 수는 없었다. 사내 체면에 제 배를 채우자고 제 손으로 물을 긷고 화덕 앞에 불을 지피고 쪼그려 앉아 있을 수도 없었다. 눈앞에 당장 보는 사람은 없었지만, 아무 내색도 없이 연명할 곡량과 취사 도구만을 올려 보낸 위인들의 의중을 곧바로 뒤따르고 나서기도 맘에 내키질 않았다. 그래저래 이 날만은 다른 데서 허기를 좀 지우고 올 요량으로 길을 나선 참이었다. 처음엔 전부터 발길이 익어 있던 만일암 쪽으로 가볼까 했지만, 입속 단내부터 부셔낼 양으로 일차 골짜기 쪽으로 발길을 내려서고 보니, 숲이 깊고 가파른 만일암 쪽보다는 진불암 쪽 내리막길이 역시 좀 쉬워 보였다. 아무래도 첫날부터 본전이나 광명전까지는 내려갈 수가 없는 데다, 진불암 역시도 두세 차례 발길을 스친 일이 있는 때문이었다.

그런데 장손이 길게 흘러내린 계곡길을 빠져나와, 이윽고 능선 너머 진불암 굽잇길로 들어서고 있을 때였다.

"아저씨, 지금 어디서 오는 길이세요?"

길 위쪽에서 문득 웬 여자아이의 소리가 들려왔다. 순간 장손은 아랫동네 난정이 떠올랐지만, 여자의 소리는 음색도 다르려니와 난정이라면 벌써 거기까지 산을 올라왔을 시각도 아니었다. 아침부터 숲길에 웬 단 소린가 싶어 머리를 쳐들어 올려다보니, 20대 초반가량의 한 바지 차림 아가씨가 그를 마주 보고 웃고 서 있었다. 진불암 근처에서 거기까지 아침 산책을 올라왔다 그를 발견하고 잠시 발길을 쉬고 있었던 것 같았다. 호젓한 숲길에서 그것도 허물없는 웃음기 속에 쉽게 말을 걸어오는 것이 그쪽에선 대개 이쪽의 신원을 알고 있는 듯했지만, 장손 쪽에선 물론 처음 보는 아가씨였다. 얼굴이 그다지 고운 편은 못 되었지만, 작달막한 키에 소탈한 간편복 차림하며 노중의 남자에게 대뜸 알은척을 해오는 것이 심지가 그만큼 솔박한 편인 것 같았다. 하지만 장손은 전혀 예상치도 못한 곳에서 모처럼 만에 마주친 계집 꼴인 데다, 어질어질 허기에 쫓기고 있던 판이라 한동안은 물음에 대꾸조차 잊은 채 멍청하게 그녀를 바라보고만 있었다. 그러자 그녀가 뒤늦게서야 다소간 경계심이 어린 목소리로,

"전 이 아래 진불암 외사에 묵고 있는 중인데요, 혹시 이 아래

광명전 요사채에 계신 분 아니세요? 인사는 못 드렸지만 일전에 언젠가 진불암을 다녀가시는 걸 본 것 같은데요."

재차 신분을 물어오는 소리를 듣고서야 그녀를 공연히 더 겁먹게 할 필요가 없겠다 싶어 뒤늦게 대답을 서둘렀다.

"아, 맞아요. 광명전에 있다가 이 며칠 전서부터 무불암으로 올라와 지내고 있는 사람이오. 헌디 거기선 끼니 마련이 어려워 이쪽에서 요기거릴 좀 얻을 수 있을까고 길을 내려오던 참이라요."

정면 면대는 없었던 아가씨라도 어차피 이쪽을 알고 있는 낌샌지라 다급한 용건까지 덧붙이고 나섰다. 하니까 아가씨는 다시 마음이 놓이는 듯,

"어머, 세상에. 무불암에선 그렇담 며칠째나 줄곧 굶고 지냈단 말씀이세요?"

장손 쪽이 오히려 당혹스러울 정도로 그의 처지에 놀라움과 동정을 금치 못하는 기색이었다.

"내 이 이틀 동안에 입에 댄 거라곤 골짜기 웅덩이 물 몇 모금뿐이었쉬다", 장손이 짐짓 맥을 못춰 하는 소리엔, "어쩐지…… 그래 길을 걷는 모습이 성한 사람 같지가 않았어요. 이리 흐느적 저리 비틀 금세 쓰러져 내려앉을 것 같더라니까요." 당사자도 미처 의식하지 못했던 대목에 목이 메이는가 하면, 장손이 그 소리를 받아 다시 "이거, 두 발로 걷는 중생을 만난 김에 이젠 좀 쉬어가야겠구만. 절공부도 보아가며 천천히 익혀야지 이틀씩이나 들입다 생배를 곯다 보니 이 정도 행보에 식은땀까지 흐르고……" 길가로 아무렇게나 몸을 부려 앉으며 엄살을 떨어대는 소리에도, "글

쎄, 이걸 어떻게 한다? 우선 무얼 좀 먹고 기운부터 차리셔야 하는 건데…… 가만 계셔보세요. 하지만 여기선……" 허물없이 다가와 제 손수건으로 이마를 훔쳐주는가 하면, 당장에 요기 마련이 어려운 것이 안타까워 안절부절을 못해하는 꼴이었다. 자세한 신상사나 속사연은 몰라도 천성이 썩 활달하고 순박한 데다가 남의 어려운 처지를 쉬 지나치지 못하는 인정미 많은 계집아이임이 분명하였다. 나이 아직 어리고 화장기도 없었지만, 이마를 훔쳐줄 때 코끝을 건드리고 간 머리카락 냄새 속엔 그런대로 상큼한 암기까지 풍겨오던 아이였다.

그건 일테면 우중호접이 마른 꽃을 만난 격이었다. 그는 속이 빈 강정처럼 심한 허기 속에서도 마른 해삼 쪼가리가 습기를 만난 듯 아랫배 쪽에서 금세 뜨거운 기운이 꿈틀대기 시작했다. 하지만 장손은 이날 그답지 않게 그녀 앞에 자신을 제법 점잖게 잘 추스려 넘어갔다. 둥지가 너무 가까워 뒷일이 걸리는 데다, 아이의 거동새가 너무 흔연스러운 것이 그에게 거꾸로 섣부른 생각을 참게 하였다. 그리고 실은 그편이 뒷일을 위해선 훨씬 다행스러웠던 셈이었다.

뒷날에 가서야 알게 된 일이지만 여자아이는 그 얼마 전까지 서울 근처의 한 봉제품 회사에서 공원 노릇을 하다가, 불법 임금 투쟁과 회사 시설물 파괴 주동 혐의로 경찰에게 쫓겨 이곳까지 들어와 있던 당돌스런 말썽꾸러기였다. 장손은 물론 아직 그런 사실을 모르고 있었지만, 가슴속이 그만큼 뜨거울 뿐 아니라 주위에 대한 관심이나 자기 봉사의 정신이 투철하고 활발한 아가씨였다. 무엇보다 그녀는 그 인정미나 성품이 장손이 생각한 것보다도 한층 더 깊고 활달했다. 장손은 그 겁이 없는 아가씨 덕분에 이날 하루를 그녀의 거처에서 예상찮은 호사까지 누리게 된 것이었다.

"안 되겠어요. 여기선 방법이 없으니 우선 절 따라가세요."

어정쩡한 표정 속에 혼자 조바심을 참고 앉아 있는 장손 앞에 아가씨는 이것저것 뒷일을 길게 따지려고 하지 않았다. 그녀는 손수 장손을 부축해 일으킨 다음, 자신이 묵고 있는 진불암 근처의 외사채 독사로 그를 데리고 내려갔다. 그리고는 이곳저곳 부산을 떨고 다니며 때늦은 절밥상을 마련해 들여왔고, 장손이 허겁지겁 허기를 끄고 났을 땐 빈상을 손수 거두어 내가면서 이번엔 제 잠자리까지 서슴없이 내주었다.

"이젠 이걸 덮고 한숨 푹 주무세요. 그러고 나시면 한결 몸이 풀리실 거예요."

도대체 남정에 대한 의심이나 경계심이 없고, 그 속은 더더욱 종잡을 수 없는 계집아이였다. 그 순박한 심성에 음흉스런 꿍심이 민망스럽기는 했지만, 이제는 제법 허기도 채웠겠다, 여자의 살내가 밴 이부자리까지 깔고 누워 다른 욕심이 안 솟으면 사내가 아니었다. 범연스럽잖아 보이는 그녀의 신상사나 속사연이 새삼 궁금해지기도 했지만, 그런 것은 본 용처를 열기 위한 절차에나 소용될 뿐 그에겐 그리 별 관심거리가 될 수 없었다. 같잖게 애련스런 감상기를 쫓기 위해서라도 어울리잖은 점잔치레는 생각을 말아야 하였다. 그는 자리 위에 벌러덩 드러누워 느긋한 기분으로 그녀가 다시 문을 들어서기를 기다렸다. 그리곤 실상 여자의 방이라기엔 살벌하기 그지없으면서도 여기저기 배어든 그녀의 몸냄새를 코끝으로 더듬으며 저 혼자 한동안 그윽한 상상에 젖어 들어가고 있었다.

그러고 한참을 기다려도 사람이 다시 돌아오는 기척이 없었다. 그녀가 돌아오긴 고사하고, 암자에 곁딸린 외사 객방이 꽤 여럿인 듯싶은데도 웬 놈의 절간에 사람 하나 스쳐 지나가는 낌새가 없었다. 녹음이 차츰 짙어가면서 목이 지치고 말았는지 난정의 소릿가락까지 아직 감감한 것은 물론, 암자는 이따금 바람결에 닝닝거리는 희미한 풍경 소리뿐 사방이 고즈넉한 정적 속에 가라앉아 있을 뿐이었다. 지치고 허기진 몸에 갑자기 포식을 한 탓인지 눈에선 어질어질 미간을 괴롭히는 신열까지 뻗치고 있었다.

장손은 결국 그 포만감과 신열기 속에 어느 참부턴가 깜박 수마의 수렁으로 빠져들고 말았다. 그리고 이날 왼종일 해가 지는 줄도 모르고 노루잠으로 밝은 날을 흘려보내고 말았다.

그가 그 먹잠 속에서 겨우 눈이 뜨인 것은 저녁 공양 시간이 한참이나 지난 늦은 어둠 속에서였다. 어디선지 어슴푸레 귀에 스며드는 밤벌레 소리에 문득 눈이 뜨이고 보니 방 안엔 아직도 다른 사람의 기척을 느낄 수가 없은 채 깜깜한 정적만 가득했다. 그는 자신이 어디서 잠이 깨는지조차 알아차릴 수 없었을 만큼 한동안 정신이 멍멍해 있었다. 하지만 그사이 피곤기와 신열이 어지간히 풀렸던지 그런대로 심신이 가뿐해진 느낌 속에 서서히 자신의 처지가 떠올랐다.

그는 이윽고 자리를 밀치고 일어나 더듬더듬 호롱대에 성냥불을 켜 붙였다. 불을 켜고 보니 그 희미한 호롱불빛 아래에 여자아이가 그새 한 번 더 방을 다녀 나간 듯 간단한 저녁상이 디밀어져 있었다. 저녁상까지 마련해놓고 간 걸 보면 그 심성 좋은 여자 방주님은 아예 밤까지 제 방을 내줄 작정인 모양이었다.

하지만 장손은 이제 밥상 따위엔 금방 손을 댈 생각이 없었다. 그닥 입맛이 돌지도 않았고, 귀여운 방주님의 행방이 감감한 마당에 이번에도 그 혼자서는 모양새가 영 안 좋았다. 산속 절간에서, 그것도 아직 통성명도 못한 남녀간 사이에 밤 잠자리까지 내처 남의 거처를 차지하고 뭉그대는 건 아무래도 마음에 내키질 않았다.

요기나 잠자리보다 이젠 그 여자아이의 신상사나 행방에 대한 궁금증이 앞을 섰다. 짐작이 아주 없는 건 아니었지만, 하여간에 그녀의 행방부터 알고 싶었다. 하지만 미리서 결론부터 말하자면, 장손은 이날 밤 끝내 그녀와의 면대를 이룰 수가 없었다. 자연히 그녀에 대한 그의 기대 역시도 거푸 낭패를 보고 만 셈이었다. 그녀를 찾아내지 못해서가 아니었다. 그녀가 새삼 장손을 경계하고 기피하려 해서도 아니었다. 여자의 소재를 찾아내고 나서도 장손 쪽에서 지레 접근을 단념하고 만 것이었다. 행인지 불행인지, 이날 밤 그녀의 사정이 그렇게 돌아가고 있었다.

주변 동정이라도 살피러 방을 나온 장손이 살금살금 까치발 걸음으로 불당 쪽으로 나가다 보니, 공양간에 이어 붙은 요사채 끝방에서 도란도란 사람 소리가 흘러나오고 있었다. 장손은 언젠가 그 광명전 외사채에서의 치욕스러움도 잊은 채 본능적으로 몸피를 작게 움츠리며 냉큼 그 요사채 뒤켠으로 돌아갔다. 그리고 까닭 없이 긴장기를 머금은 듯한 요요한 뒷봉창 불빛 아래로 두 발을 바싹 다붙이고 서서 창문 너머 소리를 엿듣기 시작했다.

짐작대로 방 안에선 한두 사람이 아니라 어둠을 타고 은밀히 모여들었음에 분명한 여러 사람의 음색이 번갈아 새어 나왔다. 게다가 이번에도 그 광명전 외사채에서처럼 목소리들은 도란도란 낮은 것 같았지만, 어조들이 그저 지나가는 잡담 투가 아니라 그새 꽤 열이 올라 있는 의논조들이었다.

"……정 선생의 일은 좀더 두고 돌아가는 형세를 지켜보아도 좋겠지만, 우리는 우리대로 그간에 어떤 대비책을 마련해나가야지 않겠어요. 정 선생의 일을 보면 이곳도 이제는 안심하고 지낼 수 없는 마당에, 더 이상 쫓겨가 숨을 데도 없으니 말이오."

"대비책이라면 지금 우리 형편에 어떤 길이 있겠소?"

"쫓길 데가 없다면 산을 내려가는 거지요. 산을 내려가서 함께 동참하는 겁니다. 인천이나 정선 쪽 사정들이 심상찮은 모양이던데, 이런 때 이쪽에서 함께 움직이고 나선다면 동시다발로 효과가 클 테니까……"

이야기가 한참 진행되어온 뒤끝인 듯 일전 정가 성의 야간 연행 사건에 이어 자신들의 신변을 걱정하고 나서는 소리에 자포자기 식으로 불쑥 맞서 나온 성급한 목소리—

듣자 하니 과연 이곳저곳 절골에 숨어 지내온 자들의 불안스럽고 한심한 쑥덕공론판이었다. 도대체 이곳엔 그 글공붑네 신병 요양입네 갖가지 핑계로 몸을 피해 들어온 녀석들이 얼마나 되는지를 헤아릴 수가 없었다. 그런 주제들에도 위인들은 그저 죽으로 죽어 지내질 못하고 그 알량한 세상 걱정으로 자주 열을 올려대곤 하는 꼴들이었다.

"아직 그건 좀 성급한 행동이 아닐까요. 이쪽 동넨 아직 별 움직임의 기미가 없는 터에…… 어쩌면 저쪽에선 낌새를 다 알면서도 우리 쪽의 움직임을 기다리고 있는지도 모르고…… 그러면 초장부터 흙탕물이나 뒤집어쓸 게 뻔한 일 아니겠어요."

방 안에선 이번에도 전자 편을 거들고 드는 신중파에 뒤이어 다른 목소리들이 계속 제 주장들을 내세우고 나섰다.

"이쪽에선 여태 움직임이 없으니 우리라도 일을 좀 서둘러보자는 거지요. 이젠 더 쫓겨 숨을 곳도 없는 마당에 언제까지나 이러고 바깥 눈치만 살피고 앉아 있겠소. 저들이 우리 움직임을 기다리고 있다면 우린 산을 내려가다 바로 끌려 들어가는 거지요. 끌려 들어가면 안에서도 할 일이 있을 거고, 그런 사람 숫자를 늘리는 것도 힘을 모으는 한 가지 길이니까."

"그러나 지금은 안에서보다는 바깥에서가 더 유효한 상황이 아닐까요. 말하자면 아직은 우리가 움직여도 좋을 만큼 상황이 무르익지 못한 것 같다는 말이지요. 석선 스님께선 어떻게 생각하세요?"

더 들으나 마나 이제는 뻔한 소리들이었다. 그동안 야행길에 다른 데서도 몇 차례나 스쳐 들어온 대로 제 분수들을 모르고 겁 없이 설쳐대는 비분강개조의 그 허세 놀음판. 도대체 위인들의 엉뚱스런 통박속이 답답할 뿐이었다. 어찌 보면 제 앞앞이 할 일들을 못 찾아 넘치고 늘어진 팔자 호강에 겨워 하는 철부지들같이도 보였고, 달리 보면 또 한결같이 세상사를 제멋대로 주물러대고 싶어

하는 고집불통의 몽상가들처럼도 보였다. 게다가 또 작자들은 제 물에 제가 좋아 엉뚱한 일통들을 벌이고 온 꼴들이었다. 그저 쫓기고 숨어 사는 처지들을 즐기고 있기라도 하듯 데데한 정의감과 비분강개 속에서 실속 없는 말놀음들을 일삼아오고 있었다. 장손으로선 차라리 희극적으로까지 느껴졌다. 제들 깐엔 두고두고 심각해하는 꼴들이니, 그것도 그저 한두 번으로 흘려 지나치는 것이 아니라 힘없고 지닌 것 없이 젊은 시절을 온통 쫓김 속에 지내온 장손으로선 그것이 때로는 부럽기도 하였지만, 보다는 위인들이 가소로워 보일 때가 더 많았다. 더욱이 그를 늘상 따돌려대기만 한 처사엔 가소로움에 더하여 불끈불끈 노기가 치밀어오를 때마저 허다했다. 그런데 이날 밤은 석선 스님인가 뭔가 웬 젊은 중놈까지 한자리에 끼어든 모양이었다. 장손은 그만 발길을 돌이키려다 말고 거기 호기심이 끌려 잠시 더 소리의 진행을 뒤쫓아보긴 하였다. 하지만 그는 역시 곧 흥미를 잃고 말았다. 필시 머리통이 노란 돌중 나부랭인 탓이겠지만, 정낭간에 눈 중 똥도 똥내는 한가지였다. 독재니 말기 증상이니 권력의 정통성이니, 흘러나온 소리들이 이번에도 그 맹랑한 말자랑질뿐이었다. 지난 일은 고사하고 이 봄 한철을 지내는데도 심신이 이리 고달프고 막막한 사람을 지척에 두고 그 무슨 역사의 소임이니 민중 역량의 축적이니 젠체하는 소리들엔 입맛이 가시는 정도를 넘어 공연스레 울화통까지 끓어올랐다. 아닌 게 아니라 이젠 그 위인들의 철부지 호사 놀음에 자신까지 처지가 더 어려워질 낌새였다. 그는 이래저래 당장 문을 박차고 들어가 위인들의 면상에 침이라도 뱉어주고 싶었지만, 전사에

거꾸로 봉욕을 치른 일로 그마저 얌전히 참고 물러서야 하는 처지
가 안타까울 뿐이었다. 알고든지 모르고든 그 정가의 연행 사건에
자신의 허물을 다시 들추어내지 않는 것이나 고맙다면 고맙달까.

그런데 다시 그 순간.

"내 오늘도 이야기가 이럴 줄 알았어요. 이러쿵저러쿵 말들만
많았지, 남자분들은 정작에 산을 내려갈 생각이 아무도 없으신 거
예요. 이런 사정 저런 사정 누구도 구실을 못 찾을 일은 없을 테니
까요. 그러니 이제는 긴말 오갈 거 없이 저 혼자서라도 산을 내려
가겠어요."

데데하고 분분한 말놀음에 지친 듯 앳되고 당돌스런 한 여자아
이의 목소리가 그때 불쑥 좌중을 매섭게 질타하고 나섰다.

"저 하나쯤 더한다고 무슨 큰 힘이 될 것도 없겠지만, 여기서 이
런 꼴은 이제 부끄럽고 지겨워요. 결과야 어찌 되든 이제는 원래
의 제자리로 돌아가 먼저 나선 동지들과 함께 나아가다 함께 부서
지겠어요……"

힐난 끝에 결연히 자신의 하산을 선언하고 나선 목소리는 다름
아닌 아침 녘의 그 나어린 방주 아가씨가 분명했다. 그 목소리의
주인공을 알아차리자 장손은 이제 새삼 자신이 그녀에게 불의의
일격을 당한 듯 제물에 숨을 찔끔 움츠러들었다. 그리곤 잘못 삼
킨 생선 가시가 울대에 끼인 듯 목줄기를 슬슬 쓸어내리고 있었다.
그녀가 산을 내려가거나 말거나 그런 건 그가 별로 상관할 바가
아니었다. 보다도 그 야들야들한 영계의 살집 속에 어디 그런 드
센 가시가 숨겨져 있었던지, 그걸 잘못 삼킬 뻔한 것이 아슬아슬

할 뿐이었다.

"배웠다는 게 무어에요. 배웠다는 게 기껏 이렇게 매일처럼 헛
공론이나 울분풀이만 일삼고, 그것으로 부끄러운 양심을 달래는
것이……"

안에선 아직 그 당찬 계집아이의 가파른 힐난조가 한동안 더 계
속되고 있었다. 하지만 장손은 그쯤에서 그만 발길을 돌려세우고
말았다. 그리고 어딘지 가슴속이 휑하니 꿰뚫리고 있는 듯한 서늘
한 느낌 속에 그길로 바로 무불암길을 더듬어 올라가고 말았다.
그녀는 이제 가시가 드센 물고기, 그것도 당분간은 제 그물을 벗
어져 나간 남의 물속의 볼품없는 잡어류 따위로나 여겨진 때문이
었다.

16

다시 며칠이 지나도 무불 스님은 여전히 산을 올라오려는 낌새
가 없었다.

장손은 이제 노인이 다시 올라오거나 말거나 그런 건 한동안 상
관을 않고 지내고 있었다. 그를 절골에 붙잡아둔 노암이나 그에게
암자를 통째로 내주고 간 무불의 속셈이 어떤 것이든지 장손은 그
격절스런 선방의 하루하루에 그런대로 오장이 썩 편해진 때문이었
다. 무불암의 깊고 한적한 분위기는 정 씨의 일이나 제 신변사로
심사가 은근히 불편해진 장손에게 사람의 눈길이 번잡스런 아랫동

네보다도 마음새나 행신이 훨씬 편했다. 거기다 면대하기 거북한 스님이 곁을 비켜주고 그에게 아예 암자를 내맡기듯 먹고 지낼 곡량거리까지 대어주는 마당이니 암자는 온통 그를 위한 별유천지였다. 그는 유유자적 먹고 싶으면 먹고 자고 싶으면 자고, 산을 헤매고 싶으면 산을 맘껏 헤매 다니며, 두고 누릴 만한 비축이 없어온 그의 삶, 불안하게 쫓기기만 해온 가파른 삶의 행로에서 모처럼 푸근한 한 시절을 누리게 된 것이었다. 무불의 일이라면 상관을 않았다기보다 아예 잊고 지내는 때가 더 많았을 정도였다.

하지만 그처럼 주위가 한가하고 배포가 편한 것만으론 산중 유폐에 가까운 그의 억지 중노릇이 그리 오래갈 수가 없었을 터였다. 그의 삶이 비록 불안스런 쫓김과 결핍 속에 근근이 연명되어왔더라도 그것이 이제는 체질로 익어진 터였고, 그런 그의 체질이 발휘된 곳은 그런 산골이 아닌 속세간이었다. 무불의 귀환이 정 늦어질 양이면 결국엔 장손 쪽에서 산을 내려가야 하였다. 산을 내려가 그만 노인과의 일을 마무리 짓고 종당엔 이 절골까지 벗어져 나가야 했다.

하지만 장손은 미처 아직 거기까지 마음을 기울일 틈이 없었다. 장손이 암자에서 그 속 편한 한시절을 한동안 더 누릴 만한, 그로선 놓치고 돌아설 수도 없으려니와 어쩌면 신변에도 훨씬 이로울 절골의 호시절이 다가온 때문이었다.

"스님이 어쩜 그리 자비심이 없으세요?"

어느 날 해 질 녘. 그가 또 들개처럼 하릴없이 숲길을 헤매다 뒷산 정봉의 운교 근처에서 갑작스레 비를 만나 졸지에 후줄근한 몰골로 산을 내려오던 길이었다. 비 때문에 이날따라 처량한 심사 속에 본전과 암자 쪽으로 갈라서는 양방 길목의 중간쯤 이르렀을 때였다. 큰 빗줄기는 그쳤어도 아직 물방울이 뚝뚝 듣는 굴참나무 의자에 웬 계집아이 둘이 차분히 비를 피해 쉬고 앉아 있었다. 봄 들어 이따금 산을 찾아드는 조가비들이 심심치 않았으나, 모처럼 호젓한 데서 마주친 치마걸이들이었다. 하지만 서운하게도 아직은 진짜 치마걸이 놀잇감엔 못 미칠 애송이들이었다. 그 진불암 외사 채의 '똑심이'보다도 어린 나이 또래에 둘이 다 청바지와 운동화를 아무렇게나 꿰걸친 갓 햇병아리들이었다. 아무래도 호기심을 드러 낼 만한 상대가 못 되었다. 비 맞은 중이라더니, 심기도 그리 편치 않고 하여 장손은 그냥 의연히 길을 지나치려 하였다. 그런데 그 게 아니었다. 예상치 않았던 푸념 투 소리가 불쑥 그의 발길을 붙 들어 세우는 것이었다.

"스님들은 누구한테나 자비심을 잘 베푸신다던데 다친 중생을 그리 모른 척하고 지나가시기냐 말이에요."

먹물 옷 차림의 장손을 진짜 절 사람으로 알고 건네온 시비투였 다. 장손은 처음 그 말뜻을 알아차릴 수가 없었지만 년들의 수작 이 아무래도 맹랑한 느낌이 들어 가던 길을 멈추고 얼핏 몸을 돌 이켜 세웠다. 그리고 짐짓 추궁기를 담은 눈길로 년들을 말없이 지켜보고 서 있었다. 장손의 그런 침묵과 추궁기가 첨엔 좀 의외 로 여겨졌음인지 그 앞에 둘은 잠시 당황해하는 기색이 역력했다. 하지만 어차피 내친김이라는 듯 두 아이 중의 하나가 이내 제 한쪽 발을 거침없이 앞으로 뻗어 내보이며 정색을 하고 나섰다.

"보세요. 이 깊은 산속까지 절구경을 왔다가 빗길에 미끄러져 발목을 삐었단 말이에요. 절엘 왔다가 이렇게 되었으니 절엣분들이 마땅히 책임을 지셔야죠. 안 그러세요. 스님?"

엉뚱하고 당돌했지만, 알고 보니 사정이 그럴 만도 했다. 그저 비를 피해 쉬고 앉았다 장난 삼아 헛말수작을 걸어온 아이들만은 아닌 것 같았다. 봄 절골 구경을 올라왔다 빗길에 발목을 삐어 하산길이 그렇듯 더디어진 아이들이었다. 비에 쫓겨 둘이 서로 아픈 발을 부축해 거기까지 길을 내려왔지만, 이제는 상처 부위가 심하게 부어올라 더 이상 운신이 어려울 정도라는 거였다…… 자랑이라도 하듯 바짓가랑이를 걷어 올리고 내어미는 아이의 발목을 살펴보니 상처는 실상 그리 심하거나 아플 것 같지가 않아 보였다. 궂은 날씨에 해까지 저물어가고 있으니 그 또래 계집아이들 투의 엄살이 좀 과하게 섞인 것 같았다. 하지만 당사자가 몸을 움직일 수 없다니, 어찌 됐건 명색 절옷을 걸친 사람이 그냥 모른 척하고 지나갈 수는 없는 사정이었다.

장손은 처음 그런 식으로만 생각했다. 하지만 그렇다고 그녀를 산 밑까지 부축해 가는 것도 보통 일이 아니었다. 거기 비해 무불암은 이제 내리막길로 몇 참이 안 되는 거리였다…… 그쪽이라면 그녀를 굳이 떠메고 내려가야 할 필요도 없을 것 같았다. 그는 일단 계집들 쪽의 의향을 점잖게 떠보았다.

"이거 어쩐다……? 그렇게 정 걷기가 어렵다면…… 내 이 아래 처소가 그리 멀질 않으니, 우선 어떻게 거기까지나 가보면 어떻겠소. 거기서 우선 더운물 찜질이라도 하면서 쉬고 나면 움직이기가 좀 쉬워질 테니……"

그런데 실은 그도 신중성이 지나친 편이었다. 년들 쪽은 내심 그런 식의 처분을 기다렸던 듯 오히려 한술을 더 뜨고 나왔다.

"스님의 암자가 여기서 가깝다면 그럼 우선 좀 그렇게 해주시겠어요. 하지만 전 이제 한 발짝도 더 걸을 수가 없는데…… 스님이 저를 좀 업고 가주실래요, 훗훗……"

장손에 대한 의심이나 경계심은 고사하고, 엄살 속인지 어리광인지 얼핏 짐작이 안 가는 당돌스런 주문을 서슴없이 내뱉었다.

하지만 거기까지도 아직 약과였던 셈이랄까. 영계 씨들의 수작은 그로부터 백전노장 장손으로서도 미처 기대나 상상을 못했을 만큼 갈수록 더 영악하고 대담해져갔다. 장손이 말없이 등을 내밀고 앉았을 때 그 발목이 삐어 부은 쪽 영계 씨는 사정이 정말로 다급한 사람처럼 추호의 망설임도 없이 가슴을 붙여 업혀왔고, 그가 그 탄탄하고 두꺼운 엉덩짝을 힘있게 떠받치고 숲길을 헤쳐 내려올 땐 한층 더 맹랑한 년들의 농지거리가 갈수록 심사를 어지럽히고 들었다.

"니 남자에게 그렇게 업혀본 일 있니? 나도 발목을 좀 삘걸 니 호강하는 거 보니 은근히 부러워질락 한다야 히힛."

"애애, 발목뼈가 아예 부러져나간 것처럼 아파 죽겠는데 쓸데없는 상상은 허들 말어야. 이 판국에 공연히 아랫배에 헛힘 태이게 말야, 호호."

제 친구의 신발을 벗겨 들고 두 사람을 뒤따르던 꽃순 씨가 짐짓 능청을 떨어대는 소리에 은근슬쩍 가슴께로 젖은 등짝을 눌러오던 뒤엣것이 귀 밑에서 천연스레 되받았다. 하지만 장손은 거기까지도 아직 긴가민가 물색없는 망나니 것들의 어리광기 입방아질이거니만 여겨 넘기려 하였다. 그래 혼잣속으로 이것들이 정 호랑이 등에 업혀가는 줄도 모르고 철없이 까불어대기는……, 개미귀신이 제 함정으로 먹이를 몰아가고 있는 기이한 형국을 상상하며 혼자서 실없는 웃음을 참아나가고 있었다. 하지만 년들은 장손의 그런 속내 따위는 아랑곳이 없었다.

"기집애, 니가 어쩨 먼저 힘이 태이기 시작한다니? 아랫배에 힘이 태이는 건 늘 남자 쪽이 먼저래더라. 히힛."

"그거야 남자가 남자 나름이어야지. 스님들은 그런 거 상관 않으시고 도를 닦고 계신 분들이란 거 몰라? 그치요, 스님? 스님은 지금 정말 아무렇지도 않으신 거지요? 호호."

그건 이미 철부지들 어리광이 아니었다. 장손을 순 맹물로 놀려대는 꼴판이었다. 말끝마다 서로 호호, 히히, 짓궂은 웃음소릴 흘려대고 있는 푼수로도 그리 보일 수밖에 없었다. 대단치도 않은 상처에 엄살이 너무 심한 듯싶더니, 년들이 멋모르고 호랑이 등을 탄 게 아니라 호랑이의 부랄짝을 쥐고 노는 격이었다. 물색을 모른 것은 외려 장손 쪽이었던 것 같았다. 어찌 보면 그 대수롭잖은 부상을 핑계로 그를 불러 세울 때부터 그의 본색을 다 알고서 그랬던 것 같기도 하였다.

형세가 그쯤 되어간 마당에 장손은 이제 더 년들을 놀래키지 않으려 지레 힘을 써야 할 필요가 없었다. 이것저것 내숭스레 숨기고 따지고 할 것도 없었다. 불감청(不敢請)이더니 고소원(固所

願)이랬던가. 그렇지 않아도 거기서부터는 장손 쪽에서 더 손을 쓸 것도 없이 모든 일이 제절로 어우러져나가고 있었다……

후생(後生)이 가외(可畏)라, 사람은 죽을 때까지 배워야 한다더니, 이날은 장손으로서도 크게 새로 배우고 깨우친 날이었달까. 일행이 이렁저렁 암자까지 이르고서였다. 장손은 아직도 자신의 절간 복색과, 둘을 겹치기로 한자리에 하게 된 것이 마음에 찜찜하여, 물을 덥혀 온다는 핑계로 혼자 나무청으로 들어가 어정거리고 있는데, 등뒤에서 문득 한쪽 꽃순이의 소리가 들려왔다.

"저 아무래도 산을 내려가서 약을 좀 사와야겠어요. 서둘러 다녀올 테니 스님이 그동안 더운 찜질이나 좀 해주세요오."

입으론 여전히 스님이었지만, 거기까지도 이미 다 마음이 맞추어진 듯 자연스럽고 신속한 퇴장을 서둘렀다. 말을 채 끝내기도 전에 등을 돌려 나가는 그쪽이 얼굴이 좀 나아 보여, 장손은 한순간 아쉬운 생각과 함께 엉뚱하게 애틋한 느낌마저 스쳤지만, 일이 기왕 거기까지 이른 마당에 굳이 그녀를 택해 붙들 생각까지는 무리로 여겨졌다. 그는 모른 척 그녀를 내보내고 나서, 물을 대충 덥혀 들고 방으로 들어갔다.

방엘 들어가서는 그리 시간을 지체할 필요가 없었다. 날이 차츰 어두워지는 데다 혼자 남은 영계 씨가 알아서 미리 지혜와 요령을 발휘해준 때문이었다.

각설하고— 그녀의 지혜에 장손이 새로 배울 만한 대목만 추려보면 대개 이런 식이었다. 그녀에겐 우선 장손이 대충 시늉으로 덥혀 들고 온 물조차 쓸모가 없었다. 장손이 물그릇을 챙겨들고 방으로 들어가보니, 잠시 전엔 마치 발목뼈가 부러진 듯 엄살을 떨어대며 몸을 부리고 누워버렸던 영계 씨가 어느새 다시 말짱하게 일어나 방 안을 서성이고 있었다. 그러다간 장손이 물그릇에 찜질 수건까지 챙겨 들고 온 것을 보고는 차라리 재미있어 죽겠다는 듯 장난스럽게 물었다.

"스님은 제게 정말 물찜질을 해주실 참이세요? 제가 정말로 뼈라도 부러진 줄 아셨어요? 호호."

그런데도 장손이 그 예기찮은 광경에 잠시 대꾸를 못하고 어물쩡대고 있는 꼴을 보고는, 금세 다시 말을 바꾸어 그를 달래는 시늉으로 나왔다.

"스님이 아까 제 히프에다 지압술을 쓰셨나 봐요, 스님한테 업히고 나니까 금세 발목이 다 나아버렸네요. 자, 보세요. 이젠 이렇게 말짱하지 않아요. 호홋."

장손은 이제 더 망설일 필요가 없었다. 구질구질한 소리나 절차는 더 필요가 없었다. 그는 댓바람에 물그릇을 내려놓고 패대기치듯 년을 낚아채어 바닥으로 쓰려뜨렸다……

하지만 계집아인 허세만 앞세웠지 음양의 조화까진 아직 깊이 익히지 못한 진짜 초심자에 불과했다. 그녀는 다만 그 몸공양 자체가 취미인 듯 장손의 초전박살 식 조기 평정 뒤끝에도 별다른 아쉬움이나 원망의 빛을 안 보였다. 일진광풍, 한바탕 회오리바람이 지나간 듯 잠잠한 침묵 속에 그녀는 별 미련 없이 제 옷매무새를 단속하고 나서는 그대로 간단히 몸을 일으켜버렸다.

"저, 이젠 발목이 다 나았으니까 이대로 그냥 가는 게 좋겠지요? 히힛."

아무 일도 없었던 듯 문을 나가면서도 다만 그 한마디뿐이었다. 아직 제 몸 속 조화에조차 눈이 덜 깬 풋내기치고는 끝마무리 퇴장까지 두루 대범하고 기특한 계집아이였다.

하지만 이날 장손이 뒤늦게 깨우쳐 배운 것은 그녀와 그녀의 일에서만이 아니었다. 그녀가 다친 발을 딛고 일어나 방 안을 서성대는 것을 보았을 때부터 장손은 당연히 그 약을 사러 내려간 아이 쪽은 염두에도 남아 있질 않았었다. 그녀도 눈치가 다 빤했을 처지에 약을 사 들고 거기까지 다시 나타날 리가 없었기 때문이었다. 하지만 그도 장손의 단순한 생각이었다. 선행자가 길을 내려간 지 5분도 채 안 되어서였다. 약을 핑계로 앞서 산을 내려간 두번째 보시자가 뜻밖에 다시 암자로 아장아장 들어섰다. 약을 구하러 갔다기엔 그간의 정황이나 시간이 다 가당치 않았지만, 장손의 짐작대로 그녀는 역시 빈손인 채로였다.

그런데 알고 보니 스스로 뒷번호를 골라 쥔 놈은 제 선행자보다 요령이나 영악스러움이 도를 한층 더했다.

"약을 살 데가 없어서 그냥 돌아왔어요. 하지만 발목은 스님이 다 고쳐주셨다면서요. 저 오다가 그 앨 만났거든요. 호호."

뒷번호가 장손 앞에 서슴없이 털어놨다. 그리곤 장손이, 그러면 되었지 무슨 일로 혼자 다시 되돌아왔느냐는 듯 침묵 속에 짐짓 의아스런 눈길을 해 보이는데도, 그녀는 여전히 아랑곳을 않은 채 단정을 하고 들었다.

"전 개한테 묻지 않았지만, 그새 아마 둘이서 멋진 비밀을 만드

셨겠지요? 호호…… 스님이 부인하셔도 전 다 알아요. 여기선 약을 살 수가 없는 줄 알면서도 스님은 제가 산을 내려가게 내버려 두셨지 않아요. 그러니 스님이 부인을 하신대도 전 그것을 곧이들을 수가 없어요."

그를 놀리듯 턱밑에서 생글생글 웃음기까지 흘려대는 조그만 악당 앞에 장손은 도대체 유구무언일 수밖에 없었다. 그런 장손의 난처한 입장을 쉽게 열어준 것은 이번에도 그 계집아이 쪽이었다.

"그런데 어쩌지요? 전 입이 가벼워 남의 비밀을 좀체 못 참는 계집애거든요. 스님이 괜찮으시다면 제 입을 못 열게 할 방법이 한 가지 있기는 하지만 말예요."

"……!"

"스님도 이미 알고 있을지 모르지만 그게 무언지 제가 알으켜드려요? 그건 저한테 같은 비밀을 만들어주시는 거예요. 후훗. 같은 비밀을 가진 사람끼리는 아무 데나 함부로 입을 열지 않는 법이거든요."

17

점입가경이랄까. 그날의 일을 서막으로 절골엔 하루하루 바깥 여자들의 발길이 부쩍 더 빈번해졌다. 알고 보니 며칠 뒤에 초파일 절명절이 다가오고 있었다. 그래 인근의 여신도회 사람들이 본전 쪽에 모여들어 연등을 만드는 불사가 시작된 것이었다. 연등은 본전 쪽 경내만을 꾸미는 게 아니었다. 만들어진 연등은 절골 곳곳의 암자들에도 골고루 나뉘었다. 더러는 직접 암자를 찾아가 등을 만들어 다는 아낙들도 있었다. 장손이 당초 기미를 알아차린 것은 그렇게 암자까지 등을 달러 가거나 직접 만들러 가는 여자들로 해서였다. 그리고 뒤늦게 그것으로 절골이 술렁거리게 된 사정을 알게 된 것이었다.

절골은 바야흐로 제 발로 꾀여든 난장 조가비들 절기였다. 눈앞이 그리 어지러운 판에 장손은 얌전히 제 앞뒤 사정만 헤아리고 앉아 있을 계제가 못 되었다. 무불이고 누구고도 염두에 남아 있을 턱이 없었다. 무불이나 본전 쪽 위인들이 그에게 슬그머니 암자를 맡겨둔 것도 그의 그런 방자성이나 달갑잖은 참견을 미리 비켜두자는 속셈에서인 듯싶었다. 한동안 인파가 들끓게 될 마당에 절 사람들을 위해서나 그의 신변을 위해서나 그편이 나을 건 정한 이치였다.

하지만 장손은 이제 그게 어느 쪽이든 상관할 바 아니었다. 그는 일테면 물에 온 낚시꾼이요 콩밭을 만난 소였다. 물론 당장에 무얼 꼭 어떻게 해보겠다는 생각까진 아니었다. 어떤 물고기를 어떻게 꿰 올리거나, 어느 콩포기를 까 삼킬 것인가는 다음다음 일이었다. 그는 우선에 콩밭으로 뛰어들고 싶은 가을철 황소처럼 무작정 기분이 들떠 올랐다. 그리고 조만간 짐작조차 할 수 없는 어떤 분홍빛 행운을 마주치게 될 것 같은 황홀한 예감에 혼자 지레 가슴을 설레고 있었다.

그런 장손에게 무불암은 장소가 너무 후미지고 한가했다. 그저 가만히 기회를 기다리고만 앉아 있기에는 위치가 너무 동떨어졌고, 그의 성미 또한 끈기나 신중성이 모자랐다. 잔칫날이 하루하루 가까워질수록 절골은 온통 물색 고운 치성꾼들로 성시를 이뤘지만, 외지고 볼품없는 무불암까지는 부러 불은을 구하러 오거나 실수라도 발길을 잘못 들여놓은 사람이 없었다. 싱싱한 활어들이 사방에서 펄떡펄떡 힘좋게 놀아대는데, 정작에 그의 웅덩이까지 노닐러 드는 회질감은 하나도 없었다. 그는 결국에 암자는 암자대로 덫그물로 놓아둔 채 자신이 직접 물놀이를 쫓아나섰다. 어느 구름에 비 싸이고 어느 물굽이에 큰 고기가 노는지 모르는 판. 그는 이때부터 무불암을 근거지로 두륜산 구곡 골짜기 곳곳의 암자 길을 여기 불쑥 저기 어슬렁 발정한 멧돝처럼 종일토록 정신없이 싸돌아다녔다. 아랫동네 본전이나 종무소를 비롯하여, 광명전·집허당·표충사 들은 물론이고 진불암·북암·만일암에 이르기까지 원근 불문·주야 불문·인적의 유무 불문, 그의 분주한 발길이 미치지 않은 곳이 한 군데도 없었다.

하지만 낚시란 미끼를 한곳에 오래 드리우고 기다려야 입질이 오는 법. 장손의 그런 꼴은 마치 고기가 뛰어오를 때마다 번번이 제자리를 버리고 뛰는 고기 쪽만 쫓아다니는 얼치기 낚시꾼 꼴이었다. 뛰는 고기를 쫓아가 낚시를 넣는다고 그걸 덥석 물고 나올 눈이 먼 고기는 없었다. 자리를 옮겨가면 그곳이 다시 늘 적막경이었다. 마음만 늘 조급하고 발걸음만 바쁠 뿐 그가 얻은 것이라곤 아무것도 없었다. 조만간 무슨 일이 생길 듯하면서도 정작엔 아무것도 이루어진 일이 없었고, 아슬아슬 손끝에 뭐가 잡힐 듯하면서도 확실하게 손에 미처 잡힌 것이 없었다. 일의 경중을 불문하고 그의 암자가 소용된 일이 도대체 한 번도 없었다. 그리고 그런 식으로 풍성하고 어수선한 절간 잔치 분위기는 장손의 기대만 잔뜩 부풀어오르게 해놓은 채 어언 그 마지막 절정을 넘어서고 있었다.

석가모니란 양반이 워낙 여색에는 조예가 깊지 못해 인연을 베풀지 않았는지, 그런 사정은 정작 당신 귀가 빠진 날이라는 초파일 당일에도 변함이 없었다. 치성꾼들이 가장 붐벼댈 그 초파일 당일에 하필 구질구질 다시 비가 내린 것이 또 다른 이유였을 수 있었다. 아침부터 종일 숲길을 적신 비 때문에 치성꾼들의 발길이 여느 날 정도에 불과한 데다, 더욱이 그 빗속으로 산 깊은 암자들까지 숲길을 오르는 사람은 찾아보기가 어려울 정도였다. 그 많지 않은 치성꾼들이나 절 구경꾼들조차도 길이 쉬운 본전 근처에나 잠깐씩 머물렀다 비에 쫓겨 서둘러 산을 내려가버리곤 하였다. 장손은 심히 기분이 저조할 수밖에 없었다. 이른 아침부터 온 절골을 이리저리 조급하게 누비고 돌아가다 보니 장손에겐 그 우중충하고 격절스런 분위기뿐 아니라 암자마다 젖은 숲길과 추레하게 젖어 늘어진 연등의 몰골들까지 심사를 더욱 암울스럽게 하였다. 동네 잔칫날 진종일 소득도 없이 골목길만 쏘다닌 수캐모양 그 후줄근한 몰골과 허망한 심사라니. 그리고 저녁녘부터는 비를 피해 마른 의자 곳곳에 옹기종기 무더기로 밝혀놓은 촛불꽃들의 하많은 나부낌마저 그의 심사를 얼마나 망연스럽게 했던지. 더욱이 그 가녀린 촛불빛 속으로 느닷없이 장덕의 잊혀져온 얼굴이 희미하게 나부끼고 지나간 것은 또 그를 얼마나 하염없고 막막하게 해왔던지.

그래 그는 이날 외려 다른 날보다도 일찍 암자로 돌아와 모처럼 온밤을 허허로이 긴 잠으로 뭉개 넘기고 말았다. 세상 만인에게 자비와 은혜를 베풀러 오셨다는 그 부처님의 날에도 장손은 일심전력 지성을 다해온 하루가 아무 소득도 없이 그대로 속절없이 넘어가고 만 것이다.

하지만 지성이면 감천이라, 장손의 정성은 오래잖아 결국 그만한 보답을 누리게 되었다.

녹음이 차츰 짙어지면서부터 두륜산 일대엔 언제부턴지 벌써 땅꾼들이 하나 둘 숲을 헤치고 다니기 시작했다. 하더니 그 파일 무렵 장손이 산을 헤매다 보니 남암 근처의 한 호젓한 골짜기에 야영 천막 두 채가 숨어 들어앉아 있었다. 저녁 어스름께에 세워졌다 아침과 함께 사라지는 임시 가설 천막으로, 어두운 밤으로 바깥 동네 사람들을 불러들여 즉석 보양탕을 끓여주는 산중 야간 업소였다.

—그야 때가 좀 이르기는 하지만 지금도 양기엔 뱀탕만 한 것이 없지라. 그래 손님들이 예꺼정 환장들을 하고 찾아다니는 것 아니겠소.

천막 근처에서 장손과 정면으로 마주친 그 민간 업소의 딸기코 사내가 절간 복색에 어울리잖은 장손의 은근한 호기심에 짓궂은 장난기가 동한 듯 걸쩍하게 지껄여댄 소리였다. ……손님들은 그저 그 뱀탕 사발이나 둘러마시고 바로 산을 내려가는 것이 아니다,

산을 올 때 그 뱀탕의 효험을 즉석에서 시험해볼 동반자를 하나씩 대동하고 와서 밤새껏 그 약효를 함께 누리고 새벽으로 죽어 산을 기어 내려간다…… 하지만 뱀탕이라고 누구에게나 약효가 같을 수 없을 건 당연하다. 그게 그렇게 약효가 빠를 수도 없거니와, 천생 약질이나 나이가 너무 쉰 처지에선 기를 쓰고 쫓아다녀보아야 별 효험을 볼 수 없다. 그런 경우엔 욕심만 더 부풀어 밤새도록 여자에게 허망한 독기만 쐬어놓게 마련이다. 그런 때 사내가 제 무력감에 기가 죽어 저 혼자 산을 내려주기라도 하면 근처 야영객이나 딸기코 자신이 뒤에 남은 여자의 뜨거운 약효를 거두는 행운을 만나게 되기도 한다……

──그러니 시님도 염사 동하시면 언제 한번 슬그머니 내려와보시우. 하다 보면 운 좋게 몸이 덜 식은 공짜 보시를 줍게 될지 누가 알겠소. 흘린 이삭줍기는 밑천도 안 들고 약효도 더 좋으니 말씀이요. 히힛……

약을 팔고 나서 그 약효를 제가 다시 훔치곤 했음에 분명한 딸기코 사내는 장손을 놀리듯 야비한 웃음기 속에 그 공짜 이삭줍기를 권해오기까지 했다.

딸기코의 천막은 그러니까 그 뱀탕의 효험을 거두는 즉석 시험소였고, 땅꾼 사내에겐 그 공짜 이삭을 기다리는 대기소이자 뒤설거지간인 셈이었다.

장손으로서도 호기심이 일지 않은 바 아니었지만 파일 성시로 며칠 머릿속에 조용히 묻어둔 일이었다. 그런데 뒤늦게 그 일이 문득 그의 머리를 들추고 나섰다. 파일 사냥을 망치고 온 하루를 꼬박 혼자 잠으로 뭉개고 난 다음 날 저녁이었다.

장손은 이날 밤 느지막이 주린 배를 채우고 나서 다시 자리를 잡고 누웠지만, 그새 이미 뿌리까지 뽑힌 잠기가 되돌아와주질 않았다. 그는 한동안 깜깜한 어둠 속에 궁리를 일구다가 돌연 그 일을 생각해내고는 그길로 어슬렁 산길을 더듬어 내려갔다.

그런데 가는 날이 바로 장날이더라고, 장손은 이날 새벽 그 딸기코의 말이 사실인 것을 쉽게 확인할 수 있었다. 밤길을 내려간 장손이 손님이 들었음 직한 그 한쪽 천막 근처 숲 속에 몸을 들여앉히고 새벽녘 가까이까지 뜬눈으로 이슬에 젖고 났을 때였다. 예상 외로 밤새 조용해 있기만 하던 그 어두운 천막 안이 때늦게 잠시 어수선해지는 기척이더니, 이윽고 한 사내가 더운 몸에 시원한 바람이라도 쐬려는 드키 어슬렁 천막문을 나왔다. 그런데 위인은 바로 제 천막 앞에서 진저리를 쳐대며 긴 오줌 줄기를 쏟고는 그대로 스적스적 어둠 속으로 사라져가고 말았다.

장손은 물론 그러고도 한동안 더 참을성 있게 시간을 기다렸다. 작자가 언제 다시 모습을 드러내고 나타날지 알 수 없었기 때문이었다. 하지만 위인은 한 식경이 지나도 다시 돌아오는 기척이 없었다. 어둠 속이라 차림새를 똑똑히 알아볼 수 없었지만, 딸기코 말마따나 어쩌면 작자가 거기서 아예 산을 내려가버린 건지 모른다는 생각이 머리를 들기 시작했다. 아니 그보다 천막 안이 더한층 괴괴해져버린 걸로 보아 위인은 처음부터 천막을 혼자서 지키고 있었을지 모른다는 의심이 들기도 했다.

장손은 마침내 더 기다릴 수가 없었다. 에라 모르겠다, 문 열린

빈집에 새 주인 들어가기다. 불시에 녀석과 맞닥뜨리게 되더라도 어둠 속에 완력으로 해결을 짓고 말자는 이판사판 식 심사 속에 우선 그 천막 안 사정부터 확인하러 들어갔다. 그리고 그것으로 그는 자신도 예상 못한 여자의 뜨거운 영접 속에 간단히 이날의 행운을 끌어안게 된 것이었다. 천막은 역시 비어 있질 않았던 데다, 여자는 아직 제 몸을 식히지 못하고 있었던 듯 불의의 침입자를 가려 따질 새도 없이 그를 먼저 뜨겁게 휘감고 들어버린 것이었다—논바닥에 흘려 떨어진 나락모개 같은 신세에, 알고 보면 전날 그 꽃순이 년들 일도 마찬가지였지만, 그것은 그 음흉한 딸기코 녀석 말대로 자기 격에도 어울리는 고마운 '이삭걷이'였다. 그것도 한창 농향이 진동한 그 며칠 동안을 실속 없이 헛요령 소리만 뿌리고 다닌 뒤끝이라 장손으로선 더없이 운이 좋은 이삭걷이가 아닐 수 없었다.

거기 더해 일이란 늘 첫 시작이 어려운 법이었다. 첫술이 좋으면 뒷술도 쉽게 마련이었다. 그날 밤의 일은 그답지 않게 한 며칠 기분이 저조해 있던 장손에게 새로운 활력과 자신감을 불어넣어준 격이었다. 그리고 자칫 무료하고 짜증이 나기 쉬운 그의 산중살이에 그런 살맛 사냥 놀음은 더없이 알뜰한 소일거리가 아닐 수 없었다. 게다가 스님은 여전히 그 무불암 선실을 그에게 내맡겨둔 채였고, 절골 일대는 파일 명절이 지나고 나서도 한결 더 깊어진 녹음을 찾는 산행꾼과 줄을 잇는 치성꾼들로 연등절 직전의 그 어수선한 분위기가 그대로 이어져가고 있었다.

그래저래 장손은 어느새 그간의 저조한 기분을 말끔 다 털어버리고 그 무불암 외진 거처를 본거지로 밤낮없이 다시 절골을 누비고 다니기 시작했다. 어느 누구 그를 청하거나 반겨주는 사람은 없었지만, 아랫동네 본전이나 광명전 쪽은 물론, 앞뒷산 골짜기의 수많은 암자·토굴 들, 산행꾼들의 등정로나 목적지들까지도 빠짐없이 눈길을 훑고 돌아다녔다. 그러면서 공연히 여기 기웃 저기 기웃 별 상관도 없는 일에 참견을 하고 들거나, 잘해야 초행자들의 절 안내 일 아니면 예기찮은 실수나 사고 때의 뒤처리 따위를 거들면서 저 혼자 늘 분주하고 피곤한 나날을 보냈다.

하다 보니 그는 갈수록 절골 일대 물정에 더욱 도가 터갔다. 무엇보다 곳곳의 요사 토굴들에는 산을 들고나는 여자들이 전보다 더 자주 눈에 띄었다. 거처까지 마련한 붙박이살이만도 앞서의 진불암 똑심이(이름이 강미영이라 했던가) 이외에 북암 쪽에 신병 요양 중의 여자가 둘이나 들어 있었고, 남자들이 기숙 중인 외사·객방 들에도 광명전 외사채의 정가네처럼 젊은 아낙이 지아비를 찾아왔다가 절잠을 몇 밤씩이나 자고 가는 일이 많았다. 그 위에 본전 쪽 명부전이나 칠성각 근방에는 몇 날 몇 밤씩 전을 잡고 들어앉아 치성을 드리는 아낙들이 끊일 새가 없었고, 진불암 건너편 외진 숲속 골짜기엔 니수사(尼修舍)란 승방에 젊은 여승들이 따로 모여 염불과 절공부를 하고 있는 것도 새로 알게 된 사실이었다. 그 모든 여자들이 장손을 무작정 들뜨게 만들었다.

하지만 그런 데선 마개 빠진 술병처럼 기분만 질펀할 뿐 실속이 없었다. 붙박이 계집들의 잠자리를 숨어 엿보거나 치성에 몰두해 있는 여편네들의 주위만 맴돌다가 결국은 허무하게 발길을 돌려세

우고 말기 일쑤였다. 임자 있는 여자의 길안내를 해주고 나선 밤
으로 다시 찾아가 남의 살잔치를 지키면서 기껏 제 허망한 기운이
나 빼고 오는 게 고작이었다. 어느 날 밤엔가는 예의 여승들의 니
수사까지 야행을 내려갔다 우연찮이 몸을 숨겨 들어간 정랑간 어
둠 속에서 여승 오줌 누는 소리에도 썩 괴로운 암기가 서린 것을
알고서도 하릴없이 발길을 돌이켜야 했던 적도 있었다. 장기 체류
자나 연고 있는 여자들과 일을 잘못 벌였다간 뒷감당이 적잖이 귀
찮아질 공산이 크기 때문이었다. 암자에서의 꽃순이들이나 보양탕
천막에서모양 뒤가 깨끗하려면 절간 연고자나 붙박이들보다는 역
시 일과성 산놀이꾼들이 손쉽고 맘이 편했다. 그것도 사방이 시끌
벅적한 대낮보다 꾼들이 거의 다 산을 휩쓸고 내려간 저녁 참 이삭
쪽이 훨씬 더 유리한 건 당연지사— 자신이 생각해도 그는 태생부
터가 헐수할수없는 이삭걷이 체질인 데다, 이제는 더욱 그 이삭주
이다운 요령을 잘 발휘해나간 것이었다. 그것이 장손에게는 격에
더 잘 맞고 챙길 만한 보람이나 수확도 많았다. 어느 땐 술에 녹아
떨어진 헌꽃 보자기를 부축해오다 자신도 끝내 아랫마개가 풀려나
가버린 때도 있었고, 어느 땐 산놀이를 왔다가 제 패거리를 놓친
읍내 논다니 년과 바위 밑에 나란히 밤별을 구경하고 누워 지낸 적
도 있었다.

그런 중에도 가장 실속 있고 확실한 이삭걷이는 역시 그 뱀탕 천
막에서였다. 그날 새벽의 행운을 시발로 장손은 어디보다 그 뱀탕
천막으로 발길이 자주 끌렸고, 거기에선 수확도 그만큼 심심치가
않았다. 시원찮은 행사 끝에 밤바람에 차라리 몸을 식히러 나와

서성이거나, 그간에 이미 약효를 시험해 보내고 혼자서 새벽까지 몸을 열고 남아 있는 여자들은 장손의 그런 무모하고 염치없는 틈입을 별로 위태로워하거나 박대하는 일이 드물었다. 보다는 오히려 오붓해하거나, 아예 터놓고 발작기를 일으키고 드는 쪽이 더 많았다. 꾼들이 밖에서 꿰차고 들어온 그런 계집들 중에는 그 딸기코 주인 놈처럼 그간에 장손과 낯이 익어진 몇몇 단골 이삭거리까지 생겨난 판이었다.

지내기가 그만하니, 장손은 이제 그 꺼림칙스런 정가 성의 일이나 무불 스님과의 결판내기, 더욱이 바깥세상일 같은 건 갈수록 염두에서 멀어지고 있었다. 절골에 가만히 들어앉아 있어도 세간에서 볼 수 있는 가지가지 사람들이 줄을 이어 몰려들었고, 거기다 서로 간에 쫓고 쫓기고 속고 속이며, 때로는 웃고 때로는 으르렁대며 뺏고 빼앗기고 등을 치고 넘어뜨리는 어지러운 인간사들이 거의 다 그대로 빚어지고 있었다. 장손에겐 그 또한 새롭고 신명스런 한판 세상이었다. 굳이 서둘러 무불 노인을 찾거나 바깥세상으로 내려가야 할 필요가 없었다.

하니까 장손이 그리 마개가 빠진 듯 분주하게 지낸 것은 오로지 그 이삭걷이 사업으로 해서만이 아니었다. 산골을 샅샅이 누비고 다니다 보니 제물에 새삼 물정이 트이게 된 일이지만, 절골 일대에 숨어 지내는 도망꾼들의 사정은 그가 전에 목격했거나 생각해 온 것보다도 정도가 훨씬 심각했다. 절골로 모여든 사람 중에 장손의 눈길을 끈 것은 특히 그 도망꾼들 쪽이었는데, 절골 곳곳의 암자나 객사들엔 그런 도망꾼 은신자들의 숫자가 그의 평소 생각을 한참 앞섰다. 뿐더러 근자 들어 위인들은 그 처신이나 거동새가 갑자기 더 신중·은밀해지고 있어서 장손은 녀석들에게 무슨 새로운 위험이 닥쳐들고 있거나, 아니면 저희끼리 웬 심각한 음모라도 숨어 꾸미고 있지 않은지, 본능적인 의심과 궁금증이 동해오곤 했다. 그야 물론 위인들이 그런 장손 앞에 내놓고 무엇을 숨기려거나 경계하는 기색을 보인 적은 거의 없었다. 어디서 미리 그에 대한 통기가 있어서거나, 뒤가 구린 자들의 자위적인 의뭉스러움에서거나, 특별한 반김이나 환대까진 아니더라도 때 없이 불쑥불쑥 얼굴을 내밀고 나타나는 그의 방만스런 행신을 터놓고 허물하거나 냉대하고 드는 사람은 없었다. 그가 쉬어갈 요량이면 말없이 함께 쉬어갈 자리를 내어주고 끼니때를 만나면 함께 요기거릴 나눠주는 식으로, 속이야 어찌 됐든 안색이나 행작들은 늘 한동네 한처지의 이웃사촌 대접이었다. 그렇다고 그걸로 장손의 눈을 다 속일 수는 없었다. 숨어 쫓겨다니며 남의 속을 의심하고 수상한 냄새를 맡아내기로 말하면 위인들보다는 아무래도 장손 쪽이 한 수 위였다. 위인들이 그럴수록 장손은 거기 더욱 신경이 뻗치고, 게다가 알 수 없는 심통기까지 날을 세우려 들곤 했다. 근자에 새로 산을 들어온 위인들에 대해선 그런 의구심과 적의가 한층 더했다.

광명전 외사채엔 언제부턴가 산을 내려간 정가 대신 나이 스물서넛 정도의 젊은 친구 하나가 새로 끼어들어 와 있었는데, 이 위인 역시도 노는 짓이나 정체가 어딘지 늘 확연치가 못했다. 위인하는 일이 처음엔 엉뚱하게도 무슨 노랫가락 같은 걸 짓는 노래꾼이라고 주위에 알려져 있었다. 하지만 그는 본업이 진짜 노래꾼이 아니었다. 노래 짓는 일을 깊이 알 턱이 없는 장손이었지만, 쪼재나 엉성한 언행들이 어딘지 당찮아 보여 속을 좀 후비고 들었더니 녀석은 예상대로 금방 실토를 해왔다.

"원랜 철공소에서 쇳일을 했지요. 그러니 어디서 정식 공부를 했거나 면허를 딴 진짜 노래꾼하곤 인연이 멀었어요."

그런데 어느 날부턴지 시골 아낙이 신이 내려 무당질을 시작하듯 갑자기 입이 열려 노랫가락이 술술 쏟아져 나오기 시작하더라고. 그런 이후부터 그는 일보다도 늘상 그 노랫가락에만 들려 지냈고, 그러다 보니 공장에선 그게 다른 사람에게까지 물이 들까 걱정한 나머지 몇 차례 말썽 끝에 결국엔 그를 내쫓기에까지 이르게 된 것이었다고.

"그래 전 그동안 공장 일에 허물어진 몸과 마음을 돌볼 겸 이런저런 주선 끝에 이런 데까지 찾아오게 되었지요. 기왕에 일이 그렇게 된 김에 노래 일에나 좀 몰두해보고 싶기도 했고요. 하지만 이건 어디까지나 제 취미일 뿐이에요."

녀석은 대수롭잖은 듯 눙쳐 넘어가고 있었다.

하지만 장손은 벌써 짐작할 수 있었다. 산을 들어오기 전부터 자주 보아온 일이지만, 어떤 회사나 공장에 데모나 농성 따위의 분란이 생기면 거기엔 반드시 동료들에 앞장서서 노래나 박수질로 분위기를 잡아 이끌어가는 열성파가 있었다. 뒤에 장손도 확인을 한 일이었지만, 녀석의 노랫가락이란 바로 그 데모꾼들을 끌어모으고 한데 묶어나가는 선동의 노래였음이 분명했다. 녀석이 일자리를 쫓겨나게 된 것도 보나 마나 그의 일손이 쓸모가 떨어져서거나 그 알량한 노래 귀신 염불이 옆사람들에게 옮겨 붙는 걸 염려해서가 아니라, 바로 그 분란과 말썽의 소지를 없애기 위해서였을 게 분명했다. 녀석의 형편에 이 절골을 찾아 숨어 들어온 것 역시 무슨 심신의 휴양이나 노랫가락을 위해서가 아니라, 그가 놀아난 짓거리나 노랫가락들이 공장주나 어느 힘 좋은 사람들의 눈에 찍혀 어디서도 오금을 펼 수가 없게 된 때문일 게 뻔했다. 장손은 언젠가 밤길을 내려갔다가 녀석이 제 고참 격인 휴학생 녀석을 상대로 마치 응원가라도 부르듯이 주먹을 부르쥐고 흔들며 제가 지은 노래를 열심히 선창해 보이고 있는 광경을 목도하고, 그 진지하고 열에 들뜬 표정과 눈물기까지 글썽이는 엄숙한 분위기로 그것을 분명히 확신할 수가 있었다.

장손은 그 이삭줍기 행보 중에도 위인들의 동정에까지 새삼 더 주의를 기울여나갔다. 낯이 선 신참들의 속사연을 짚어보고, 위인들의 은밀스런 모임을 탐지하고, 수상쩍은 거동이나 동정을 감시·경계하고…… 꼭 어떤 수상한 위해의 조짐이 있어서거나 장손 쪽에서 그걸 어디 이용할 목적에서가 아니었다. 위인들은 다만 그를 따돌리고 경계할 뿐 직접 해를 입힌 일이 없었고, 장손도 외사채 정 씨 일 이후론 다시 무슨 사단을 벌이고 나설 생각이 없었다. 주변 사람들의 본색이나 속내를 미리 알아두는 것, 더욱이 어떤 약점이나 불온스런 동정 따위를 살펴 챙겨두는 것은 늘상 쫓기며 숨어 사는 자로서의 불의의 곤경에 대비한 그의 본능적인 버릇이자 일종의 도락이랄 수도 있었다……

장손은 어쨌거나 이래저래 별다른 심신의 알력 없이 그의 생애

가운데에선 일찍이 경험하기 어려웠던 분망하면서도 느긋하고 화려한 한 시절을 그리 요량껏 구가하고 있었다.

인간인(人間人)

18

본격적인 여름 더위가 시작되면서부터 절골은 분위기가 한결 더 어수선해져갔다. 휴일·평일 가리지 않고 암자나 산봉우리를 오르내리는 숲길들이 피서 산행꾼들로 하루 종일 줄을 잇다시피 했다. 그러는 가운데 장손은 이제 절골에서 그 산행꾼들의 유능한 안내역이자 사고 치다꺼리꾼으로 자리를 잡아가고 있었다. 뱀들이 제 기운에 몸이 똘똘 꼬이는 6월께 들어서부터는 계곡 숲 속의 보양탕 천막들도 더욱 성시를 이루어, 장손은 그 떠돌이 밤업소들의 숨은 관리자이자 후견인의 자리까지도 굳혀가고 있었다. 게다가 무불 스님마저 그간 한두 차례 잠깐씩 암자를 다녀갔을 뿐, 선실을 아예 그에게 넘겨주고 말 심산인 듯 모든 걸 그의 처분에 내맡겨두고 있었다.

장손은 하루하루가 그만큼 활기차고 분망할 수밖에 없었다. 살맛도 그만큼 더해가고 있었다.

　하지만 장손이 그렇듯 신명이 솟은 것은 그 행락꾼이나 야시장 이삭줍기 일들로 해서만이 아니었다. 산행꾼들의 길잡이나 뱀탕 장사 뒷손 노릇 따위는 이제 어느 만큼 이력이 난 일이었다. 어느 땐 그만큼 기분이 시들해질 때도 있었다. 투닥투닥 떡갈잎에 빗방울 듣는 소리가 어지러운 날은 기동을 아예 단념하고 개미귀신처럼 어두운 방 안에 들어앉아 바깥 기미나 은근히 기다리고 있을 적도 많았다. 그런 장손을 새삼 더 민활하고 분망스럽게 한 것은 이즘 들어 절골에 더 부쩍 늘고 있는 낯선 얼굴들이었다.

　이 일이 년간 바깥세상이 자꾸 개판으로 어지러워져가고 있는 것은 장손도 이미 익히 알고 있는 터였다. 뿐더러 근자엔 경상도 쪽 부산이나 마산 고을 일대가 유난히 울퉁불퉁 들썩대고 있는 것도 여기저기서 자주 얻어듣고 있는 바였다. 이즘 들어선 그런 바깥세상 탓인지 새로 절골로 숨어 들어오는 발길들이 유난히 더 잦았다. 자고 새면 어디엔가 낯선 얼굴이 새로 둥지를 틀고 들어앉아 있을 적이 많았다.

　그러던 7월 중순께의 어느 날 아침. 장손은 느지막이 끼니를 얻어 때울 겸 진불암 쪽을 찾아 내려갔다 밤사이 또 그곳에 은신처를 얻어 들어온 새 얼굴 하나를 만나게 되었다. 절 사람들 간의 의례적인 상면 인사 소개로는 그 역시 만학의 한 절공부꾼에 불과했다. 공부 중에서도 하필 케케묵은 옛날 일을 물고 늘어지는 헌 역사책 전문가— 그 주성조(朱盛助)라는 위인이 이 절골을 찾아 들어오게 된 사연인즉, 출생지가 '워낙 벽지 시골'인 데다 집안 형편까지 '밑이 째지게 어려워', 일찍이 광주의 한 대학에 입학을 하고서도 등록금 마련 때문에 늘 '한 학기 공부하고 한 학기 쉬는' 식으로 겨우겨우 칠팔 년을 버티다가, 드디어는 자력으로 '남은 공부'를 끝마치고 말 작정으로 결연히 이 산을 찾아들게 됐다는 거였다.

하지만 장손에겐 그런 소리가 씨가 먹힐 리 만무였다. 칠팔 년 동안이나 졸업장 하나를 위해 오매불망 귀한 세월을 허송했을 리도 없었고, 밑이 째질 정도로 뒤가 어려운 형편에 옛날 일 타령에 무슨 알량한 수가 난다고 그런 호사 공부를 들어왔을 리도 없었다. 위인 역시도 광명전 외사나 다른 곳 일당들처럼 제 본색을 숨기고 있음이 뻔했다. 장손의 그런 짐작은 거의 빗나감이 없었다. 무엇보다 위인은 그간 태정태세 따위의 그 옛날 일 타령이나 일삼아온 샌님으로 실없이 만만하게 보아 넘길 인물이 아니었다. 두고 보니 위인은 그 시시껄렁한 공부 속이나 뒤늦게 끼어든 신참의 처지에도 채 며칠이 지나기도 전에 진불암 쪽 분위기를 자기 식으로 착실하게 장악해나갔다. 자상한 경위까지는 알 수 없었지만, 그가 오고 나선 우선 그 봉제 공장 출신의 똑심이 아가씨의 입에서 산을 내려간다는 소리가 싹 사라지고 말았다. 전날에 다른 사람들을 그리 당돌스레 몰아붙이던 서슬 푸른 기세도 간곳없이 위인 앞에선 늘 고분고분 책을 빌려다 본다(위인은 떡을 치게 책 보따리가 크더랬다), 무얼 새로 배운다, 나어린 누이처럼 얌전하게만 굴었다. 산을 먼저 들어온 고참들 모두가 위인 앞엔 한결같이 죽지들이 꺾인 듯, 밤이면 이리저리 자리를 옮겨가며 입심 자랑을 일삼던 야간 토론 행사도 그가 나타난 뒤부터는 거의 기척을 찾아볼 수가 없었다. 장손의 눈 밖에선 오히려 더욱 은밀스런 밀회가 진행되고 있을 수도 있었지만, 그건 또 그대로 주위의 단속이 철저하다는 증거였다. 위인 역시도 자신들이 즐겨 말해온 '시대고의 동참자'요 숨겨진 '씨불'임이 분명했다. 그리고 그 위험의 막판까지 몰리고 있는 신세임이 분명했다……

그 주성조와 같은 수상한 얼굴들은 물론 진불암 쪽에만 끼어든 게 아니었다. 본전이나 광명전의 요사·객방 들, 북암이나 만일암의 외사·토굴 들에도 하루가 멀다 하고 자꾸 새 얼굴들이 늘어갔다. 더욱이 이 무렵엔 위인들 덕분엔지 그 본서 쪽 나리들의 반갑잖은 발길까지 더욱 잦아지는 기미였다. 장손으로선 새삼 경계심이 발동하지 않을 수 없는 형세였다.

장손은 그럴수록 더 위인들에게 세심한 주의를 기울여나갔다. 이젠 그저 부질없는 호기심이나 숨어 쫓기는 자의 본능적인 버릇에서만이 아니었다. 그의 실없는 호사성이나 단순한 도락에서는 더더욱 아니었다. 어려운 대목에선 늘 그를 외톨이로 따돌려온 작자들에 대한 섣부른 복수심에서도 아니었다. 분명히 단정해 말할 수는 없었지만, 위인들의 허물이나 불온성으로 말하면 자신의 죄과 따위는 새 발의 피에 불과해 보였다. 함께 섞여 숨어 쫓기는 처지에서는 한쪽이 미리 다른 쪽의 허물을 손에 넣어두는 것, 더욱이 그 허물이 작은 쪽이 큰 쪽의 죽지를 틀어쥐고 있는 것이 실제로 위험을 눈앞에 하게 됐을 때 자신의 안전을 도모해나갈 최선의 방책인 때문이었다……

그러다 다시 7월 중순 무렵의 어느 날. 장손에겐 전에 없이 마음 언짢은 일들이 연속으로 일어났다.

그날도 장손은 가련봉(迦蓮峯) 쪽 깊은 숲 속을 헤매다 해거름녘이 되어서야 어정어정 암자로 철수해 들어온 참이었다. 이날따라 종일토록 별 소득이 없는 행보에 불편한 심기로 암자엘 들어서다 보니, 그의 단독 거처 격인 선실 문 아래쪽에 언젠가처럼 작은 곡량 자루가 하나 놓여 있었다. 혹시 스님이라도 올라오셨나 싶어 주위를 둘러보고 방 안 기척까지 살폈으나 그런 기미는 찾아볼 수가 없었다. 그는 새삼 의아스런 느낌이 들었다. 처음 한두 번 집허당의 일중이 길을 다녀간 뒤부터 그 곡량 자루를 날라 올리는 일은 장손 자신의 일이 되어 있었다. 암자를 다녀간 건 일중일시 분명한데, 전번 곡량이 아직 다하지도 않은 터에 이번엔 또 웬일로 그를 앞질러 녀석이 길을 다녀갔는지, 느낌이 아무래도 예사롭지가 않았다. 자루를 안에 들여놓지 않고 문밖에 놓아둔 채 아무 전갈도 없이 그냥 산을 내려가버린 것도 어딘가 무심히 보아 넘길 수가 없었다.

그런데 과연 그의 느낌이 정확했다. 자루 위에 웬 신문지 한 장이 접혀 끼어 있었다. 그것도 겉으로 드러난 지면의 한 부분에 눈에 띄기 쉽도록 붉은 줄 표시가 되어 있는 근간 지방 신문 조각이었다.

보도 지침서 유출 사건——1심 공판서 『정론』지 정대식 씨에 징역 3년 선고

상서롭지 못한 예감 속에 장손이 신문을 집어 살펴보니 붉은 줄로 표시된 기사의 제목이 그런 것이었다. 정대식? 정대식이 누구더라? 장손은 그 정대식이란 이름이 어디선지 많이 귀에 익은 듯한 달갑잖은 느낌 속에도 얼핏 분명한 기억이 잡히지 않아, 그 자리에 선 채로 잠시 기사의 내용을 훑어 내려갔다. 그러자 이내 그 정대식이란 위인의 정체가 확연해지기 시작했다.

——지난해 12월 정부 당국의 한 언론 관계 부서에서 전국의 각 언론사에 배부한 것으로 알려진 소위 '보도 지침서' 유출 사건과 관련, 'ㄱ시 언론인 연합 반국가 단체 조직·활동'에 대한 1심 선고 공판에서 ㄱ지법 담당 재판부(형사 2부, 주심 오영록 판사)는 12일 이 사건의 중심 인물로 기소된 전 ㄱ일보사 기자 정대식 씨(32세)에게 국가보안법상의 반국가 단체 조직과 내란 선동의 죄목을 적용하여 징역 3년의 실형을 언도하였다. 이와 함께 재판부는 이 사건의 다른 피고인 전수빈(전 ㅁ일보 기자·26세), 배주웅(전 ㄴ방송국 PD·25세), 전기 보도 지침서 내용을 부정기 간행물 『정론』지에 게재한 조명수(『정론』지 편집인·28세) 들에게도 각각 징역 2년의 실형을 선고하였다——

기사는 그쯤 사실 보도에 이어, 언론사 자체의 이해가 얽혀 그런지, 그 재판 결과에 대한 상당량의 해설과 논평을 덧붙이고 있었다.

——재판부는 이날 검찰 측이 1차 공소를 제기한 '보도 지침서 유출과 공개' 부분의 '국가 기밀 서류 절취·누설' 혐의에 대해서는

통념상 그 기밀의 중요성이나 유지의 필요성을 인정하기 어렵다는
이유로 무혐의 처리한 대신, 추가 기소 항목인 '반국가 단체 조직'
과 '내란 선동' 활동 부분에 대해서는 혐의의 일부를 인정하여 이
와 같이 언도한다고 판결 이유를 밝혔다…… 그런데 이날 실형이
언도된 피고인들은 지난해 12월 ㄱ시내의 각 언론사 전·현직 기
자 수명이 한 비밀 장소에서 회동, 당국의 언론사 간섭에 대항하
여, 자유로운 기사의 취재와 공정 보도의 권리 수호를 다짐하고
그 구체적 실천 방안의 일환으로 부정기 간행물『정론』을 간행·배
포키로 결의. 지난 1월 ㄱ일보의 정대식이 자기 소속사의 편집국
에 보관 중인 '보도 지침서' 내용을 비밀리에 복사, 상기『정론』지
의 책임자로 선임된 조명수에게 주고, 이를 동지 창간호에 게재케
한 것으로 알려졌다. 이에 검찰 당국은『정론』지 제작 관계자들에
대해 국가보안법상의 '국가 기밀 서류 절취·누설' 혐의로 수사를
진행 중 이 조직의 실체와 활동상이 드러남에 따라 상기 혐의 외에
'반국가 단체 조직'과 '내란 선동' 혐의를 추가하여 관련자들을 구
속 기소(정대식은 지방 도피 중 4개월 뒤인 지난 5월 중순 구속), 그
간 피고인들의 재판부 거부 등 빈번한 법정 투쟁으로 수개월간의
심리 지연 끝에 이날 결심 재판이 이루어지게 된 것이다……

  ──그런데 재판부가 검찰이 1차 기소한 국가 기밀 서류 절취나
누설 부분은 무혐의 처리한 대신 추가 기소 항목인 반국가 단체 조
직과 활동 부분에 실형을 판결한 것, 그리고 정대식이 상기 보도
지침서를 유출해낸 것이나 장기간 도피행으로 수사와 재판을 지연
시킨 점과 관련하여, 재판부 스스로 보도 지침서 유출 부분을 무

혐의 처리한 마당에 정대식의 형량이 다른 피고인들에 비해 훨씬 과중해 보이는 것 등은 음미해볼 만한 점이다……

붉은 줄로 표시된 기사의 내용은 여느 사건들에 비해 그렇듯 자세하고 긴 분량이었다.

어쨌거나 이젠 더 의심의 여지가 없었다. 그건 한동안 광명전 외사채에 은신해 지내다 어느 날 밤 장손의 실없는 심통질로 불시에 덜미를 붙잡혀 내려간 그 정가 성 위인의 전후사가 분명했다. 위인의 이름이 쉽게 떠오르지 않는 것은 그를 늘 정가라는 성씨로만 불렀을 뿐 이름을 기억해둔 일이 없었던 때문일 터였다.

아직 좀 미심스런 대목이 있다면 서울의 모 방송국 경력 신분으로 알려졌던 위인이 당시의 한 신문사 기자로 밝혀진 것 정도였지만, 이곳 사람들의 철저한 위장 습관에 비추어 그쯤은 오히려 당연한 일일 수 있었다.

장손은 기사를 다 훑어보고 나서도 누구에겐가 졸지에 뒤통수를 얻어맞은 듯 한동안 그대로 신문을 구겨쥔 채 멍청하게 서 있었다.

신문의 기사가 바로 자신을 겨냥해 비난을 퍼붓고 있는 기분이었다. 한마디로 정가를 감옥으로 묶어 보낸 것은 자기 한가지였다. 그것도 별로 이렇다 할 허물이 없는 애먼 사람을 졸지에 큰 죄인으로 만들어버린 죄과였다. 위인은 아무래도 당치않은 죄목으로 억울한 곤욕을 치르고 있음에 분명했다. 위인들에 대한 사람들의 깊은 관심과 동정을 반영하는 긴 분량의 기사나 그 기사 뒤에 숨겨진 재판 관계자들에 대한 은근한 비난조로 미루어 장손도 벌써 그쯤은 짐작이 가고 있었다. 국가 기밀이나 보도 지침서라는 것의 내용이 어떤 것인지, 요는 옳은 기사를 쓰자고 가까운 처지끼리 입바른 소리를 좀 나누고, 그 보도 지침서라는 걸 베껴내다 책을 찍어 돌린 것이 어떻게 세상을 뒤집어엎을 무리를 만들고 나라까지 말아먹은 큰 죄를 짓게 되는 노릇인지 장손은 거기까지 자세한 것은 알 수 없었다. 하지만 죄라는 건 법이 만들어내기 나름이요 법이란 건 돈 있고 힘있는 자들의 생각과 써먹기에 달린 것이었다. 그동안 세상의 그늘 속만 살아온 장손의 상식으론 법이란 그래 대개 힘있는 자들의 필요에 따라 사람을 몰아 때려잡는 편리한 올가미 정도로 여겨졌다. 정대식은 일테면 허물이 무엇이든 그런 사나운 법이란 놈의 올가미에 걸려든 신세였다. 그리고 돈 있고 힘있는 자들의 법이 위인에게 그것을 원하고 나선 이상 그는 아무리 발버둥을 쳐봐야 끝내 그 법이 원한 죄인이 되어야 할 운명이었다. 위인의 허물과 재판 과정에 대한 길고 자상한 신문 기사가 이미 그것을 잘 말해주고 있었다.

……그를 그렇게 만든 것이 바로 장손 자신이었다. 그에겐 그러나 그럴 권리가 없었다. 정씨에게 죄가 될 허물이 있고 없고는 장손이 상관할 일이 아니었다. 그에겐 그의 허물을 상관할 권리도 이유도 없었다. 그로선 그럴 처지도 못 되려니와, 사단이 그 지경까지 번지게 될 것은 애초 상상을 못했던 일이었다. 위인의 백안시와 고까운 행투에 잠시 매운맛이나 보여주려던 노릇이 제 손으로 오라까지 지우고 만 꼴이었다.

장손은 속이 쓰리고 당혹스럽다 못해 자신과 주위가 새삼 두려워지기까지 했다. 위인들의 재판에 흔치 않은 관심과 동정을 보이고 있는 세간 사람들이 두려웠고, 그를 묶어가게 한 것이 처음부터 누구의 소행인 줄을 알면서도 그를 계속 모른 척 치지도외시해 오다 이제 슬그머니 일의 시말이 요연한 신문지를 올려 보낸 그 아랫동네 위인들의 보이지 않는 눈길과 속심이 두려웠다. 그리고 무엇보다 그간에도 적지 않이 세론이 분분했을 사건의 전말이나 재판의 과정들을 자기 혼자 까맣게 모르고 지내온 그 자신의 무심스럽고 허술한 처지가 망연스럽기 그지없었다.

그러나 그런 두려움이나 낭패감도 잠깐. 장손은 다음 순간 느닷없이 세찬 배신감에 속이 울컥 뒤집혀 올랐다. 그만 일로 금방 심기가 흔들리고 있는 자신과, 아직 제 모습을 드러내지 않고 있는 등 뒤 상대에 대한 노기 띤 방어 본능이 발동하기 시작한 것이다. 그의 부재중에 누군지 그 곡량 자루를 몰래 올려다 놓고 간 소이는 더없이 확연해진 셈이었다. 목적은 그 곡량 자루가 아니라 친절하게 붉은 줄까지 표시해 보낸 신문 기사에 있었다. 그건 장손에 대한 말 없는 경고요 음험한 위협이었다. 어느 편이냐 하면 장손도 정가 성을 그런 식으로 끌려 내려가게 한 일에 대해선 심기가 한동안 편치 못했던 게 사실이었다. 하지만 거처를 암자로 옮겨오고부터는 주변 사람들 눈길에 군이 신경을 써야 할 필요가 없었고, 여기저기 줄곧 시간을 빼앗기고 지내다 보니 그 일엔 그럭저럭 마음이 멀어졌던 터였다. 그런데 그동안 일이 거기까지 깊어지고 있었다니. 한데도 위인들은 모르는 척 저희끼리 한통속으로 돌아가다 드디어는 그렇듯 엉큼스런 방법으로 모욕적인 추궁과 경고를 보내다니. 그는 그 얼굴을 숨기고 있는 비웃음과 욕설질에 숨결까지 씨근씨근 거칠어지고 있었다.

그는 이윽고 피곤기도 잊은 채 그대로 지친 발길을 되돌려 씨근 벌떡 저문 산길을 뒤쫓아 내려가기 시작했다. 우선 산을 내려가 일중 녀석부터 닦달을 해볼 참이었다. 그래 위인들이 그에게 무엇을 원하고 있는지, 그것부터 분명히 해두고 싶었다. 곡량 자루를 올려다 놓고 간 건 녀석의 짓일 게 분명했지만, 그건 역시 녀석 혼자 꾸민 소행이 아닐 터인 데다, 기사를 올려보낸 위인들의 흉중엔 그를 비웃고 겁주는 정도를 넘어 다른 어떤 노림수가 숨어 있을 게 뻔했기 때문이다. 장손은 우선 그 뒤에 숨은 작자들의 면면이나 속심부터 분명히 해두어야 죽을 쑤든 떡을 치든 자신도 위인들과 당당히 맞서 나서서 뒷일을 좋이 도모해나갈 수 있겠기 때문이었다.

그러나 이날 장손은 그길로 광명전까지 산길을 다 내려가질 못했다. 예상찮은 사람이 도중에 발길을 붙들어 세운 때문이었다. 광명전까지 길을 거의 다 헤쳐 내려갔을 무렵이었다. 숲에 가려진 길 아래쪽 어디선가 후휴 하는 사람의 한숨 소리가 들려왔다. 발길을 몇 걸음 더 재촉해 내려가보니 자신과는 반대로 가파른 산길을 치올라오다 말고 가쁜 숨을 몰아쉬고 서 있는 한 노인네가 나타났다. 머리 위에 커다란 짐 보퉁이를 꾸려 인 초라한 촌로였다. 보퉁이에 짓눌려 목줄기가 주저앉아 얼굴도 잘 볼 수 없는 노중 (路中)의 노인네. 그런 모습으로 절길을 찾아오는 아낙들을 장손은 이 두어 달 심심찮게 보아온 터였다. 그닥 눈여겨보고 싶지 않은 남루하고 하염없는 인간 군상들이었다. ─아들 녀석이 무슨 시험공부 핑계라도 대고 이곳에 들어와 죽치고 있는 건가. 아니면 병든 자식을 절골에 맡겨두고 철 따라 몸공력이라도 들이러 다니는 노친넨가…… 길을 내려오는 동안 부글대던 심기가 많이 가라앉아가던 판이라 장손은 이번에도 그 노파의 행색에 한동안 잊혀져온 그 인간사의 서글프고 씁쓸한 정회가 가슴을 얼핏 스치고 지나갔다. 그러나 그뿐. 쓸데없이 발길을 지체할 수는 없었다. 날이 이미 저문 데다 자신의 몰골도 영 말이 아니었다. 애당초 그러고 싶은 생각도 없었지만, 호젓한 산길에 공연히 잘못 알은체를 하고 나섰다간 배고픈 산적쯤으로나 오해를 받기 십상이었다. 그는 보퉁이에 눈이 가린 노인을 말없이 길섶으로 비켜 내려가려 하였다. 하지만 나이 든 노인네들이란 언제 어디서고 사람 명색엔 그리 겁을 먹을 줄 모르는 게 예사였다.

"거기, 처사님 길 좀 물어볼께라우."

사람이 스치는 기척을 알아차린 노파가 머리를 덮쳐 누른 짐 보퉁이 아래로 문득 장손의 발길을 불러세웠다. 그리곤 이쪽의 대답도 듣기 전에 머리의 짐 보퉁이를 털썩 길 옆으로 내려놓으며 한숨을 토하듯 물음을 계속했다.

"지금 이 길을 한하고 올라가믄 북암이란 암자가 나오겠지라우?"

"옳소. 이 길로 쭉 올라가다가 왼쪽 켠으로 샛길목이 나오면 그리로 꺾어들어 계속 올라가시우."

장손이 잠시 발길을 멈춰선 채 간단히 응대해주고는 그대로 다시 몸을 돌이켜 세우려는 참이었다.

"그 젊은 양반. 잠시 기대렸다 보퉁이 좀 다시 이어주고 가시믄 안 되겄소?"

노인이 다시 은근한 사정 조로 그를 붙들고 늘어졌다. 장손은 일순 귀찮고 짜증스런 느낌이 들었지만, 곁눈질로 웅크린 보퉁이의 무게를 어림해보니 사정이 어쩔 수가 없어 보였다. 노인 혼자 힘으로는 어림이 없어 보이는 그 짐 보퉁이를 덥석 내려놓고 만 것도 그의 조력을 믿고서였음이 분명했다.

장손은 어쩔 수 없이 다시 발길을 멈추고 서서 한동안 말없이 노인의 기미를 기다렸다.

생각 같아선 우격다짐으로 당장 보퉁이를 떠엊어주고 길을 내려가버리고 싶었지만, 아직도 숨결이 채 가라앉지 않고 있는 노인네에게 차마 그럴 수는 없었다. 노인도 금세 그런 장손의 심기를 눈치챈 듯,

"늙은 것이 내 생각만 하고 바쁜 걸음을 붙잡아 참 미안스럽게 됐구만이라우. 헌디 그 북암이란 데까장은 길이 아직 얼매나 남았을 게라우?"

그를 은근히 다독이고 나서는 쉴 참을 좀더 끌어볼 요량인 듯 새삼 남은 길을 물었다.

장손은 그저 입을 다물고만 있을 수가 없었다. 북암길은 이제 겨우 초입에 불과한 데다, 그나마도 초행길이 분명한 노인네였다.

"북암까지는 아직도 한참길이구면요. 더구나 이렇게 봇짐까지 이고는 도중에 날이 아예 어둬지고 말겄어요."

278

그는 모처럼 진심으로 노인의 남은 길을 걱정했다. 그러나 노인은 밤길 따위엔 이력이 난 사람처럼 오히려 한가한 대답이었다.

"그야…… 가는 길만 맞다믄 어둠 속을 더듬어서라도 오늘 안엔 절까장 올라서게 되겠지요. 오늘 안으론 아무래도 아들을 보아야 허니께요."

"아드님이 거기서 공부를 하고 있는가 부네요?"

"공부를 하는지 염불을 외는지, 이 산 저 산으로 절간살일 다닌 지가 서너 해나 된답네다. 글씨, 한때는 좋게 광쥐서 고등학교 선생 노릇까지 지냈지라우. 그런디 거그서 또 무엇이 모자라서 공부를 더한다고 그 좋은 선생 자리까지 걷어치고 이 고생이 다 뭐께라우 이?"

"그럼, 이 절엔 초행이 아니신가요?"

장손은 새삼 마음에 짚여오는 바가 있어 자신도 모르게 물음을 잇대었다. 절골 구석구석에 들어박힌 시험 공부꾼들. 더러는 이삼 년씩, 더러는 오륙 년씩 인간사 온갖 꿈과 영욕을 오로지 그 잘난 벼슬길 하나에 걸고 산중거사로 묻혀 사는 선비님들. 부모 형제와 처자들에게까지 기약 없는 기다림의 빚을 쌓아가는 위인들. 그런 무지갯빛 벼슬자리 후보님들이 이 절골 한곳만도 열 손가락을 넘어섰다. 하지만 그런 처지와 사람들이라면 사정이 훨씬 나았다. 노인의 행적이나 기미로 보아 그 아들이란 자는 어쩌면 그런 뜬구름을 쫓는 팔자 좋은 세월의 빚쟁이가 아니기 쉬웠다. 이 핑계 저 핑계로 본색을 숨긴 채 위태롭게 쫓기고 있는 그 시대고의 파수꾼들. 노파의 아들은 소위 그 숨은 씨불을 자처하고 나선 위인이기

십상이었다. 그게 만약 짐작대로라면 위인의 어려운 도망살이의 고초야 제가 저 잘난 맛에 떠안았을 일이라 거기까진 장손이 가랠 일이 못 되었지만, 아들에게 까맣게 속아온 노친네의 처지에서야 그런 기다림마저 헛된 것임을 안다면 그 가슴 아프고 애달픈 심수(深愁)를 어디에다 비길 것인가. 한데 노인의 푸념 섞인 대답은 거의 장손의 예측 그대로였다.

"한곳을 정해두고 찾아댕기는 길이라믄 마음이나 좀 편하게라우. 자석놈이 첫 번에 학교를 그만두고 말았을 때도 우리 늙은이들한티는 대관절 이렇다 저렇다 말 한마디가 없이 어디로 종적을 감춰가고 말았더라요. 그래 어찌어찌 뒷소문을 쫓아서 거처를 찾아내놓고 보믄 또 무신 공부가 그리 바쁘고 대단헌지 몇 달이 못 가서 훌쩍 다른 디로 옮겨가 없어지고…… 그래 이참에도 지가 전번에 있던 절에서부터 이 사람 저 사람한티 물어물어 예까장 소식을 따라오는 길이랍네다."

더 이상 물을 것이 없는 일이었다. 그는 노인 앞에 까닭 없이 마음이 자꾸 더 무거워지고 있었다. 한동안 머릿속을 떠나 있던 정대식의 얼굴이 다시 눈앞을 스쳐가기도 했다. 위인은 분명 고등학교 교원과는 거리가 먼 신문사 퇴물로 밝혀진 터. 하지만 그쯤은 위인이 미리 노인에게 입단속으로 거짓말을 시켜놓았을 수도 있었다. 장손은 마치 자신이 노인에게 서글픈 허행을 시켰기라도 하듯 심사가 불편스러웠다.

"아드님이 하루빨리 운세가 크게 트여 좋은 세월 보실 날이 와야겠구만요."

그는 짐짓 그런 자신의 심기를 달래듯 속에도 없는 소리로 노인을 위로했다. 하지만 그 역시 부질없는 노파심일 뿐이었다. 아들에 대한 노친네의 믿음이나 기다림엔 아직도 그닥 지쳐난 기미가 안 보였다.

"그런 때가 온다믄야 오죽이나 좋겠소. 하지마는 이 늙은 나이에 어느 세월에 그런 날을 보자고 이럴랍디여. 늙은이들은 그저 늘 하매나 하매나 기다리기나 하다가 죽어가믄 그만이겠지만, 운 없는 자석놈 에미 애비된 죄로…… 저나 좋은 세상 한번 만나보라고 이러는 것이제요."

완연한 체념의 한숨기를 섞으면서도 그 기다림에 대한 후회나 아들을 원망하는 소리는 함부로 입에 담질 않았다. 그리고 갈 길이 바쁜 것도 잊은 듯 거기서도 몇 마디 더 자탄의 소리를 덧붙였다.

"앞날이 길지 않은 즈 아범은 늘상 제 분수도 모르고 평생 뜬구름이나 잡으려 돌아다니다 말 놈이라고…… 그래 진작부터 버린 자석 취급이지만, 운 못 만난 자석보고 늙은 에미 맘으로사 어찌 그런 아배하고 같을 수가 있습데까. 그래 이 늙은 것이 잃은 자석 찾아 헤매듯 이리 이 산 저 산을 뒤쫓아댕기는 참 아니겠소."

아들의 불운을 숙명의 운세처럼 애달퍼하면서도, 끝내 그 자식에 대한 마지막 희망만은 버리지 못해하는 모정의 탄식이었다. 아들의 처지를 그만큼 깊이 속아 지내온 탓이기도 할 터였다.

장손은 이제 그 정대식에 대한 자신의 마음속 허물보다 노인네에 대한 가당찮은 동정이 앞을 섰다. 그리고 그 물정 없는 노친네의 아들이란 위인에 대해 느닷없는 노기가 되살아 올랐다. 제 늙

은 어미 꼴을 이 지경을 만들어놓고 무슨 놈의 세상의 짠 소금이
되겠노라 제멋에 나대고 놀아다닐 그 아들놈의 불효라니. 게다가
그 무슨 벼슬 자리 공붑네 속임수 헛꿈까지 꾸게 해놓고서? 고깝
고 괘씸한 생각이 들다 못해 장손은 그자가 어떻게 생겨먹은 인간
인지 상통을 직접 한번 보고 싶어지기까지 했다.

노인도 이제는 숨결이 웬만큼 가라앉은 탓인지 스적스적 다시
봇짐을 추스르기 시작했다. 장손은 이제 더 생각할 겨를도 없었다.
그는 이내 그 노인을 앞질러 짐 보퉁이로 달려들어 번쩍 제 등짝으
로 울러멨다. 보따리의 무게가 노인이 머릿짐으로 이고 올라가기
엔 너무 힘에 겨울 정도였다.

"어따, 이거 원, 아들헌티 대체 무얼 장만해 가시길래 짐 보따
리가 이리 한 짐입니껴."

짐을 떠메고 나서 장손은 부러 한마디 객적은 소리를 남기곤 저
벅저벅 오던 길을 다시 앞장서 올라가기 시작했다. 장손이 다가서
자 머리를 내밀고 봇짐이 얹히기를 기다리던 노인도 그제서야 장
손의 의중을 알아차린 듯 황망스런 걸음새로 그를 따라나서며 뒤
늦은 치하와 미안의 소리들을 해왔다.

"이거 미안시러워서 어째사 할 게라우. 길만 잡아주시믄 내가
이고 가도 될 만헌 일인디, 처사님 바쁜 길에 이런 송구스런 수고
까지 끼쳐디려서……"

"길이 너무 늦은 데다 노친네헌티는 짐이 너무 무거우시겠구먼
요."

"그러믄 조금만 올려다 주실라우. 처사님도 갈 길이 바쁘실 텐

디, 어려운 대목을 지날 때까장만 좀……"

어스름 녘 오르막길에 자신이 없었던지, 노인도 굳이 그 장손의 수고를 사양하는 눈치가 아니었다. 대신 장손의 빠른 발길을 쫓느라 헐레벌떡 금세 다시 숨이 가빠지면서도 그걸로 짐 품삯을 대신하고 싶은 듯 아들에 대한 푸념을 늘어놓기 시작했다.

"그나저나 이리 힘들게 길을 찾아간들 지놈은 어디 이 늙은 에미 반가워하는 얼굴이나 해 보여야 말이라지우. 노인네가 이런 데까장 멋하러 왔다요, 이런 건 애쓰고 누가 이어 오랩디요…… 그저 첫대면에 해오는 소리라니 그런 정머리 떨어질 지청구질이 고작이라요. 하기사 뱃가죽 지고 사는 벽촌 살림 형편에 어디서 반길 만한 이바짓거리나 챙겨 댕길랍디요마는…… 헌다고 그냥 맨손 바람에 길을 나설 수도 없는 노릇이라, 곡량독 바닥이나 긁어내 인절미 몇 됫박 쳐 이고 온다는 것이…… 종당엔 처사님헌티까장 이런 곤욕을 치르시게 하구만요."

먹물 옷은 걸쳤어도 추레한 매무새와 머리털 등속으로 노인 쪽도 장손을 진짜 중노릇 하는 사람으론 여기지 않았던지 처음부터 대뜸 처사님으로 분별해 불러온 걸 보면, 그간 노인의 절간골 출입은 가히 짐작이 되고 남았다. 봇짐 속에 꾸려온 길이바지 역시도 장손이 이미 다 짐작해온 대로였다.

한데 장손은 그런 노친네의 하소연에 이번엔 그 무심스런 위인에 대한 노기 대신 자신에 대한 엉뚱스런 연민이 앞을 섰다.

—그래도 지금 노인은 그를 찾아가고 있지 않으냐…… 위인에겐 아직도 저를 찾아주는 노모가 있지 않으냐. 그런데 지금 내 꼴

은 무어란 말인가. 찾아갈 이도 찾아올 이도 없이 똘씨앗처럼 혼자서 이 적막강산을 굴러 떠돌고 있는 내 꼴은 무언가……

불현듯 비애 어린 독백을 씹다 보니, 이번에는 오랜만에 그 누이 장덕이 년 얼굴까지 눈앞을 스치면서 그 아픔이 서서히 몸 전체로 번져가는 느낌이었다.

──그래 내겐 정말로 찾아오거나 찾아갈 인간이 하나도 없더란 말인가. 그렇다면 그 장덕이 년은 누구란 말인가. 년은 내게 무엇이며, 나는 또 년에게 무엇이란 말인가…… 단 한 번이라도 나는 한 핏줄로 누이를 찾아보려 한 일이 있었던가. 나는 정말로 장덕의 인생과는 아무 상관이 없는 위인이며, 이렇듯 제 누이를 깡그리 망념하고 지내온 것이 떳떳한 일이란 말인가──

뿐만이 아니었다. 그는 이제 그 등덜미에 짊어진 봇짐의 무게까지 전에 없이 소중하게 느껴지기 시작했다.

짐 보퉁이는 과연 노인 자신에게마저 그리 보잘것이 없는 것으로 여겨질 수도 있었다. 그러나 장손에겐 이날따라 그것이 외롭고 남루한 사람들 사이의 소중스런 정의의 무게로 느껴졌다. 그리고 그것은 장손이 얼마나 오랜 세월 한 번도 짊어져본 적이 없었던, 사무치도록 부럽고 따뜻한 사랑의 무게인가……

하지만 장손은 모처럼 만의 뿌듯한 사랑의 짐 보따리를 끝까지 짊어져다 줄 수가 없었다. 산적처럼 잽싸게 길을 오르던 장손이 어느새 눈앞에 북암이 건너다보이는 산중턱까지 올라서서 잠시 한숨을 돌리던 참이었다.

"저기가 아매 북암인 게비지유? 그라문 이젠 그만 됐구만이라우."

헐떡헐떡 뒤미처 그를 따라붙은 노인네가 암자를 알아보고 이제부턴 혼자서도 찾아갈 만해 보이는지, 그쯤 짐 보따리를 건네받을 채비를 서둘렀다.

"이제 거지반 다 온 길인데요 뭐. 저헌틴 별반 바쁜 일도 없고요."

뭔가 좀 서운하고 허망스러워진 기분에 노인이 인사치레로 그래봤을 수도 있으려니 싶어 장손이 완곡히 말리고 들어보았지만, 한번 말을 꺼낸 노인의 생각은 쉽게 바뀔 것 같지가 않았다.

"이 늙은이 땜시 여까장 가던 길을 꺾어 올라와주신 것만도 아심찮고 감사헌디 어찌 여기서 더 염치없는 수고를 바래사 쓰겄소?"

외려 그를 나무라듯 결연스럽게 말하고는 장손에게서 재빨리 짐 보퉁이를 빼앗아갔다. 그리고 그 짐 보퉁이의 매듭이라도 고쳐매는 척 잠시 동안 손길이 부산해지는 듯싶더니, 어느새 두툼한 인절미를 몇 개나 꺼내어 그걸 종이에 말아 그에게로 건넸다.

"이 은공을 따로 갚을 길이 없으니 어쩌겄소. 이거라도 드리고 가야 내 맘이 좀 편하겄은께……"

그 간절한 목소리나 눈길 앞에 장손은 더 어쩔 수가 없었다. 하여 그는 어딘지 좀 경우가 아닌 듯한 느낌이면서도, 이거 참, 할머니 아드님이 두고두고 군입 면을 할 건데요, 어쩌고 치레소리 정도로 크게 사양하지 않고 그 떡쌈지를 받아들었다. 과외 등짐질로 실상 좀 허기가 들기도 했지만, 무엇보다 그것은 그 육신의 허기를 끌 음식이기보다도 모처럼 대하는 따뜻한 인정과 사랑의 덩어리 한가지인 때문이었다.

하지만 노인은 그러고도 아직 자기 짐 보퉁이를 빼앗듯이 채간 것이 마음에 걸린 모양이었다. 뿐더러 노인이 그렇듯 중도에서 장손을 떨쳐보내려 한 것 역시도 장손의 예감과 어떤 관련이 있었던 게 분명했다. 풀어헤친 꾸러미를 노인이 다시 챙겨매기를 기다려, 그것을 머리 위에 얹어주고 났을 때였다.

"나도 실은 암자까지 처사님을 모시고 가서 함께 요기를 시켜드렸으면 좋으련만, 자석놈이 웬일로 사람을 묻혀오는 것을 그리 저사코 꺼려 하니……"

아쉽고 민망스런 소리를 덧붙이고서야 터덕터덕 어둡고 힘든 산길을 더듬어 올라가기 시작했다.

하지만 장손은 이제 그 노인과의 만남으로 하여 광명전까지의 하산길이 중도 차단을 당하고 만 격이었다. 노인의 일로 하여 이제는 날이 너무 늦어진 데다 시장기가 새삼 더 심해진 탓이었다. 하지만 그보다 그의 길을 막아선 것은 노인과의 만남과 등짐질 도중에 그의 인생행로가 전에 없이 메마르고 서글프게 느껴진 황량스런 심사였다. 노인이 천천히 어둠 속으로 사라져가는 것을 혼자 뒤에서 지켜보고 있노라니, 장손은 왠지 새삼 더 절절한 외로움과 망연스런 정한 속에 자신의 모든 것이 더없이 부질없고 허망스럽기만 해 보인 것이다. 그는 노인을 떠나보낸 그 자리에 한동안 그대로 마른 풀포기를 깔고 앉아 길을 내려갈 생각조차 않고 있었다. 그리고 모든 것이 창연스럽기만 한 그 저녁 절골 풍정에 문득 다시 실없는 시장기가 느껴져 노인이 남기고 간 떡을 한입 크게 베어물고 나서도 남의 음식을 급하게 훔쳐먹은 것처럼 목줄기가 꺽꺽 메고 있었다.

19

그러나 이튿날, 장손은 결국 그 광명전 길을 내려가보지 않을
수 없는 처지가 되었다. 우연의 결과인지 일종의 필연인지, 그는
이날 자신도 모르는 새 크게 난처한 처지에 빠져 있는 사실을 알게
된 때문이었다. 아침 녘 한나절을 암자에서 뒹굴다가 전날의 노인
과 아들의 일이 궁금하여 저녁참도 얻어 때울 겸 건들건들 그 북암
을 찾아 올라갔을 때였다.

암자엘 당도해보니 그새 그곳엔 뜻하지 않은 변고가 일어나 있
었다. 쇠똥에 미끄러지고 개똥에 코를 박는 꼴이라 해야 할지. 발
길을 들어설 때부터 인근 기식객 몇몇이 수런대고 있는 게 예사롭
지가 않더니, 알고 보니 하필 이날 노인네의 아들이 본서 나리들
에게 산을 끌려 내려갔다는 거였다. 노인네는 전날 저녁 아들을
찾아와 그 거처에서 함께 하룻밤을 지내고는 이날 아침 바로 아들
에게 등을 떠밀리듯 산을 내려갔는데, 그 노친네를 아랫동네까지
배웅하고 돌아오던 아들이 표충사 근처에서 미리 길목을 지키고
있던 나리들에게 덜미를 붙잡혀 끌려가고 만 것이었다.

장손은 처음 그런 사실을 알게 됐을 때부터 지레 제 허물이라도
들킨 것처럼 가슴이 덜컥 내려앉았다. 이곳에선 아직들 장손이 전
날 저녁 노인을 인도해온 것을 모르고 있는 듯했지만, 그는 마치

그것이 결과를 예견한 어떤 고의적인 실수 때문인 듯 여겨져 제물에 마음이 찜찜해진 것이다. 거기다 불시에 덜미를 끌려 내려간 위인은 역시 그 노친네의 말처럼 그저 벼슬 공부나 붙들고 있던 시골 서생이 아니었다. 듣고 보니 위인은 언제 다시 그곳으로 거처를 옮겨왔던지, 바로 그 진불암의 역사패 주성조라는 위인이었다. 뒤늦게 알려진 위인의 본색인즉, 몇 해 전까지만 해도 나주 근처의 한 실업계 고등학교에서 교편을 잡아오던 중 동료 선생들끼리 무슨 독서환가를 만들어 '불온 서적'들을 돌려 읽고 그것을 아이들에게까지 전파시키려다(제 버릇 개 못 주는 격으로 이 절골에서의 행투도 어쩐지 그런 식이더라니!) 졸지에 뒤를 쫓기게 된 신세가 됐다던가. 허물의 내용까진 소상히 알 수 없었지만, 이런 산골짝까지 뒤를 밟아 채어간 인물이라면 그저 그 못된 책 읽기 모임 일 말고도 다른 큰 허물을 숨기고 있었기가 쉬웠다. 뒷일 또한 그만큼 어렵게 되어갈 게 뻔했다. 뜰가에 모여선 사람들의 어두운 표정들에서도 장손은 금세 그걸 읽어낼 수가 있었다.

위인의 일이 좋게 풀리지 않으면 장손에게도 좋을 일이 하나 없었다. 엎친 데 덮친 격으로 그렇지 않아도 그 정대식의 일로 하여 주위의 눈길이 새삼 심상찮아지고 있던 참이었다. 아직은 자세한 사정을 몰라 겉으로나마 제법 무관스레 귀띔도 해주고 게서 더 다른 추궁의 기미들이 없었지만, 위인들이 그의 전날 저녁 행적을 알게 되면 어떤 어려운 사태가 닥쳐들지 몰랐다.

일이 그리 덮친 것은 우연이든 무엇이든 그의 불운이었다. 한데다 잠시 더 시간이 흐르다 보니, 그 의뭉스런 절 사람들 중 몇몇은 그의 전날 밤 행적까지 이미 다 짐작하고 있었던 것 같았다. 장손이 그 식객들과 함께 뜰가를 어정어정 서성이고 있을 때였다. 그새 광명전의 일중 시봉까지 그 일로 산을 올라와 있었던지(실은 그가 소식의 전달자였던 듯) 뒤늦게 녀석이 암자의 한 선실에서 모습을 나타냈다. 안색이 무거워 보이는 걸로 보아 이곳 스님께 일의 시말을 고하고 뒷수습책 따위를 의논하고 나오는 낌새였다. 어쨌든 녀석이 선실을 나오는 걸 보고 뜰 앞에 서성이던 그 암자의 식객들이 녀석의 주위로 몰려들었을 건 당연했다. 뭔가 더 자세한 내막을 알고 싶어서였다. 장손도 일이 궁금하기는 마찬가지였다. 궁금하기로 말하면 장손은 일의 자초지종뿐 아니라 녀석의 속내까지도 짚어봐야 할 처지여서 누구보다도 마음이 조급했다. 하지만 장손도 뭔가 자꾸 마음이 켕겨와 섣불리 앞으로 나서지를 못한 채 뒤에서 멀찌감치 녀석의 기미만 따로 지켜보고 있었다. 그런데 녀석은 그런 장손의 속을 미리 헤아리고 말을 부러 아껴선지, 아니면 일이 아직 확연치가 못하여 시간을 더 두고 볼 심산에선지 당장에선 크게 거북한 소리가 없었다.

"그럼 전 이제 그만 내려가보겠습니다. 이미 다 알고들 계실 일이지만, 선생님들께선 좀더 주변 단속에 마음들을 써주시고요……"

신발을 신고 댓돌을 내려서며 그를 싸고 몰려든 객방 사람들에겐 단지 그 몇 마디 당부 말뿐으로 이내 하직의 합장을 보냈다. 그로선 지금 더 할 말이 없다는 뜻이었다. 그리고 그는 뒤쪽에 물러서 있는 장손의 존재는 안중에도 없는 듯 눈길 한번 건네지 않은 채 서둘러 산길을 내려가기 시작했다. 그가 뒤에 따로 물러선 장손을 알아보지 못했을 리 없고 보면 그를 부러 무시하려거나 경계하고 있음이 분명한 태도였다. 어쩌면 그를 이젠 상대조차 않겠다는 뜻일 수도 있었다.

장손은 녀석의 그런 태도에도 신경이 몹시 날카로워졌다. 신문지만 슬그머니 올려다 놓고 간 정 씨의 일을 보아도 일중의 그런 무관심과 냉랭한 태도는 아무래도 장손을 내통자로 지목하고 있는 쪽이기 쉬웠다. 장손의 그런 추측은 과연 오래지 않아 사실로 드러났다.

일중이 암자를 등지고 산길을 내려가기 시작하자 장손도 이제는 더 거기 머물러 있을 이유가 없었다. 필요성뿐 아니라 그럴 처지도 못 되었다. 이번 일엔 정말로 허물을 지은 바가 없었으므로 우선 그 일중 앞에서 부러 좀 당당해지고 싶은 기분이기도 했다. 그는 한 발 앞서 산길을 내려간 일중을 곧바로 뒤쫓아 나섰다. 그리고 얼마 안 가 녀석을 따라잡고 나서도 그대로 계속 묵묵히 보조만 맞춰나갔다. 생각 같아선 단박 녀석을 불러 세워 이번 일에 대한 그의 심중부터 짚어보고 싶었다. 전날 저녁의 신문 기사 일도 있고 하여 말머리를 끌어내기는 그리 어려운 일이 아니었다. 하지만 그가 먼저 입을 열고 나서기는 아무래도 이상했다. 그는 녀석 쪽에서 먼저 그에게 물어오기를 기다렸다. 전날의 그의 거동이나 행선지 따위를 의심하고 그의 허물을 따져오기를 기다렸다. 녀석이 먼저 그렇게 나와주면 그는 그리 쑥스럽지 않게 전날의 일을 털어놓고, 자신의 무관함과 결백을 분명히 해둘 생각이었다.

녀석은 그러거나 말거나 장손 쪽엔 전혀 아랑곳을 않으려는 눈치였다. 그가 뒤를 바짝 따라붙는 기척을 알아차리고서도 알은체 한마디 없이 그 매몰찬 뒷모습 그대로 발걸음만 부지런히 재촉해 가고 있었다. 그러나 녀석은 역시 영악하고 의뭉스런 애어른이었다. 장손이 바로 그의 뒤로 따라붙는 기미나 그의 심중까지도 등 뒤로 다 헤아리고 있었던 게 분명했다.

"짐을 인 할머니의 밤길을 인도해주신 일이야 허물할 일이 아니지요."

끈질긴 침묵 속에 두 사람이 어언 본전과 암자 쪽으로 길이 갈라지는 지점까지 이르렀을 때였다. 일중이 이제는 장손이 더 따라오는 것을 저지하듯, 어쩌면 장손이 거기서 길을 갈라설 걸로 짐작하고 마지막까지 참으려던 경고의 소리를 내뱉듯이 일견 무심스러운 목소리를 흘려왔다.

"하지만 사실은 언제고 밝혀지게 마련 아니던가요. 안 처사님께선 그쯤만 생각하고 계시면 될 거예요……"

유무심간(有無心間) 어느 쪽이든 일중의 그 한마디는 장손에게 과연 적지 않은 타격을 주었다. 장손은 이날 그 사정을 곡해한 일중의 노골적인 질책기에도 왠지 한마디 변명이나 대꾸를 못했다. 굳이 오해를 해명하려 나서고 싶은 생각이 없었다. 사실을 말해야 녀석이 쉬 그것을 곧이들을 것 같지가 않았다. 그에 대한 주위의 불신감이 그만큼 깊어 보인 때문이기도 했다. 하지만 그가 굳이 자신의 결백을 주장하려 들지 않은 것은 주위의 오해의 골이 너무 깊어 보여 그로 인한 위기감이나 자포자기 식 심사가 되고 만 탓만이 아니었다. 그보다 그는 그 순간 이번 일 역시도 웬일인지 정말로 자신이 저지른 허물처럼 느껴진 때문이었다. 그래 그는 일중이 자신을 은근히 밀고자로 지목하고 든 일방적인 질책 투 앞에서도 그것이 정말로 당연한 대가인 양 괴로운 통증과 함께 말을 잃고 만 것이다. 그리고 더 뒤도 돌아보지 않고 내처 산길을 내려가는 녀석의 뒷모습을 멍청하게 바라보고 서 있다 그 자리에 풀썩 몸이 내려앉고 말았다.

장손은 이제 혼자 그렇게 몸을 풀고 주저앉아 귓가를 지나가는 솔바람 소리에라도 기분을 바꿔보려 한동안 시간을 기다리고 있었다. 하지만 그도 별 소용이 없었다. 시간이 흐를수록 모든 것이 더욱 자신의 허물처럼 느껴졌고, 거기 따라 심기도 더욱 참담스러워져가기만 하였다.

그야말로 참으로 괴이한 노릇이었다. 혹여 정대식의 일에서라면 모르되, 정작에 자신의 허물도 아닌 변고에 그렇듯 심사가 망연스러워지기는 그에게 일찍이 없던 일이었다. 그것도 터무니없이 애먼 허물을 뒤집어쓰게 된 억울함에서가 아니었다. 분명히 찍어내 말할 수는 없었지만, 위인이 그렇게 산을 끌려 내려간 데에는 전날 저녁 우연히 노인을 만난 데서부터 눈에 보이지 않은 어떤 불운의 힘이 두 사람에게 함께 작용하고 있었던 듯한, 쉽게 말해 그에게 자신의 불운이 옮아가 그런 화를 빚게 한 것 같은 까닭 모를 자책감이 머리를 쳐들어온 때문이었다.

재수 없는 청승개비를 깃들인 나무 아래선 비를 피해 든 사람까지 함께 화를 당하게 된다던가. 장손은 누군가 뒤에서 자꾸 그의 등을 떠밀어대고 있는 듯한 어떤 불가항력의 손길 같은 것이 느껴지고 있었다. 그 불가사의하고 일방적인 힘에 대한 두려움. 섣불리 떨쳐버릴 수 없는 무고한 죄책감과 참담스런 황폐감. 장손은 아무래도 그것들을 혼자서는 감당해나갈 수가 없었다.

그는 이윽고 습기로 축축해진 엉덩이를 털고 일어나 뒤늦게 터덜터덜 그 일중이 사라져간 본전길을 뒤쫓아 내려갔다. 이번에는 물론 녀석을 따라잡기 위해서가 아니었다. 그에겐 이제 더 시비를 가려야 할 일이 없어진 기분이었다. 정대식의 일에 대한 전날의 의구심이나 노기에 찬 다짐들도 염두에서 떠나간 지 오래였다. 이젠 그저 집허당의 무불 스님이나 한번 찾아보고 싶었다. 웬일인지 문득 그 선실의 상한 석고불이 눈앞을 스치면서, 그 부서진 상처의 아픔을 대신하기라도 하듯이 늙은 몸 전체로 까닭 모를 업고를 묵묵히 감내해온 그 스님의 적막스런 모습이 새삼 아프게 뇌리를 파고든 때문이었다.

그러나 정작 집허당 선실까지 찾아간 장손 앞에 스님은 여전히 막막하고 아득한 절벽일 뿐이었다. 껌껌한 선실에 혼자 무념무상경에 들어 있던 스님은 그 갑작스럽고 당돌한 장손의 방문에도 역시 눈길 한번 돌려보는 일이 없었다. 숨결 소리조차 알아볼 수 없는 생불의 모습을 하고 앉아서, 하다못해 그 어디서 오는 길이던고 식의 무심스런 알은체 소리 한마디가 없었다. 장손은 그 노인의 적막스런 정좌 앞에 자신의 숨통까지 서서히 틀어막히는 것 같은 껌껌한 절망감만 더했다. 그는 슬그머니 스님 곁을 물러나와 이번에는 다시 본전 선방 쪽으로 노암 스님의 거처를 찾아갔다.

넋두리든 화풀이든 누군가를 상대로 답답한 가슴속을 좀 털어놓지 않고는 견딜 수가 없어서였다.

하지만 장손은 이번에도 또 초장부터 일이 그른 것 같았다. 도대체 곡절을 알 수 없는 노릇이었다. 위인들에겐 이미 그의 허물이 그렇듯 분명한 사실이 되어 있었던 것인가.

"……제 허물을 큰스님께 부인하거나 변명드리려 해서가 아닙니다. 정 저한테 허물이 있다 치면 그 응보를 피할라고 해서도 아닙니다. 지한테 무슨 허물이 있거나 없거나, 그 응보가 얼마나 크거나 말거나 그런 것과는 도시 상관을 않겠습니다…… 헌디, 그런 것과는 말짱 아무 상관도 없이 이번 일엔 왠지 지가 이리 견딜 수가 없어지는구먼요……"

여전히 투박하고 조리가 없는 소리 깐엔 그래도 절박하고 간절한 그의 호소 앞에 역시 그 노암도 처음 한동안은 귀를 기울이는 기미가 전혀 없었다. 그의 어리석음을 들추고 등을 떠밀어대는 소리로나마 먹물 옷 걸친 이 절골 사람들 중에선 그래도 그를 많이 알은체해온 늙은이였다. 그런데 이번엔 처음부터 그의 문안 인사조차 거들떠보는 눈치가 없었다. 그 우격다짐 식 호소에 뒤이어 장손이 일방적으로 넋두리를 거침없이 섬겨나가는 동안에도 스님은 전혀 아랑곳을 않으려는 듯 두 눈을 감은 채 흠얼흠얼 입속 염불 소리만 외고 있었다.

하지만 노암은 역시 전날의 노암 스님 그대로였다. 장손의 낭패감은 그의 지나치게 조급스런 심사 탓이었다. 사실이든 오해든 스님은 짐작대로 이번 일의 시말을 다 알고 있었음에 분명했다. 흠얼흠얼 입속 염불 속에서도 그의 푸념 소리를 죄다 듣고 있었음에 분명했다. 그리고 무엇보다 장손의 허물이 사실이든 아니든 스님은 그걸 그리 괘념치 않고 있었던 기미였다.

혼자 제 속의 소리를 다 하고 난 장손이 이젠 그 노암의 답답한 염불 소리 앞에 그만 자포자기 식 기분이 되어가고 있을 때였다. 네 허물을 더 이상 용서할 수가 없으니 이젠 그만 산을 내려가라는 질타의 소리라도 떨어지기를 기다리며 막막한 절망감에 빠져들고 있을 때였다.

"……고마운 인연이로다. 고마운 인연이로다. 네 마음의 밭에 작은 씨앗 한 톨이 떨어졌음이로다. 나무관세음보살."

귀신 풍월하는 것 같은 그 스님의 염불 가락 속으로 홀연 독백조의 말소리가 섞여 나오고 있었다.

"음허음어 으허흠…… 네 깜깜한 마음 가운데에 아픔의 고운 씨앗 하나를 얻었음이로다…… 그 씨앗이 싹을 터 오름이로다. 네 마음의 밭이 일찍부터 그 씨앗 하나를 지니고 싹이 트기를 원하며 기다려왔음이로다……"

듣자 하니 스님은 이번에도 그 선잠꼬대 비슷한 입속 소리뿐이었지만, 거기에 차츰 귀가 익어가다 보니 장손은 그 뜻이 점점 더 분명해져갔다. 그는 새삼 자세를 가다듬고 스님의 한마디 한마디에 귀를 깊이 기울였다.

"나무관세음보살…… 고마운 인연…… 그 씨앗 얻음과 싹틈이 제 허물로 해서가 아니라 무고한 이웃 일로 인함이 더욱 고마운 인연이로다……"

스님은 아직도 눈을 감은 자세 그대로 소리를 이어나갔다. 그건 이제 더 말할 것 없이 당신이 이미 장손의 처지를 헤아리고 그를 향해 흘려오는 소리임이 분명했다.

"……음허흠어 나무관세음…… 이제 그 귀한 인연을 얻었으니 그 아픔에서 결코 도망을 쳐서는 안 되리라. 그 씨앗을 네 속에서 네 것으로 크게 길러갈 것이로다. 그 아픔이 네 온몸 속을 번져 창자까지 토해내도록 괴로움이 흘러넘쳐야 하리로다…… 흠허흠어…… 그래 힘차고 깊은 자비의 강물로 세상으로 널리 흘러내려야 하리로다. 자비행이란 바로 그 아픔이 제 속에서 불어넘친 강물의 흐름인즉…… 고마운 일이로다, 고마운 인연이로다……"

이번에는 스님이 독백조를 벗어나 아예 장손을 향해 당부를 놓는 투였다. 장손은 물론 아직도 스님의 말뜻을 분명하게 다 알아새길 수는 없었다. 아픔의 씨앗이니 고마운 인연이니, 또는 그 아픔이 온몸으로 번져 넘쳐 세상으로 흘러내리리라느니, 그저 어떤 어렴풋한 짐작이나 느낌뿐 그 깊은 뜻이나 앞뒤가 다 아리송할 뿐이어서 머릿속이 더 막막하고 아득해져갔다. 그런 가운데에도 장손은 뭔가 뜨겁고 아픈 것이 가슴속에 세차게 소용돌이쳐 오르고 있음을 느꼈다. 상한 살을 지지듯 아리고 시원한 단근질의 묘한 아픔, 표현할 수는 없으되 가슴으론 그런 어떤 절망과 격정의 뜨거운 소용돌이를 역력히 느낄 수가 있었다. 아닌 게 아니라 그 노암의 '아픔의 씨앗'이라는 것이 그새 벌써 그의 속에서 싹을 터 자라오르기 시작한 것이었을까. 그리고 그 아픔이 드디어는 그의 온몸으로 번지기 시작한 것인가. 장손은 결국 그 가슴속의 뜨거움과 까닭을 알 수 없는 격정의 소용돌이를 더 참을 수가 없었다. 더 이상 자리를 지키고 앉아 있을 수가 없었다. 스님의 말도 더 귀에 들려오지가 않았다. 그래 그 스님의 말이 채 끝나기도 전에 그는 그 아픔을 더 감당할 수가 없어진 듯 어느 순간 느닷없이 선실 문을 박차고 몸을 불쑥 솟구쳐 방을 뛰쳐나갔다. 그리고 그길로 암자 쪽을 대신해 생각지도 않게 제 발로 난정을 찾아 내려가 그 뜨거운 속을 일순간에 그녀에게서 식히려 들었다. 아니 그는 그것으로 난정에게서 그 뜨거운 속을 식히기보다, 그의 오랜 아픔과 헤맴, 그리고 그 절망스런 격정과 투지를 포함한 그의 삶의 모든 것을 그녀에게 뜨겁게 심어준 것이었다.

하고 보니 그는 이날 스님의 말뜻을 더 깊이 헤아려볼 수도 없으려니와, 그가 그렇게 방을 뛰쳐나가는 꼴을 보고 노암이 뒤에서 혼자 뜻 모를 미소 속에 고개를 크게 끄덕이고 있었던 사실도 전혀 눈치를 챌 수가 없었다. 그리고 스님이 자신의 거처로 수하의 경운을 불러들여 이런저런 장손의 허물을 더 들추려지 말라 이른 사실은 더욱 짐작이 불가능했다. ……조금만 더 두고 기다려보게나. 결 거친 나무가 불길이 센 격으로, 위인의 거친 성정은 제 마음의 불을 더욱 뜨겁고 밝게 태워 밝힐 것인즉…… 항차 내가 방금 위인의 발심의 씨앗을 보았은즉…… 헌다고 아직은 위인을 거두려는 성급한 눈치를 보일 것까진 없을 일이구……

20

바로 그 무렵 어느 날, 광명전 외사채에 일견 우습고도 하찮은 세간사로 신변에 심상찮은 위협을 느낀 한 인사가 새로 몸을 피해 숨어 들어왔다. 인근 ㅂ군 거주의 향토사 연구가 문[文享涉] 씨라는 사람으로, 30대 후반 나이에 거진 그 혼자 힘으로 ㅂ군의 문화원을 설립하여 그 일을 정력적으로 주도해오던 지역 활동가였다. 그가 대원사까지 몸을 피해 들어오게 된 사연인즉 대강 이러했다.

이해 늦가을 ㅂ군에서는 '선진조국 건설을 위한 지방색 타파 ㅂ군민 결의대회'라는 것이 열린 일이 있었다. 인근 지역민들의 뿌리 깊은 반정부 성향 불식을 위한, 영호남 양방 간의 개발 격차 해소와 지역감정 타파를 다짐하는 반관반민의 의무성 집회였다. 그런데 이 행사의 핵심 순서인 '우리의 결의' 선창자가 앞서의 젊은 문화원장 문 씨로 정해졌다. 집회의 성격상 지역민의 자발성을 과시하기 위해서는 그의 인품과 경력, 그리고 그에 대한 지역민의 신망을 앞설 인사가 없었기 때문이었다. 향토를 아끼고 사랑하되, 그것이 배타적인 감정에 흘러서는 안 된다는 생각에서 문 원장은 그 역을 기꺼이 응낙했다.

그런데 그게 바로 불상사의 시발이었다. 행사 당일 문 원장이 그 엄숙한 역할에 우스운 실수를 저지르고 만 것이다. 문 원장이 선창한 '선진조국 건설을 위한 우리의 결의' 3개 항 중, '우리는 스스로 다짐한다. 5천 년 역사를 함께해온 단일 민족……'의 첫번째 구호에 뒤이은 두번째 구호가 '우리는 스스로 다짐한다. 맹목적 편견과 배타적 감정으로 민족 분열과 불신을 조장하는 망국적 지역감정을 앞장서 뿌리뽑자'였다. 그런데 그 두번째 다짐의 끝대목이 문 원장의 선창에서 자기도 모르게 '뿌리뽑자' 대신 '뿌리박자'로 둔갑되어 외쳐져 나온 것이었다. 민족 분열의 망국적 지역감정을 뽑아내는 게 아니라 뿌리를 박자고 외쳐댄 거였다. 행사장이 일시에 웃음판이 된 것은 두말할 것이 없었다. 워낙에 우발적인 변고가 되다 보니 미처 그 뜻을 새겨듣지 못한 사람들이 앞뒤가 어딘지 이상하게 느껴져 어물어물 후창을 흐리고 만 것도 당연지사. 한데도 정작 당사자인 문 원장은 자신의 실수를 전혀 의식하지 못한 듯, '우리는 스스로 다짐한다……' 어쩌고 세번째 구호까지를 우렁차게 외쳐대고는 일견 엄숙하고 천연덕스런 표정으로 점잖게 단을 물러 내려갔다. 하지만 그 세번째 구호에 이르러선 후창을 제대로 받아주는 사람이 드물었다. 그를 따르는 우렁찬 후창 대신 '우리는 스스로……'의 전창 때부터서의 그 어지러운 웃음소리만 한 번 더 드높았을 뿐이었다. 아니 그렇듯 천연스럽고 늠름한 그의 실수는 그 '우리의 결의'의 3조뿐 아니라 다음 식순에까지 계속 김을 빼어 행사 전체를 아예 우스개판으로 만들어버린 것이었다.

어떻게 보면 과연 우연한 망발이 아니라, 실수를 가장하여 판을 작살내기 위한 고의적인 소행으로 보일 대목도 있었다. 하지만 그건 순전히 문 원장의 순간적인 혼란이 빚어낸 실수가 틀림없었다. 혼란의 원인은 소위 유신 시대 초기의 한 방송국 아나운서의 실수에 있었다. 그 몇 년 전 이 지역 ㄱ 방송국의 한 아나운서가 방송

시간대 중간마다 멘트로 내보내게 되어 있는 시국 구호 '구악을 청산하고 유신 정신 뿌리박자'를 무심결에 그만 '……뿌리뽑자'로 잘못 오발한 바람에 한동안 소식도 없이 어디론가 끌려가 일생 중 큰 곤욕을 치르고 나왔다는 이야기가 나돈 일이 있었다. 그 역시 한 시절 대통령을 견통령(犬統領)으로 글자를 잘못 박아 썼다가 크게 치도곤을 치르게 된 신문 이야기 한가지로 어찌 보면 차라리 우스갯거리에나 가당할 유비통신 일화였다. 방송 일을 하다 보면 정권이 바뀌거나 시국이 변할 때마다 억지춘향 격으로 방송을 내야 할 구호·표어 들이 많아지는데, 그런 구호나 표어들 가운데엔 대개가 무엇무엇을 '뿌리박자'기보다 뿌리를 뽑자는 쪽이 단연 압도적일 것은 당연지사. 그런데 당시 '유신 정신'에 대해서는 예외적으로 뿌리를 '박자'로 되어 있어, 아나운서가 그것을 평소 입버릇대로 '뿌리뽑자'로 오발해버린 거였다고…… 문 원장은 집회에서의 소임을 맡고 나서 우연히 그 일이 머리에 떠올랐다. 그래 혼자서 실없이 쓴웃음을 지은 일마저 있었는데, 이날 단 위로 구호를 선창하러 오를 때도 문득 그 생각이 다시 머리를 스치고 지나갔다. 그리고 그게 끝내 화를 빚고 말았다. 그는 첫번째 구호를 선창할 때까지도 자꾸만 그 두번째 구호에 정신이 팔려, 그것이 뿌리를 뽑는 것이 옳던가 박는 것이 옳던가, 부질없이 판단이 헷갈리고 있었다. 그리고 드디어 두번째 구호를 외쳐나가면서는 마음이 더욱 조급해지며 '지역감정 뿌리뽑자'의 '뽑자'가 영락없이 '박자'를 잘못 적어놓은 것 같은 느낌이 들었다. 그래 그 순간 그는 더 망설이지 않고 '뽑자'를 '박자'로 힘차게 외쳐댄 것이었다.

그러나 문 원장은 그 '뿌리박자'를 외쳐댄 순간 별다른 이유 없이 바로 다시 자신의 실수를 직감했다. 이상한 조화였지만, 거의 본능적인 느낌의 반전이었다. 그리고 뒤이은 웃음소리와 지리멸렬한 후창으로 다시 한 번 그것을 똑똑히 확인했다. 하지만 이미 엎질러진 물이었다. 그걸 자신이 알은척하거나 한번 지나간 실수를 뒤집어 구호를 정정하고 나설 수도 없었다. 그는 내처 목소리를 드높여 세번째 구호까지 의연히 외쳐대고 단을 내려온 것이었다.

그러나 이날 집회 참가자들은 그의 그런 속사연을 이해했을 리가 없었다. 문 원장의 실수는 당일로 청중의 화젯거리로 번져갔고, 그것도 그저 우연의 실수로서가 아니라, 짐짓 그 같은 실수를 가장하여 반민주적 관제 집회로 자주 주민들을 괴롭히는 당국자들을 골탕 먹이려는 반골적 의행(義行)으로 말이 비약되어나갔다. 그는 본의 아니게 전날보다 더 두터운 지역민의 신망과 존경을 받게 됐고, 급기야는 순간의 망발 정도로 치부해 넘어가려던 당국자들의 신경을 크게 건드리게 된 꼴이 되고 말았다. 그리고 그 덕에 그는 몇 차례 사찰 기관을 드나들며 '배후 조사'라는 것까지 받은 끝에, 당분간 어디론가 몸을 비켰다 오는 것이 좋겠다는 한 유관 기관장의 친절한 충고에 따라, 일찍이 팔자에 없던 휴양살이를 누리러 이 대원사 절골을 찾아들게 된 것이었다.

장손이 그 우스운 소문을 주워듣고부터 광명전 외사채까지 위인을 보러 간 것은 그러니까 그가 산을 들어온 지 사흘째 되던 날이었다. 허물이 대단치 않아 그리 보인 탓인지 생김새나 차림이 수더분하고 성격도 흔치 않게 활달한 편이어서, 그의 실수란 게 아

닌 게 아니라 망발 이상의 것으론 보이기 어려울 위인이었다. 그
는 이리저리 입산의 내력을 숨기고 본색을 위장하고 지내는 선참
들과는 유다르게 이야기를 피하려는 기색이 조금도 없었다.

"……이렇게 엉뚱한 피신길까지 나서야 할 일이었다면 그게 차
라리 내 본심의 실수였던 편이 나았을 뻔했지요. 허허…… 하지
만 여기도 휴양 삼아 한동안은 지낼 만하겠는걸요. 앞으로 많은
가르침 바랍니다…… 허허."

장손에 대해선 특히 사전 경계의 귀띔이 있었을 법한데도 위인
은 은근슬쩍 접근하고 드는 그에게마저 조금도 꺼려 하거나 경계
하는 빛이 없이 자신을 솔직하게 다 털어놓았을 정도였다.

한마디로 거의 쫓기고 숨어 지낼 허물다운 허물이 없는 위인이
었다. 장손 자신을 빼고 나면 다른 절간 사람들도 대개는 부러 고
생을 사 하는 처지에 가까웠지만, 위인의 도피행은 차라리 서로
간에 짜고 하는 우스개 숨바꼭질 놀음에나 가까운 경우였다. 그런
데 그런 우스운 경우는 그 문 원장 한 사람만이 아니었다.

이 무렵부턴 도대체 바깥세상 꼴이 어떻게 돌아가는 판인지, 전
날 사람들처럼 무슨 위험한 생각을 품거나 파업 데모 같은 걸 선동
하다 뒤를 쫓겨 들어온 경우 못지않게, 그렇듯 사소한 장난티 실
수로 하여 본의 아닌 허물을 지게 된 사람들까지 자주 산을 찾아들
었다. 문 원장의 경우 외에 장손의 귀에까지 소문이 흘러든 그런
사례 중의 하나는 이 무렵 진불암 쪽 객사로 숨어 들어온 서울의
어떤 잡지사 사진 기자 나리였다. 위인은 그 한 달쯤 전에 자기 회
사의 잡지에 실어 내보낸 '우리 바다가 일본 어선들에 짓밟히고 있

다'는 기사 취재 시 문책(文責) 기자와 함께 현장 사진 촬영차 독도 근해 취재를 다녀온 일이 있었는데, 그렇게 해서 내보낸 일본 어선들의 영해 침범 현장 사진 한 장이 뒤늦게 말썽을 빚게 된 것이랬다. 다름 아니라 위인은 그 고역스런 해상 취재 뱃길도 보람 없이 하필 그 무렵엔 일본 선들의 영해 접근이 뜸하여, 우리 어선들의 조업 현장 사진밖에 일본 선들의 우리 어장 남획이나 유린의 실상을 담아오지 못했댔다. 그래 위인은 현장 취재의 효과를 내기 위해 있는 기술을 다해 우리 배 몇 척을 일장기를 달고 있는 일본 배로 변조한 몽타주 사진을 제작 게재케 하고는, 그 밑에 친절하게 "일본 어선들의 횡포·남획 현장—선미에 일장기가 휘날리고 있는 모습이 역력하다"는 자상한 설명문까지 덧붙여놓았댔다. 그런데 당시 양국 현안으로 하여 일본 쪽 비위를 건드리기를 꺼려 하던 우리 당국자들이 용케 그 사진의 변조 사실을 가려내어, 위인은 이른바 '한·일 양국 간의 우호 관계를 저해하고, 국위를 모욕·실추시키려는 악의적인 허위 사실을 날조·유포한' 혐의로 한동안 수사 기관의 괴로운 추궁을 겪어야 했었다고. 그리고 이후로도 그의 약점을 이용하려는 당국자들의 집요한 압력과 감시의 눈길을 더 견뎌낼 수 없어 끝내는 이곳까지 몸을 피해 들어온 처지라고.

혐의 자체가 실소거리 정돈 데다, 그걸 큰 허물로 몸을 쫓기게 된 처지들이라니 그건 더 우스운 노릇이 아닐 수 없었다. 그러나 그것이 분명한 사실로, 그런 사람들까지 줄을 이어 절골을 찾아들 형세고 보면 바깥세상 돌아가는 꼴은 알고도 남을 조였다. 이제 세상은 실없는 우스개나 사소한 실수조차 좀체 용납되지 않는 살벌한 분위기가 되어가고 있음이었다. 세상이 온통 쫓기는 자들밖에 남지 않은 위태로운 판세가 되어가고 있음이 분명했다.

하다 보니 장손은 새삼 다시 자신의 처지가 다행스럽게 여겨졌다. 바깥세상이 험악해지면 장손에게도 물론 좋을 것이 하나도 없었다. 자신의 허물 정도면 이런 때 산을 잘못 내려갔다간 어느 귀신의 밥이 되어갈지 알 수 없는 형세였다. 절골과 무불암이 이런 땐 그의 낙원이었다. 이런 시절엔 그저 조용히 세상을 비켜 지내는 것이 난세를 살아나가는 무난한 지혜였다. 게다가 그에겐 이즘 들어 세상이 다시 보이기까지 했달까. 그런 일들이 새삼 흥미롭기도 하거니와 몸을 숨겨 쫓기는 위인들에 대해선 선참자로서의 전에 없이 각별한 동정심과 돌연스런 보호 의식까지 발동해왔다. 그는 자신의 처지가 그만큼 더 값지고 보람스럽게까지 느껴져 위인들의 신변사에 더욱 적극적으로 관심을 기울여나갔다.

— 어느 구름장에 비 싸인지 모른다고, 안팎이 이리 한참 시끄러운 판국에, 어쩌다 세상일이 뒤집히기라도 하고 보면 이 친구들 처지가 어찌 변할 줄 알었어.

미리 한 다리를 걸쳐두고 싶은 그다운 계산속마저 그것을 더욱 부추겨댄 탓도 있었다.

그런데 그런 기괴한 도피행들 중에서도 장손이 가장 납득하기 어려운 경우가 있었다. 자신을 그저 '변 주사'로만 소개한 사내의 경우가 그랬다.

그악스럽던 여름 더위가 한풀 꺾이고 아침저녁으로 제법 서늘한 바람기가 일기 시작한 8월 하순께의 어느 날 저녁 무렵. 장손이 또 하루 종일 뒷산 숲속을 헤매 다니다 지쳐 돌아와보니 무불암 그의 거처에 웬 30대 중반쯤의 대머리 사내 하나가 들어앉아 있었다.

"잠시 몸을 좀 쉬러 온 사람입니다. 본전 쪽 노암 스님이란 어른이 여기로 찾아가 노형께 도움을 청하라 하셔서요…… 잘 부탁합니다. 당분간 그저 변 주사로 불러주시고요."

사전 양해가 없이 미리 선실을 차지하고 있던 불청객은 장손이 들어서자 해명 투 전갈과 함께 공손히 양해를 구했으나, 그것은 물론 장손의 의향을 물은 것이 아니라 이미 결정된 일을 알려준 데 불과한 소리였다. 여느 경우 한가지로 그 변 주사라는 임시 호칭 외에 자신의 신분에 대해선 별다른 말이 없었지만 위인 역시 말하기 쉬운 휴양을 핑계 삼아 몸을 숨기러 들어온 도망꾼일시 분명했다.

그런데 위인의 갑작스런 입사에 장손은 우선 그가 불편스런 생각보다 노암이 위인을 하필 이 산 깊은 암자까지 그에게로 올려 보낸 의중이 궁금했다. 위인이 나하고 어울릴 만한 대목이 있어선가, 아니면 처지가 그만큼 절박한 까닭인가. 위인의 본색이나 옹색하게 쫓기게 된 속사연이 그만큼 궁금하기도 하였다.

하지만 위인은 본전 쪽에서 미리 무슨 소리를 듣고 왔는지 (절 옷 입은 사람을 첫 대면부터 노형이라 부르고 나서는 걸 보면 그건 굳이 묻지 않아도 알조였지만) 자신의 본색이나 허물에 대해서는 좀체 속을 열어 보이려질 않았다.

"여기선 다른 사람 속사정엔 두루 너그럽게 여기고 서로 삼간다면서요."

어느 고을에서 왔느냐, 무엇을 하던 사람이냐, 무슨 허물로 혹 쫓기는 몸이 아니냐, 호기심을 못 이겨 위인의 처지를 멋대로 추측하고 드는 장손의 거듭된 채근에도 위인은 그저 아리송한 웃음기나 은근히 이쪽을 나무라는 식으로 번번이 대답을 피해버리곤 하였다. 그리고 종당엔 장손의 채근 따윈 아예 침묵으로 무시하고 넘어가기까지 하였다. 도망꾼치고도 그 도사림의 정도가 유별난 위인이었다.

하지만 사연이나 허물은 다를망정 피차에 쫓기고 숨어 지내는 처지에, 그것도 서로가 격절스런 남의 토굴 선방에 함께 기거하고 지내면서 끝끝내 입을 다물고만 지낼 수는 없었다. 하루 이틀 장손과 숙식을 함께하며 나름대로의 관찰과 판단을 거친 뒤끝이었는지 모른다.

"그쪽에서 속을 털어놓기가 정 뭣하면 내 얘기라도 한번 들어보실 생각 없소? 선후참 사이에 경우는 바뀌었지만, 내가 여기 이러콤 중옷을 걸치고 숨어 지내게 된 속사연 말씀이오."

위인과 두번째 밤을 함께 맞게 되면서 장손이 이번에는 방법을 달리하여 별 꺼릴 것 없는 자신의 사연부터 털어놓으려 한 것이 뜻밖의 효과를 발휘했다.

"아니, 그럴 필요 없소. 그게 정 궁금하다면 내 간단히 거북한 처지를 일러드리겠소."

위인이 갑자기 이때까지와는 딴판으로 장손의 사연에 지레 겁을 집어먹고 입을 막아서듯이 서두르고 나선 것이었다.

그런데 위인의 사연을 듣고 보니 장손은 갈수록 그 별스런 처지에 어이가 없었다. 다름 아니라 위인은 놀랍게도 현직 경위 계급의 수사 경찰관 신분이었다. 그것도 섬진강 쪽 ㅅ시에서 시국 사범 전담의 베테랑급 수사관으로 그 동네선 꽤 이름이 알려진 처지였다. 위인은 도망꾼으로선 별난 신분 못지않게 이곳까지 몸을 숨겨오게 된 사연 또한 다른 사람들과는 경우가 전혀 달랐다. 흔히 해오던 대로 그는 얼마 전 한 시국 사범을 다루는 과정에서 운 나쁘게 녀석의 척추를 좀 다친 실수를 저지르게 되댔다. 그래 그는 더 이상 녀석을 족쳐댈 수가 없게 된 데다, 일이 더욱 어렵게 꼬이게 된 것은, 무혐의 방면에 화해의 조건으로 상당액의 치료비까지 챙겨 내보낸 녀석이 서를 나가자마자 이쪽과의 약속이나 함구의 다짐 따윈 헌신짝 버리듯 내팽개친 채 그길로 곧장 한 말썽거리 종교 단체를 찾아간 것이었다. 그간의 사정이나 녀석과의 약속은 거꾸로 비난과 추궁의 독화살이 되어 그를 잡으러 사방에서 날아들기 시작했고, 드디어는 때를 만난 반골 변호사들까지 합세하여 그를 상대로 법정 송사를 벌이고 나서기에 이르렀다. 일의 형세가 그 지경에 이르고 보니 위인은 물론, 일을 그냥저냥 어물쩍거려 넘기려던 서의 높은 사람들까지도 별다른 방책이 없었다. 형세가 만만찮아 "돌아가는 판국이 자네가 우선 혼자 십자가를 져주는 수밖에 없겠어. 최악의 경우엔 형식적일지라도 구속을 감수해야 할 사태까지 가게 될지 모르겠구……" 유감스럽게도 그것이 윗사람들의 자기 살을 잘라내는 마지막 대비책이었다. 그러나 그건 역시 팔이 안으로 굽을 수밖에 없는 한집안 사람들의 은밀한 배려이기도 하였다. 뒤에서 그것을 미리 귀띔해준 것은 그에게 은근히 기회를 준 셈이었다. 당할 때 당하게 되더라도 일단은 몸부터 피해놓고 볼 일이었다. 당장 험악스런 세론도 비켜설 겸, 천천히 대비책을 마련해볼 시간도 필요했다. 그는 때가 늦기 전에 그 기회를 이용했다—

위인이 제 입으로 털어놓은 입산의 변이었다. 말하자면 그는 앞산과 뒷강물 양쪽에 끼여 겹치기로 쫓기고 있는 신세였다. 어찌 보면 처지가 누구보다 난감하고 절박한 경우였다.

하지만 장손은 그쯤으로 위인에게 마음을 놓아버릴 수는 없었다. 그의 말을 곧이곧대로 믿을 수도 없으려니와, 그게 설령 모두가 사실이더라도, 위인은 어쨌든 아직 현직 경찰관이었다. 개 꼬리 3년 묵어도 황모 못 된다고 위인의 습성이 쉬 달라질 리 없었다. 위인이 한사코 신상담을 꺼려 한 것도 제 어려운 처지나 안전을 위해서보다 그런 점이 더 껄끄럽게 느껴진 탓이었는지 모르지만, 작자와 장손과의 사이는 아직도 쫓는 자와 쫓기는 자의 관계인 셈이었다. 위인이 어느 때 본색을 드러내어 장손이나 절골 사람들을 상대로 벼슬꾼으로서의 공적을 쌓으려 들지 몰랐다. 토끼굴에 호랑이가 숨어든 격이었다. 그것도 위인의 말이 다 사실이라면 쫓기고 굶주려온 위험한 호랑이였다. 그런데 노암이나 종무소 사람들은 어쩌자고 그런 인물을 받아들여준 것인가. 그리고 하필이면 장손 자기에게 그를 올려보낸 것인가. 장손과 위인을 한 물색으로 취급하여, 위태로운 인물끼리 한데로 격리시켜두려는 속셈에선가, 아니면 정말로 위인의 처지가 누구보다 위태로워 무불암을 그에게 가장 안전한 곳으로 지목한 결과인가. 장손은 도대체 노암이나 절 사람들이 그 정체나 제대로 알고 처결한 일인지, 경위나 속셈을 알 수가 없었다. 그 절 사람들의 숨은 속셈과 함께, 위인에 대한 의구심이나 불안감도 그만큼 더해갈 수밖에 없었다.

위인도 아마 장손의 그런 불편한 심중을 짐작한 모양이었다.

"뭐, 안심하시지요. 사연이야 어쨌든지 여기서는 노형이나 나나 똑같이 쫓기고 숨어 지내는 처지 아니오. 절 사람들도 미리 그런 말을 해줍디다만, 서로가 돕고 의지하며 지내야 할 우리 처지에 상대방을 의심하거나 해를 끼치려 해서야 되겠소. 절에서도 그 점 나를 믿지 못했다면 받아들여주었을 리가 없고요."

위인이 이번에도 장손에 앞서서 그의 찜찜한 의구심을 씻어주고 싶어 하였다.

"그래 나는 가급적 신분을 드러내지 않으려 한 것은 물론 남의 사연도 알고 싶지가 않았지요. 아까 내가 당신의 말을 가로채고 나선 것도 그래서였던 게요. 내가 먼저 노형의 일을 알게 되는 것보다 차라리 노형 쪽에서 먼저 나를 아는 것이 서로 간에 마음이 편할 테니까 말요. 그러니 노형의 이야기는 차츰 듣기로 하고, 이 일은 우리 서로를 위해서 다른 사람들에겐 될수록 입을 다물어주는 게 좋겠어요."

그의 어조나 다짐은 더없이 진지하고 허심탄회하기까지 했다. 하지만 장손은 위인의 그런 솔직한 다짐에도 여전히 마음을 놓을 수가 없었다. 그의 속을 미리 다 꿰뚫어보고 있는 데다, 자신의 일에 대해 다른 사람들에겐 계속 입을 다물어달라는 당부에 이르러선 마음이 놓이기보다 위인이 더욱 수상하고 위험해 보이기만 하였다.

21

절골은 이제 한때 남의 뒤를 쫓던 자까지 거꾸로 처지가 바뀌어 쫓기는 자로 숨어드는 곳이 되고 있었다. 그리고 그런 우스운 사연으로 몸을 숨겨 들어오는 도망꾼들은 아직도 계속 줄을 잇고 있었다. 세상일을 좀 과도하게 걱정하거나 비아냥거리다 유언비어 유포와 국가 모독죄로 쫓겨온 젊은 환쟁이·글쟁이 들, 학생 아이들에게 참 민주주의라는 걸 가르쳐보려다 졸지에 쫓기는 몸이 된 중학교 훈장님, 심지어는 부질없이 윗사람의 구린 데를 알고 있었다는 것만으로 괘씸죄에 걸려 쫓겨난 하급 공무원, 그리고 거꾸로 원리 원칙대로만 아랫사람을 부리다가 더 높은 자리의 비위를 건드려 엉뚱하게 그 아랫사람들의 부정에 대신 책임을 지게 된 고지식한 중간 간부…… 아마도 그것은 바깥세상이 볼장을 다 보아가는 징조일 테지만, 대신 이 절골은 바야흐로 그렇듯 실없이 쫓기게 된 자들의 소중한 둥지나 가위 천국이 되어가고 있었다. 그리고 이곳에선 그 변 주사 말마따나 쫓고 쫓기던 전력과는 상관없이 전날의 신분이나 직무가 반대였던 사람들까지도 너나없이 함께 쫓기는 자의 입장에서 서로 돕고 의지해나가야 할 처지가 되었다.

장손은 그럴수록 더 운신이 바빠지게 마련이었다. 그 예기치 못한 정 씨의 봉욕에 관한 신문기사를 보고부터, 아니 더 정확히는 그 본의 아닌 불상사를 부르고 만 역사쟁이 모자의 일을 겪고 나서부터, 장손은 갈수록 위인들의 일을 무심히 보아 넘길 수가 없었

310

다. 전날엔 대개 심통스런 호기심이나 놀잇감 정도로나 여겨지던 일들이 이즈막엔 번번이 그의 마음을 아프게 해왔다. 할 수만 있다면 나름대로 어떤 충고나 도움을 보태고 싶은 생각이 들기도 하였다.

그래 그가 이튿날 일을 착수하고 나선 것이 그 변 주사의 정체와 동정을 온 절골 사람들에게 귀띔해주는 일이었다. 쫓기는 처지끼리 서로 도우며 의지하고 지내자는 변 주사의 말은 사실 백 번 옳고 남았다. 하지만 장손으로선 그를 여전히 안심할 수가 없었다. 위험한 일이나 그에 대한 정보를 귀띔해주어서 미리 위험을 경계하고 대처케 하는 일이야말로 쫓기는 자끼리 서로 나누어야 할 가장 첫번째 덕목이었다. 그 소중스런 공동 규범이야말로 누구보다 그 변 주사 자신에 대해서부터 먼저 적용되어야 하였다. 말하자면 위인은 장손이 한편으론 보호를 해주면서도 다른 한편으론 의심 속에 그 동정을 감시하고 다른 사람들을 경계시켜야 할 거북한 상대인 것이었다. 그렇다고 그 일로 새삼 다른 수고를 더할 것도 없었다. 그동안의 정탐질과 이삭걷이 나들이로 절골 안 일이라면 장손에겐 이미 제 손바닥 일처럼 사정이 훤했다. 두류산 높은 연봉과 아홉 골짜기 길은 물론, 본전과 암자, 암자와 암자 사이를 오가는 노정도 제 안마당을 거닐 듯 발길이 익숙했다. 게다가 그는 아직 그 밀탐과 이삭걷이 나들이에도 갑자기 마음을 비울 수 없는 처지였다. 그 밀탐과 이삭걷이 나들이 길에 일을 함께 겸해나가면 되는 일이었다. 하다 보면 그 정씨와 주성조 모자의 일로 인한 꺼림칙한 죄책감도 얼마간 덜게 될 수가 있었다.

하여 그는 지레 신명이 나서 먼저 광명전 쪽부터 찾아 내려갔다. 일중 녀석을 만나 본전 쪽 어른들이 변가의 본색을 제대로 알고나 있는지부터 짚어보기 위해서였다.

하지만 일은 전부터 늘 그래 온 것처럼 첫 대목부터 별 호응을 얻을 수가 없었다.

"높은 어른들의 처결을 제가 어찌 압니까. 저는 그저 시키는 대로 손님을 모셔다 드렸을 뿐이라요. 헌데 처사님은 왜 또 남의 일에 회가 동해가지고 수선이세요?"

변 주사가 어떤 사람인지 아느냐는 장손의 물음에 일중은 첫마디부터 시큰둥한 대꾸였다. 그리곤 외려 또 그의 저의가 의심스러운 듯 비아냥 투로 내뱉곤 금방 얼굴을 돌려버렸다.

그런 무관심과 나무람은 노암 스님 역시 마찬가지였다. 장손이 그길로 다시 본전길을 찾았을 때 노암 큰스님 역시도 그 아리송한 나무람 투뿐이었다.

"그 사람의 본색을 알면 어떻고 모르면 어떠냐. 너는 제 허물을 앓는 곳이 없는 위인이더냐. 절간은 누구든지 제 허물을 앓는 사람을 내칠 수 없는 곳인즉…… 그 역시 제 허물로 제가 앓고 있는 것이라면 네가 그 속을 상관할 일이 아니로다. 알 일도 아니고 간섭할 일도 아니니라……"

알고 모르고를 말해주긴 고사하고 그런 데에 마음을 쓰고 다니는 행사까질 부질없어하는 소리였다.

하지만 장손은 그 정도에 뜻을 꺾고 주저앉고 말 수는 없었다. 절 사람들이야 어쨌건 도망꾼들은 그 사실을 알아야 하였다. 그는 그길로 다시 광명전 외사채로, 진불암·북암·만일암 은신처로 하루 종일 그 변 주사의 본색을 통기해주고 다녔다.

하지만 장손이 아직 그토록 미덥지가 못한 탓이었을까. 그 외사채나 객방 녀석들도 그의 귀띔을 전혀 달가워하는 빛이 아니었다.

"거 토끼하고 늑대가 한 굴 살림을 차리게 된 격이구랴. 하지만 그게 정말 사실이라면 우리 걱정보다도 오월동주 격인 안 씨 신상부터 잘 단속해나가얄 판 아니오…… 어쨌든 일부러 사정을 알려준 건 고맙수다."

맨 처음 그를 맞은 광명전 외사채의 문 원장은 성미가 원래 좀 건성스러워 그런지, 시큰둥하게 남의 일을 말하듯 하면서도 곧이라도 좀 들어주는 시늉을 보였다. 하지만 전사를 아는 그 방의 애송이 녀석들은 노골적으로 뒤에서 그를 비꼬고 돌아갔다.

"토끼하고 늑대가 아니라 같은 늑대끼리 한 굴 살림을 시작한 건지도 모르지요."

"늑대들끼리라면 게임이 더 재미있겠구만."

하지만 그쯤은 아직 약과였다. 역사쟁이 주성조를 누구보다 존경하고 따랐던 진불암의 똑심이 년은 그를 아예 상대조차 해주려지 않았다. 그간 또 장손에 대한 악담들이 오간 탓인지 그가 가까이 다가가기만 하여도 슬슬 꽁무니를 빼고 돌아서버리는가 하면, 급한 대로 뒤를 쫓아가 용건을 꺼내볼래도 소 닭 보듯 멀뚱멀뚱 대꾸 한마디가 없었다.

거기서도 또 한술을 더 떠 그의 심사까지 건드리고 온 것은 주성조 모자의 일이 있었던 북암패들이었다.

"이거 혹 고양이가 쥐 생각해주는 거 아니여?"

"며칠 새 또 누가 덫에 걸릴지 모르겠네."

이제 제법 얼굴들이 익은 처지에도 내놓고 면전에서 그를 비꼬고 들거나 오금을 박아왔다. 도대체 그를 바로 상대해주려거나 진정 어린 귀띔을 받아주려는 사람이 없었다.

하지만 장손은 당분간 그런 걸 상관치 않기로 했다. 자신의 전력이나 이곳에서의 소행들, 더욱이 근간의 불상사들을 생각하면 그만한 의심이나 따돌림 정도는 어쩌면 당연한 것일 수 있었다. 그 모두가 자기 허물은 아니더라도, 위인들이 금세 그를 믿어주기를 바라는 것이 오히려 염치없는 노릇 같기도 했다. 기왕에 한번 작심을 하고 나선 마당에 그만 백안시나 홀대 따위로 다시 생각을 바꿀 수는 없었다. 게다가 이제는 그에게도 어느 정도 위인들의 처지나 절골의 숨은 사정들이 눈앞에 드러나 보이기 시작한 참이었다. 그리고 자신이 그 일을 스스로 감당해보고자 나선 동기도 전일의 경우와는 많이 다른 데가 있었다. 어슴푸레나마 거기 어떤 자부심과 보람까지 느껴지던 터였다. ……어색하고 껄끄러운 노릇이긴 하지만 어차피 제 작심에서 제가 나선 일, 그는 좀더 참고 일을 계속해나가기로 하였다. 당분간은 어떤 수모나 의심도 감내하고 제 할 일만 묵묵히 밀고 나가기로 하였다. ―그러다 보면 위인들도 차츰 마음이 달라질 때가 오것제. 이거야말로 어디까지나 저희들 신변을 지켜주려는 내 진심에서라는 걸 말씀여……

그는 누가 뭐라든 아랑곳하지 않고 밤낮없이 절골을 누비고 돌아다녔다. 이곳저곳 수상한 기미들을 살피고, 그것을 이리저리 통

314

문(通聞)해주는 것으로 계속 분망스런 시간을 보냈다. 아직은 눈에 띄어오는 용의점이 없었지만 그중에도 그 동숙인 변가의 일거일동에 감시의 눈길을 게을리하지 않았음은 두말할 것이 없었다.

하지만 아직도 그의 진심이 통할 수 없었던 것인가. 장손은 또 거기서도 한차례 무참스런 배신감과 낭패감을 떠안고 허무하게 마음이 내려앉아야 하였다. 이번에도 그 변 주사의 일로 해서였다. 아니 사실은 변 주사 이전부터 한 가지 그를 망연스럽게 한 일이 있었다. 그 무렵 어느 날, 어떤 경로로 해선지 절골에 참으로 언짢기 그지없는 비보가 전해 들었다. 그 북암의 역사패 주성조가 노친넬 떠나보내고 나서 바로 산을 끌려 내려간 사실을 고향에서도 전해 듣게 됐던지, 그 일이 있고 난 바로 며칠 뒤에 그의 향리의 노부가 농약병을 털어 마시고 아예 세상을 버렸다는 소식이었다. 뜻하지 않은 비보에 절골 사람들이 놀라고 망연해한 것은 더 이를 나위가 없었다. 그러나 그 소식에 놀라고 충격을 받기로는 장손이 누구보다도 더했다.

"죽은 사람은 거 죽은 사람이지만, 노친네까지 혼절하고 누워 있어 까딱 잘못하면 줄초상이 날 판이라지……"

두 사람의 곡량거리를 가지러 본전 쪽 공양간을 내려갔다 오다가 집허당께서 우연히 소식을 들은 장손은 그를 별로 염두에 두고 있지 않은 것 같은 그 문 원장 앞에서 머릿속이 일순 멍멍해지고 있었다. 그리고 잠시 후 밭은 목소리를 가다듬어, 그거 참 자식이 제 아버지 저승 문을 열어준 꼴이구만……, 어쩌고 씨부리며, 짐짓 아무렇지 않은 척 외사채를 비켜 나오면서도, 마음속은 말 그대로 금세 지옥 속 한가지였다. 이번 일에도 물론 그가 직접 책임을 느끼거나 마음을 움츠려야 할 허물거리는 없었다. 한데도 장손은 그 아들이 산을 끌려내려간 일 한가지로 이런저런 불상사들이 모두 자신의 허물처럼만 느껴지고 있었다. 그래 그 무겁고 난감스런 심사 속에 암자로 올라갈 생각마저 잊은 채 이날 한나절 내 광명전 부근만 하릴없이 서성이고 있었다.

절골 위인들은 이번에도 그런 장손의 심사 따윈 전혀 아랑곳을 안 했다. 장손에 앞서 소식을 전해 들은 위인들은 그간 그 주가 녀석과 얼마나 마음들을 깊이 트고 지낸 처지였는지, 그리고 누가 앞장을 서 나선 일인지, 장손과 변 주사 몇 사람을 제외한 채 저희끼리 수런수런 조위금을 모은다, 조문행을 나선다 분주하게 돌아가고 있었다. 하더니 바로 이날로 위인들은 비교적 신상의 위험이 덜한 문 원장과 북암 쪽에서 내려온 요양파 한 사람을 대표로 뽑아 본전 쪽에서 나선 한 젊은 스님의 안내로 은밀스런 조문행을 떠나보냈다.

그렇지 않아도 심기가 어지럽던 참에 위인들의 그런 따돌림과 백안시는 장손을 더욱 어정쩡하고 난감스럽게 하였다. 터놓고 추궁하거나 배척하고 드는 것보다 어정어정 겉도는 그를 모른 척하고 내버려두는 식의 무관심이 그를 더욱 못 견디게 했다. 그렇다고 한번 작심을 한 이상 똥 뀐 놈이 지레 방문짝 퉁기는 격으로 그걸 먼저 이쪽에서 허물하고 나설 수도 없었다.

하여 그는 이날 저녁 조문행이 떠나간 뒤 혼자서 새삼 열이 뻗쳐 오르는 어지러운 심회를 주저앉혀볼 겸하여 오랜만에 다시 아랫마을로 난정이 년을 찾아 내려갔다. 심사가 그렇듯 뜨겁고 아프게 끓어오르던 초여름께 어느 날 다시 그녀를 품어준 이후론 년의 소리나 소식을 전혀 들을 수 없게 된 일까지 새삼 마음을 적막스럽게 해온 때문이었다.

그런데 그것이 더욱 참담스런 망신길이었다. 까마귀 똥도 약에 쓰려면 강을 건너간다더니 년까지 그사이 산을 내려가버린 것이 그 망신살의 첫 징조였다. 아랫마을 호젓한 골목 주점을 찾아들어 대원여관 쪽으로 전화를 넣어보니 년이 산을 내려간 지가 이미 한 달 가까이나 되어간다는 거였다. 여름 더위가 고비를 넘어서면서부터 전에 없던 읍내 출입이 잦아지더니, 종당엔 그 성내 어디쯤 자리를 잡고 들어앉아버렸는지 얼굴을 아예 볼 수 없게 된 지가 달을 채워간다는 대답이었다. 하긴 그날도 기미가 좀 수상쩍기는 했었다. 저 인자는 그만 산을 내려가고 말까 봐요. 마른하늘만 바라보고 살기는 내 신세가 너무 처량해요— 그날 그녀가 흐트러진 몸을 추스르고 나서 새삼 원기가 어린 어조로 그를 떠보던 소리였다. 그와의 마지막 결별 행사라도 치르고 난 듯한 년의 소리에, 장손은 그러나 그저 모처럼 사내를 받아들인 계집의 암기에 겨운 어리광쯤으로 무심히 흘려넘기고 말았었다. 그리고 이후론 위인들의 일에 몰두해 지내느라 언제부턴지 년의 소리가 아예 절골에서 사라진 것도 모르고 지내온 것이었다. —그것이 진짜 년의 진심이었던가, 그리고 그게 정말 년과의 마지막 이별 행사였던 셈인가. 년이 산을 내려간 지가 한 달에 가깝다면 그건 아마도 그 일이 있은 직후의 일이었음이 분명했다. 그의 이날의 처지가 처진지라 년마저 그리 종적을 감추고 없으니 그로서도 미상불 아쉽고 허전한 대목이 없을 수가 없었다.

하지만 그뿐, 오매불망 가슴속에 품어온 여자도 아닌 터에 그걸로 더 이상 마음을 쓸 것은 없었다. 그렇듯 덧없는 만남과 떠남이 그의 변함없는 인생 행로였던 터에, 년의 행방을 굳이 수소문해볼 생각도 없었다. 어떻게 생각하면 그간 이따금씩 그의 심사를 헤집어들곤 하던 어떤 거북살스런 흉터 같은 것이 제절로 사라져 준 것 같아 기분이 오히려 시원섭섭하기까지 하였다.

보다 그는 이날 모처럼 마을을 내려온 김에 술이나 한번 실컷 취해 들어볼 요량으로 비어 노는 안방으로 술상을 차고 들어가 앉았다. 그나마 검은색 절옷을 걸친 탓에 바깥 사람 눈길만은 피해두기 위해서였다.

그렇게 자작으로 불편하게 서걱거리런 오장을 제법 질펀하게 적셔내리고 나서였다. 그새 서서히 아랫배에 차오른 팽만감을 끄고 올 양으로 잠시 방을 나서려던 참이었다. 그간 뒤껼 쪽 어느 한 방에서도 은밀히 판을 벌인 작자들이 있었던지, 때마침 방을 나와 술청 쪽으로 길을 돌아나가며 두런두런 주고받는 소리가 들려왔다.

"……어쨌든가…… 거처가 안전하시다니 전 마음놓고 돌아가겠습니다."

"그래 그럼…… 사람들 눈 때문에 나 먼저 나갈 테니 자네는 조금 있다가 내려가보라고……"

때가 아직 일러 술손이 드문 데다 오갈 속 이야기들이 이미 끝난 탓인지, 어딘지 사람을 경계하는 빛이면서도 기척을 죽이고 있는 장손의 방 쪽엔 그리 신경을 안 쓰는 밀담 투였다. 한데 장손은 그 위인들의 이야기뿐만 아니라 목소리까지 어딘지 수상쩍은 느낌이 들었다. 본능적으로 잠시 기동을 중지한 채 머릿속을 더듬다 보니 뒤엣사람의 것이 역시 아침까지 귀에 익어온 동숙인 변가의 음성이 분명했다. 이것 봐라! 그는 새삼 다시 마음을 도사리며 문틈으로 슬며시 바깥을 내다보았다. 그의 판단은 과연 어긋남이 없었다.

"그럼, 먼저 나가보십시오. 저도 이만 곧 내려갔다가 일간 또 찾아뵙도록 하겠습니다."

해남서 쪽 졸때기가 분명해 보인 젊은이가 방금 술청을 돌아나가는 변가를 뒤따르다 말고 그의 등짝에다 작별 인사를 보내고 있었다. 그러자 변가도 얼핏 그를 돌아다보고 마지막으로 한번 더 당부를 남겼다.

"그래…… 그리고 아까 말대로 다음번엔 직접 암자까지 올라오지 말고 종무소 쪽에다 귀띔만 해주고 여기서 기다리는 거 잊지 말고……"

제 말을 채 끝내기도 전에 변가는 서둘러 주점을 나갔고, 위인에게 어떤 밀신(密信)을 전하러 왔을 게 분명한 졸때기는 제 상전의 안전을 위해 잠시 더 술청 탁자에 걸터앉아 담배를 피워 물고 시간을 기다렸다.

──그러면 그렇지. 위인이 어쩐지 구렁이처럼 느물거리더니 누구 눈을 속이려고……

장손은 어느새 술기가 말짱 걷히고 만 느낌이었다. 위인들의 수작과 정황이 이제는 제 손바닥을 들여다보듯 뻔했다. 두말할 것도 없이 위인들은 엉큼스런 도피행을 핑계 삼아 절골 형편을 정탐질해가고 있는 밀정들임이 분명했다. 주점은 일테면 위인들의 비밀 접선 지점쯤 되고 있는 셈이었다.

　—저런 위인들을 절에서들은 어쩌자고……

　장손은 한편으로 뒤가 조마로워지면서도 한편으론 은근히 쾌재를 억누를 수가 없었다. 그만큼 마음이 조급하기도 하였다.

　—내 이 작자를 그저!

　그는 다시 한 번 결의를 가다듬고 나서 침착하게 방문을 밀치고 나섰다. 그리곤 어디론지 방구석으로 숨어 들어간 주모를 부를 틈도 없이 자신이 대충 술값을 셈해 던지고는, 아직도 그 출입문을 지키고 앉아 있는 사내의 주의가 쏠리지 않게끔 별 볼일 없는 낮술꾼처럼 비척걸음으로 주점을 빠져나왔다.

　주점 문을 나서자마자 다시 행동을 민첩하게 하기 시작한 장손은 그새 이미 어둠이 꽤 짙어진 속에서도 오래잖아 그 변가를 따라잡을 수 있었다. 위인은 방금 반야교를 지나 약수터 근처 어둠 속으로 뒷모습이 천천히 사라져가던 중이었다. 그 변가를 확인하고부터 장손은 다시 한동안 자신의 기척을 죽이며 먼발치로 천천히 뒷모습만 뒤따라 올라갔다. 그러다 이윽고 위인이 해탈문을 지나 종무소 쪽을 외면하고 무불암 오르막길로 꺾어든 순간이었다.

　"이보시오. 변 선생……! 이거 참 본의 아니게 요상헌 대목에서 맞닥뜨리게 된 갑네요, 잉?"

　장손은 마침내 행동의 때가 도래한 듯 갑자기 발길을 서둘러대며 뒤에서 급히 알은체를 하고 나섰다. 그리고는 돌연스런 장손의 출현에 영문을 알지 못해 어정쩡한 표정으로 그를 기다리고 서 있는 위인에게로 다가가 다짜고짜 낚아채듯 그의 팔소매를 끌어대기 시작했다.

"그러니 오늘은 더 의뭉떨 생각 말고 암자보다 나하고 지금 종무소 쪽부터 가봐주셔야겠구만요, 잉?"

"아니, 이거 갑자기 왜 이러는 거요. 안 형하고 지금 내가 무슨 일로 종무소엘 가자는 거요?"

졸지에 완력으로 덮쳐들다시피 해오는 장손의 행동에 변 주사는 더욱 영문을 알 수 없어 하는 표정이더니, 그 마구잡이 식 장손의 강요에 그도 곧 심상찮은 기미를 알아차렸음인지 우선 그 붙잡힌 팔소매부터 빼내려 무턱대고 안간힘을 써댔다. 하지만 나이가 나인지라, 그 역시 직업상 호신술을 한 가닥쯤 지녔을 터인데도 움직일수록 더욱 옥죄어들기만 하는 덫처럼 완강하기 그지없는 장손의 완력 앞엔 속수무책으로 기가 꺾이고 말았다. 그리고 그의 버둥거림이 가라앉기를 지그시 기다리고 있던 장손이. 자 그럼 이젠 내 말을 고분고분 들어주시는 게 서로가 좋겠지라 어쩌고, 은근히 그를 어르고 드는 소리에도 더 이상의 저항이 부질없게 여겨진 듯 제물에 묵묵히 종무소 쪽 길을 앞장서 오르기 시작했다. 어찌 보면 위인의 그런 체념적인 태도는 장손의 뚝심을 감당할 수가 없어서보다 그쯤에서 이미 자신의 꼬리가 붙잡힌 것을 알아차리게 된 결과인 것 같기도 하였다.

하지만 그 역시 장손의 오해요 그 스스로 연출한 무참스런 망신극에 불과했다.

"자, 이제…… 이 어른들 앞에 당신이 방금 숨어 놀아먹고 온 짓거리를 털어봐보시지."

장손이 위인의 덜미를 끌고 들어서자 아직까지 종무소에 남아 있던 스님들 역시 곡절을 알 수 없어 어리둥절한 표정으로 두 사람의 얼굴을 번갈아 쳐다보고 있었다. 장손은 위인을 그 스님들 앞에 패대기치듯 밀어 주저앉히며 의기양양 제 입으로 허물을 자복시키려 들었다.

그러나 변 주사는 그 장손의 거친 행동에도 웬일인지 그다지 겁을 먹는 기색이 없었다.

"이제 보니 이 사람, 내가 아랫동네 주점에서 본서 사람들을 만나는 걸 엿본 모양이구만요."

위협적인 뚝심에 잠시 비틀거리던 자세를 다시 일으켜 세우며 장손의 존재는 아예 무시해버린 채 스님들 쪽을 향해 그리 대수롭잖은 어조로 말했다. 어리둥절해 있던 스님들도 그제서야 곡절을 알겠다는 듯 얼굴에 안도의 웃음기들이 떠올랐다.

"일이 어찌 하필 그렇게 됐던가요. 그 참 엉뚱한 봉욕을 당하신 거구만요. 하긴 안 처사님은 그간의 사정을 모르고 계실 테니까요, 허허……"

소란을 지켜보고 있던 경운은 숫제 웃음을 참지 못해 하면서도 장손의 소행을 은근히 나무라기까지 하였다.

"안 처사님은 아직도 행신을 더 삼가야겠구면요. 변 처사님은 이미 여러분들 앞에서 양심선언을 하신 분이랍니다."

듣고 보니 장손 한 사람을 제외한 위인들 간에선 이미 어떤 약조나 묵계가 있어서 이날의 변 주사 일을 대강 다 알고 있었던 모양이었다. 변 씨가 바깥 사람들과 은밀한 내통을 하고 있는 것을 전혀 허물하는 눈치가 아니었다. 허물을 삼으려기보다 어딘지 그것을 이용하고 있는 낌새마저 완연했다.

"양심선언이라니 무슨…… 양심을 어떻게 한다는 소린지 모르지만 이 사람은 아까 분명 아랫동네 주점에서 자기 바깥 패거리하고 내통을 하고 있었다니께요. 내가 그 현장을 이 두 눈으로 똑똑히 지켜보고 뒤를 쫓아온 참이란 말이오."

장손은 그 양심선언이란 말뜻부터가 귀에 설어 한번 더 볼멘소리를 내대고 나섰다. 하지만 경운은 이번에도 그 양심선언이라는 말풀이 대신 장손의 경망스런 참견을 나무라듯 변 씨 쪽만 일방적으로 두둔하고 들었다.

"변 처사님은 이미 진실된 양심선언으로 지난날의 과오를 씻고 계신 중이랍니다. 우리가 이분을 믿고 기다린 보람이 있어 당신 스스로 그런 결단을 내려주신 거란 말입니다. 그러니 변 처사님은 앞으로 이 절골 사람들을 해롭거나 위태롭게 하실 일이 없으실 겁니다. 아까 바깥 사람을 만나고 오신 것도 그 사람들 일을 위해서가 아니라, 안 처사님처럼 처지가 어려운 분들을 보호해드리기 위해서였어요. 그러니 안 처사님도 앞으론 그 점을 깊이 유념하고 계셔야겠어요."

22

장손은 그 어이없는 일로 절 사람들에게 다시 한 번 웃음거리가 된 꼴이었다. 더욱이 그가 계속 의심을 품어온 변 주사까지 그간에 양심선언인가 뭔가로 절골 사람들과 한통속이 되어 돌아가고 있는 데에는 자신의 막막한 주변이 새삼 되돌아 보이지 않을 수 없었다. 양심선언이라는 것이 어떤 놀음인가를 알게 되고, 그걸로 변 씨가 지난날의 허물을 씻고 떳떳하게 새사람이 되었다는 데에 이르러서는 까닭 모를 절망감이 숨통을 답답하게 죄어드는 것 같기도 하였다.

하지만 장손은 그 역시 길게 개의하지 않았다.

——그래, 그간 내 행각이 위인들의 생각을 쉽게 돌려놓을 수는 없겠제. 그냥 당할 대로 당해두자. 그리고 계속 내 식으로 나가보자. 하다 보면 언젠가는 위인들도 내 진심을 알게 될 때가 있을 거다.

절 사람들에 대한 반감과 뜨거운 오기를 참아 누르며 자신의 결의부터 한 번 더 아프게 다져나갔다. 실상은 그 절골 사람들이나 변 주사 역시도 장손의 그날 행동을 허물하고 든 것만은 아니었다. 그의 단순하고 결 거친 행동에 쓴웃음을 지으면서도, 장손도 나름대로 절골의 안전을 지키고 싶어 한 데에는 적지 않이 안도감과 고마움을 지니게 된 것이 분명했다. 이후부터 위인들이 장손을 대하는 태도엔 어딘지 전보다 허물이 덜해 보인 게 사실이었다. 양심선언으로 돌연 새사람이 되었다는 변 주사의 경우는 어차피 사정이 알려지고 만 탓인지 장손에 대한 태도나 일상의 마음가짐이 아예 백팔십 도로 달라졌다. 그 일이 있은 뒤로 장손은 계속 위인과 거처를 함께하고 지내는 것이 떨떠름한 기분이었지만, 위인은 그런 걸 조금도 괘념하는 빛이 없었다. 경운 스님 말마따나 그는 이제 틈만 나면 자신의 과거사를 자책하며 장손을 포함한 절골 사람들의 불안스런 처지를 걱정하는 것으로 시간을 보냈고, 장손에 대해선 더욱 제 아우라도 대하듯 너그럽게 굴었다.

"허물을 짓고 살 수밖에 없는 게 세상일이지만, 사람이란 그 허물을 벗어날 기회를 찾아 붙잡아야 하는 것 아니겠소. 안 형은 무슨 일로 이 곤욕을 치르고 있는지 모르지만, 난 요즘 지난날의 허물을 벗고 나니 마음이 이리 가볍고 편할 수가 없구려."

그는 때로 그렇듯 자신의 일을 빌려 장손의 의중을 은근히 떠보려 들곤 했다.

마음먹기에 따라선 그 양심선언이라는 것도 여간만 편리한 변신책이 아니었다. 그리고 어느 면 제 기회를 빼앗긴 듯 은근히 아쉬운 생각이 안 드는 것도 아니었다. 변 주사 같은 위인이 그런 식으로 졸지에 변신을 하고 나선 마당에 그리고 그것이 불가능할 리 없었다. 하지만 그는 이미 차례를 밀린 처지에 그것이 아무리 부럽고 아쉽더라도 변 주사의 뒤꽁무니를 따르고 싶지는 않았다. 어느 편이냐 하면, 그는 그 절 사람들의 편리한 분별력이 아쉬웠고, 변 주사에 대해선 하루아침에 구원을 받은 벼락치기 광신도에게서처럼 싱거운 경멸기마저 금하기 어려웠다. 하지만 기왕 제 옳은 길을 찾았노라는 그 변 주사의 일에 굳이 역겨운 생각을 지니고 지낼 일도 아니었다. 소심한 위인들의 눈치를 볼 것도 없었고, 그 앞에 새삼스레 양심선언인지 뭔지 해서 제 꼴새를 구기고 나설 것도 없었다. 내 일은 내 식대로— 정대식이나 주성조 모자의 일에 어떤 허물을 지었다면 그 허물을 지닌 대로, 전날처럼 그저 발에 익은 절골 숲을 누비고 다니며 기왕에 작정하고 나선 제 할 일만 해 나가면 그만이리라는 생각이었다. 하다 보면 언젠가는 그 허물의 값을 조금씩 치르게 될 때도 있을 게고, 위인들의 그에 대한 믿음의 뿌리 같은 것이 얽혀들게 될 때도 오게 될 터였다.

장손에겐 이제 실상 그 밖에 다른 선택의 길도 없었다. 굳이 지난날의 허물을 벗는 일이나 서로 간에 도움이 되는 일로 말한다면, 밤낮으로 이곳저곳 절골 곳곳을 헤매고 다니는 그의 오랜 버릇은 주야장 불안하게 방구석에만 틀어박혀 부질없는 근심과 말 적선만 일삼고 지내는 그 변 주사의 '양심'보다 훨씬 쓸 만한 데가 있었다.

하지만 장손이 그 지나간 일들이나 주위의 눈길을 무시한 채 그의 식대로 일을 밀고 나간 것은 그의 그런 자존심이나 다른 선택이 불가능한 옹색한 처지 때문만이 아니었다. 그것은 무엇보다도 이즈음부터 갑자기 형세가 더 험악해져간 절골 사정 때문이었다.

변 주사의 일로 하여 장손이 다시 절 사람들의 웃음거리가 되고 만 사나흘쯤 뒤의 어느 날, 바야흐로 절기가 선선한 가을철로 접어들기 시작한 9월 초순께의 일이었다. 이날도 또 갑자기 해가 오후로 기울어들 무렵부터 절골엔 까닭 없이 사람들의 움직임이 부쩍 부산해지기 시작했다. 본전이나 암자·외사채를 가릴 것 없이 그런 부산스런 움직임이 순식간에 절골 전체로 번져가는 듯싶더니, 이윽고 변변한 도량들 근처에선 숨바꼭질 마당처럼 바깥 사람들의 흔적이 말끔 다 사라지고 말았다. 절간께에 남은 것은 깊은 선방에 들어앉아 염불 소릴 읊거나 절 살림살이로 이따금 빈 뜰을 건너다니는 먹물 옷의 스님들뿐이었다.

절골은 어느새 그 텅 빈 침묵 속에 때 없이 한가하고 불안스런 적막감만 감돌고 있었다.

"안 형도 잠시 몸을 비켰다 오시는 게 어때요?"

본전 쪽을 다녀오던 길로 선걸음에 다시 무불암을 나가면서 장손에게 건네온 변 주사의 귀띔으론 이날 안으로 어느 힘이 큰 기관에서 대원사 은신자들에 대한 일제 검색이 있을 것 같다더라는 거였다.

하지만 장손은 이날 그 변 주사나 다른 은신자들처럼 숲 속으로 몸을 피해 들어가지 않았다. 오히려 다른 사람들과는 거꾸로 무불암 거처에서 광명전 쪽으로 내려가 아랫동네 기미를 살피고 있던 일중과 늦게까지 일의 추이를 기다렸다. 근자 들어선 바깥세상 형세가 더욱 엉망이 되어가고 있다는 소문이라, 이날의 소동도 그 바깥 동네 일과 상관이 있는 것이라면 장손의 허물 따위는 크게 마음에 둘 일이 아닌 데다, 모처럼 자신의 먹물 옷 효험도 좀 시험해보고 싶은 배짱이 앞을 선 때문이다. 일테면 그는 그 절옷에 의지하여 주위에 오기와 배짱도 과시할 겸 일의 동태를 미리 살펴 위인들의 안전을 도모해주자는 생각이었다.

그러나 이날 장손의 그런 결의는 별로 빛을 볼 수가 없었다. 해가 저물고 어둠이 깃들일 때까지도 그저 범상스런 산행꾼들 이외에 절골을 덮치려 든 사람은 아무도 없었다. 일대에 좀 수상한 기미가 비친 거라곤 해 질 녘 진불암 외사채 근처에 낯선 땅꾼 두 사람이 스쳐 지나간 정도뿐이었다.

"하지만 그 사람들도 곧 어스름에 쫓겨 산을 내려간 것 같다니, 오늘은 별일이 없을 모양이에요. 위인들의 지략이 워낙 음흉해서 그런다고 마음을 놓아버릴 수는 없는 일이지만……"

개운찮은 뒷소리를 남기기는 했지만, 한나절 내내 신경을 곤두세우고 지내던 일중도 어둠이 깊어지면서부터는 그쯤 마음을 놓는 기색이었다.

"아마 위인들 쪽에 다른 급한 사정이 생겨 일이 뒤로 밀렸거나, 아니면 소식이 잘못 전해진 탓이겠지요."

일찌감치 거처를 피해 나가 있던 사람들도 그쯤에서 다시 하나둘 제 잠자리로 돌아와 그런대로 낮 동안의 긴장을 풀고 그날 하룻밤을 지냈다. 그런데 알고 보니 일중의 걱정처럼 그 역시 너무들 조급하고 부주의한 처사였다. 이튿날 아침 날이 밝고 보니, 밤사이 진불암 쪽에, 이번에도 그 전날의 정대식의 경우와 같은 변고가 일어나 있었다. 제 성깔에 산을 못 내려가 안달을 쳐대다 주성조라는 진짜 주인을 만나 그대로 붙잡혀 있던 그 강미영이라는 똑심이 아가씨가 밤사이 불시에 틈입자들의 덫에 걸려 흔적이 감쪽같이 사라진 것이었다. 현장을 목격한 사람은 없었지만, 보나 마나 그 낮참에 땅꾼으로 위장한 위인들의 소행이었다. 변 주사가 전날의 신분을 이용하여 해남서 쪽에 은밀히 알아본 바로도 그것

328

이 틀림없었다. 위인들이 또 산을 내려간 척 기척을 숨기고 있다가 어둠을 타고 은밀히 숙소를 덮쳐들어 그녀를 소리 없이 낚아채 간 것이었다. 성동격서(聲東擊西) 격의 교활한 양동 작전에 그녀나 절골 사람 전체가 또 어이없이 속아 넘어간 꼴이었다. 장손으로선 무슨 드러난 활약이나 공로보다, 저녁부터 밤시간까지 줄곧 광명전 근방에서 일중 시봉과 행동을 같이한 것으로 이번엔 별다른 허물을 사지 않게 된 것이나 다행이라면 다행이었다.

하지만 절골 사람들은 그 일을 시발로 하여 어느 하루도 마음 놓고 편히 지낼 수 있는 때가 드물었다. 주위가 위태롭고 불안스런 정도도 날이 갈수록 더 심각해져갔다. 절골 사정엔 어지간히 물정이 트인 편인 장손도 그 형세가 나날이 새삼스러울 정도로 험악해져갔다. 절 구경을 오거나 이런저런 행색으로 산을 오르내리는 사람들 가운데에 거동새나 기미가 심상치 않은 사람들이 부쩍 더 눈에 띄는가 하면, 그날과 같은 일제 검색 소문과 불시에 실제의 검색이 행해지는 경우도 갈수록 더 빈번했다. 절골 사람들은 그때마다 솔개미에 쫓기는 새 떼처럼 행적을 숨기기에 바빴고, 더러는 아예 별다른 기미가 없을 때조차도 근처 숲 속으로 미리 몸을 비켜나갔다가 어둠이 진 뒤에야 기척 없이 제 숙소로 스며들어오는 경우마저 흔했다.

주위가 불안하기로는 어둠이 진 밤 동안도 별다를 바가 없었다. 실상은 사람의 움직임이나 수상한 기미가 눈에 띄기 쉬운 낮 시간보다도 어둠이 깊어진 밤 동안이 오히려 위험이 더했다. 한밤중이 넘어서야 겨우 마음을 놓고 잠자리로 들었다가 느닷없는 불시 검색을 당하는 수도 있었고, 새벽녘 배변을 오가는 길목에서 정체 모를 인적의 출몰을 목도하게 되는 수도 있었다. 뿐더러 낮 동안엔 일이 벌어지더라도 각처 기식인들의 숫자나 신분, 취식 상황 따위를 점검하거나, 어떤 특정인의 입산 여부를 묻고 가는 정도로 대개 소동이 끝났지만, 깜깜한 어둠 속으로 불시에 닥쳐든 사냥몰이 끝에는 대개 사람을 흔적도 없이 옭아 내려가는 경우가 잇따랐다. 무엇보다 절골을 어수선하고 불안하게 한 것은 그런 소동의 와중에서 종적이 사라져가는 사람이 갈수록 늘어가는 사실이었다. 어떤 땐 이런저런 혐의가 들씌워져 어거지로 덜미를 끌려 내려간 경우도 있었지만, 더러는 빈번한 사냥몰이에 쫓기다가 소리 소문 없이 슬그머니 종적이 사라져버린 사람도 여럿이었다. 그렇게 억지로 산을 끌려 내려가거나 소리 소문 없이 종적이 사라져간 사람이 앞서의 정대식이나 주성조 청년 말고도 근자에 들어선 그 진불암 뚝심이 강미영이나 광명전 외사채에서 만일암 쪽으로 거처를 옮겨간 노래꾼 녀석들이 있었다. 심지어는 위인들과 자주 밤모임 자리를 함께해오던 본전 쪽 젊은 스님까지 며칠 동안 읍내 서로 불려나가 적지 않은 곤욕을 치르고 온 일도 있었다.

들리는 소리론 바깥세상일이 그만큼 더 어지럽게 돌아가고 있는 탓이랬다. 전부터 울끈불끈 인심이 들끓어대던 부산이나 마산 쪽들에선 끝내 사람의 생피까지 흘리게 했다는 소문이었다. 게다가 절골엔 하루하루 모습을 볼 수 없게 된 사람들이 늘어감에도 불구하고 아직도 계속 쫓겨 숨어 지내는 사람 수가 줄어들 줄을 몰랐다. 불시에 모습이 사라져간 사람들 대신 나름대로의 허물과 사연을 지닌 새 피신자들이 계속 산을 찾아 들어오는 때문이었다. 늘고 주는 사람의 숫자로 말하면 이 무렵엔 오히려 줄어드는 쪽보다도 새로 느는 쪽이 앞을 설 정도였다. 하룻밤을 새고 나면 어느 암자나 외사채에 늘 낯선 얼굴이 한둘쯤 새로 들어와 있곤 했다. 그 중엔 이따금 그 주성조의 경우처럼 한동안 종적이 깜깜해 있다가 어느 날 소문도 없이 문득 모습을 다시 나타낸 사람까지 있었다.

그 주성조의 경우는 아직도 분명한 곡절이 밝혀지지 않고 있는 터이지만, 장손은 두고두고 위인을 다시 보게 된 날 밤의 그 기이한 조우와 그에 잇따른 제 통쾌한 활약을 좀체 잊을 수가 없었다.

그날 저녁 장손은 한 젊은 여자가 며칠 동안 금식 치성을 드리고 있는 천불전 불실 쪽의 동정을 살피느라 늦게까지 근방을 어정대고 있던 참이었다. 그런데 어느 순간 등 뒤쪽 어둠 속으로 문득 수상한 인기척이 느껴져 재빨리 몸을 돌이키고 보니, 아닌 게 아니라 그 어둠 속에 언제부턴지 이쪽의 거동새를 수상하게 여긴 듯한 사내의 그림자가 그를 유심히 지켜보고 서 있었다. 하지만 그는 이쪽에서 몸을 돌려 세우는 기미를 알아차리고는 자신의 밀탐을 들킨 데에 당황한 듯 얼핏 다시 발길을 돌이켜 세워버렸다. 그런데 장손은 위인이 잠시 후 앞산의 진불암 쪽을 향해 어둠 속으로 모습이 사라지고 난 다음에야 뒤늦게 작자에 대한 분명한 느낌이 떠올랐다. 도대체 영문을 알 수 없는 일이었다. 어둠 속으로 말없이 그를 지켜보고 서 있던 그 어렴풋한 얼굴 모습이나, 그를 보고 놀라 슬그머니 발길을 돌이켜 세우던 당황스런 거동새들이 장손을 익히 알고 있는 위인인 게 분명했다. 아니 그것은 전날에 장손의 불의의 실수로 산을 끌려 내려가 고향 고을 노친네의 생죽음을 불러왔던 주성조 바로 그 위인이었음이 확실했다. 장손은 그 주성조가 언제 다시 이 절골로 숨어 들어와 있었던지, 위인에게 자신의 싱거운 짓을 들키게 된 일보다, 그새 무슨 헛것이라도 본 것처럼 머릿속이 한동안 어리둥절했다.

하여 장손은 아직도 홀린 듯한 기분 속에 슬금슬금 어둠 속으로 위인의 기척을 뒤쫓기 시작했다. 주성조에겐 이제나마 장손으로서도 하고 싶은 말이 많았지만, 워낙에 예상치를 못했던 일이라 무슨 그런 용건을 위해서보다도 위인을 그저 한 번 확인이라도 해보고 싶어서였다. 어떤 때늦은 해명의 욕구에서보다 위인의 은밀하고 돌연스런 출현에 다시 그의 호사성과 호기심이 이끌린 셈이었다.

그런데 한동안 어둠 속으로 위인의 뒤를 쫓고 있을 때—, 장손은 새삼 괴이한 생각이 들기 시작했다. 그의 뒤쪽 멀찌감치에서 또 다른 누군가가 그를 뒤따르고 있는 기척이 느껴진 것이었다.

—이것 봐라?

장손이 새삼 주의를 가다듬고 소리를 유의해 들어보니 그것은 과연 누군가가 뒤에서 그를 조심스럽게 뒤쫓고 있는 발소리가 분명했다. 그가 멈춰서면 소리도 숨어들고, 그가 발길을 빨리하기 시작하면 소리도 신속하게 그를 따라붙고 있었다.

장손은 이제 대략 짐작이 가기 시작했다. 그것은 그를 쫓는 발소리가 아니었다. 어디서부턴지 앞서 간 주가를 쫓고 있는 작자일시 분명했다. 천불전 근처에서 장손이 중간에 끼어든 것을 모르고 그를 주가로 오인하고 따라오고 있음이 분명했다. 그렇다면 장손은 그 주가를 위해서 해야 할 일이 있었다……

그는 처음 자신의 걸음 속도를 죽여서 주가를 멀찌감치 앞세워 버릴까, 뒷녀석을 유인하여 다른 길로 따돌려버릴까 잠시 생각을 망설였다. 하지만 그보단 주가에게 위험한 미행 사실을 알려서 자신이 일을 대비하게 하는 게 나을 것 같았다. 생각을 그쪽으로 굳히고 나서 장손은 바로 행동으로 들어갔다. 그는 잠시 발소리를 죽이고 서서 녀석이 적당히 다가서기를 기다렸다가 느닷없이 고함질을 내지르기 시작했다.

"이 천하에 멍청한 밤도둑 양반아! 이런 산문 안 사람에게 무슨 취해갈 것이 있다고 엉큼한 괭이 걸음으로 그리 사람의 뒤를 쫓고 있단 말여! 내한텐 지닌 것도 없고, 그쪽 기미도 이젠 다 들통이 나부렀으니 어리석은 헛수고 예서 그만 얌전히 발길을 돌려 세우지 못하겄냐?"

일부러 산도둑으로 몰아붙인 장손의 대갈에 미행꾼은 필시 당황하고 만 듯 한동안 조용히 기척을 죽이고 있었다. 그러더니 기왕 기미를 들켜버린 마당에 이번엔 아예 한번 정면 대결로 나설 참인 듯 어둠 속의 위인이 이윽고 터덕터덕 그에게로 모습을 드러내고 올라왔다. 그리고 장손 앞으로 바투 몸을 들이대듯 하고 서서 부러 딴청을 피우듯 느직느직 한마디를 던져왔다.

"난 보시다시피 도둑이 아니올시다. 이제 짐작이 가시겠지만 사실은……"

하지만 위인은 그 말도 채 끝내기 전에 제물에 금세 그 여유를 잃어버리고 말았다.

"아니 이거 뭐야. 이건 아까 그 주가 놈이 아니잖아! 그렇담 이 자가……!"

위인은 비로소 사태를 알아차린 듯 일순간에 목소리와 눈길들에 사나운 독기가 끼이더니, 그 뜻하지 않은 눈앞의 훼방꾼 따위는 허물을 따지고 있을 여가도 없다는 듯 그대로 허겁지겁 가던 산길을 뒤쫓아 올라가고 말았다.

하지만 그때쯤엔 둘 사이의 소동으로 기미를 알아차린 주가가 미리 가던 길을 멀찌감치 비켜서버렸을 건 두말할 것이 없었다. 이튿날 아침 암자나 외사들에서 별다른 사고 소식이 번져오지 않은 걸 보아서도 그것은 분명한 사실이었다—

그런데 알 수 없는 것은 그 주가가 다시 어디로 잠적을 하고 말았는지, 위인은 그날 밤 그 한 번뿐으로 이후엔 다시 아무 데도 모습을 드러내지 않은 점이었다.

"무슨 헛소리…… 밤길을 자주 헤매더니 안 처사가 아무래도 무얼 잘못 본 게로구만."

주성조의 출현에 대한 장손의 이야기를 한낱 실없는 착각으로나 여기려 드는 절간 사람들 한가지로, 그 역시도 때로는 자신이 사람을 잘못 본 게 아닌가 아리송한 느낌이 들어올 정도였다. 하지만 그 헛물을 켠 미행꾼 녀석 역시도 그를 분명 주가로 알고 그의 뒤를 쫓고 있었던 게 사실이었고 보면, 그것은 주성조가 아닌 다른 누구일 수가 없었다. 그가 그때 어떻게 어디로 숨어 들어갔든, 그리고 위인이 뒤에 다시 산을 내려가고 말았든 어쨌든, 그 숨은 곡절이나 과정이 아직은 석연하게 밝혀지지 않았을 뿐, 그날 밤의 그는 그 전날의 주성조가 분명했다는 게 장손의 흔들릴 수 없는 확신이었다.

　절골 사정이 그렇듯 어수선하고 위중한 판국이고 보니, 장손은 굳이 오기나 자존심 때문이 아니더라도 그걸 그냥 그대로 남의 일로만 보아 넘길 수가 없는 상황이었다. 그야 그는 아직도 세상일이 어떻게 돌아가든 그런 데엔 그리 큰 관심을 둔 바가 없었다. 한데도 장손이 절 사람들의 일에 그렇듯 발벗고 나선 것은 그것이 이제 그에게 차츰 전에 맛보지 못한 어떤 뿌듯한 보람과 즐거움을 느끼게 해온 때문이었다. 장손으로선 자연 그 절골과 절골 사람들의 위험을 살피고 돌보는 일에 더없이 신명이 솟기까지 했다. 그리고 그 정체가 수상한 사람들의 출몰이 잦을수록, 그에 따라 절골 형편이 위태로워져갈수록, 그에 대처해나가는 그의 판단이나 행동력도 나날이 더 신속하고 민첩해져갔다. 낮이면 진종일 이 암자 저 암자 산길을 오르내리며 수상한 사람의 기미나 소문을 살펴 전하고, 밤으로는 더더욱 잠까지 설쳐가며 위인들의 잠자리와 길목들을 지키다가 부옇게 새벽날을 밝혀버리곤 했다. 그러는 틈틈이 새로 온 사람들의 절골 생활 요령이나 신변 보호책을 일러주기도 했고, 실제로 위험한 상황이 닥쳐들었을 땐 위인들의 피신행에 그가 미리 앞장서 손을 써주기도 했다.

　그런 식으로 어언 절골 사람들 가운데엔, 이미 산을 내려갔거나 남아 지내고 있거나 알게 모르게 그런 장손의 도움을 입어 그 주성조의 경우처럼 용케 위험한 고비를 넘기게 된 사람이 한둘이 아니

었다. 그런 가운데에도 어느 날 광명전 외사채에서 만난 구〔具鍾
万〕가 녀석의 경우는 장손이 아예 제 후견인을 자청하고 나서서
녀석의 거처와 숙식까지 몽땅 돌봐주고 있는 유별난 사례에 해당
했다. 녀석의 처지나 됨됨이가 장손으로서는 그리 나설 수밖에 없
었던 경우이기도 하였다.

　……그날은 아직 첫 끼니도 치르기 전인 이른 아침 녘이었다.
장손은 이날따라 입속이 껄끄러워 변 주사의 취사를 자신에게 맡
겨둔 채 표충사 쪽 별간으로 숭늉 그릇이나 얻어들러 산을 내려오
던 참이었다. 광명전 근처를 무심히 스쳐 지나려는데, 외사채 쪽
에서 웬 심상찮은 비명 소리가 들려왔다. 그가 바로 발길을 꺾어
외사로 가보니 낯이 선 잠바 차림의 젊은 사내 둘이서 비슷한 나
이의 청년 하나를 상대로 심한 매 닦달을 가하고 있는 중이었다.

　"이 새끼가 정말로 골통이 까져봐야 바른말을 대겠어. 그래, 금
방 아침까지도 함께 있던 사람들이 어디로 내뺐는질 모르시겠다,
이거야?"

　"저, 정말로 지는 천식기를 고치려고 어젯밤 늦게사 와놔서 이
곳 사, 정을 아무것도 아, 알 수가 없다니께요. 그, 그 사람들 이
름이 무, 무엇인지, 여기서 무, 무엇을 하는 사람들인지도……
저, 정말요……"

　"얼씨구, 이제는 반벙어리 시늉까지? 야, 이 새끼야, 어디서 지
금 그런 서투른 의뭉을 떨고 자빠졌어. 정 그렇담 내 그 새끼들 내
빼 숨은 곳이 어딘지 생각이 나게 해줄 터!"

　말을 할 때마다 버릇처럼 번갈아가며 손길질 발길질을 계속하고

있는 사내들은 어느 동네 사냥몰이꾼 나리들이 분명했고, 작자들의 매질에 이미 피칠갑이 된 얼굴로 겁에 질려 말투까지 더듬거리는 청년은 어딘지 사람이 좀 부실해 보인 것이 진짜 병 요양이나 들어온 위인 같았다. 하고 보면 위인에겐 나리들의 닦달이 정말 영문을 알 수 없는 억울한 공매질일시 분명했다. 게다가 이날따라 광명전 근처엔 그 일중 시봉조차도 꼴을 볼 수 없었다.

사정이 사정인지라 이번에도 장손이 위험을 무릅쓰고 직접 나서는 수밖에 없었다.

"그, 엔간히들 해두시우. 그 사람은 정말로 천식기를 다스리러 어젯밤 늦게사 산을 온 사람인데 무슨 일을 알겠소."

장손은 제 먹물 옷의 신분을 내세우듯 어조를 부러 점잖게 청년을 거들고 나섰다. 그리고 그 힐난기 어린 먹물 옷의 참견에 금세 도끼눈을 하고 돌아보는 위인들을 앞질러 그가 미리 일방적으로 사단을 결정지어나갔다.

"내가 이 사람은 모르는 일이라 하니, 그럼 당신은 알고 있느냐고 나를 다그치고 들려오? 허지만 그건 나 역시도 지금은 모르는 일이외다. 두 발 달린 중생이 천지사방 제 발로 돌아다니는 곳을 나라고 어찌 일일이 다 알고 있을 수가 있겠소. 헌데다 크고 큰 불운에 의지하러 절을 찾아 들어온 이들을 거꾸로 올가미에 채워가게 하는 악독한 중놈을 보았소?"

그런데 그 장손의 먹물 옷만으로도 위인들은 그를 진짜 절공부라도 하는 사람으로 알았던지, 아니면 더 버텨봐야 별 소용이 없어 보여선지, 절 사람치고는 유다르게 대가 세고 위압적인 장손의 기세에 질려 한동안 표정들이 어리벙벙해 있었다. 그리고 내친김에 그 거북살스런 국면을 서둘러 벗어나야겠다고 생각한 장손이,

"자, 그럼 이제는 정숙해야 할 도량에서 부질없는 소란일랑 이쯤 그만두시고 내려가들 보시지요. 이 사람은 여기서 돌봐야 할 사람이니 내게 맡겨두시고……"

점잖은 질책 투와 함께 우정 더 단호하고 의연스런 태도로 청년을 광명전 내원 쪽으로 이끌어가기 시작했을 때도, 위인들은 그를 다시 붙들어 세울 엄두조차 못 낸 채 어물어물 발길을 돌이켜 세우고 마는 것이었다.

그런데 위인들이 사라지고 나서 장손이 알아보니, 구종만이라는 이름의 그 외사채 신참 청년은 거짓 위장이나 두려움에서가 아니라 상당한 말더듬이에 천식기가 꽤 심한 진짜 약질 병객임이 사실로 드러났다. 산모의 질환으로 비정상 조기 출산이 불가피했던 데다 발육 과정까지 부진하여 심신 양면이 다 온전치 못한 형편에서, 근래 들어 부쩍 더 증세가 심해진 그 천식기의 괴로움이나 덜어볼 양으로 힘에 겨운 절살이를 온 진짜 요양객이었다.

그래 장손은 그와의 첫 인연도 인연이려니와 그의 딱한 처지에 유다른 동정기마저 발동하여 그날로 바로 종무소 쪽의 양해를 얻어 위인을 제 무불암 거처로 데려갔다. 그리고 그로부터 변 주사와 세 사람이 숙식을 함께하며 위인의 산중살이를 돌보아온 것이었다.

장손이 이 무렵 무불암에서 광명전 외사채나 다른 암자들과의 비밀 연락망 설치를 시도하고 나선 것도 그러니까 실은 그 구종만

의 불안스런 심기를 가라앉혀주려는 데서부터 마음이 움직인 일이었다. 입산 초장에 당한 날벼락의 충격을 쉬 떨쳐버릴 수가 없어선지 녀석은 거처를 무불암까지 멀찌감치 옮겨 올라오고 나서도 까닭 없이 늘 주위를 불안해하기만 했다. 자나 깨나 항상 좌불안석으로 마음의 안정을 찾지 못해하는 낌새면서도, 그렇다고 언제 한 번 그 불안기를 털어버리고 문밖을 훌쩍 나서보려는 적도 없었다. 하루 종일 어두컴컴한 방구석에만 틀어박혀 아랫동네 기미에만 신경을 곤두세우고 지냈다. 어쩌다 빼꼼히 문밖엘 나섰다가도 근처를 지나가는 산행꾼들의 기척에까지 노랗게 겁을 먹고 경황없이 몸을 다시 숨겨 들어와버리곤 하였다.

장손은 그래 보다 못해 어느 날부턴지 녀석의 그런 불안기를 덜어줄 방도를 궁리하기 시작했다. 그리고 그 궁리 끝에 얻어낸 묘책이 무불암과 광명전 간의 비밀 연락선 설치였다. 솥뚜껑을 자주 열어보느라 밥을 설게 하는 곰에겐 제 구멍으로 솔솔 연기를 내뿜고 타는 삼대줄기가 약이랬다. 광명전 외사와 무불암 사이에 내부 연락선 같은 걸 설치해놓으면, 녀석을 하루 종일 그 비밀 전화통 앞에다 매달아둘 수 있었고, 겸하여 궁금한 아랫동네 일들도 그때그때 신속하게 제보를 받을 수 있었다. 그래저래 장손은 작심을 하고 나서 우선 가까운 변 주사의 힘을 빌려 어느 날 읍내에서 밧데리용 낡은 직통 전화기 한 대를 구해 들였다. 그리고 차츰 기회가 닿는 대로 아랫동네로 내려가 여기저기서 요령껏 헌 전화줄을 구해오려다 그 암자 쪽에서부터 아래쪽 광명전 외사로 눈에 띄지 않게 하루하루 줄을 숨겨 내려갔다.

"생각은 좋지만서두, 어느 세월에 그걸 다 이어댈 것인고."

그런 무모하고 억지스런 공사에 변 주사는 아무래도 별 가망이 없어 하는 눈치였지만, 장손은 그런 덴 전혀 괘념을 하지 않았다. 일을 이루고 나면 이 절골 사람들에겐 그보다 신속하고 요긴할 데가 없는 설비였다. 장손은 오히려 사정이 닿는다면 무불암과 광명전 간 하나뿐만 아니라 절골의 암자와 객방 외사채들 전부를 하나의 연락망으로 연결지어주고도 싶었다⋯⋯

장손으로서도 애초 그런 데까지 자신이 마음을 쓰게 되리라고는 상상을 못했던 일이었다. 처음엔 절 사람들의 자신에 대한 백안시에 반발하여, 그리고 나중엔 위험이 점증해가는 위인들의 곤경 앞에 자신의 진가를 과시하고 싶은 가벼운 공명심에서, 그것도 그 여자들의 이삭걷이 놀음길에 제절로 눈이 뜨인 절골 물정 덕분으로 나서게 된 일이었다. 그 노릇이 이제는 본업을 앞질러 거기까지 엉뚱한 몰입을 자초하고 있었다. 장손에겐 그런 하루하루가 그만큼 더 활기차고 보람스럽게 느껴진 것이었다.

요컨대 그는 이제 자신의 노력으로 절골 사람들 모두가 난경을 함께 이겨내고, 때가 되면 무사히 밝은 바깥세상으로 내려가게 되기를 진심으로 소망하며, 오직 그 일에만 전력을 기울여나가게 된 것이었다. 더욱이 사람의 공덕이라는 것은 언제 어디로나 깊은 섭리의 인연을 얻어 결국엔 제 갈 곳으로 흘러 미치게 된다던가. 그는 때로 자신이 정말로 찾아 돌봐야 할 사람의 일엔 눈이 먼 채 엉뚱한 곳에서 엉뚱한 노릇에 넋이 팔리고 있는 듯한 생각이 들기도 했다. 그러나 이제는 절골에서의 그의 소망과 공덕이 정처(定處)

를 알 수 없는 누이 장덕에게까지 멀리멀리 흘러가 미치기를 빌어
보기도 한 터였다.

그 무모하면서도 별다른 꿍심이 없어 보이는 장손의 헌신 앞엔
절골 사람들도 차츰 태도가 달라져가고 있었다.

——그 친구 아예 이 절골의 보호인 겸 감시역을 자처하고 나선
모양이더구먼. 어쨌든 고마운 일 아닌게벼. 제 그림자 하나 감당
하기도 난감한 판국에 그나마 누가 그리 생기는 것 없이 남의 일을
알은척하고 다니겠어.

그를 두고 절간 사람들 간에 오가기 시작한 소리였다. 어딘지
한구석에 짓궂은 웃음기를 숨긴 듯한 소리들이 아직도 그를 크게
신용하는 것 같지는 않았지만, 그를 의심하고 외면만 일삼아오던
전날에 비하면 그에 대한 이해가 그만큼 달라지고 있는 턱이었다.

——무불암에 올라가 있는 그 안가라는 위인, 근자엔 해로운 독
기가 많이 우려진 것 같다는 얘길 경운한테 들었습니다만……

——그 모두가 무불과 영곡이 참고 기다려준 덕 아니겠소. 하지
만 그저 독기만 우려지면 무엇하겠소. 그 독기가 감로수를 빚어내
어 세상으로 제대로 흘러내려주어야지요. 어찌 보면 아직도 엉뚱
한 변고를 저지르고 나설지 모르는 거친 마디가 다 풀리질 못한 것
같기도 하고……

——독기가 우려진다 함은 심기가 그쪽으로 기운다는 뜻 아니겠
습니까. 위인의 근자 행각들도 그렇고요. 어쨌거나 소승은 계속
그냥 모른 척해두겠습니다.

——그야, 나도 이젠 그만 두고나 볼 양이오만.

주지 영곡과 노암 스님 간에서도 그를 그쯤 용인하는 말들이 오 갔지만, 은신객들의 일엔 부러 누구에게나 외면으로 일관해온 주지 실 쪽 일이라 장손으로선 전혀 그런 낌새를 알지 못했을 뿐이었다.

한편, 이즈음의 절골의 사정은 장손의 그 같은 활약상과는 반대 로 날이 갈수록 더 급박하고 위태롭게만 돌아갔다. 밤마다 여기저 기서 바깥세상 일을 걱정하거나 아니면 아예 나라와 정부를 뒤엎 으려는 불온스런 성토와 밀의가 잇따랐다. 그런 토론과 밀의의 모 임은 이제 절골 안 사람이면 누구도 별로 경계심을 품지 않는 공공 연한 비밀이 되어 있었다. 그런 열기가 금명간에 무슨 일통을 터 뜨리고 말 것처럼 뜨겁게 달아오르고 있었다. 따라서 그만큼 본서 나 기관 사람들의 출몰도 심했고, 신변의 위험이 심히 절박해진 사람도 많아졌다.

하지만 장손은 그 위험이 크면 클수록, 주위에서들 불안감에 쫓 기면 쫓길수록, 자신도 적잖은 위험을 무릅쓰고 불철주야 위인들 의 신변을 돌보는 일에 더욱 신명과 보람을 맛보고 있었다. 나중 엔 행신이 비교적 자유로운 변 주사를 설득하여 거처를 다른 곳으 로 옮겨 보내고, 새 입산자들 중에서 특히 위험이 큰 것으로 알려 진 몇 사람을 대신 무불암으로 불러올려 자신이 직접 그 신변의 안 전을 돌봐주기까지 하였다. 장손의 황량하고 남루한 생애 가운데 선 가위 절정기라고도 할 만한 뜻깊은 한 시절이었다.

23

그러나 장손에게 그런 호시절은 역시 길게 가지 못했다.

오래지 않아 장손도 결국 그 죽지가 꺾인 채 나락처럼 어둡고 깊은 어느 비밀 처소로 무력하게 쫓겨 들어간 신세가 되고 만 것이다.

이번에는 그 장손의 암자 간 비상 연락선이 채 완성도 보기 전에 화를 부른 격이었다.

하루는 그 외지고 은밀한 무불암까지 본서 사냥꾼 나리들이 올라 닥친 일이 있었다. 산을 뒤져 오르다 숲 속에 은폐된 웬 수상한 전화선을 발견하고 그것을 졸졸 따라 올라온 것이었다.

하지만 위인들이 암자를 덮치고 들었을 땐 기미를 미리 알아차린 은신객들이 이미 몸을 멀리 비켜서버린 마당에 장손까지 아침부터 일찍 산을 내려가 있던 참이었다. 대책 없이 위인들에게 덜미를 붙잡힌 건 예의 그 됨됨이가 부실한 구종만 하나뿐이었다. 녀석은 굳이 몸을 피할 일이 없는 진짜 요양객 처지라 옆엣사람들이 일을 가볍게 보고 뒤를 챙겨주지 않은 데다, 뒤늦게 위험을 느낀 녀석까지 우왕좌왕 암자 근처만 경황없이 맴돌다가 그대로 냉큼 덜미를 붙잡히고 만 것이었다. 뿐더러 이번엔 또 전날과도 다른 새 사냥꾼 나리들이어서 녀석은 새판잡이로 그 낯이 선 위인들에게 다시 한 번 무참스런 곤욕을 치르게 된 것이다. 위인들이 들이닥치자 무작정 겁부터 먹고 뒤늦게 삼십육계를 놓으려 든 녀석의 그 함량이 모자란 행동도 문제였지만, 됨됨이가 얼뜨고 겁을 잘 타 보이는 상대에겐 가차 없는 폭력으로 먼저 공포심부터 발동시키는 것이 그 위인들이 사람을 조지는 기본 수법인 때문이었다. 게다가 거처에는 의심을 사기에 충분한 비밀 전화선까지 설치되어 있었다. 구종만은 우선 첫인사 대접으로 한차례 난폭한 주먹질과 발길질 세례를 당하고 나서 수상한 혐의점들을 추궁받기 시작했다. 하지만 녀석은 그 개 잡듯 심한 매질과 대답을 피하기 심히 어려운 정황에도 위인들의 닦달 앞에 믿어지지 않을 만큼 제 중정을 잘 지켜나갔다. ……지, 지는 어, 어렸을 때부텀 앓아온 해, 해소병을 고치러 온 사, 사람이요…… 나, 난 아, 아무것도 모, 모릅니다…… 여, 여긴 나, 나하고 무, 무불 스님뿐이라요. 무부, 불 스님도 지금 아랫동네 지, 집허당에 계, 계시고요…… 저, 저, 전화기는 저, 전에 무불 스님이 보, 본전 쪽하고 연락을 할 때 쓰, 쓰시다가 지, 지금은 그, 그냥 내버려둔 것이라요……

이곳에 함께 숨어 지내는 사람이 누구누구냐, 지금 그자들은 다 어디로 피해갔느냐, 저 비밀 전화기는 누가 누구하고 연락을 하는 데 쓰는 것이냐…… 우리도 이미 다 알고 올라왔으니 순순히 대는 게 너한테 유리하다— 정말로 이미 다 기미를 알고 온 듯한 위인들의 위협 앞에 그는 유난히 더 더듬거리는 소리로 진짜 사실은 하나도 털어놓질 않은 것이었다. 모든 걸 그저 계속 막무가내 식으로 모른다뿐이었다. 사리 판별력은 그런대로 온전한 편인 데다, 평소부터 장손과 주변 사람들의 처지를 나름대로 잘 이해하고 있던 탓일 터였다. 사정이 뻔해 보인 터에 그의 그런 억지가 나리들의 성깔을 더 돋워댔을 것도 보나 마나 뻔한 일이었다.

한마디로 그런저런 사정을 모른 채 장손이 이날따라 나들이에서 느지막이 암자로 돌아왔을 때 녀석은 얼굴이 엉망으로 부어오르고 한쪽 팔굽이까지 힘줄이 많이 늘어진 채 넝마 조각처럼 구겨지고 겁에 질린 꼴을 하고 있었다. 장손은 그 무참스런 녀석의 몰골에 자신도 모르게 눈에서 불길이 치솟아올랐다.

그는 우선 상처의 치료를 위해 그날 저녁으로 그를 바로 본전 쪽으로 내려보내고, 그길로 자신도 일주문 근처까지 내려가 어두운 근처 숲 속에 몸을 숨기고 앉아 위인들이 절을 드나들 만한 길목을 지키기 시작했다. 그간 집허당의 옛 거처방 천장에 처박아둔 전날의 그 쇠수갑까지 다시 꺼내어 품속에 지니고서였다.

그런데 이날 밤은 별 소득이 없이 허탕으로 보내고, 이튿날도 해가 다 저물고 난 저녁 어스름 녘이 되어서였다. 만사를 제쳐두고 다시 길목을 노리고 있던 장손 앞에 그의 예상대로 드디어 두 사람의 표적이 나타났다. 얼핏 보아 위인들은 뱀탕골을 찾아드는 밤놀이꾼 비슷한 복색들을 꾸미고 있었으나, 그 천연덕스러우면서도 은근히 조심스런 거동새나 절간 도량 쪽으로 접어들고 있는 잠입 방향들만 해서도 장손은 위인들이 절골을 다시 정탐하러 들어온 전날의 그 사복조 나리들임을 한눈에 곧 알아볼 수 있었다.

장손은 그래 지체하지 않고 조심조심 위인들의 뒤를 밟기 시작했다. 언젠가 변 주사를 수상하게 넘겨짚고 뒤를 미행하고 나섰을 때처럼(그 지점 또한 그랬다) 어둠 속으로 좀 멀찌감치 거리를 둔 채였다. 하다 보니 위인들은 역시 장손의 예상대로였다. 이윽고 위인들이 종무소 앞을 지나 표충사 앞 길목까지 이르러서였다. 위인들은 거기서 각기 방향을 나누어, 한쪽은 마침 오줌이 마려운 척 어슬렁어슬렁 유물관 쪽으로 발길을 꺾어 들어가고, 다른 한쪽은 길 위쪽 광명전이나 진불암 쪽을 노린 듯 그를 기다리지 않고 계속 숲길을 올라갔다. 장손은 거기서 야음 속에 뒤를 놓치기 쉬운 숲길 쪽을 놓아두고 행적을 가리기 쉬운 유물관 쪽 위인을 뒤쫓기 시작했다. 그리고 그로부터 때가 무르익을 때까지 위인을 계속 뒤따르며 적당한 공격의 기회를 기다렸다. 다행히 위인은 그런 장손의 기미를 전혀 느끼지 못한 모양이었다. 하면서도 위인은 제 영리한 직업 본능으로 미리 주위의 눈길을 피해둘 심산인 듯 갑자기 잰걸음으로 근처의 유물관 어두운 변소 간으로 몸을 슬쩍 숨겨 들어갔다. 그리고는 길을 나눠 간 제 패거리의 기척이 위쪽의 어두운 숲 속으로 사라져 들어간 뒤로도 한참이나 더 지나서야 다시 천천히 모습을 드러내고 나왔다. 그리고 그때부턴 자신도 이 절골에 숙식을 의지하고 지내는 기숙인 처지인 양 유유자적 이곳저곳을 기웃거리고 다녔다. 처음에는 가까운 종무소나 천불전 일대의 도랑들을 훑고 나서, 다음엔 북원 쪽 대웅전께로 건너가 어정버정 대더니, 주위가 아예 깜깜한 정적 속으로 가라앉고 난 다음에는 발길을 다시 되돌려 표충사 쪽으로 올라가 일대의 조사전과 외사·객방들을 은밀히 기웃거리고 다녔다. 절골길과 어둠엔 두루다 이골이 난 장손이라, 위인은 아직도 자신의 그림자를 끈질기게 뒤쫓고 있는 장손의 존재는 전혀 눈치를 못 챈 낌새였다. 아니 그 도량 안 사정이 훤한 처진 데다, 이젠 위인의 발길 향방까지 미리다 점쳐나갈 수 있게 된 장손은 그를 굳이 걸음걸음 뒤쫓아 다닐 필요도 없었다. 때로는 오히려 길을 앞질러 먼저 다음 번 예상 지점에서 그를 기다리고 있다가 어김없이 다시 꼬리를 따라잡을 수 있기까지 했으니까.

그러다 이날 밤 장손이 계획한 일을 치른 것은 위인이 광명전 외사채 객방들까지 모두 엿보고 나서, 이번에는 진짜로 용무가 급해진 듯 느닷없이 다시 잰걸음으로 그 유물관 쪽 화장실을 찾아 내려간 한밤중 녘이었다. 장손은 녀석이 그때 하필 운 나쁘게 큰일을 치르러(아마도! 그렇지가 않았다면 한데나 다름없는 그 드넓은 도량에서 굳이 거기까지 찾아갈 필요가 있었을까) 그 변소간 어둠 속으로 사라져 들어간 것을 확인한 뒤 자신도 밖에서 한동안 시간을 기다렸다. 그러다 이윽고 그 변소간 어둠 속으로 무심히 위인의 움직임을 일러주고 있는 담뱃불을 표적삼아 무서운 일격을 가해버린 것이었다.

이튿날 새벽, 위인은 유물관 앞 현관 기둥을 두 팔과 두 발로 끌어안은 채 손목과 발목이 각각 두 쌍의 수갑으로(하나는 물론 위인 자신의 것이었다) 단단히 붙들려 매여 있는 꼴이 절 사람들에게 발견되었다. 그리고 그로부터 그의 다른 동료가 어디선지 헐레벌떡 달려오고, 뒤이어 절골엔 이른 아침부터 수런수런 귀찮은 소동이 벌어졌을 건 다시 말할 것이 없는 일이었다. 연락을 받고 달려온 읍내 사복 나리들의 일제 검색이 행해지고, 절 사람들이 무더기로 산을 끌려 내려가 애꿎은 곤욕을 치르게 된 것도 변고가 발견된 순간부터 바로 예견이 된 일이었다. 한데다 절골은 그 당일부터 줄곧 밤낮을 가리지 않고 아무 데나 터놓고 독기를 뿜고 다니는 읍내 나리들 등쌀에 어느 하루 어느 한때 제대로 마음을 놓고 지내볼 틈새가 없었다. 하루하루가 더 불안하고 어수선한 소문과 쫓김의 연속이었다.

하지만 정작 그 위인에게 채워진 헌 쇠고랑으로 하여 이내 절 사람들 간에 사단의 장본인으로 점이 찍힌 장손은 이후 어디서도 그 모습이나 행적을 찾아볼 수가 없었다. 그날 아침 변고가 알려짐과 동시에 그는 어디론지 재빨리 종적을 숨겨버리고 만 것이었다. 사복 나리들 역시 그런저런 연유로 그를 대개 용의자로 단정한 터이면서도, 그저 애꿎은 절골 사람들만 못살게 괴롭힐 뿐 정작 장본인인 장손의 잠적에 대해선 행선지도 은신처도 좀체 기미를 못 짚어내고 있는 꼴이었다.

하지만 장손은 실상 아직 절골에 그대로 무사히 잘 은신해 있었다. 그것이 어떻게 장손의 소행이라는 걸 짐작했던지, 일이 알려진 바로 그날 이른 아침, 소동이 아직 크게 번지기 전에 본전 쪽 노암이 서둘러 광명전까지 올라왔다. 그리곤 집허당 제 옛 거처에 세상 모르고 자고 있는 장손을 깨워 불러내어 일언반구 설명도 없이 다른 사람 눈에 띄지 않게 뜰 건너편의 캄캄한 영정각 내실로 끌고 들어갔다. 노암은 거기서 미리 준비해온 머리띠 같은 것으로 장손의 눈을 가려 묶고는 그를 다시 어디론지 등을 밀어 이끌었다. 그리고 무슨 벽짝 같은 걸 밀치고 들어가 발 밑의 마룻장을 들어 올린 다음 그 아래로 조심스럽게 몸을 빼어 내려가는 듯한 옹색스런 과정까지 거친 다음이었다. 장손은 비로소 머리 위에서 울려오는 노암의 소리를 들었다.

"이제, 가린 것을 풀어라. 허지만 그곳은 어차피 깜깜 어둠 속이라 바깥세상 어둠이 걷힐 때까지는 너도 그 어둠 속에 함께 기다려야 할 것이니라."

소리와 함께 다시 머리 위에서 마룻장 닫히는 소리가 들렸다. 그는 비로소 눈의 띠를 풀었다. 역시 깜깜한 어둠 속이었다……

장손은 홀연 그렇게 꿈에도 상상 못한 그 영정각 지하 밀실의 깜깜한 어둠 속에 몸이 갇히고 만 것이었다. 건물 서쪽에 붙은 '消影門'이라는 낡은 편액을 늘 무심스럽게만 보아온 데다, 그 숨은 내력을 들은 바가 없는 장손으로선 거기 그런 밀실이 설치되어 있는 사실을 미리 알고 있었을 리가 없는 터. 그로선 짐작조차 못해본 장소요 노암의 처분이었다. 그의 신변이 그만큼 안전해진 것은 더 말할 것이 없었다.

그러나 의외롭고 놀라운 일들은 그뿐만이 아니었다. 장손이 한동안 어둠 속에 혼자서 무얼 어찌할 줄 모르고 망연해 있을 때였다. 깊은 어둠 저쪽 어디쯤엔가서 돌연 눈부신 전깃불 줄기가 그에게로 쏟아졌다.

알고 보니 지하실엔 그에 앞선 선참자가 벌써 몇 사람이나 더 있었다. 어느 날 슬그머니 모습이 사라진 뒤 이런저런 실없는 소문만 무성하던 그 노래꾼 녀석을 비롯하여, 그가 아직 한 번도 얼굴을 대해본 일이 없는 사람들까지, 지하실은 꽤 여러 사람에게 이용되어오고 있는 꼴이었다. 그런 답답하고 괴로운 지하 밀실에까지 몸을 은신해 지내야 할 처지들이라면, 위인들은 물으나 마나 도망꾼들 중에서도 허물이 더욱 무거운 자들이거나, 장손처럼 사정이 막판으로 몰리게 된 인물들일 터였다. 절간 안에 그런 비밀 은신처가 마련되어 있는 사실이나, 그런 데에까지 몸을 피해 지내고 있는 위인들이 적지 않은 사실에 장손은 새삼 벌어진 입을 다물 수가 없을 지경이었다.

그런데 그중에서도 장손을 더욱 놀랍고 어리벙벙하게 한 것은 어느 날 밤 홀연 모습을 드러냈다가 장손의 도움으로 위험한 미행자를 따돌린 뒤 거짓말처럼 종적이 다시 묘연해지고 만 주성조와, 근자 한동안 거동이 눈에 띄지 않던 집허당의 묵언 대사, 그 늙은 무불까지 그 습기 차고 껌껌한 지하실에 위인들과 자리를 함께하고 있는 사실이었다.

하기야 장손이 거기서 주성조를 다시 보게 된 것은 그래도 어느 정도 납득이 수월했다. 그는 일테면 그 절골 이웃들도 모르게 언제부턴지 거기 은밀히 은신을 계속해오고 있었을 터였다. 다른 사람들 한가지로 이곳에서도 위인과 서로 긴 말을 주고받은 일이 없다 보니 장손으로선 그것이 언제부터의 일인지 아직 잘 알 수가 없었지만, 적어도 그 도깨비놀음 같은 소동이 있었던 날 밤 이후로는 줄곧 이곳에서 지내왔을 것이 확실했다. 바로 이날 아침 장손의 경우 한가지로 위인 역시 그날 밤 예상찮은 소동으로 신변의 위험이 더욱 절박해졌을 것이 당연한 일이기 때문이었다. 아니, 위인은 그보다도 훨씬 더 이전서부터, 어쩌면 그가 불시에 산을 끌려 내려갔다는 괴로운 소문이 있었을 적부터 그곳으로 숨어 들어와 지내고 있었을 수도 있었다(그렇다면 도대체 그의 고향골 노친네의 횡액은 누구의 책임이 되는 것인가. 그리고 그 본인의 동행도 참예도 없이 치러진 절간 사람들만의 비정한 조문행이라니. 아니라면 그 일로 잠깐 틈을 얻어 풀려나와 이쪽으로 다시 제 몸을 숨겨 들어와 버린 것인가……). 그러다 그날 밤 모처럼 밀실을 나왔다가 그 반갑잖은 미행자의 기미를 눈치채고 길을 일부러 숲 쪽으로 접어들었던 것인지 모른다. 그건 본인이나 다른 누구도 끝내 사실을 말해준 일이 없었지만, 그가 장손에 대해 별로 뚜렷한 원정기나 힐책기를 보이지 않은 것도 장손에겐 충분히 그런 상상을 가능하게 했다. 그리고 그게 만약 사실이라면(장손으로선 그렇게 믿고 싶었다) 장손에겐 그보다 다행스러울 수 없는 일이기도 했지만(그야 사실이 아니더라도 장손에게 어떤 책임이 돌아올 일이 아닌 건 분명했다), 어쨌거나 지금의 그의 신변이 그런 식의 막다른 도피행까지 불가피한 절박한 처지에 있다면, 그를 그 지하 밀실에서 다시 보게 된 것은 이제 그다지 납득이 어려운 일이 아니었다.

장손으로선 역시 그 주성조의 일보다 무불 노인의 동석 사실이 더욱 큰 충격이었다. 네가 아프니 내가 아프고, 세상 만인의 병과 고통이 나아야 내 병과 고통도 마지막으로 따라 나아 밝은 세상의 평화를 누리리라 한 것이 어느 부처님 말씀이랬던가. 무불은 과연 그 부처님의 말씀대로 언제부턴가 자주 그 지옥경 같은 깜깜한 밀실을 드나들며 위인들과 며칠씩 어려움을 함께하곤 해왔다는 것이었다.

장손은 처음 그런 노인의 처사를 믿을 수가 없었다. 그야 무불은 거기 어두운 밀실 한쪽에 자리를 같이하고 앉아서 입속 염불과

묵상으로 시간을 보내는 외에 더 다른 조언이나 도움 같은 걸 주는
일은 없었다. 하지만 장손에겐 그 노인이 괴로운 은신사들과 자리
를 함께하고 있는 사실 자체가 놀라운 사실이었다. 그것은 지금까
지 장손이 노인에게서 기대도 상상도 못해본 새로운 모습이었다.
그리고 그로선 전에 맛보지 못한 울림 깊은 감동이었다.

그러나 장손의 그런 놀라움이나 감동은 오래갈 수가 없었다. 밀
실 생활이 너무도 괴롭고 답답했다.

──세상이 바로 지옥 한가지구나.

장손이 그 지하실의 어둠 속에 위인들과 며칠을 함께 지내고 난
느낌이 바로 그것이었다. 장손의 처지가 결국은 그쯤 막판 지경까
지 몰리고 만 것이었다. 필요한 때가 아니면 함부로 불을 밝힐 수
도 없었고, 작은 트랜지스터라디오 한 대가 있었지만, 시간시간
지나가는 짧은 뉴스 시간 외에는 그마저 마음대로 소리를 켤 수가
없었다. 바깥이 어둠에 싸여들 때까지는 용변소 출입조차 금지당
한 채 지루한 침묵으로 시간을 죽여나가야 했다. 함부로 소리를
내어 말을 할 수 없으니 그 어려운 처지를 함께하고 있는 사람끼리
도 속사연 하나 맘 편히 나누고 지낼 수가 없었다. 종일토록 어둠
속에 시간의 흐름조차 잊은 채 하루 한 번씩 밤늦게 전해지는 주먹
밥과 바깥소식을 기다리며 그 무덥고 눅눅한 습기와 허기, 혹은
괴로운 배변욕들과 싸우면서, 아니면 아예 모든 걸 으뭉자뭉 잠결
에 내맡긴 채 겨우겨우 그 지루한 시간을 죽여나가고들 있었다.
그러다 밤이 되어 머리 위의 마룻장이 열리고 주먹밥 덩어리와 함
께 바깥 형편이 전해지고 나면, 은신자들은 그제서야 사정 닿는

대로 잠시 문밖 바람을 쐬거나 참아온 용변을 치르고 오는 게 고작이었다. 그중 그래도 행신이 좀 자유로운 것은 무불 스님뿐이었다. 스님이야 아무것도 남 거리낄 일이 없었고, 가람 안 노장으로 영정각 출입이 이상해 보일 리도 없으니, 근방에 수상쩍은 눈길만 스치고 있지 않으면 바깥출입이나 거동에 별 위태로울 것이 없었다. 하지만 그 노인도 거의 밤낮을 가리지 않고 하루 종일 앉은 자세 그대로 묵상에 잠기거나 아니면 예의 그 한숨기 같은 입속 염불 소리만 되풀이할 뿐이었다. 하여 장손에겐 오래잖아 그 무불 노인의 동참이나 염불 소리조차도 별 위안이 되지 못했다. 거기서 한 삼사 일 생송장 노릇을 하다 보니 아무래도 더 이상은 견뎌 배길 재간이 없었다. 아닌 게 아니라 지하실이 바로 생지옥경이었다. 손톱 밑이 곪아도 온몸이 아파나듯, 주변에 그리 남몰래 숨어 지내야 할 사람이 흔하고, 그 가까이에 사람들이 그런 험한 날들을 보내고 있는 곳이 있었다니, 바로 이 세상 자체가 지옥경 한가진 셈이었다. 장손은 아무리 처지가 위태롭더라도 그런 식으로는 제 일신을 더 부지해나가고 싶지가 않았다. 그런 식으로 무작정 죽어 기다리고만 있다가는 자신의 몸과 마음, 삶 전체가 그대로 어둠 속으로 가라앉아버릴 것 같았다.

그는 우선 그 사람의 꼴로는 감당하지 못할 막다른 쫓김의 처지부터 벗어나고 싶었다. 제 생각대로 먹고 자고 싸갈기고 돌아다니는 그 사람으로서의 작은 값이나마 제대로 누리면서 지내고 싶었다. 그 때문에 당장 진짜 감옥살이를 간다 해도, 사람으로 그 노릇도 못하고 지낸다면 그야말로 정말로 사람 노릇이 아니었다.

하여 그는 그 밀실 은신 닷새째 되던 날부터 스스로 제 속박을 풀어나가기 시작했다. 아직도 주변 경계를 소홀히 할 수는 없었지만, 그날부터 그는 일이 생기면 시간이나 사람을 기다리지 않고 스스로 마룻장을 들추고 바깥나들이를 감행하고 나섰다. 그리고 안팎 사람들의 걱정과 질책도 아랑곳없이 자신의 헌 누더기 먹물 옷을 방편 삼아 밀실 사람들의 닫힌 이목과 묶인 손발 노릇을 대신해가기 시작했다. 주야간 때를 가리지 않고 위인들의 급한 용변물을 내다 버려주기도 하고 필요한 바깥소식과 주먹밥을 제 손수 날라 들이기도 하였다. 심지어는 안팎 간의 연락을 쉽게 통하고자 전날의 무불암에서처럼 지하실과 일중 시봉(일중도 언제부턴지 그 지하실 일에 한몫을 해오고 있었다) 거처 간에 비밀 전화선 설치를 다시 시도하고 들기까지 했다.

밀실의 기미가 새어나갈까 봐 처음엔 그를 심히 위험시하거나 못마땅해하던 사람들도 장손의 그런 고집과 열성, 나름대로 과감하고 민첩한 행동 앞엔 더 이상 간섭을 하려 들지 않았다. 하루 이틀 시일이 지나면서부터는 그에 대한 믿음도 한결 더 깊어져 위인들 쪽에서 이따금 긴급한 사정을 의논해오기도 했다. 그 위험스런 비밀 전화 가설 건만은 안팎 간 사람들의 간곡한 만류로 장손 쪽에서 결국 고집을 꺾고 물러서고 말았지만.

일테면 장손은 거기서도 그 나름의 새 활동 무대를 얻은 셈이었다. 그리고 그 어두운 지하실 중생들을 위한 장손의 헌신과 활약상은 날이 갈수록 그 값과 미더움을 더해가고 있었다.

그러나— 행인지 불행인지 장손의 그 신명나고 의로운 한 시절은 이번에도 그리 긴 세월이 허락되지 않았다.

　바로 이 무렵, 뒷산골 활엽수들이 어언 이해의 낙엽을 서두르던 시월 하순께의 어느 날 새벽. 그 조그만 트랜지스터라디오에서 산 아래 세상이 온통 거꾸로 뒤집힌 듯한 놀라운 소식이 흘러나온 것이다.

생명(生命)의 강

24

이듬해 늦은 봄. 두륜산 구곡 골짜기는 다시 싱그러운 신록이 울밀스런 녹음으로 어우러져가고 있었다. 봄 한철 내내 신록의 골짜기를 어지럽히던 상춘 인파의 소란이 서서히 가라앉으며 절골은 어느 정도 본래의 도량다운 정밀경을 되찾아가는 중이었다. 꽃놀이패들의 북새통에 자취를 감춘 듯싶던 새울음 소리가 원근의 임간에 영롱하게 떠돌기 시작하고, 때로는 흰구름 몇 점이 무심히 비껴 걸친 산 능선 어느 굽이에서 한동안 소식이 없던 산노랫가락 소리가 꿈결처럼 아득히 메아리쳐가기도 하였다.

그러나 장손은 이 봄 그렇게 계절이 바뀌어가고 있는 사실을 미처 알아차릴 새가 없었다. 그새 그 싱그러운 신록이 어우러지고 있는 것도, 그것이 짙푸른 녹음으로 바뀌면서 산놀이꾼들의 왁자

한 분탕질이 가라앉고 절골에 다시 한가한 정밀감이 스며들기 시작한 사실도 마음에 둘 여가가 없었다. 하물며, 임간에 낭자한 새소리나 먼 숲 속의 노랫가락 소리 따위엔 더더욱 마음을 쓸 여지가 없었다.

이 봄 장손은 그렇듯 백방으로 주변사가 분주했다. 그저 분주한 것뿐만이 아니었다. 그 경황없는 분주함 속에 그는 자신과 절골 사람들 전체의 일에 대해 폭발 직전의 어떤 팽팽한 긴장감과 억눌린 흥분기를 힘겹게 가눠나가고 있었다.

그는 이미 오래전에 영정각 지하 밀실살이를 벗어나 있었다. 그가 밀실살이를 벗어난 것은 지난해 가을 서울에서 그 무도한 총싸움질이 일어난 직후의 일이었다. 그런데 그로부터 겨우 반년 남짓이 지난 지금 장손은 또다시 제 집허당 거처를 근거지로 그 영정각 지하 밀실 사람들의 일을 돌보고 있었다. 자신의 처지가 안팎을 바꾼 것 외에는 모든 것이 전날 그대로 되돌아간 셈이었다.

어찌 보면 우습고 희한한 노릇이 아닐 수 없었다. 지난해 가을, 그러니까 서울에서의 그 해괴한 총질 소동이 있고 나서, 지루하고 답답한 영정각 밀실살이를 청산하고 나온 것은 물론 장손 한 사람만이 아니었다. 밀실살이를 마감한 시기로 말하면 그는 오히려 누구보다도 순서가 뒤졌다. 하기야 처음엔 그 뜻밖의 소식이 전해지고서도 절골이나 지하실에선 누구도 한동안 별 움직임의 조짐이 없었다. 바깥일이 어떻게 돌아가는지 형세를 엿보느라 전보다도 오히려 더 긴장들을 하고 있었다. 나랏님도 불시에 비명횡사를 해가는 판이라, 바깥세상 역시도 유례가 없는 비상 국면 속에 한동안은 아슬아슬한 평온 같은 것이 유지되고 있었다. 하지만 그런 평온이 길게 갈 수는 없었다. 계엄 포고령이야 특별 담화야 이중 삼중의 비상조치들에도 불구하고 세상은 오래잖아 밑바닥서부터 걷잡을 수 없이 들끓어 오르기 시작했다. 귓속말로 오가던 정체불명의 소문들이 사실처럼 위세를 떨치기 시작하고, 라디오나 텔레비전 신문지 기사들에 어느새 제 목소리의 열기가 실리고, 거기 따라 사람들은 너나없이 마음들이 들뜨고 조급해지기 시작했다.

절골 사람들도 이젠 더 기다리려 하지 않았다. 그중에도 누구보다 신중을 기해야 할 지하실 사람들부터가 더 이상의 조심성을 내팽개치고 말았다. 어느 날 위인들은 서로 약속이나 한 듯이 부랴부랴 일시에 밀실을 빠져나가버렸다. 그길로 한번 산을 내려간 위인들은 종적이나 뒷소식이 돌아온 일이 없었다. 밀실엔 순식간에 장손이 상관할 데 없는 깜깜한 침묵과 빈 공간만 남아 있었다. 밀실은 이제 그것으로 그 깜깜한 침묵 속에 스스로 제 비밀을 묻어버리고 있었다. 위인들에 앞서 발길을 끊어버린 무불도 그쪽 일엔 더 알은체를 해온 일이 없었다.

결국엔 장손도 그 빈 지하실을 제 어둠 속에 꼭꼭 파묻어 잠그고, 그간에 다시 드나들어온 집허당 객방 쪽으로 어름어름 거처를 옮겨앉아버렸다. 그에게도 이젠 굳이 그 밀실살이나 암자행까지는 필요치 않을 만큼 신변의 위험이 많이 줄어든 때문이었다.

이때쯤엔 곳곳의 암자나 외사 토굴들에 은신해 있던 바깥 사람들도 거의 다 산을 휩쓸려 내려가고 만 뒤였다. 본전 쪽이나 광명전 일대는 물론 진불암·북암·만일암 들 어느 곳에도 세간 사람의 모습은 찾아보기가 어려웠다. 천지개벽으로 병이 든 육신까지 새 기운을 얻은 듯 말더듬이 천식쟁이 구종만까지 덩달아 산을 내려 간 터인 데다, 심지어는 아직도 처지가 좋아질 리 없는 외사채의 변 주사조차 어디론지 다시 종적을 감춰가버리고 없었다. 바깥 사 람으로 아직 절골에 남아 있는 사람은 오직 장손 그 혼자뿐인 것 같은 느낌이 들 정도였다. 한데다 이제는 노암이고 일중이고 절 사람들조차도 더 그를 알은척해오질 않았다. 누가 새삼 그의 일을 참견하려 들 일도 없었고, 오거나 가거나 그의 예정을 궁금해한 일도 없었다. 모든 것이 아직도 제 하기에 달린 일처럼 보였다. 장 손은 거기에 공연히 더 마음이 끌리기 시작했다. 그래 하루는 이 렇다 할 예정도 없이 그 역시 어정어정 그 절길을 내려갔다. 예정 없는 발길이라 절간엔 낌새를 남기지 않은 채였다. 그런데 그것이 생각지도 않게 꽤 긴 여정으로까지 이어져나갔다. 무심히 흘러내 린 그의 지향 없는 발길이 대원여관에서 비로소 새 행선지를 잡아 나서게 된 것이었다.

산을 내려선 길로 그가 별다른 생각 없이 그 대원여관부터 들렀 을 때였다. 여관엔 역시 그가 미리 짐작한 대로 난정이 다시 돌아 온 기미가 없었다. 사람이 돌아오기커녕은 아직 어디서 무얼 하고 지내는지 뒷소식 한마디 전해진 것이 없었다. 그 막막한 난정의 종적에 그는 문득 엉뚱하게 장덕의 일이 머리에 떠오른 것이었다. 마치 그가 그 난정을 찾으려 든 것이 장덕의 소식을 물으려 든 일 이었듯. 그리고 난정의 막막한 종적이 바로 누이 장덕의 일이었기 나 하듯이. 그는 그렇듯 그 난정을 대신해 장덕의 소식이 절급해진 것이었다.

하여 그는 그길로 다시 읍내로 나가서, 이번에는 그 장흥 고을 고향 동네 쪽으로 다시 한 번 장덕의 종적을 찾아갔다.

장덕은 그간 다행히 긴 옥살이를 끝내고 그 지긋지긋한 벽돌집 문을 벗어났다는 소식이었다. 그 '소박하고 인정이 넘친 심지와 각박한 옥살이를 제집살이 돌보듯 해온' 무사태평성 덕으로 장덕은 그간 몇 차례 형기 단축의 특별 은전을 입어오다, 전해 여름 마지막으로 옛 순천교도소(그녀는 언제부턴가 다시 그곳으로 이감되어 있었다고)에서 광복절 특사로 장장 17년의 기나긴 옥살이를 끝내고 나온 것이었다.

하지만 장덕의 출옥은 섭섭하게도 다만 빈 소식뿐이었다. 고향 마을엔 장덕이 돌아와 있지 않았다. 출옥은 소식만 있었을 뿐 그녀가 실제로 고향 동네를 찾아온 일은 없었댔다. 이 사람 저 사람 그런 풍문만 전해줄 뿐 그것을 분명하게 확인해준 사람이 없었다.

하지만 장덕이 교도소를 나온 것은 분명한 사실이었다. 장손은 곧바로 누이의 마지막 수형지인 순천교도소로 쫓아가 그것을 확인했다. 하지만 교도소 쪽 역시도 장덕의 출감 후의 행방에 대해선 장흥 쪽 주소지의 서류상의 기록뿐 실제의 행선지를 알고 있는 사람이 없었다. 이미 그간에 1년 너머의 시일이 흘러가 복역수들 가운데도 장덕을 알고 있는 죄수는 거의 찾아보기가 힘들었다. 그녀를 가까이 알고 있던 죄수들은 그간에 제 형기를 끝내고 교도소를 나갔거나 다른 교도소로 수형지를 옮겨간 경우가 태반이었다. 남아 있는 사람 가운덴 그녀의 행선지나 출감 후의 예정 같은 걸 알

만한 사람이 없었다.

그러나 장손은 이제 그 누이의 행방을 포기할 수가 없었다. 전에는 그토록 만만하고 질편해 보이기만 하던 세상이, 오만 인종들의 목덜미에 새 힘이 뻗쳐 오른 이즈막에 이르러 그에게는 오히려 마음 한 조각 붙일 데 없는 절해고도처럼 느껴지고 있었다. 장손은 그 장덕이 감옥을 나와서도 고향 동네 쪽으론 발길 한 번 안 한 채 어디론지 종적을 감춰 가버린 것이 마치 자신의 허물 탓인 것처럼 가슴이 아파왔다. ─이게 다 운이 사나운 누님 팔자 소관이제 나하곤 아무 상관이 없는 일 아니여? 그리 알고 인자부턴 낼 기다리려고도 하지 말고…… 언젠가 동네 행상 아낙의 성화에 못 이겨 마지못해 그녀를 만나러 갔을 때 누이는 그런 매정스런 장손의 푸념 투에 그 지겨운 '동상아, 내 동상아, 나는 이래 두고……' 따위의 원정 대신 '나는 일없다. 나는 일없으니 내 걱정은 말고 너나 어서 커서 돈 많이 벌어……' 어쩌고 서러운 체념 속에 오히려 그를 달래고 걱정했었다. 하지만 누이의 그런 넋두리까지도 두고 두고 그를 얼마나 지겹고 답답하게 했으며 그의 삶을 얼마나 황폐스럽게 해왔던가. 그렇듯 그녀를 얼마나 원망해왔던가. 그녀가 감옥을 나와서도 고향을 등진 채 종적을 감춘 것은 그런 박정한 혈육에 대한 원망 때문이 아니었을까. 그 장손이 아직 고향 고을 부근을 떠돌고 있을 줄 알고 정말로 다시 그의 짐거리가 되고 싶지 않아서가 아니었을까…… 그 소이가 어느 쪽이든 장손으로선 심사가 더욱 황량하고 창연스러워질 수밖에 없었다. 그리고 그는 이제 알고 있는 것이다. 누이 장덕은 원래 그 핏속의 음기를 못 견뎌한

얼치기 화냥녀가 아니었다. 그 암기로 남정을 탐하여 늙은이에게
약을 먹여 죽인 독부도 아니었다. 암기는 그녀의 가장 소중하고
눈물겨운 생의 능력이자 밑천이었고, 그녀는 그 암기를 모성으로
품어 익혀 제 앞의 삶의 길을 마련하려 했던 것뿐이었다. 그것은
부끄러운 죄악이기보다 그녀에겐 무엇보다도 절실한 소망이었을
터였다.

이번에는 누이를 더 모른 척 버려둘 수가 없었다. 누이에게도
제 생명을 얻어 태어날 때에는 나름대로의 소중스런 사람값과 사
람으로서의 삶의 길이 점지되었을 터였다. 그 사람값과 삶의 길을
찾아 누리는 것은 사람으로서의 누이의 엄연한 권리였다. 누구도
장덕에게 그것을 포기하게 할 수는 없었다. 더욱이 그녀와 피를
함께 나눈 동기간엔 그것을 모른 척 버려둬서는 안 되었다. 이제
라도 장덕이 그의 사람값과 삶의 길을 찾아 그것을 누리며 살아가
게 해야 하였다……

장손은 그로부터 한동안 그 누이의 행방을 찾는 일에 갖은 노력
과 정성을 기울였다. 교도소에서 가까이 지내다 출감해 나갔거나
수형지를 옮겨간 사람들을 조사하여, 광주로 목포로 혹은 도내의
여러 고을들로, 자기 신변의 위험을 무릅쓰고 그 사람들의 주소지
나 새 복역지들을 두루 찾아다니며 장덕의 수형 시절의 정황을 알
아보고, 그녀의 평소 언동이나 소망 같은 것 가운데에 출감 후에
발길이 닿았을 만한 곳을 어림하여 그녀의 행선지를 사방으로 뒤
쫓았다. 순천이나 광주 등지에서는 아예 머리까지 깎아버리고 수
행승을 가장하여 시내에서 변두리까지의 거의 모든 음식점과 식당

362

거리들을 훑고 다녔고, 무전 취식소, 행려자 숙박소, 버스 정류장 같은 곳들도 발길 닿는 데까지 누이의 행적을 탐문했다. 더욱이 보성이나 벌교·장흥읍 등지, 그녀와 가까이 지냈던 출감자들의 연고지나, 순천교도소에서 고향 동네까지의 귀향길 주변 고을들은 골목 안에 숨은 조그만 구멍가게들마저도 다 말을 묻고 다녔다.

하지만 그도 끝내 다 허사가 되고 말았다. 장덕의 종적은 어디서도 찾아낼 수가 없었다. 원체 행방을 점쳐볼 만한 단서를 남긴 것이 없는 탓에 그저 막연한 어림짐작 발길로는 비슷한 행적조차도 찾아볼 수가 없었다.

장손은 그 가을과 겨울 한 철을 꼬박 허행으로 보내고 이듬해 이른 봄 하릴없이 다시 해남 고을로 돌아왔다. 세상 가운덴 아직 그가 끼어들 곳이 없어 보이기도 했거니와 장덕이 등지고 간 고향 동네엔 더더욱 그 혼자 둥지를 틀고 앉을 수가 없었기 때문이다. 그에겐 아직도 대원사밖에는 심신을 의지할 만한 마땅한 곳이 떠오르지 않았던 때문이다. 아니 그보다도 사실을 말하자면 이번엔 왠지 그 난정이 년을 다시 찾고 싶은 생각이 새삼 간절해지고 있었다. 장손 자신도 알 수 없는 노릇이었지만, 대원사에선 난정의 종적이 사라진 걸 알고 나서 문득 누이를 찾아보고 싶은 생각이 일기 시작하더니, 이번에는 거꾸로 누이의 행방이 묘연해진 것을 알게 되자 그는 그 막막하고 허망한 심사 속에 난정의 일이 새삼 궁금해지기 시작한 것이었다. 그리고 누이 장덕의 행방이 막막하면 막막할수록 그는 여태 그 누이가 아닌 난정을 찾아 헤매고 있었기라도 하듯이 그녀의 일이 더욱 궁금하고 절박스럽게 느껴져온 것이었다.

하지만 그 난정 역시 소식을 알 수 없기는 전날과 마찬가지였다. 장손은 이번에도 절골로 들어가기 전에 해남 고을의 시장통과 가겟방 음식점들, 그리고 특히 논다니 동네 근방을 샅샅이 모두 더듬고 돌아다녔다. 입으로는 아직도 장덕의 행적을 묻는 식이었지만, 마음으론 행여 그 난정의 소재나 행방을 알 수 있을까 해서였다. 하지만 장손이 누구를 찾고 있었든, 누이고 난정이고 한번 종적을 감춰간 인간들이 거기서라고 그를 기다리고 있어줄 리 없었다. 그 누이년은 말할 것도 없거니와 난정에 대해서도 아직 종적을 헤아려볼 만한 일은 아무것도 찾아볼 수 없었다. 이리저리 은밀히 수소문을 해본 결과 대원사 절 동네나 대원여관 쪽에서도 그녀의 소식은 이렇다 할 만한 것이 없었다. 그는 두어 주일 해남읍과 절 동네 사이를 어정어정 서너 차례나 오르내리고 난 끝에 이제는 그로서도 모든 것을 단념하고 쫓기듯 절간골로 제 옛 거처를 찾아 올라갔다. 자신의 처지나 심사가 새삼스러워 이번엔 뭔가 좀 생각을 달리 해보리라 전에 없이 비장한 결의를 다지고서였다.

절에서는 다행히 장손이 산을 내려갈 때 한가지로 그의 재입산에 대해서도 별말이 없었다. 오든 가든 도대체 그의 일은 염두에도 두고 있질 않은 듯 아랑곳을 안 했다. 그가 제 손으로 머리털을 밀어버린 민둥 머리에 대해서도 집허당의 일중이 잠시 괴이한 눈길을 보냈을 뿐, 그걸 허물하거나 알은척을 하고 든 사람이 없었다.

그는 다시 그 집허당 끝 쪽 방에 제 거처를 정하고 반속반승 노릇의 절살이를 시작했다. 노암 스님에게 반중 노릇이라도 하면서 지내게 해달라고 새 먹물 옷도 한 벌 얻어 입고, 일중 녀석에게는 스스로 수하처럼 잔일을 거들고 지내면서, 그가 권한『천수경』이나『반야심경』따위의 절글을 배워 외우기도 하였다. 절을 다시 올라올 때의 생각이 그런 절공부 쪽은 아니었지만, 그러다 어쩌다 생각이 이끌리면 그대로 진짜 중이 되어도 무방하리라는 생각에서였다.

다시 그런 식으로 한 달쯤의 시일이 지나고부터였다. 세상이 뒤바뀐다고 한동안 어지럽게 들끓어 오르던 열기가 생사를 건 총잽이들의 한판 밤놀이가 벌어진 어느 겨울 저녁의 소동을 고비로 차츰 숨이 죽어가는 듯싶더니, 절골에 그럭저럭 다시 부드러운 봄기운이 어려들기 시작한 이 무렵부터는 다시 심상찮은 조짐들이 일고 있었다. 그리고 그런 심상찮은 조짐의 여파는 바로 이 두륜 구곡 절골까지 미쳐왔다. 지난가을 휩쓸리듯 다투어 산을 내려갔던 사람들이 이 무렵부터 한둘씩 다시 절골로 되돌아오기 시작한 것이다.

"……이참에도 민간 정부를 세우기는 좀체 쉽지 않을 것 같아요. 군바리들이 요리조리 구실을 둘러대며 새로 억압 통치를 획책하고 있어요."

제일 먼저 절골을 다시 찾아 올라온 것은 누구보다 앞장서 지하 밀실을 뛰쳐나갔던 진불암 외사채의 그 독종 상제 주성조였다. 그리고 그 일당의 대부 격인 역사 장수를 필두로 하루가 멀다 하고 옛 절골의 식구들이 차례차례 다시 외사채와 암자 객방들을 채워 갔다. 어느 날 소리 없이 제 발로 종적이 사라져간 사람들, 소속조차 분명찮은 수사 기관 사람들에게 소문 없이 덜미를 붙들려 내려

간 사람들, 막판 녘까지 지하 밀실의 신세를 진 사람들과 재판 중
에 어물쩍 몸뚱이가 풀려나와 새 세상을 꾸미는 일에 열을 올리다
다시 몸을 피해 들어온 광명전 외사채의 정가, 심지어는 그 나어
린 공장 노래꾼 녀석이나 청바지 똑심이 강미영에 이르기까지 옛
절골 식구들은 거의 예외를 찾아보기가 어려웠다.

　절골의 형편이 반년 전으로 고스란히 되돌아간 격이었다. 그것
은 바깥세상 형편 역시 반년 전의 그대로 되돌아간 조짐이었다.
그러니 장손 또한 반년 전의 자기 일로 되돌아갈 수밖에 없었다.
장손으로선 바깥세상 일이 어떻게 돌아가든 위인들을 다시 보게
된 것이 우선 무엇보다 반가웠다. 그리고 위인들 곁에서 이런저런
주변 일을 다시 돌봐주게 된 것이 그저 즐거울 뿐이었다. 그는 한
창 신명이 오르다 불의에 손을 놓게 된 전날의 일거리를 되찾게 됐
을 뿐 아니라, 그것으로 자신의 신명스런 처지도 되찾게 된 것이
었다. 그는 계속 집허당에 머물면서 지난해 그대로 온 절골을 이
리저리 헤매 다니며 새 입산자들의 신변을 돌보고 위인들 서로 간
의 연락 일을 도맡아나갔다. 아직은 그 영정각의 지하 밀실까지
다시 소용될 만큼 위급한 상황이 아니어서 장손의 그 같은 자발적
인 적공행은 지난 가을철의 초반 녘 때처럼 한동안은 그저 신이
나고 마음을 뿌듯하게 했을 뿐이었다. 그 영정각의 지하 밀실로
말하면 아직은 용도가 갈급하지 않아 그런지 장손뿐만 아니라 지
난 한때 거기서 몸을 보존했다 나온 사람들에게까지도 이상스럴
정도로 망각 지대가 되어 있었다. 마치도 절골에 그런 비밀 은신
처가 존재하지도 않으며 존재한 일조차 없었던 것처럼. 그리고 거

기서 어느 한때 난경을 넘겼던 사람이나 그런 사실을 기억하는 사
람이 아무도 없는 것처럼.

하지만 사정은 급속히 험악해져가고 있었다. 절골은 어느새 지
난해 가을의 막판 녘 한가지로 이런저런 피신자들로 들끓어대기
시작했다. 그에 따라 외견상 조용해 보이기만 한 절골이 어떤 보
이지 않는 긴장과 억눌린 흥분기로 분위기가 다시 무겁게 가라앉
아가고 있었다. 게다가 뒷산께 역시도 정체 모를 인적이 자주 스
치기 시작했고, 때로는 읍내 나리들의 일제 검색 소문까지 심심찮
이 나돌았다.

절골 사정이 전날로 되돌아간 것은 그 도망꾼들의 불안스런 쫓
김과 긴장된 분위기들로 해서만이 아니었다. 불안기와 긴장감이
절골을 온통 다 뒤덮어버리자 위인들도 마침내는 더 참고 기다릴
수가 없어진 모양이었다. 절골 사람들 가운데에서 서서히 새로운
움직임이 일기 시작했다. 산 아래 세상의 정황 변화에 따라서 위
인들도 일희일비 실제의 행동으로 반응을 시작한 것이었다.

위인들은 이제 신변의 위험에 면역이 되어버린 듯 바깥세상 일이
어지러워질 때마다 몸을 숨기고 움츠러들기보다는 오히려 분노와
흥분기를 못 참고 내놓고 읍내까지 산을 내려다니기 시작했다. 읍
내를 나갔다 더러는 새 소문거리와 함께 길을 되짚어 돌아오는 사
람도 있었고, 더러는 아주 그 시국의 소용돌이 속으로 종적을 감추
어 사라져버린 사람도 있었다. 하지만 절골은 사람이 줄기보다 새
로 몸을 피해 들어온 사람들로 더욱 성시를 이뤄갔고, 그렇듯 줄을
지어 오고 가는 사람들로 긴장과 흥분기가 나날이 더해갔다.

위인들의 신변 또한 그만큼 위험이 더해가고 있었다. 이 무렵부터는 어둠 속에 비어 있던 영정각 지하 밀실까지도 어느새 옛 역할이 되살아나기 시작했다.

　한동안 암자로 참선을 올라가 있던 무불 스님이 어느 날 문득 산을 내려왔다가 그 영정각으로 사라져 들어가는 것을 보고 장손이 뒤를 밟아 가보니, 그새 언제 어디서 스며들기 시작했는지, 밀실엔 이미 그 축축한 어둠 속에 숨을 죽이고 숨어 있는 위인들이 대여섯 명이나 되었다. 그리고 이후로 그 막다른 지하 밀실의 침묵거사들은 날이 갈수록 수를 더해갔다.

　장손은 그로부터 시간과 주의가 그쪽으로 묶이게 마련이었다. 그리고 이후 그는 다시 그 밀실 사람들의 눈과 귀, 손발 노릇을 대신하느라 날이 바뀌고 계절이 바뀌는 것도 알아차릴 수 없을 만큼 분주한 나날을 보냈다.

　한데다 신록이 짙은 녹음으로 바뀌어간 이 5월로 들어서선 나리들의 밀탐과 검색 행차까지 부쩍 더 빈번해지고 있어 장손의 처지도 그만큼 더 책임이 무겁고 위태로워지고 있었다. 그래 그러던 어느 며칠 동안은 종적이 까마득하던 난정의 노랫가락 소리가 꿈결처럼 홀연히, 게다가 유난히 애절스런 호소조로 숲속을 울리고 다니는데도, 그마저 유념해 듣지 못했을 만큼 주위가 온통 어지럽게 돌아갔다.

　그런데 그 숲 속의 노랫가락 소리가 가뭇없이 다시 자취를 감추고, 절골에 또 한차례 어수선한 일제 검색의 소동이 지나간 그 5월 중순께의 어느 날 정오경이었다. 절골엔 이날 낮 광주 쪽으로부터 그 전해 가을철 못지않은 엄청난 소식이 흘러들었다.

25

대원사에서 접해온 광주 쪽 소식은 먼 산 능선께의 구름 속 우레 소리처럼 늘상 위태롭고 불안스러웠다. 하더니 마침내 그 광주 쪽에서 계엄군과 시민, 학생들이 맞붙어 무서운 유혈극이 벌어지고 있다는 소식이었다.

그러자 이번에는 그 영정각 지하 밀실 사람들까지 이판사판 다 투어 마룻장을 들추고 나와 절골을 휩쓸려 내려갔다. 이때쯤엔 다른 암자나 외사채 사람들도 이미 썰물처럼 말끔 다 산을 비우고 간 뒤여서 밀실에서까지 마지막으로 인적이 사라지자 절골은 다시 그 몇 달 전 한가지로 불시에 막막한 적막강산으로 변했다.

장손 역시 이번에는 답답한 적막경을 혼자 남아 감당하기가 지겨웠다. 텅 빈 절골(스님들이야 오히려 그 적막경을 더한층 깊게 할 뿐이었다)을 그 혼자 무료하게 지키고 앉아 있기도 싱거웠고, 그곳이 이젠 그에게 그럴 만한 자리도 아닌 것 같았다. 게다가 산 아래서는 갈수록 더 험한 소문들만 전해왔다. 광주에선 수도 없이 생사람이 죽어가고, 그에 맞서 온 시민이 거리로 뛰쳐나와 결사적으로 항전을 계속 중이라 하였다. 더욱이 광주는 이미 계엄군들의 총검 아래 사람들의 출입이 막혀버린 고립무원의 처지가 되고 말아, 스스로 무리를 이루어 관공서들을 점령, 그 무기로 자체 무장을 한 '시민군'의 일부는 시 외곽 지역민들의 호응과 지원을 구하기 위해 봉쇄선 돌파 작전을 감행 중에 있댔다. 그렇게 이미 사선을 돌파한 시민군과 거기에 합세한 주변 고을 사람들의 시위 차량들이 남도 일대를 무섭게 휩쓸고 다니기 시작했다는 것이었다.

——그 시위 차량이 오늘은 벌써 해남 읍내까지 들이닥치고 있었어요.

——성○ 쪽에 있는 전투 경찰대 진지에선 시위대를 막거나 방어작전보다도 탄약과 무기를 다른 지역으로 대피시키느라 법석이더라는 거예요.

——읍내 사람들도 조만간 한맘으로 들고 일어설 기세들이더랍니다.

종무소 스님들이나 일중 시봉까지도 수시로 마을과 산길을 오르내리며 어수선한 소식들을 물어 올리곤 하였다. 그러다 다음 날은 그 종무소 사람들이나 일중 시봉까지도 그 시위꾼들 속으로 함께 휩쓸려 들어가고 만 듯 끝내는 뒷소식이 감감해지고 말았다.

장손도 이젠 더 이상 어물거리고 있을 수가 없었다. 한동안 적막감만 가득해 있던 가슴속이 알 수 없는 초조감으로 조바심을 치기 시작했다. 무엇보다도 이젠 자신도 그들과 함께 있고 싶었다. 누구보다 자신이 먼저 그들과 함께 있어야 할 사람만 같았다. 혼자서 텅 빈 절골을 지키고 앉아 있는 자신이 참을 수 없이 막막하고 어쭙잖게 여겨졌다.

그는 드디어 시위대의 차량 행렬이 읍내까지 도착했다는 아랫마을 소식에, 이날 오후 서둘러 절골을 내려갔다. 산을 내려가 읍내

370

로 나가던 도중엔 근간에 한 며칠 난정의 소리가 숲 속을 떠돌았던 듯싶은 기억이 떠올라 행여나 하는 생각에 대원여관을 한번 더 들러보기도 하였다.

그런데 그곳에서 스쳐들은 뜻밖의 소식이 장손의 발길을 더욱 조급하게 몰아댔다.

"그래, 그 난정이 년, 이 얼마 전서부터 다시 여기로 기어 들어와 지냈제. 어떤 알량한 놈팽이의 똘씨를 받아 키웠는지, 작년부터 슬금슬금 불러 오르던 배퉁이가 산달이 가까워져 몸을 풀 데를 찾아든 기미였어."

인정머리가 꽤 괜찮다던 여관 안주인 여자의 무심스런 푸념이었다.

"그런디 또 어저께 저녁엔가는 년이 그 무거운 몸을 해갖고 읍내까지 데모 구경을 나간다고 설치고 나서더니, 거기 어디서 그냥 산처를 정해 들어앉고 말았는지 여태도 돌아오는 기미가 안 보이는구만."

아낙의 넋두리에 장손은 더 묻거나 지체할 겨를이 없었다. 한달음에 다시 정류소까지 길을 서둘러 내려갔다. 마지막으로 난정을 몸으로 만난 것이 언제쯤 일이었던가를 따져볼 새도 없이, 아낙의 푸념에 장손은 바로 자신을 그녀의 배를 부르게 한 장본인으로 믿어버린 것이었다. 그 동기나 과정이 어찌 됐든 이제는 그 난정이 아무 데서나 몸을 풀게 할 수가 없었다. 더욱이 그녀가 부른 배를 안고 함부로 거리로 휩쓸려 나서게 해서는 안 되었다. 그녀의 무거운 몸을 다치게 해서는 안 되었다. 아낙의 넋두리를 들은 그 순간부터 그게 그의 돌연스럽고 절박한 소망이 되고 만 것이었다. 그 절박스런 소망에 뒤이어, 난정이 혼자 다시 소릿가락을 뿌리고 헤매 다닌 것이 그에게 그 산고를 알리는 하소연이 아니었던지, 그것을 무심히 들어넘기고 만 자신이 뒤늦게 후회스럽기만 하였다. 그는 이제 어떻게든 그 난정이 년부터 찾아내어 절골로 무사히 데려오는 게 급선무였다. 그래서 대원여관에서든 절골 어느 암자나 바위 밑 같은 데서라도 자기 곁에서 조용히 날을 기다렸다가 안심하고 산고를 치르게 해주고 싶었다. 이제는 그것이 그에겐 가장 절박스런 소망이자 소명처럼 여겨졌다.

그는 겨드랑에 날개라도 껴달고 싶을 만큼 마음이 조급했다. 그러나 아랫동네의 공용 버스 정류장에는 그가 타고 나갈 버스 편까지 끊겨 있었다. 광주 쪽 길목이 막혀버리면서부터 버스들이 먼 벽촌으로 대피해 갔거나 시위대에 징발을 당해간 때문이랬다. 버스뿐 아니라 다른 차편들도 이미 운행이 불가능한 형편이었다.

하지만 그는 어쨌든 시간을 더 지체하고 있을 수 없었다. 장손은 이제 그쯤만 해서도 산 아랫동네 사태가 소문이나 상상보다 훨씬 위중해진 것을 알 수 있었다. 그의 심사도 그만큼 더 절박스러웠다. 차편이 끊어진 것은 어쩔 수가 없더라도 사태가 이미 그 지경에 이르렀다면 난정의 신변이 더 큰 걱정이었다. 그는 더 망설이고 있을 것 없이 그대로 읍내까지 도보행을 강행하고 나섰다.

그런데 그 읍내까지의 30리 도정 중 아직은 초입에 불과한 삼산면 면소께에서부터 사람들이나 거리의 분위기가 일변하기 시작했다. 평소와 딴판으로 그 살벌하게 텅 빈 비포장 도로를 무서운 속력으로 질주해 지나가곤 하는 소속 부지의 차량들하며, 문이 닫힌 상점과 지방관서 건물 앞 곳곳에 불안하게 모여서서 웅성대고 있는 사람들…… 모든 것이 일상의 궤도를 벗어져 나간 모습이었다.

거기다 장손이 한 시간 남짓 길을 달려 땀 먼지투성이로 읍내로 들어섰을 때는 그 초입께부터 시가지 전체가 아예 전란 때 한가지로 들끓어대고 있었다.

— ×× 물러가라.

—군사 독재 음모 분쇄하자!

—광주가 우리 형제들의 학살장이 되고 있다. 고립된 광주와 형제들을 구하러 가자!

창밖으로 갖가지 구호를 내건 차량들이 같은 구호를 연창해대는 시위대를 가득 싣고 거리를 질주하고 다니는가 하면, 연도를 가득 메운 흥분한 시민들도 차량 시위대를 향하여 박수와 합창으로 열띤 호응을 보내고 있었다. 차량 시위대 중에는 이미 소총 무장을 하고 있는 젊은이들까지 끼어 있어 분위기가 한층 더 뜨겁고 살벌했다. 한데도 스쳐 들은 소리들에 의하면 이곳의 시위대는 시 외곽 선무반의 일부에 불과하고, 진짜 본대는 군청 앞 광장께에 전 읍민과 함께 집결, '해남 군민 일제 궐기 대회'를 개최 중이라는 것이었다. 주의해 들어보니 차량 시위대들의 구호들 가운데도 그 집회를 알리는 대목이 있었고, 거기 따라 도로변 사람들의 흐름도 너나없이 그쪽으로 발길들이 이끌리고 있었다.

형세가 그쯤 되고 보니, 장손은 어디 가서 난정을 찾아볼 엄두조차 내볼 수가 없었다. 시위대를 구경하러 산을 휩쓸려 내려갔다

는 말이 사실이라면, 난정 역시 이때쯤 소용돌이의 어디쯤에 함께
휩쓸리고 있을 게 분명했지만, 이런 판국에 어디서 그녀를 찾아낸
다는 것은 전혀 가능한 일이 아니었다. 아니 사실은 장손도 처음
부터 그걸 믿기가 어려웠다. 그 들끓는 읍내 거리로 들어서면서부
터는 그의 머릿속에서도 그녀의 일이 떠난 지 오래였다. 그는 이
제 그 난정의 일보다 자신도 알 수 없는 어떤 뜨거운 열기에 휩싸
여, 느릿느릿 거대하게 휘돌아 밀려가고 있는 인파의 소용돌이 속
에 자신을 내맡긴 채, 본 집회의 중심지인 군청 광장 쪽으로 서서
히 몸을 이끌려가고 있었다. 때로는 인파 속에 발길을 내맡겨두기
도 하고, 때로는 흐름을 조금씩 앞서나가기도 하면서 장손이 이윽
고 그 군청 광장 가까이에 이를 무렵이었다.

　　──가자! 우리의 광주를 지키러 가자!
　　──광주와 형제들을 죽음에서 구하러 가자!

　장손이 미처 그 광장을 가득 메운 인파의 본진으로 들어서기도
전에 집회는 이미 궐기의 목표와 행동 방향을 결정한 듯 몇 대의
차량이 거꾸로 인파를 가르고 나오며 외쳐댔다. 그런데 그때. 장
손은 인파를 헤치며 큰길 쪽으로 나오는 그 차량들을 비켜서다가
의외의 사실에 잠시 자신의 눈이 의심스러웠다. 놀란 눈길을 한번
더 가다듬고 보아도 눈앞의 사실은 달라질 바가 없었다. 그간에
벌써 광주로 올라갔다 지원 시위를 호소하러 다시 차를 달려온 것
인가. 아니면 처음부터 이 고을에 숨어 앉아 이날의 시위를 계획
하고 이끌어온 것인가. 그 차량 행렬을 이끌어가고 있는 맨 앞쪽
선도 화물차 위에서 수동 확성기를 걸어 메고 연도의 인파를 향해

쉴 새 없이 번갈아 구호를 외쳐대는 면면들— 그는 바로 얼마 전까지도 광명전 밀실로 다시 몸을 피해 들어와 숨어 있던 그 가짜 방송쟁이 정대식과 주성조의 옛 제자 격인 똑심이 강미영 그 화상들이 아닌가. 절골 사람은 그뿐만이 아니었다. 선도 차를 뒤따라 인파를 헤쳐 나오고 있는 두번째의 타이탄 화물차 위에도 눈에 익은 얼굴이 둘이나 섞여 있었다. 한 사람은 맨 마지막 파수에 지하 밀실을 나간 젊은이였고, 또 다른 한 사람은 천만 뜻밖에도 광명전 집허당의 일중 시봉이었다.

장손의 놀라움은 그에 그치지 않았다.

"길을 좀 비켜서주시오! 찻길이 급합니다!"

앞차를 뒤따르며 계속 경적을 울려대는 운전사보다도 더 앞길이 조급스런 표정으로 목청을 돋우고 있는 그 일중과 눈길이 마주치자, 거기 이끌리듯 장손이 무작정 차 위로 몸을 던져 뛰어 올라갔을 때— 바로 그의 눈 아래엔 웬 한복 차림의 여자 하나가 몸을 몹시 불편스럽게 웅크리고 누워 있었다. 어딘지 몸을 크게 다쳤거나, 아니면 심한 복통기에라도 시달리고 있는 사람처럼 파김치가 되어 힘없이 늘어진 사지에 지쳐빠진 얼굴을 고통스럽게 찡그리고 있었지만, 장손은 그것이 저 산 소리꾼 대원여관의 난정임을 한눈에 곧 알아볼 수 있었다. 하지만 워낙에 예기칠 못한 일이라 실신 상태에 가까운 난정 쪽에선 그 장손의 출현조차도 알아보지 못했다.

"이 사람, 이거 어떻게 된 거야! 어디를 다친 거야, 병이 나서 이런 거야?"

장손은 아직 소상한 사정을 알 수 없어 난정과 일중 쪽을 번갈아 바라보며 뒤늦게 혼자서 물색없이 허둥댔다.

　하지만 한창 찻길을 여느라 경황이 없던 일중은 대답 대신 곁엣
사람들에게 사정을 들으라는 짧은 턱짓을 해 보였을 뿐이었다. 하
고 보니 그 난정의 곁에는 장손도 낯이 익은 한 절골 청년과 함께
아까부터 계속 그녀의 상태를 돌보고 있는 다른 중년배의 남자 하
나가 붙어 앉아 있었다. 그 중년배 사내가 일중의 턱짓을 알아차
린 듯 장손에게 먼저 물었다.

　"이 여자 아는 사람이오?"

　"알기만 한 게 아니라, 지금까지 눈알이 째지게 찾고 있던 사람
이오. 그런데 이게 대체 어찌 된 일이오?"

　"보시다시피 하혈이 매우 심합니다. 산일이 거의 임박한 모양인
데 어디서 몸에 위험한 충격을 받은 것 같아요. 하혈에다 곤란하
게 조산 기미가 있어요."

　체면도 가릴 새 없는 장손의 급한 다그침에 사내는 소란 속에서
도 제법 침착한 어조로 대충 사정을 설명했다. 소리를 듣고 보니
그 고통스럽게 늘어진 난정의 아랫도리에선 붉은 핏자국이 치맛자
락까지 번져 나와 있었다. 한데도 장손은 사태가 매우 위급하다는
사실뿐 일을 추려나갈 방도는 전혀 알 수가 없었다. 그래 그가 누
군지 신분도 알지 못한 채 무작정 사내만 다그치고 들었다.

　"그럼 지금 유산을 하게 된단 말요? 배 속의 아이가 죽어 나오
게 되느냔 말요!"

　"출혈로 보아 태반에 이상이 생긴 건 사실이지만 잘하면 사산까
진 가지 않을 겁니다. 산일이 거의 다 차간 모양이니까요."

"그러면 빨리 병원으로 데려가얄 것 아니오. 이런 사람을 데모 차에 떠싣고 어디로 돌아다니려는 거요."

"나는 의사요. 사람들 속에 섞였다가 우연히 의사를 찾는 소리에 힘을 보태고 있는 중이오. 이런 형편에선 나름대로 최선을 다하고 있으니 이 사람하고 사이가 가까운 처지거든 환자의 안정에나 신경을 써주시오."

장손의 질책 투에 사내는 비로소 자기 신분을 밝히며 장손에게 마음을 진정할 것을 당부했다. 그 소리에 장손도 좀 어조가 누그러지며, 그러나 여전히 조급스런 표정 속에 사내를 다그치고 들었다.

"의사라도 여기선 어떻게 손을 쓸 길이 없는 것 아니오. 병원부터 먼저 찾아가야 하는 거 아니냔 말요."

"지금 그래서 병원을 찾아가는 중이 아니오. 하지만 이곳 병원은 가봐야 소용이 없어요. 산모의 상태가 이래 가지고는 여기 병원의 조산아 보육 시설은 충분칠 못해요. 게다가 태아까지 거꾸로 들어앉아 있어 수술이 불가피할 것 같은데, 출혈 때문에 여기선 함부로 손을 대기가 어렵겠소. 광주의 큰 병원으로 옮겨가야 합니다. 그 길밖에 없습니다……"

여전히 침착한 사내의 설명에 장손은 이제 사태를 분명히 이해할 수 있었다. 갈수록 태산이요 청천의 벽력이었다. 그가 지금 타고 있는 차는 일테면 다른 차량들과는 달리 그저 시위 목적의 차량이 아니었다. 난정의 해산 수술을 위해 데모 차량을 빌려 동원한 임시 환자 호송 차량인 셈이었다. 그러면서도 군인들에게 갇힌 광주의 문을 열고 들어가려는 목적지는 다른 차량들과 다름없는 처

지였다. 오히려 그 통행이 막힌 광주를 들어가야 할 소이는 다른
어느 차보다도 절박한 처지였다.

 하지만 이 판국에 하필 배 속의 아이를 건드려 억지 산기를 부른
것도 뭣한데, 태아까지 자리를 거꾸로 들어앉아 있다니…… 장손
은 괜히 세상을 엇살아오기만 한 제 팔자와 업장에 제 발목이 잡힌
듯한 기묘한 느낌에다, 그 배 속 생명에 대한 뜨거운 집착과 근심
이 새삼 앞을 섰다. 그리고 태아의 상태가 위급하게 느껴지면 느
껴질수록, 그것이 분명 자신의 피를 이어받은 제 생명의 분신이라
는 확신과 함께 아이가 무사히 이 세상 빛을 보게 되기를 바라는
절박스런 기원과 소망이 뜨겁게 샘솟아 올랐다. 하여 그는 일찍이
경험한 일이 없는 어떤 벅찬 감동과 절박감에 젖은 목소리로 이번
에는 사내에게 애걸을 하듯 매달리고 들었다.

 "알겠습니다. 전 일이 어떻게 된 줄을 몰라서…… 그럼 환자를
광주까지 무사히 데려갈 수 있도록 잘 좀 보살펴주십쇼. 그런디
어떻게 광주까지만 데려가면 일이 잘될 것 같습니꺼?"

 "글쎄요. 그건 우리가 광주를 얼마나 빨리 들어갈 수 있느냐에
달린 일이지요. 이 판국에 광주까지 길 사정이 어떨는지……"

 새삼 조급스러워진 장손의 채근에 의사라는 사내는 여전히 신중
한 대꾸 속에 환자의 상태에 다시 신경을 쏟기 시작했다.

 그새 차량 행렬은 인파로 어지러운 중앙로를 빠져나와 시 외곽
의 국도로 접어들고 있었다. 읍내를 벗어난 선두 차가 광주 쪽으
로 나가는 우슬재 초입을 들어서면서부터는 도망치듯 갑자기 속도
를 내기 시작했다. 행렬의 두번째에 자리한 장손들의 화물차도 거

기서부터 동시에 속력을 높여갔다. 앞으로 한 대, 뒤로 세 대, 전체 다섯 대의 차량 시위 행렬이었다. 가파른 우슬재 고갯길을 질주해 올라가면서도 차량 위의 시위대는 갖가지 깃발과 주먹을 휘두르며 우렁찬 구호와 합창 소리로 계속 기세를 올려대고 있었다.

――무도한 군사 독재 만행을 중지하라!

――광주 형제 구출하고 학살범을 처단하자!

――광주로 가자! 광주를 살려내자⋯⋯

――어둡고 괴로워라 밤이 길더니, 삼천리 이 강산에⋯⋯

살벌한 구호와 옛날 행진곡의 비장한 합창 소리가 번갈아 이어져나간 시위대의 열기는 위급한 환자를 싣고 있는 장손들의 차량에도 그대로 번져왔다.

――삼천리 이 강산에 먼동이 텄네⋯⋯!

――아아, 자유의 종이 울린다⋯⋯ 아아, 해방의 깃발 날린다⋯⋯

사내와 장손에게 난정을 넘겨주고 난 그 밀실파 청년도 이제는 차량 앞쪽으로 나가 함께 합창에 휩쓸리고 있었다.

그러나 장손에겐 아직도 그 구호나 합창 소리들이 거의 귀에 들어오지 않았다. 찻길을 살피느라 우왕좌왕하면서 자신도 연상 소리에 휩쓸리고 있는 그 장손의 심사를 쥐어짜듯 불안하고 초조하게 한 것은 오직 의식을 잃고 늘어져 있는 난정과 그 배 속 생명의 안위뿐이었다. 난정과 태아가 광주까지 무사히 도착할 수 있도록 도로 사정이 안전하고 차량이 속도를 빼앗기지 않기를 바라는 마음뿐이었다. 그에겐 오히려 그 시위 차량 전체가 난정의 해산을 위한 긴급 수송 행렬로, 시위대의 구호나 열띤 합창 소리도 그녀의 안전과 무사 분만을 위한 성원의 소리인 듯 착각이 되곤 하였다.

도로 사정은 다행히 다른 차량의 왕래가 끊기다시피 하여, 간간이 길을 거꾸로 지나가는 같은 시위 차량과 마을을 지날 때의 성원 인파 이외에는 대열의 진로를 방해하는 큰 장애거리가 없었다. 성○ 근방을 지날 때는 길목을 지키는 전경대 진지가 있어 다소 긴장이 되기도 했지만, 소문대로 벌써 인원과 장비를 다른 데로 이동시켜놓았는지, 행렬이 시끌벅적 부대 앞을 지나가도 막사들만 괴괴하게 줄을 지어 엎드린 채 개미 새끼 하나 함부로 움직이는 기척이 안 보였다. 사내가 이따금씩 상태를 돌보고 있는 난정의 형편도 기력이 많이 가라앉았을 뿐 당장의 큰 위험은 없는 듯 아직은 다른 조치를 서두르지 않고 있었다.

——가자, 다 함께 우리의 광주로! 광주로 들어가 죽음을 함께하자……

——유구한 5천 년 조국의 역사……

——노령의 큰 산줄기 타고 내려와……

구호와 합창 속에 시위 차량 행렬은 계속 광주를 향해 거침없는 질주를 계속해갔다. 해남을 출발한 지 반시간 남짓 만에 영암을 지나고 다시 한 시간여 만에 영산포와 나주를 지나 단숨에 광주 외곽의 남평 근방까지 치달아 올라갔다. 그사이에도 난정은 물결처럼 이따금 아랫배 쪽을 스쳐가는 경련기 속에 여전히 주위를 의식하지 못한 채 죽은 듯이 계속 눈을 감고 있었다. 그러다 딱 한 번 영암을 지날 무렵에야 간신히 기력이 좀 살아난 듯 감겼던 눈을 뜨고 잠시 불안하게 주위를 둘러보았다. 그리고 그 순간 그녀에게로 달려온 장손과 눈길이 마주치자 어딘지 적이 안심이 된다는 듯 창백한 얼굴에 잠시 희미한 미소를 머금다간 이내 힘없이 눈길을 거둬가버렸을 뿐이었다. 그를 의지하여 자신을 안심하고 내맡겨오는 듯한 그 난정의 가녀리고 애틋한 눈빛에 장손은 더욱 마음이 조급해질 수밖에 없었다.

하지만 영산포와 나주를 지나면서부터는 길거리로 밀려 나온 인파와, 갈수록 빈번해진 시위 차량들의 왕래로 곳곳에서 진행이 방해를 받곤 했다. 거기 따라 구호와 합창 속에 파묻혀온 이쪽의 행렬도 전방 상황 정찰과 대열 정비를 위하여 진행이 이따금 지체되곤 하였다.

그런데 그 행렬이 다시 남평을 지나고 광주 진입의 관문 격인 한두재 고개 오르막길로 들어서려 할 때였다. 끝내는 차량 행렬이 고개의 초입께에 이르러 아예 진행을 저지당하고 말았다.

그것도 계엄군이 아닌 이쪽 시위대에 의해서였다.

"고개 꼭대기가 계엄군의 봉쇄선이오. 그 이쪽도 매복조가 숨어 있어 무차별 사격을 당할 위험이 있어요!"

임시 초소를 설치하고 길목을 지키고 있던 그 무장 시위대 사람들의 경고 어린 설명이었다. 하지만 흥분기가 가시잖은 선도 차위의 정대식들은 거기 비해 사태를 좀 가볍게 본 탓인 듯 그걸 그리 깊이 괘념하지 않으려 들었다. 이 차는 비무장이오, 우리 일은 우리가 알아서 처리하겠소. 게다가 우리는 지금 위급한 산모까지 한 사람 수송해가는 중이오…… 길을 열라거니, 무모한 희생을 부른다거니, 앞쪽에선 한동안 행렬의 목적이 정말로 난정의 호송

뿐인 듯 옥신각신 공방이 계속되고 있었다.

같은 화물차 앞쪽에서 줄곧 구호와 합창에 정신을 쏟으면서도 때로는 이쪽 일이 마음에 걸린 듯 걱정스런 눈길을 보내오곤 하던 일중이 그 옥신각신 속에 전진이 지체되고 있는 틈을 타 장손들 쪽으로 자리를 건너왔다.

"어때요. 이대로만 가면 광주 병원까지는 무사하겠지요?"

그가 자리를 건너와 지쳐 늘어진 난정을 들여다보며 상태를 돌보고 있는 사내와 장손들에게 물었다. 그러나 그 물음은 그가 그렇게 믿어서가 아니라 죽은 듯이 눈을 감고 있는 난정의 모습에서 모종의 희망과 용기를 잃지 않으려는 자기 다짐의 소리에 가까운 것이었다. 사내나 장손도 물론 같은 심정이었다.

"아무렴요. 이렇게 병원까지 갈 수만 있다면야 별일은 없겠지요……"

사내 역시 자신과 일중을 함께 타이르듯 여전히 침착한 목소리로 대꾸했다. 하지만 그는 아무래도 절박한 사정을 주위에 알려야 할 필요가 있다고 생각한 모양이었다.

"하지만 만약 길이 이런 식으로 더뎌지면 출혈이 심해서…… 게다가 총상자들이 많다 보면 광주의 병원들까지 손이 모자라기 쉬울 테고……"

그는 다시 혼잣소리 비슷한 걱정을 덧붙이며, 그때까지 계속 난정의 하복부 쪽을 단속하고 있던 자신의 한 손을 치마폭 아래서 슬쩍 들춰내 보였다. 그 손이 언제부턴지 다시 붉은 핏물로 흥건히 얼룩져 있었다. 치마폭이 들춰진 난정의 아래쪽 화물차 바닥에도 검붉은 핏자국이 넓게 번져 있었다.

"······아무래도 출혈이 너무 심해요. 이런 땐 차라리 진통이라
도 계속되면 좋으련만······"

사내가 난정의 치마폭을 가려주고 나서 다시 손목의 박동을 짚
어보며 어둡게 중얼거렸다. 그러고 보니 난정에겐 언제부턴지 그
간헐적인 아랫배의 경련기마저 뜸해지고 있었다. 장손은 그것이
무엇을 뜻하는질 알았다. 그런데 그 난정의 위험 앞에 먼저 일을
서두르고 나선 것은 장손이 아닌 일중 시봉 쪽이었다.

"갑시다. 이대로 그냥 빨리 광주까지!"

피를 보고 놀란 일중 쪽에서 장손에 앞서 불끈 다시 자리를 차고
일어나 운전석 쪽으로 건너가며 발악하듯 외쳤다. 그리곤 운전석
의 등뒷유리창을 통하여 거듭거듭 조급스런 손사래질을 보내며 막
무가내 식으로 차의 출발을 재촉했다.

게다가 그런 난정의 위급지경을 본 것은 그 일중이나 장손들만
이 아니었다. 두번째 차량 사람들은 물론 모두 그것을 보았다. 그
리고 이들 역시 일중과 합세하여 선두 차에 극성스런 손사래질을
퍼부으며 차량의 전진을 재촉하고 들었다.

"시간이 없다, 산모가 위험하다!"

"광주까지 직행하라. 전속력 돌진이다!"

그 소리에 새삼 용기를 얻은 것인지, 위험의 기미와 무장 시위
대의 저지로 한동안 진행을 지체하고 있던 정대식들의 선도 차부
터 행렬이 다시 서서히 길을 뚫고 나가기 시작했다. 차례차례 초
소를 지난 차량들은 고갯길을 향해 금세 대열을 이루면서 일제히

속력을 높이기 시작했다.

　　──어둡고 괴로워라, 밤이 길더니……

　　──속력을 더 높여라, 광주는 해방이다!

　　──산 넘고 바다 건너…… 아아, 자유의…… 자유의 종이 울린다!

　차 위에서는 다시 구호와 합창 소리가 가득 차올랐다. 장손에겐 여전히 그 모든 소리들이 난정의 안전과 태아의 무사 출산을 기원하고 성원하는 소리들로 들렸다. 난정과 새로 태어날 아이를 위해 차의 속력을 함께 다그쳐대는 소리들로만 들렸다. 한 어린 생명의 탄생을 위한 그 간절하고 장엄한 소망의 합창과 행렬! 장손은 이제 난정이 그 혼자만의 여자가 아니라, 그와 같은 소망으로 행렬에 함께하고 있는 모든 사람들의 여자이며, 그녀가 낳게 될 배 속의 아이 또한 자신이나 다른 어떤 한 사람이 아니라 차 위의 모든 사람들의 아이라는 생각이 뜨겁게 솟구쳐 오르고 있었다. 아니, 그 아이는 자신이나 차에 탄 사람들뿐 아니라 그 읍내의 군청 앞 광장과 길가로 몰려나온 모든 사람들, 심지어는 노암이나 경운, 무불까지를 포함한 대원사의 모든 스님들과, 오랫동안 잊혀져온 가엾은 누이 장덕의 아이일 수도 있다는 생각이 가슴속 하나 가득히 차올랐다. 이제 그 아이는 누가 뭐래도 자신만이 아니라 그 모든 사람들의 공동의 핏줄이어야 한다는 뜨겁고 절박한 소망과 확신이 그를 알 수 없는 흥분으로 떨리게 했다. 그들의 소망과 꿈, 나의 꿈과 소망, 그 모든 사람들의 기나긴 염원과 사랑의 핏줄. ……아마, 그래 저들은 지금 이렇듯 오로지 한마음으로 아이의 무사 출생을 염원하고 있는 것이 아니냐……

계속되는 구호와 합창 소리들 속에 행렬은 어느새 봉쇄선이 쳐졌다던 한두재 고개를 별다른 위험 없이 단숨에 통과하여 일로 광주로 돌진해 들어가고 있었다. 무장 시위대 쪽의 오판이었던지, 고개 위에는 예상과 달리 군부대고 장애물이고 행진로를 가로막는 것이 아무것도 없었다.

"도로변 산속에 매복조가 숨어 있을지 모르니 자세를 낮추고 계속 경계를 풀지 맙시다!"

고개를 올라올 땐 그래도 적잖게 긴장을 하고 있던 일행 중에서 예상했던 장애물이 없는 것을 보고 누군가 심상찮아 하는 경계의 소리를 외쳤지만, 도로 주변은 그 소리가 오히려 싱겁게 들릴 만큼 조용하고 한적했다. 그래도 차량은 매복조의 기습 사격을 경계하여 내리막길을 전속력으로 내달았고, 사람들은 만일을 위해 자세를 엉거주춤 낮춰 잡고 있었으나, 장손은 그나마도 그런 데 마음을 쓰지 않고 있었다. 그는 이제 계속 난정의 얼굴 위로 상체를 구부려 감싸 덮은 자세로 자신도 그 뜻이 확연찮은 간절한 염원만 짓씹어대고 있었다.

──아이를 무사히 태어나게 해주어야 한다. 난정을 위해, 장덕을 위해, 무엇보다 이 모든 사람들과 새로 태어날 아이 자신의 내일을 위해…… 내 자신은 아무것도 이루고 지닌 것이 없이 내일을 기약할 데조차 없는 인생이더라도…… 이 아이만은…… 이 아이만은 무슨 일이 있더라도 떳떳하고 자랑스럽게 태어날 수 있어야 한다……

하지만 이날 장손은 끝내 그 난정이 광주까지 무사히 들어가 제 배 속의 아이에게 밝은 세상 빛을 보게 해주었는지 어쨌는질 알 수 없었다. 차량 행렬이 남평고개를 지나 효천역 근방을 곤두박질치듯 전속으로 내닫고 있을 때였다.

뚜두두둑…… 어디선지 발작하듯 급박스런 총소리에 이어, 피융피융 총탄이 허공을 가르는 소리가 매섭게 귀청을 때리고 지나갔다. 동시에 선도 차가 그 사격의 표적이 되어 전진에 위협을 느낀 듯 갑자기 속도를 늦추며 길가로 멈춰 섰다. 그 바람에 뒤차들도 차례차례 뒤를 이어 진행이 지체되고 있는 가운데 방향을 알 수 없는 숲 속 어디에선가 먼 고함 소리가 들려왔다.

"정지하라! 정지하고 대기하라!"

사람들은 일순 다시 팽팽한 긴장 속에 본능적으로 자세들을 낮게 접어 엎드렸다. 그리고 초조하고 불안스런 눈길로 소리가 나는 쪽을 더듬으며, 아직 그 정체를 드러내지 않고 있는 소리의 다음 번 지시를 기다렸다.

장손도 처음엔 무심결에 다른 사람들 한가지로 난정을 감싸안듯 급히 몸을 구부려 엎드렸다. 하지만 그는 그러고서 다른 사람들처럼 그 보이지 않는 숲 속의 다음번 명령을 기다린 것이 아니었다. 그 극심한 탈진 상태 속에서도 난정 역시 어떤 위험을 감지한 것이었을까. 장손이 본능적으로 그녀의 얼굴 위로 몸을 구부려 엎드렸을 때였다. 난정이 그 순간 장손의 기미를 알아차린 듯 다시 한 번 그를 향해 조용히 눈길을 열어왔다. 그리고는 무언가 하고 싶은 말이 있는 듯 잠시 그를 올려다보고 있더니 그가 아직 곁에 있어준 것만으로도 마음이 놓이는 듯 이내 또 말없이 희미한 웃음기와 함께 기력을 놓아버리는 것이었다. 하지만 장손은 이제 듣지 않아도 그 난정의 말을 알 수 있었다. 그때 그는 그 숲 속의 명령 소리가 아니라 난정의 간절한 호소를 들은 것이었다. 그러자 가슴속에선 새삼 어떤 무겁고 뜨거운 것이 목구멍을 단근질하듯 아프게 치솟아 올라왔다.

"가자, 산모가 위험하다! 이 여자에게 무사히 아이를 낳게 해야 한다. 그대로 돌진해라!"

장손은 순간 자신도 모르게 훌쩍 자리를 박차고 일어섰다. 그리고 여전히 진행을 주춤거리고 있는 앞뒤 차들을 향해 목청껏 외쳐댔다.

그리고 그때. 장손의 소리에 즉시 응답 경고를 보내오듯 어디선지 뚜두둑 또 한 번의 사격과 함께 피웅피웅, 탄환 나는 소리가 머리 위를 스쳐갔다.

하지만 장손은 이제 그조차 전혀 아랑곳을 안 했다.

"이 살인마들아! 너희가 이제는 우리 아이까지 빼앗아가겠단 말이냐. 아직 태어나지도 않은 이 내일의 우리 생명까지 말이다! 그럴 수는 없을 거다. 우리는 가야 한다. 너희들에게 이 아이를 빼앗길 순 없단 말이다. 빼앗기지 않는다! 자, 가자. 차를 돌진해 나가자!"

그는 미친 듯 차 속을 오가며 외쳐댔다. 나중엔 앞쪽의 운전석으로 쫓아가 칸막이창을 두드리며 운전석의 청년을 직접 다그쳐댔다.

"그래, 차라리 이대로 돌진하자! 여기서 주춤대고 있는 것이 더 위험하다!"

"가자, 이대로 시내까지 돌진하자!"

이때까진 계속 몸을 사려 엎드린 채 주변 형세를 살피고 있던 사람들도 이젠 더 다른 선택이 없어 보인 듯 노기 어린 목소리로 장손과 결의를 함께하고 나섰다. 그리고 그 바람에 운전석의 젊은이 역시 그간에 억눌렸던 갈망과 노기가 폭발한 듯 갑자기 차체를 움직여 나가기 시작했다.

하지만 장손은 이제 그것으로 그만이었다.

——노령의 큰 산줄기 타고 내려와……

앞차를 제치고 두번째 장손네 차량이 앞장을 서 나서면서 바야흐로 전속으로 질주를 시작했을 때였다.

뚜두두둑…… 아직도 정체를 드러내지 않은 채 숲 속 어디에선가 다시 그 세번째 총소리가 들려왔고, 그 순간 장손은 하복부가 뭉턱 잘리어나가는 듯한 둔중한 충격 속에 그 자리에 풀썩 몸뚱이가 허물어져 내려앉고 말았다. 그리고는 이후로 그의 의식이 되살아나 잠시 움직임을 계속한 것은, 차가 아직 질주를 계속하고 있는 사실과, 이번에는 그 아닌 다른 사람들이 그를 내려다보고 있는 조심스런 눈길에서 자신의 종말을 어슴푸레 느낄 수 있었던 몇 순간뿐이었다. 하지만 그동안도 그는 왠지 자신의 종말이 두렵거나 슬프지가 않았다. 이상하게 차분하고 아늑한 기분 속에, 그 거침없는 차량의 질주가 더없이 고맙고 통쾌할 뿐이었고, 그것을 마지막까지 기원하고 싶었을 뿐이었다.

─그래, 이렇게 계속 달리거라. 그래서 기어코 우리 아기를 낳게 해야 한다. 저들에게 그 아이를 빼앗겨서는 안 된다······

그는 그 근심 어린 얼굴들을 향해 소리 없는 기원과 당부를 보내고 있었다.

그 간절한 기원의 시간은 그리 오래가질 못했다. 그는 그 소리 없는 기원의 시간 속에 눈앞의 얼굴들이 차츰 희미하게 멀어져가고 있었다. 그의 곁에 힘없이 탈진해 누워 있는 난정의 모습이 잠시 가위눌림 속처럼 커다랗게 떠올랐다간 그 역시 서서히 시야를 비켜나가고 있었다. 그와 함께 어디선지, 아아 자유의 자유의 종이 울린다─목이 멘 합창 소리가 한동안 먼 추억처럼 귓가에 쟁쟁하게 맴돌더니, 이윽고 그 소리의 아득한 여운을 타고 어느 새벽녘 여명의 서기와 같은 선연한 어둠의 지평선이 떠올랐다. 그리고 그 순정한 어둠의 장막을 헤치며 일출처럼 눈부신 한 아이의 모습이 그를 향해 환하게 걸어오고 있었다.

역사와 반복, 그 사이의 거대한 심연

서희원
(문학평론가)

1. 역사를 사는 사람과 쓰는 사람의 '사이'

이청준의 『인간인』은 그가 출간한 소설 중 가장 긴 분량을 가진 장편(원고지 3천여 매에 가까운 분량이다)이며, 작가의 사유와 창작열이 완숙한 단계에 올라선 사십대 중반에 거의 10년에 가까운 시간을 들여 쓴 작품——잘 알려진 것처럼 이청준은 1939년생이며, 그는 『인간인』의 1부를 '아리아리 강강'이란 제목으로 1988년 『현대문학』에 발표할 때 이 소설을 처음 쓰기 시작한 것이 "84년 가을녘"[1]이라고 명확히 밝히고 있다. 『인간인』의 2부는 '강강술래'란 부제를 달고 1991년 탈고되어 단행본으로 출간되었다——이다. 이런 양적인 노고에 더해 이청준은 『인간인』을 연재하고 출간하는

---

1) 이청준, 「작가의 말/결구를 위한 고축」, 『현대문학』 1988년 5월호, p. 123.

과정에 게재한 「작가의 말」에서 수차례 이 작품을 수정하고 퇴고하였다는 사실을 밝히고 있다.

말년의 이청준은 어떤 글에서 자신이 평생 쓴 소설들을 "하늘의 자비와 사랑이 이 지상과 사람살이 가운데로 어떻게 흘러내리며 어떤 모습으로 구체화되는지"에 대한 작가적 관심의 서사적 재현이라고 설명하며, 『인간인』은 "산중의 높은 불덕은 넓은 자비의 강물로 세간을 멀리 적셔 내려야 한다는 기원을 담은 장편"[2]이라고 말한 적이 있다. 하지만 『인간인』에 대한 해석의 대부분을 불교적 통념에 의존하는 것은 이 작품을 읽은 독자들이 갖게 될 의문에 대한 하나의 답변은 될 수 있겠지만, 이 장편이 독자의 머리와 가슴에 안겨주는 울림에 공명할 수 있는 해답이 되지는 못할 것이다. 『인간인』에서 주요한 배경과 소재로 등장하는 불교는 그것이 지니고 있는 강렬한(동시에 상투적인) 이야기성과 철학적 깊이로 인해 마치 그것 자체가 주제인 것처럼 읽을 수 있는 여지를 주고 있다. 게다가 하나의 서사로 이어지지 않는 『인간인』의 1부와 2부는 독서를 끝낸 독자들이 갖게 되는 나름의 해석에 확신을 부여하지 못하는 주된 이유로 남는다.

말하자면 『인간인』은 작가 자신이 설명하는 것처럼 불교에 대한 이해만으로는 해석될 수 없는 너무 많은 잉여들을 담고 있다. 불교는 절반의 주제에 불과하다. 그렇기에 그것은 작품을 해석되지 않은 두려움에서 온전히 견인하지 못하며, 안온하지만 불완전한

---

2) 이청준, 「소설 노트: 사랑과 화해의 예술, 혹은 새와 나무의 합창」, 『머물고 간 자리, 우리 뒷모습』, 문이당, 2005, p. 217.

이해의 지평에 머물게 한다. 흥미롭게도 『인간인』의 1부와 2부를 개별적인 작품으로 분리하고 각각에 대한 이해를 찾을 때 불교는 이야기의 소재와 등장인물, 에피소드 등에 어떤 법칙을 부여하는 질서의 중심이라고 말할 수 있지만, 그것은 단속적인 서사가 작가에 의해 폭력적으로 결합된 『인간인』에 대한 어떤 통일된 총체가 될 수는 없다. 그 기이한 단속의 지점에 이청준의 경청할 만한 언급이 있다.

1985년 초고를 쓴 1권은 몇 차례 손질 끝에 1988년 가을 상재의 고를 치렀으나, 다시 읽어보니 화자의 과도한 정보 독점으로 하여 이야기에 불필요한 혼란과 짜증을 야기시키고 있음을 알게 되었다. 이번에 2권을 상재하는 김에 1권 내용에도 새로 적절한 정보 배분의 통로를 마련하였는바, 당초에 시도한 '비극적인 깨달음과 구원의 구조'에 대해서뿐만 아니라 글의 '쉬운 읽힘'에도 상당한 도움과 편의를 더하게 되었기를 소망해본다.

2권은 1989년에 초고를 쓰고, 1990년과 금년에 몇 차례 추고를 되풀이하다 보니, 내 가당찮은 욕심으로는 손질을 거듭할수록 이야기가 자꾸 더 '개악' 쪽으로 기우는 느낌이 들어, 이쯤에서 그만 부끄러움을 덮어두기로 작정하고 마무리를 지어버린 졸편이다. 우선 이 7년간의 마음의 빚에서라도 벗어나기 위해서다.

역사를 사는 사람과 쓰는 사람 사이엔 서로 본래 생각이 같은 수도 있고, 얼마쯤 다를 수도 있겠으나, 이 이야기에선 그 어느 쪽을 내세우기보다 양자의 진실을 깊이 연결지어보고 싶었던 것도 한 가지 숨은 욕심이었음을 덧붙여두고 싶다. 역사는 이루어져나가는 면과 만들어져가는 면이 함께해가고 있다는 생각 때문이다.[3]

이청준은 『인간인』의 주제에 대해 두 가지 언급을 하고 있다. 하나는 이것이 "비극적인 깨달음과 구원의 구조"에 대한 작가적 의도를 담고 있다는 사실이다. 다른 하나는 1부와 2부로 구성된 소설의 구조가 '역사'라고 부르는 거대한 시간의 흐름을 진행시키는 각기 다른 입장과 관념의 "연결"이라는 점이다. 역사는 단순하게 몇 가지로 구분할 수 없는 다양한 역학들의 난장(亂場)이기에 이것에 대해서라면 이청준의 사유에서 실마리를 찾는 편이 수월할 것이다.

이청준은 『인간인』에서 "역사를 사는 사람과 쓰는 사람"의 "사이"에 존재하는 동질적이거나 이질적인 진실에 대한 연결을 시도했다고 말하며, 그것은 "역사는 이루어져나가는 면과 만들어져가는 면"이 "함께해가고 있다"는 생각에 의거했다고 쓰고 있다. 이러한 작가의 언급은 소설의 제목에서도 분명하게 읽을 수 있다. '사람과 사람의 사이'라는 뜻으로 해석할 수 있는 '인간인(人間人)'이란 제목은 그가 말했던 것처럼 시간의 거대한 흐름을 구성하는 유사하면서도 상이한 인자들의 공존과 인간이란 존재가 위치하고 의미를 갖는 지점을 말하고 있기 때문이다.

이청준의 말처럼 『인간인』은 1부와 2부의 이야기가 신화나 설화

<hr>

3) 이청준, 「작가 노트—역사를 사는 사람과 쓰는 사람의 자리」, 『인간인 2』, 열림원, 2001, pp. 341~42.

에 종종 등장하는 둘로 나뉜 보검이나 펜던트처럼 하나로 합쳐져
진실을 말해주는 구조를 가지고 있지 않다. 그것은 연결되어 있
는, 그렇기 때문에 하나로 보고자 하는 은밀한 욕망이 담긴, 별개
의 것들이다. 이청준이 『인간인』이라는 소설을 통해 궁극적으로
재현하고자 했던 것은 역사라고밖에 말할 수 없는 시간의 묶음이
다. 누군가는 역사를 쓰는 몫은 역사가에게 주어져 있다고 단순하
게 말할지도 모른다. 하지만 헤이든 화이트Hayden White가 언
급했던 것처럼 "역사가의 목적은 연대기 속에 매장되어 있는 '이
야기'를 '발견'하고 '확인'하며, '드러내 보임'으로써 과거를 설명하
는 데 있다고 흔히 말해지고 있다. 즉 '역사'와 '소설'의 차이는,
역사가가 이야기를 '발견find'하려는 데 반하여, 소설가는 그것을
'발명invent'해낸다"[4]는 것에 불과하다. 헤이든 화이트가 그의 기
념비적인 저작에서 덧붙이고 있는 것처럼 역사가의 발견이라고 하
는 것도 사실은 연대기 속에서 찾아낸 사건들을 이야기의 요소를
지닌 사건으로 전환시키고자 그것에 이해 가능한 형식적 결합력을
부여하는 것에 불과하다. 헤이든 화이트가 보기에 역사는 문학에
서 사용되고 있는 수사나 플롯 구성을 동일하게 활용하고 있는 특
수한 형태의 이야기에 불과하다. 역사를 일종의 이야기로 보고 있
는 헤이든 화이트의 견해를 신뢰한다면 이청준의 소설을 일종의
역사로 보지 못할 이유는 없어 보인다.

---

4) 헤이든 화이트, 『19세기 유럽의 역사적 상상력―메타 역사』, 천형균 옮김, 문학과지
   성사, 1991, p. 17. 옮긴이는 소설가의 작가적 역할을 강조하면서 'invent'를 '창작'이
   라고 옮겼지만 문맥을 고려할 때 '발명'이라고 하는 편이 좀더 적절하다고 생각된다.

2. 오이디푸스의 밀실——『인간인』 1부 (아리아리 강강)

『인간인』은 각기 다른 플롯을 가진 두 개의 부분인 동시에 그것의 연결이다. 이 소설의 1부와 2부는 해남골 대원사라는 절을 공간적 배경으로 하고 있다는 점과 1부에서 윤 처사로 등장했던 인물이 2부에서는 노암 스님으로 서사에 잔존하고 있다는 사실을 제외하고는 별다른 이야기적 공통점을 찾을 수 없다. 일제 말기 일본 경찰의 밀정인 남도섭이 수배 중인 범죄자로 신분을 가장하고 대원사에 잠입하여 서사를 진행시키는 『인간인』의 1부와 유신 말기 형사를 가장하고 대원사를 찾아가 몸을 기탁하는 떠돌이 잡범 안장손의 이야기를 담고 있는 2부의 유사점은 서사의 이어짐에 있는 것이 아니라 반복되고 있는 그 구조에 있다. 이러한 점을 고려할 때 이청준이 "연결"이라고 부른 『인간인』의 구조는 사실 '반복'이라고 지칭하는 편이 좀더 정확할 것이다. 그렇다면 반복되고 있는 개별적인 것에 대해, 그 반복이 형성하는 의미에 대해 답하는 것이 중요하다. 먼저 개별적인 1부와 2부를 보자.

『인간인』의 1부는 1944년 9월부터 한국전쟁이 발발한 1950년의 여름까지 대원사에서 진행되는 서사를 담고 있다. 일본인 이름 '寧山正雄'으로 창씨개명한 밀정 남도섭(南度涉)은 고등계 특수 공작반을 지휘하고 있는 경부보 안도 고이치(安東弘一, 김홍일)의 명령을 받고 대원사에 잠입한다. 남도섭은 스스로를 중요한 임무를 위해 신분을 철저히 숨기고 암약하는 "정보 공작원"이라고 자임하지만 그에게 하달된 명령은 대원사에 내지녀를 능욕한 죄로 수배된 "장흥 간척장 사건의 도주자"로 위장하고 들어가 그곳에 머물러 있으라는 것뿐이다. 도섭은 이를 능청스런 언변을 통해 어렵지 않게 해내며 절의 객식구가 된다. 그는 정잿간의 일을 돕는 한편 하달될 명령을 기다리며 정보 공작원이라는 신분에 걸맞게 대원사에서 머물고 있는 식객들을 감시하고 그들의 신분과 사상을 염탐하기 시작한다. 남도섭은 안도 반장에게 보낸 은밀한 보고서에서 대원사를 "안팎으로 심상찮은 냄새가 많이 나"(p. 74)는 곳이라고 표현하며, 신병 요양이나 시험 준비를 위해 머물고 있는 기식자들과 경내, 특히 "멀쩡한 사람이 제 육신을 지워 사라져갔다는 선담(禪譚)"(p. 137)을 가지고 있는 보련각(寶蓮閣)—이곳은 이 선담 때문에 소영각(消影閣)이라고 불린다— 에서 비밀의 냄새를 감지한다. 남도섭은 대원사에서 머물고 있는 식객들의 인상과 내력을 통해 그들이 신분을 위장한 "학병 도피자들·군부대 이탈자들·불온 사상 신봉자들·공산주의자들, 그중에서도 끝내 반도를 빠져나가 종적을 놓쳐버린 소위 민족주의 노선의 불령선인(不逞鮮人)들, 심지어는 자신의 위장에 신분을 도용하고 있는 그 장흥 간척장의 내지녀 능욕범"(p. 133)이 아닌지를 탐색하는 한편 "늘상 어떤 음습한 음모의 기미 같은 것이 당우의 안팎을 맴돌고 있"(p. 137)지만 "아무것도 안을 들여다볼 수 없는 어둠의 벽"(p. 136) 같은 소영각에 대한 감시와 밀탐을 진행한다.

"임무를 좀더 창의적으로 수행해나가"(p. 142)려는 도섭의 의욕과는 달리 그에게 다시 전달된 임무는 소극적인 염탐이다. 안도 반장이 보낸 "밀령서"에는 행동과 임무에 대한 구체적인 지시사항 없이 계속 신분을 숨기고 경내의 "동태를 예의 주시하라"(p. 140)는 말과 "본 공작의 최종 목표나 임무 변경 사항은 필요시 별도로 하달될 것이므로 어떤 범증의 확인 시에도 그에 대한 대응 활동을 절대 삼갈 것"(p. 141)이라는 엄격한 명령만이 적혀 있을 뿐이다. 남도섭은 진짜 정보 공작원처럼 소설의 대부분에서 모든 사물과 인물들을 의심의 시선으로 바라보며 그것의 내력과 언변 사이에 어떠한 진실이 감추어져 있는지 탐색한다.

그러나 이 소설의 흥미는 남도섭의 위장과 은밀한 시선을 따라가는 것에만 있지는 않다. 남도섭과 같은 방을 쓰면서 그와 많은 대화를 나누고 있는 윤 처사는 대원사를 관장하는 우봉 스님에게 일본 경찰의 밀정이 한 명 들어올 것이라는 언질을 이미 들은 상태이고, 남도섭이 가장한 "장흥 간척장의 내지녀 능욕범"이 이미 절에 들어와 있었던 우연을 통해 그의 정체를 대번에 알게 된다. "도섭은 자신을 더욱 완벽하게 위장해나갔다. 안전한 은신처를 얻은 도망자답게, 그리하여 차츰 본색이 드러나기 시작한 무뢰한답게, 무지하고 조심성 없는 언행을 자주 일삼고 다녔다"(p. 136). 남도섭은 자신이 다른 사람을 완벽하게 가장하고 있다고 생각하지만 오히려 그의 그런 행동은 윤 처사에게 그리고 나중에는 경내의 모든 사람에게 마치 연극 분장을 하고 길거리를 걷는 배우의 모습처럼 분명하게 구분되는 어설픈 연기로 보일 뿐이다. 『인간인』의 흥미는 이렇듯 서로 다른 인물을 가장하거나 진실을 감추기 위해 사용되는 거짓과 위장의 수사가 중첩되며 만들어진다. 『인간인』은 종교의 세계로 혹은 안전한 은신처가 되어주는 피안의 주변으로 도피한 인간들과 그들을 추적하는 인간들이 펼쳐내는 거짓과 어리석음의 향연이며, 이러한 장삼이사들의 인생극장이다.

이청준은 이렇게 서로 다른 진실의 층위에서 발화되는 거짓과 위장의 수사들을 중첩시키며 자기표현이나 사실 전달의 수단으로 사용되는 언어를 폭력적으로 뒤틀어놓는다. 이청준 소설 작법의 특징이라고 부를 수 있는 이러한 기법에 대해서는 이미 많은 논자들의 지적이 있어왔다. 김병익의 다음과 같은 언급은 이에 대한 적절한 요약이 될 것이다. "이청준의 방법론은 자신이 말하고자 하는 바에 맞추어 사건들을 조작하고 견강부회시키며 요철화시킨다는 데에 있다. 이 수법은 사건 자체에 대한 실감을 부여시키려는 데에 작가의 창작 목표를 두는 것이 아니라 뒤틀린 사건을 통해 작가가 뜻하는 바의 주제를 강조하려는 데 그것이 있음을 시사한다."5)

『인간인』에서 이청준 특유의 서사 작법을 가장 흥미롭게 보여주는 에피소드는 바로 경내 유물관에 보관 중인 "금서 병풍"의 도난 사건일 것이다. "정조 임금이 서산 대사의 충절을 기려"(p. 81) 하사했다는 "금서 병풍"은 도난을 당하거나 사라져도 "제 발로 대원사를 찾아오게 된"(p. 83)다는 신묘한 내력을 가진 보물이다. 이 유래를 신뢰하자면 이 "금서 병풍"은 훔쳐갈 수 없는 보물이다. 이것이 남도섭이 대원사에 잠입한 지 얼마 지나지 않아 사라지는

---

5) 김병익, 「말의 탐구, 화해에의 변증」, 권오룡 엮음, 『이청준 깊이 읽기』, 문학과지성사, 1999, pp. 239~40.

사건이 발생한다. 경내 사람들은 이를 보물과 함께 종적을 감춘 본전 공양간의 용진 행자의 소행으로 짐작한다. 남도섭도 이 보물의 분실에 촉각을 곤두세우고 온갖 정보를 수집하여 용진 행자의 행방을 수소문한다. 뜻밖에 백암사에 심부름을 간 곽 행자에게 그곳에서 용진 행자를 봤다는 이야기를 듣고 남도섭은 이를 상부에 보고해 관련된 인물들을 모두 연행하게 하지만 이 도난과 관련된 일련의 소동은 우봉 스님이 계획한 일종의 "조작극"(p. 276)으로 밝혀진다. 우봉 스님은 형사들이 보는 앞에서 "본전 옆 칠성각으로 들어가 그 손수 오래 낡은 산신도 뒤에서 금자어서 병풍폭의 두루마리를 꺼내놓은 것이었다"(p. 276). 이청준이 우봉 스님의 계략을 통해 펼쳐놓는 이 조작극은 성공적인 추리소설에서 흔히 찾을 수 있는 트릭이다. 독자에게 또는 작중인물에게 어떠한 진실을 보고 있으면서도 보지 못하게 하는 '심리적 맹목(盲目)'이야말로 추리소설이 추구하는 미학의 본령이며, 인간이란 자기 삶의 한치 앞도 보지 못하는 "청맹과니 광대"에 불과할 뿐이라는 『인간인』1부의 주제를 미적으로 형상화하기 위해 이청준이 사용하고 있는 장치이다.

피에르 바야르Pierre Bayard는 애거사 크리스티Agatha Christie의 소설을 분석한 글에서 그녀가 즐겨 사용하는 은폐의 법칙을 크게 '위장' '전환' '전시'로 구분하여 설명한다. '위장'은 말 그대로 진실 자체를 알아볼 수 없도록 꾸미는 것이다. "금서 병풍" 도난 사건에서는 분실되지 않은 물품을 도둑맞았다고 말하는 것에 해당한다. 보물은 거짓과 위증에 의해 사라졌다고 말해지기에 그것은 그곳에 존재하고 있지만 없는 물건으로 취급된다. 수사관들이 찾아 헤매는 것은 물건이지만 사실 그들은 사라졌다는 말을 따라가고 있을 뿐이다. '전환'은 독자나 수사관의 관심을 범인이 아닌 다른 등장인물 쪽으로 돌리는 것이다. 독자의 관심이 가짜 범인이나 단서에 쏠리게 되면 서사에 흩뿌려진 모든 단서들은 마치 자석에 이끌리는 쇳가루처럼 무의미한 방향을 가리키며 나열된다. 『인간인』에서는 용진 행자의 등장과 그와 관련된 에피소드들이 그 역할을 하는 것이다. '전시'는 "진실을 낱낱이 기록하면서도 보이지 않게 만들어버리는 데 있다. 말하자면 살인범이 살인범 뒤에 감춰져 있는 것이다."[6] 이 에피소드에서는 우봉 스님이 그 역할을 하고 있다. 즉, 물건을 숨긴 일종의 범인이 피해자의 등 뒤에 숨어 있는 것이다. 그리고 『인간인』 1부 전체를 놓고 볼 때는 안도 고이치 경부보가 그 역할을 하고 있다. 소설의 말미에 한국전쟁의 발발로 도망자 신세가 된 남도섭은 다시 대원사로 몸을 숨긴다. 그리고 그곳에서 남도섭은 소영각 안에 도피자들을 위한 밀실이 있음을, 사라졌다는 병풍이 사실은 절 안에 버젓이 보관되고 있었던 것처럼, 사라진 사람들이 그곳에서 은신하고 있었음을 알게 된다. 그리고 자신을 대원사로 보낸 안도 고이치가 우봉 스님에게 밀정의 정체를 은밀하게 알려준 장본인이었음을 윤 처사에게 듣는다. 범인이 형사의 뒤에 숨어 있는 것이다.

---

6) 피에르 바야르, 『누가 로저 애크로이드를 죽였는가?』, 김병욱 옮김, 여름언덕, 2009. p. 59. 추리소설에서 흔히 사용되는 은폐의 법칙에 대해서는 「제3장 밴 다인 법칙」에 상세히 설명되어 있다.

그는 우봉에게서뿐만 아니라 윤 처사와 외사·객방 사람들, 그를 밀정으로 절간으로 들여보낸 안도에게까지 속속들이 속아넘어간 청맹과니 광대였다. 그 위에 그가 찾고 있던 바(당시로선 막연한 추측뿐이었더라도) 그 밀실과 은신자들의 더없는 방패역까지 수행해준 셈이었다. 혐의를 찾아 쫓고 감시를 해온 것은 그가 아니라 윤 처사들 쪽이었다. 그는 쫓아대고 감시한 것이 아니라, 거꾸로 쫓기고 감시를 당하는 미로 상자 속의 생쥐였음이 역연했다. 그것은 다름 아닌 자신으로부터의 속음이요, 제 덫을 제가 짊어진 어리석고 답답한 무명 속의 헤맴이었다.(pp. 383~84)

도섭은 이 모든 이야기를 듣고 "자신의 반생이 너무도 참담스럽고 희극적"(p. 377)이라는 사실에, 자신이 "쫓아대고 감시한 것이 아니라, 거꾸로 쫓기고 감시를 당하는 미로 상자 속의 생쥐"(p. 384)와 다름없다는 사실에, 그리고 이것이 "아찔한 인간사의 조화나 현묘한 섭리"(p. 384)라는 차가운 깨달음 앞에 끔찍한 두려움을 느낀다. 남도섭은 자신이 머물고 있는 "지하 밀실"이 사실은 "어둠과 불안스런 적막 속에 지옥의 악몽만을 지어 빚고"(pp. 384~85) 있는 인생살이와 그리 다르지 않은 "무명 속의 헤맴"(p. 384)임을 알게 된다. 그리고 그는 그곳에서 벗어나려 온갖 힘을 쓰지만 모든 기력을 소진한 채 잠이 들어버린다. 이렇게 『인간인』의 1부는 끝이 난다.

누군가를 쫓고 있었다고 생각했던 자신이 사실은 쫓기고 감시를 당하는 신세에 불과하다는 남도섭의 깨달음, 도난이 사실은 안전한 보관의 방법이며, 보관이 지속될수록 도난의 가능성은 높아진다고 말할 수 있는 "금서 병풍" 자작극의 전말, 대원사에서 은신하던 공산주의자 박춘구가 주장하는 "만인 평등의 사회 건설"을 위한 필연적 폭력 등은 『인간인』 1부의 서사를 이루는 플롯의 전개의 방식, 즉 전형적인 '아이러니'의 구조이다. 아이러니는 여러 가지 개념들의 상호 연관 속에서 이러한 모든 개념을 포괄하고자 하는 방식이다. 어떤 부분적인 것도 전적으로 부정되거나 긍정되지 않는다. 마치 『인간인』에 등장하는 모든 인물들의 역할과 그들에 대한 평가가 모호한 것처럼. 그들이 모두 "미로 상자 속의 생쥐"에 불과하다면 그들 중 누구를 선인이라고 혹은 악인이라고 부를 수 있단 말인가.

앞에서 지적한 것처럼 『인간인』의 1부는 한국의 1944년부터 1950년까지를 배경으로 하고 있다. 민족에 대한 수탈이 극에 달한 일제 말에서 동족상잔의 비극이라고 지칭되는 한국전쟁까지를 다루는 이 소설에는 역사를 살아가고 이를 의미 있게 만들려는 다양한 인간들의 방식이 등장한다. 그들은 권력숭배자·기회주의자·반민족행위자·공산주의자·민족주의자·종교인 등이며, 그들은 각자의 방식으로 그 시간들을 살아나간다. 이들은 모두, 그것이 윤리적인 것이든 비윤리적이든 간에, 자신의 시대와 삶의 경험을 통해 얻어진 나름의 성찰을 가지고 있다. 하지만 이청준에게 이들은 모두 한 치 앞도 알 수 없는 무명의 삶을 헤매는 생쥐에 불과한 것으로 서술된다. 『인간인』의 1부는 마치 살인범이 수사관을 자임하며 자신의 범죄를 추적해가는 오이디푸스의 이야기와 같다. 그것은 인간의 어리석음을 드러낸 기록이며, 삶에 대한 모든 확신과 발버둥이 운명이라는 예정된 어둠으로 이끌리는 비극적 아이러니의 형식을 가지고 있다. 문학의 장르와 서사에 대한 우주론적인 사유를 통해 플롯의 구성을 '희극' '로맨스' '비극' '아이러니와 풍자'로 구분한 노스럽 프라이는 '비극적 아이러니'에 대해 이렇게 설명한다.

여기에서는 자연의 순환, 즉 숙명이나 운명의 수레바퀴의 끊임없는 착실한 회전이 주로 강조된다. 이 양상은 우리의 말로 말하면, 현현의 지점에 거의 가까운 곳에서 경험을 바라보는 방법이다. 그리고 이 양상의 모토는 브라우닝이 "천국은 있을는지 모르지만, 지옥이 있다는 것은 확실하다"는 것이다. 이것에 대응하는 비극의 양상처럼, 이 양상은 그 관심에 있어서 도덕적인 것보다는 일반적인 것, 또 형이상학적인 것이며, 개선주의적인 것보다는 극기주의적인 것, 또 체념적인 것이다.[7]

힘을 얻기 위한, 이를 통해 잃어버린 청춘의 이상을 찾기 위한 남도섭의 인생 역정과 모험은 인간에 대한 혐오와 어리석음에 대한 탄식으로 충만한 어둠의 공간에서 멈추고, 연민과 희망이 바닥난 이 밀실에서 차가운 풍자가 다시 시작된다. "하루에 아침저녁

---

7) 노드롭 프라이, 『비평의 해부』, 임철규 옮김, 한길사, 1982, p. 333.

두 차례씩 머리 위의 마룻장 구멍"이 열리며 "똥덩이 떨어지듯 거친 음식 덩어리"(p. 390)를 던지던 우봉 스님은 더 이상 견디기 힘들다며 벗어나고 싶다는 열망을 외치는 도섭에게 "나가고 안 나가고는 제 맘에 달린 일"(p. 394)이며, "제 속부터 깊이 살펴나갈 일"(p. 396)이라는 말을 전한다. 우봉 스님은 거창하게 말하고 있지만 사실 '일체유심조'나, '공즉시색, 색즉시공'과 같은 불교의 기초적인 원리에 해당하는 이런 가르침은 인간이 삶을 더 나은 것으로 만들려는 모든 사유와 노력을 한 치 앞도 보지 못하는 바보들이 펼쳐놓는 우화의 향연으로 만드는 차가운 풍자처럼 들린다. 이는 프라이가 지적하고 있는 것처럼 역사에 대한 형이상학적이며, 극기주의적이며, 체념적인 재현이다. 『인간인』 1부의 대미를 장식하고 있는 소영각 지하의 밀실은 삶에 대한 극도의 회의론적 시선이 찾아낸 역사의 어둠이며, 비극적 아이러니의 서사가 안내해주는 원환(圓環)의 지옥이다.

3. 자비와 가락의 강물 ──『인간인』 2부(강강술래)

『인간인』의 2부는 1부의 배경에서 30여 년이 지난 1979년의 이야기이다. 먼저 『인간인』 2부의 서사를 통해 이청준이 전달하려는 의식을 살펴보자. 우연히 습득한 수갑을 밑천 삼아 형사를 가장하며 권력에 대한 두려움에 항상 노출된 최하층 민중을 착취하던 안장손(安章孫)은 자신을 옥죄어오는 수사망에서 벗어나기 위해 해남골의 대원사로 도피한다. 그는 그곳에서 누워서 잠을 자지 않고 고통스런 수행을 통해 불교의 자비를 세상에 전파하려는 무불(無佛)이라는 늙은 스님을 만나게 되고 그의 모습에서 큰 충격과 감동을 받는다. "그 가엾고 처량한 석고불과 괴로운 수마(睡魔)의 유혹을 뿌리치며 밤을 지키고 앉아 있을 스님의 모습이 떠오를라치면, 그는 느닷없이 속이 뜨거워져 오르며, 아아 이 노인에게라면, 이 노인 곁에서라면……, 자신의 황량스럽고 기약 없는 인생행로를 그만 노인 곁에 주저앉혀 의지해보고 싶은, 어쩌면 한 번 그래 봐도 좋을 듯싶은 엉뚱한 생각까지 스며들곤 하는 것이었다"(p. 50). 이러한 무불의 모습은 장손이 살면서 경험한 인간에 대한 차가운 깨달음, 즉 "세상에서 진심으로 남의 고통을 함께 해주는 사람이 있을 수"(p. 86) 없다는 인생 체험에 비추어 도저히 수긍할 수 없는 태도였다. 장손은 무불의 고행이 단순한 종교인들의 "밥벌이 구실"(p. 86)이거나 아니면 거기에는 감출 수밖에 없는 "자기 마음속의 아픔"(p. 89)이 있다고 생각하며 이를 폭로하고 훼손시키고 싶은 열망에 사로잡힌다.

자신이 경험한 인간 진실의 범위를 초월하는 무불의 모습은 일종의 숭고로 장손에게 경험된다. 장손은 자아의 뿌리부터 흔들어대는 무불의 고행을 마음속 깊이 받아들이기 전에 먼저 강렬한 불쾌감을 표출한다. 즉, 장손의 반발은 무불의 비밀을 폭로함으로써 자신이 신뢰하고 있는 삶의 방식을 공고히 하고 이를 통해 잃어버린 자기 삶의 주체적 권력을 되찾고자 하는 욕망의 발현으로 읽을 수 있다. 장손은 대원사에 들어오기 전 대원여관에서 인연을 맺은

난정을 통해 그녀가 전수받은 소리에 속세와 절연하고 절로 들어
간 아버지를 둔 소리꾼 '송화'와의 기이한 사연이 있음을 알게 된
다. 장손은 그의 육체를 마치 거부해서는 안 되는 운명처럼 포용
하는 난정의 태도와 그의 정한을 마구 흔들어놓는 난정의 소리에
주체할 수 없는 감정의 격동을 느끼며 뜨거운 눈물을 흘리지만 자
신을 상실할 것 같은 두려움에 그녀에게서 달아난다. 장손은 소리
꾼 송화의 정한이 무불과 이어져 있다고 단정하며 "인연이라면 그
인연의 줄을 끊어야 했고, 윤회라면 그 바퀴살을 부숴 주저앉혀버
려야"(p. 143) 한다고 모질게 마음먹고 무불과 격렬하게 길항하
게 된다. 하지만 장손에게 이 모든 에피소드들은 불교에서 말하는
자비와 인연이 세계를 지탱하는 근원적 질서임을 깨닫게 되는 계
기로 작용한다. 결국 장손은 조금씩 불교적 공덕을 실천하는 사람
으로 변모한다. 그는 권력 말기의 끔찍한 폭력을 피해 도피한 자
들의 "소중한 둥지나 가위 천국이 된"(p. 310) 대원사에서 그들
의 "보호인 겸 감시역"(p. 341)을 자처하며 한 시대가 허망하게
종언을 고하는 것을 멀리서 바라보게 된다.

　무뢰한 장손이 보여주는 변화와 그것의 동력이 된 깨달음은 무
불을 통해 경험한 종교적 숭고와 난정의 소리를 통해 공감한 미적
체험에서 기인한 것이다. 장손은 난정의 소리를 통해 별개의 것으
로 여겨왔던 인간의 삶이 인생이란 강물로 이어져 시간 속에 거대
한 물줄기로 흐르고 있다는 알 수 없는 느낌을 격렬하게 감각한다.
이것은 "애달픈 삶의 정회가 깃들인"(p. 95) "소릿가락의 조화"
이며, 서로 다른 삶의 고통을 하나로 이어주는 "소리의 불가사의

한 마력"(p. 121)이 주는 놀라운 미적 체험의 산물이다.

　　한 줄기 큰 강물이 언제부턴가 그녀의 속 깊숙이에서 가득 넘쳐흐르고 있었다. 난정은 그 강물로 모든 것을 받아들여 함께 흐르고 있었다. 소리꾼 어미의 황량스런 한 생애도, 그것을 이어받은 송화의 깊은 정한도, 그리고 그 이름 모를 스님의 비밀과 장손 자신의 고달픈 인생사도, 심지어는 저 저주스런 누이년 장덕의 애달픈 소망들까지도 거기에 함께 얼려 흘러가고 있었다. 거기선 이제 그 소리꾼 모녀의 한 깊은 사연들도 더 이상 그 어미나 딸의 것이 아니었다. 이름 모를 스님이나 장손의 그것들도 이미 제 것으로 남아 있지 않았다. 난정은 그 모든 것을 자신의 드넓은 소리의 강물로 함께 받아들여 흘러가고 있었다.(p. 142)

　사실 판소리, 즉 예술이 궁극적으로 전달하고자 하는 정한과 공감, 미적 체험이 감각하게 하는 삶에 대한 총체적인 깨달음은 이청준의 '남도 사람' 연작을 읽은 독자라면 그리 낯설지 않을 것이다. 이청준은 무불의 고행이 지닌 참의미를 묻는 장손에게 답하는 노암 스님의 입을 통해 이러한 예술의 근본 원리가 불교가 기반하고 있는 개념과 그리 다르지 않음을 알려준다. 장손은 노암 스님에게 "자는 또 무엇이고 비는 무업니꺼"(p. 156)라고 묻는다. 노암은 장손에게 이렇게 대답한다. "자는 이웃에 마음이 열리는 기쁨과 즐거움을 주는 길이요, 비는 남의 아픔과 슬픔을 함께하면서 그것을 쓰다듬고 위로해주는 길이다. 그런즉 자는 지혜에 가깝고

비는 무실(務實)하는 자세에 가까울 것이니라. 허나 그것도 이름
〔謂〕이 다를 뿐, 그 값이 서로 다른 자리에 있음이 아니다. 남은
아픔이나 괴로움을 함께하는 무실의 태도는 옳은 지혜에서부터 얻
어져야 하고, 지혜는 마침내 세상 가운데로 흘러들어 제값을 밝히
는 까닭이다. 고로 자와 비는 서로를 짝하여 자비로 한몸을 짓게
되는 것이다. 이는 산과 물이 서로를 짝하여 비로소 온전한 강산
을 이룸과 같음이다"(pp. 156~57). 장손은 노암이 쏟아낸 불교
적 가르침을 미적 체험 속에서 어렴풋하게나마 이해하고 이를 조
금씩 삶에서 실천하게 된다. 자비의 실천이라고 지칭할 수 있는
장손의 깨달음은 소설의 대단원이 되는 광주민주화항쟁에서 세상
을 향해 폭발하듯이 쏟아져나간다. 장손은 난정이 임신한 아이가
자신의 아이라고 믿으며 그녀를 찾아 읍내로 내려가고 우연히 출
산이 임박한 그녀를 태운 화물차에 타게 된다. 그리고 조산 기미
를 보이며 하혈을 시작한 그녀를 병원으로 데려가기 위해 광주로
향한다.

　차 위에서는 다시 구호와 합창 소리가 가득 차올랐다. 장손에겐
　여전히 그 모든 소리들이 난정의 안전과 태아의 무사 출산을 기원하
　고 성원하는 소리들로 들렸다. 난정과 새로 태어날 아이를 위해 차
　의 속력을 함께 다그쳐대는 소리들로만 들렸다. 한 어린 생명의 탄
　생을 위한 그 간절하고 장엄한 소망의 합창과 행렬! 장손은 이제 난
　정이 그 혼자만의 여자가 아니라, 그와 같은 소망으로 행렬에 함께
　하고 있는 모든 사람들의 여자이며, 그녀가 낳게 될 배 속의 아이

또한 자신이나 다른 어떤 한 사람이 아니라 차 위의 모든 사람들의 아이라는 생각이 뜨겁게 솟구쳐 오르고 있었다. 〔……〕 이제 그 아이는 누가 뭐래도 자신만이 아니라 그 모든 사람들의 공동의 핏줄이어야 한다는 뜨겁고 절박한 소망과 확신이 그를 알 수 없는 흥분으로 떨리게 했다. 그들의 소망과 꿈, 나의 꿈과 소망, 그 모든 사람들의 기나긴 염원과 사랑의 핏줄.(p. 384)

결국 장손은 새 생명의 탄생을 위해 도로를 질주하는 화물차 위에서 계엄군의 총탄을 맞고 목숨을 잃는다. 마지막 순간 장손은 "순정한 어둠의 장막을 헤치며 일출처럼 눈부신 한 아이"가 "그를 향해 환하게 걸어오고 있"(p. 389)는 모습을 바라보며 "차분하고 아늑한 기분"(p. 388)을 느끼며 눈을 감는다. 『인간인』 2부는 이렇게 끝이 난다.

부도덕하며 뒤틀린 사회가 제공하는 혼돈 속에서 동물적인 생명력으로 삶을 연명하던 건달 안장손이 불교의 자비와 인연이 알려주는 인간에 대한 선의와 미덕을 깨닫고 회개하며 마침내는 그 타락한 세계에 맞서 싸우며 경험하게 되는 모험과 파국의 이야기. 『인간인』 2부에 대한 간략한 정리는 이 서사가 전형적인 피카레스크picaresque 소설이며, 비극으로 끝나는 로맨스의 구조를 가지고 있다는 사실을 분명하게 말해준다. 『인간인』 2부의 서사가 그 무수한 에피소드에도 불구하고 전체적인 감상의 지점에서 익숙하고 상투적으로 느껴지는 것은 이 마지막 결말과도 어느 정도는 연관되어 있다. 『인간인』의 2부가 로맨스의 구조를 가지고 있다고 말하면, 로맨스란 단어가 주는 부정적인 어감에 누군가는 고개를 가로저을 것이다. 분명 로맨스는 소설보다 더 오래된 형식이지만 이 사실이 로맨스는 소설에 비해 유치한 형식, 즉 성숙하지 못하고 발전이 없는 예술적 형식이라는 사실을 알려주는 것은 아니다. 노스럽 프라이는 로맨스에 대해 이렇게 말한 바 있다.

로맨스는 모든 문학의 형식 중에서 욕구충족의 꿈에 가장 가까운 것이며, 그렇기 때문에 그것은 사회적으로 기묘하게 역설적인 역할을 갖고 있다. 어느 시대이든 간에 사회적으로나 지적으로나 지배 계급에 속한 자들은 그들의 이상을 어떤 로맨스의 형식으로 투영시키려는 경향을 갖는다. 이 로맨스의 세계에서는, 덕 있는 주인공들과 아름다운 여주인공들은 그 이상을 표상하고 악인들은 이 주인공들과 여주인공들의 세력을 방해하는 위협을 표상하고 있다. 〔……〕 로맨스에는 그 여러 가지 구체적인 모습에도 결코 만족하지 않는 순전히 '프롤레타리아'적인 요소가 있으며, 사실 여러 가지 구체적인 모습을 띠고 로맨스가 나타나는 그 자체야말로, 사회에 어떤 큰 변화가 일어난다 할지라도, 그것은 변함없이 굶주림에 차 있는 모습으로 새로운 희망과 새로운 희망에 살찌고 있는 욕망을 찾는 모습으로 나타날 것이라는 것을 보여준다.[8]

프라이는 로맨스야말로 인간의 욕망이 분출되는 형식이며, 지배

---

8) 노드롭 프라이, 같은 책, p. 260.

계급의 이상이 담긴 문학 형식인 동시에 피지배계급의 분출하는 혁명적 욕망이 나타나는 형식이라고 설명한다. 『인간인』 2부에 대해서 언급할 때 보다 유익한 것은 이청준이 사용한 로맨스 구조에 담긴 작가의 이상 혹은 소설을 통해 성취하려고 했던 "욕구충족의 꿈"을 읽어내는 것이다. 일제 파시즘이 극으로 치닫던 1944년을 배경으로 하고 있는 『인간인』 1부와는 달리 2부는 박정희 정권의 군부 파시즘이 그 종말을 고하기 직전인 1979년 봄을 시작으로 하고 있다. "권력의 도덕성을 결여한 한 정권의 고약한 말기 증상의 하나로, 이 나라가 온통 맹목적이고 압살적인 힘으로 쫓는 부류와 자유롭고 평등한 민주 낙토를 신봉타가 무고하게 쫓기는 부류의 술래잡기 마당으로 변해버린 저 어수선하고 암울스러웠던 1970년대를 마감하기 한 해 전"(p. 7). 『인간인』 2부의 시작을 알리는 서술자의 목소리는 쫓는 자와 쫓기는 자의 처지라는 것이 한낱 운명의 수레바퀴 속에서 자신의 운명을 알지 못하는 인간의 근원적 어리석음에 기인하고 있음을 말하던 1부와는 사뭇 다르다. 여기에는 뚜렷한 가치 평가가 있고 그것에 근거한 선과 악이라고 불러도 될 만큼의 분명한 대립이 있다. "민주 낙토를 신봉타가 무고하게 쫓기는 부류"라고 말해지는 민주화 세력과 부도덕한 권력을 "맹목적이고 압살적인 힘"으로 유지하려는 유신정권은 그 수식어에서 드러나는 대비만큼 명백하게 가치가 구분된다. 이러한 서술자의 가치평가는 소설이 1979년 10월 26일 맞이한 유신정권의 종말과 1980년 민주화에 대한 열망이 전국적으로 표출된 일명 '서울의 봄'이라는 역사적 사건과 함께 고조된다. 서술자의 목소리는 소설의 대단원에 해당하는 광주민중항쟁에서 자유와 민주 그리고 박애를 노래하는 열광적인 합창으로, 그리고 주인공의 희생과 장손이 흘린 피에서 탄생하는 아이의 모습이 중첩되며 마무리될 때 그 절정에 다다른다.

이러한 서술자의 목소리는 이 시대가 어떠한 가치도 의미 있다고 말하기 어려운 혼돈의 상태에 놓여 있는 것이 아니라 칭송되어야 할 가치가 탄압받고, 배척되어야 할 더러운 욕망과 권력이 질서를 자임하고 있는 전도의 상황에 놓여 있음을 알려준다. 그곳은 선의를 간직한 정의로운 인물과 그들이 내세우는 질서를 통해 바로잡아야 할 곳이다. 이 선의와 그것의 공감에 핵심이 되는 것은 물론 불교의 자비와 예술이다. 『인간인』 2부의 마지막 장면에서 총격을 받고 잘려나가는 장손의 육체와 화물칸 위에 고이는 피는 마치 대속을 위해 갈가리 찢겨나간 그리스도의 육체와 그 의미에서 다르지 않다. 죽음에서 그리스도가 부활하듯, 어둠 속에서 태양이 떠오르듯, 어미의 찢어진 자궁에서 아이가 피를 뒤집어쓴 채 태어나고, 끔찍한 파국에서 역사는 다시 시작되는 것이다. 프라이의 "인간 성격 가운데 어떤 요소가 로맨스에 방출되므로, 로맨스는 본래 소설보다도 더 혁명적인 형식"[9]이라는 설명은, 『인간인』을 독해하기 위한 필요 때문이 아니더라도 기억해둘 만한 문구이다.

---

9) 노드롭 프라이, 같은 책, p. 432.

4. 역사와 반복 그리고 人間人……

인간을 시간에서 분리할 수 있을까. 인간에 대한 이해와 시간에 대한 이해가 마치 개별적인 것처럼 다루어질 수 있을까 하는 질문이다. 아마도 이러한 질문은 무대 위에 선 무용수의 육체에서 춤이라는 예술적 표현을 따로 떼어내려는 무의미한 시도와 다르지 않을 것이다. 그 어떠한 형이상학적 분리에도 불구하고 인간이라는 단어 속에는 시간이, 시간이라는 단어 속에는 인간이, 함께 존재하고 있다. 자연의 상태에서 인간이 처음으로 시간을 인지하게 된 것은 그것이 가진 반복의 구조 때문이다. 시간을 표상하는 시계, 달력, 계절 등은 모두 반복의 구조를 가지고 있다. 인간은 각자 개별적인 시간을 살고 있다고 생각하지만 먼발치에서 바라보면 모든 것은 반복되고 있을 뿐이다. 하지만 이것은 같은 인간이 태어나고, 같은 사건이 되풀이된다는 것을 의미하지 않는다. 반복은 그 사건(내용)에서가 아니라 그 형식(구조)에서 가능하다. 문학에서 비평이 규명하려고 하는 미학과 언어의 문제, 그 중심에 자리 잡고 있는 표상representation은 말하자면 '재현으로서의 반복representation'이라는 형식에 대한 탐색이기도 하다.

『인간인』의 1부와 2부는 유사한 구조를 가진 이야기의 반복이다. 이를 통해 이청준은 이렇게 말하고 있는 듯하다. 역사는 반복된다. 일제 파시즘 대신에 박정희의 군부 파시즘이, 한국전쟁 대신에 광주민중항쟁이, 친미 마피아 대신에 친미 대머리가. 그리고 이렇게 덧붙인다. 한 번은 비극적 아이러니로, 다른 한 번은 비극적 로맨스로. 아마도 이러한 재현은 끔찍한 과거와 어떻게 해서든지 결별하고 싶은 의지의 발로였을 것이다. 이 아이러니와 로맨스의 연결은 반복되고 있는『인간인』의 구조에 대한 이해가 비로소 진행되는 시작점이다. 이청준은 이 해설의 서론에 인용한 글에서 "역사를 쓰는 사람"과 "역사를 사는 사람"의 '사이'를 강조하며, 이것은 "역사는 이루어져나가는 면과 만들어져가는 면이 함께해가고 있다는 생각"에서 기인했음을 말한 바 있다. 이루어져나가는 역사에서 인간은 타자이며 그는 사후적(事後的)이며 수동적으로 존재한다. 어떤 중심에서 밀려난, 피안에서 바라본 역사에는 어떠한 변혁도, 희망도 존재하지 않는 것처럼 느껴진다. 마치 역사는 그것의 가장 나쁜 쪽을 쫓아가는 어리석은 행동처럼 보인다. 이것은 냉철한 이성이 자기 시대에 대한 반성을 통해 형성된 회의적 결론이다. 이를 역사적 성찰의 원리로 사용할 때 시간과 사건은 아이러니의 형식으로 결합된다. 하지만 만들어져가는 역사에서 인간은 주체이며 그는 사전적(事前的)이며 능동적으로 존재한다. 인간은 역사 내에서 욕망하고 그들의 이상을 공동체에 투영한다. 만들어져가는 역사를 이청준이 쓴『인간인』2부에 근거해 로맨스의 형식으로 볼 때 인간의 이야기는 갈등하고 투쟁하며 마침내는 승리하는 세 가지 단계의 연속되는 형식을 취한다. 비록 주인공이 필사의 쟁투에서 목숨을 잃는다고 해도 그의 흩뿌려진 육체와 피에 물든 대지에서 변화의 꽃은 피어난다.

    1944년에서 1950년의 시간을 재현하고 있는『인간인』의 1부에서

서술자는 "역사를 쓰는 사람"의 자리에 있다. 그는 이 서사에서 감정적인 가치 판단과 섣부른 인물의 평가를 끝까지 유보하며, 독자를 니힐리즘으로 가득한 암흑의 밀실로 안내한다. 하지만 1965년 「퇴원」으로 작품 활동을 시작한 이청준에게 『인간인』 2부의 배경이 되는 1979년에서 1980년은 '그의 시대'라고 불러도 될 만큼의 밀접한 시간이었을 것이다. 그리고 그는 광주의 비극에 대해 한마디도 할 수 없는 1980년대에 『인간인』의 1부를 썼고, 1988년 11월 '광주민주화운동의 발포명령자 및 진상파악을 위한 광주민주화운동 청문회'가 어떠한 실체도 처벌하지 못하고 끔찍한 사실의 무기력한 확인만으로 끝난 직후 『인간인』의 2부를 쓰기 시작했다. 그는 자신이 역사를 쓰는 사람(소설가)이라는 분명한 인식은 가지고 있었지만 자신이 살고 있는 시간의 뜨거움에서 역사를 관조하는 사람이 반드시 가져야 할 냉정을 유지하지는 못했던 것 같다. 이청준은 『인간인』 2부를 탈고하며 쓴 글에서 이 소설을 "이쯤에서 그만 부끄러움을 덮어두기" 위해, "마음의 빚에서라도 벗어나기" 위해, 작가적 욕심에 차진 않지만 서둘러 마무리를 지었다고 쓰고 있다. 언제나 그랬지만 인간이 예술이라고 부르는 것은 작가가 가진 두려움과 부끄러움, 욕망의 복합적인 변증법 속에서 출현한다. 그리고 그것의 뒤엉킴과 충동에서 예술의 걸작은 태어난다.

〔2015〕

상 자료

텍스트의 변모와 상호 관계

이윤옥
(문학평론가)

『인간인 2』

| **발표** | 『인간인 2』, 우석, 1991.

1. 실증적 정보

1) 초고: 『인간인 1』처럼 대학노트 여러 권에 쓰인 육필 초고가 남아 있다. 초고에는 장의 제목이 없고 스님의 법명을 포함해 인물들의 이름이 다른 경우가 있다. 초고에서 안장손은 안장순(安章淳), 안장덕은 안장녀이다.

2) 미완성 소설 『자비강산(慈悲江山)』과 『인간인 2』 발표 과정: 『자비 강산』은 1983년 2월, 월간 『茶園』에 연재를 시작했지만 잡지의 폐간으로 끝내지 못한 소설이다. 무불을 비롯한 인물이나, 대원사와 일제 말기 같은 배경, 기본 이야기를 고려할 때 『자비강산』이 『인간인』의 원형이라 할 수 있다. 『자비강산』의 초고와 잡지 연재 부분을 살펴보면, 이 소설에는 『인간인』의 일화와 인물이 섞여 있다. 예를 들어, 『자비강산』에서 무불을

---

* 텍스트의 변모를 밝힘에 있어 원전의 띄어쓰기 및 맞춤법을 그대로 살렸음을 밝혀둔다.

만나는 사람은 장손이 아니라 도섭이고, 무불의 속세 내력은 『인간인 1』
에 나오는 윤 처사의 내력과 같다. 또한 『인간인 2』에서 대원여관을 찾은
나그네는 안장손이지만 『자비강산』에서는 무불스님의 개심한 매형(『인간
인 1』이라면 윤 처사의 매형)이다. 이청준은 『인간인』을 1984년 가을 녘에
쓰기 시작했다고 밝혔지만, 『자비강산』을 『인간인』의 원형으로 볼 때 그
시기는 적어도 1983년 2월 이전으로 거슬러 올라간다. 『인간인』은 이청
준이 대략 10년 동안 여러 번 다시 쓰며 공들여 완성한 소설이다.

  2) 「흐르는 산」: 「흐르는 산」(1987)은 『인간인 2』가 1991년 발표되기
전, 『인간인 2』에서 안장손과 무불 스님 이야기만 따로 뽑아 쓴 작품이다.
「흐르는 산」에서는 안장손의 이름이 남도섭이고, 『자비강산』에서처럼 무
불과 도섭이 만난다.

  3) 「이 여자를 찾습니다」: 「흐르는 산」처럼 『인간인 2』를 발표하기 전,
장손과 누이 장덕의 이야기만 뽑아 쓴 소설이다. 「이 여자를 찾습니다」
(1990)에서 안장손과 안장덕은 박장덕과 박장순이 된다.

  2. 텍스트의 변모
 1) 『인간인 2』(우석, 1991)에서 『인간인 2』(열림원, 2001)로
  - 16쪽 13행: 산중 접객업소 → 접객업소
  - 26쪽 23행: 노탐을 숨기려는 늙은 수도자의 듣기 좋은 자기 겸양의 소리
    에 불과할 터였지만 → 노욕을 숨기려는 늙은 수도자의 데데한 자기 겸양
    의 표현일시 분명했지만
  - 27쪽 4행: 자신도 금세 그 이름을 알아듣고 → 바로 이날
  - 33쪽 17행: 성과를 겨냥해나가기로 하였다. → 수확을 노려보기로 작심
    했다.
  - 80쪽 21행: 언감생심 → 〔삽입〕
  - 86쪽 3행: 부처님께서는 세상이 앓으면 당신도 앓으시고, 그 세상에 단

한 사람이라도 아직 아수라의 고통에서 구원을 받지 못하고 있으면, 그가 구원을 받게 하신 다음에야 당신께서 마지막으로 그 구원을 받아 나오시겠다고 하신 말씀이 있느니라. → 부처님께서는 중생이 앓으면 당신도 함께 앓으시고, 중생이 나으면 인하여 당신도 함께 나으시리라 하셨느니라. 그 세상 중생 중에 한 사람이라도 아직 아수라의 고통을 벗어져 나지 못하면 그가 구원을 얻은 다음에야 당신께서도 참 평화를 누리시리라 하신 말씀이니라.

- 118쪽 19행: 상념 → 망념
- 121쪽 1행: 어떤 애틋하고 하염없는 감회에 젖어들어가고 있었다. → 턱없이 애틋하고 하염없어지기까지 하였다.
- 126쪽 8행: 그녀가 장손 자기를 부르는 일보다 더 → 그 며칠 장손과의 일보다
- 152쪽 14행: 어두운 고뇌의 그림자 같은 것을 → 어두움의 자국을
- 152쪽 16행: 장손에겐 그렇게밖에 보일 수가 없었다. → 〔삭제〕
- 257쪽 12행: 쐬고 싶어진 듯 웬 저고리까지 걸치고 천막문을 나왔다. → 쐬려는 드키 어슬렁 천막문을 나왔다.
- 263쪽 20행: 극혈파 → 열성파
- 279쪽 21행: 호사꾼의 처지로 보이기가 쉬웠다. → 팔자 좋은 세월의 빚쟁이가 아니기 쉬웠다.
- 293쪽 20행: 어디로 가던 중생의 길인고 → 〔삭제〕
- 306쪽 10행: 하루쯤 → 하루 이틀
- 317쪽 12행: 그런 기미가 있었던 일이기는 하였다. → 기미가 좀 수상적기는 했었다.
- 361쪽 11행: 그런 매정스런 장손의 푸념투에 → 〔삽입〕
- 361쪽 13행: 따위의 원정 → 〔삽입〕
- 361쪽 15행: 소리까지도 → 넋두리까지도 두고두고

- 370쪽 21행: 짜증스럽게 → 어쭙잖게

- 372쪽 9행: 도리 → 소명

- 374쪽 4행: 난정을 찾아내리라고는 믿고 있질 않았었다. → 그걸 믿기가 어려웠다.

3. 인물형

1) 무불: 『이제 우리들의 잔을』「흐르는 산」에 나오는 스님. 무불의 뜻은 마음속에 부처님을 온전히 모시지 못했다는 것이다.

2) 미영: 미영은 『젊은 날의 이별』에서 이종사촌 오빠와 이룰 수 없는 사랑에 빠지는 여고생의 이름이기도 하다.

3) 송화: 이청준의 연작 '남도 사람'의 소리꾼 남매는 '여자'와 '사내'로 불릴 뿐 이름이 없다. '남도 사람'이 원작인 영화 「서편제」의 여주인공 이름 '송화'는 『인간인 2』에서 차용했다. 두 '송화'는 소리를 하는 부모에게서 소리를 배웠고, 삶의 한이 깊은 점 등 유사한 점이 많다.

4. 소재 및 주제

1) 아픔앓기: 이청준에 따르면 삶의 아픔앓기는 세 단계로 나눌 수 있다. 자신의 본모습과 근본을 잃고 사는 아픔이 깊어지면, 그 아픔을 삶 속에 포용하고 삭이게 되고, 마침내 무불 스님처럼 남의 아픔을 함께 아파하고 대신 아파하는 단계까지 나아가게 된다. 함께 아파하기는 뜨거운 사랑을 낳는데, 그 사랑이 귀하고 크고 미더운 힘의 원천이 된다. 그 힘이 점점 커지면 『인간인 2』가 보여주듯 언젠가 생명의 강으로 넘쳐 흐를 것이다.

- 수필 「함께 아파하기」: 자기 아픔에 대한 호소나 원망은 그것을 이겨낼 직접적, 물리적 힘을 모을 수 있는 데 비하여, 남의 아픔을 함께하거나 대신하는 데에서는 그런 직접적인 힘에 앞서 사람들끼리 서로 위로하고 마음의 의지가 되어주는 뜨거운 사랑을 낳기 때문이다. 그리고 그 사랑이야

말로 무엇보다도 귀하고 크고 미더운 힘의 원천이 될 수 있기 때문이다.

2) 소리: 삶의 내력을 간직한 노래, 삶의 현장에서 몸으로 익힌 노래가 진짜 노래다. '한(恨)'은 삶의 과정에서 맺힌 매듭이라 할 수 있는데, 육자배기 같은 남도소리는 그 한을 풀어내는 한 양식이다. 그런 소리를 매개로 남녀가 소통하고 합방하는 장면은 '남도 사람' 연작이나 「이어도」 등 다른 소설에도 나온다(93쪽).

3) 햇덩이: 장손은 난정의 노랫가락을 들으며 머리 위에 이글거리는 뜨거운 햇덩이를 고통스럽게 느낀다. '남도 사람'의 사내 역시 의붓아비의 노랫가락을 들으며 똑같은 햇덩이의 고통을 맛본다(93쪽 8행).

– 「서편제」: 그는 무엇보다 그 사내의 소리를 견딜 수가 없었다. 그리고 그 소리를 타고 이글이글 떠오르는 뜨거운 햇덩이를 참을 수가 없었다.

4) 사슬: 난정의 소리는 사슬이 되어 장손을 묶는다. 이처럼 때로 사랑은 사슬이 되어 대상을 속박하고 운명에 굴종하게 한다. 사랑이 사슬이 된 이야기인 「빛과 사슬」에는 남자의 소리에 묶인 여자가 나온다(69쪽 2행, 121쪽 11행).

– 「빛과 사슬」: 한 마디로 나는 그 여자의 행복을 끝내 곧이들을 수가 없었고, 그녀의 삶을 그토록 철저히 옭아매 버린 남자의 도저한 사슬, 그 소리와 위세의 숨은 비밀도 이해할 수가 없었던 셈이었다. 다만 그 소리의 보이지 않는 마력과 숨죽인 비극의 그림자 같은 것을 느끼면서 지레 혼자서 몸서리를 쳐댔을 뿐이었다.

5) 새: 이청준의 소설에는 새가 된 영혼이 많다. 「학」「섬」「흰철쭉」 등 (137쪽).

6) 닮은 얼굴: 원숭이와 사람처럼 닮은 존재들은 서로를 싫어한다(161쪽 19행).

– 『조율사』: 그런 종류의 답답한 이야길 하다 보면 공연히 서로 상대방이 지겹고 미워지게 마련이었다. 늑대는 개를 싫어한다. 호랑이도 고양이를 싫

어한댔다. 아프리카의 고릴라는 사람을 제일 싫어한댔다. 하지만 녀석들이
오늘 하루쯤은 나를 내버려둬야 하지 않는가.

－『이제 우리들의 잔을』: 고릴라가 가장 싫어하는 것이 사람이라던가. 호랑
이는 자기를 닮은 고양이를 가장 미워한다고 했다.

－ 수필「호랑이와 고양이」: 호랑이가 제일 싫어하는 동물은 고양이라는 말
이 있다. 늑대가 제일 싫어하는 동물은 개이며 고릴라가 제일 싫어하는 것
은 사람이라는 말도 있다. 자기를 닮은 것은 싫어하고 반발하는 경향 때문
이라 한다.

7) 대행인:『인간인 2』의 무불 스님은『인간인 1』의 남도섭일 개연성이
크다. 그런데「흐르는 산」은 남도섭과 무불의 이야기고, 그것이『인간인
2』에서는 안장손과 무불의 이야기로 바뀐다. 세 작품을 볼 때 무불은 남
도섭이고 남도섭은 안장손이다. 그래서 안장손은 무불을 '장손 자신의 오
랜 숙제의 대행인처럼', 마치 자신처럼 여긴다(174쪽 11행).

8) 청맹과니 이야기, 대사와 어린이 이야기: 노암이 자주 하는 '청맹과
니' 이야기, '대사와 어린이' 이야기는 수필「자기 높임을 위한 독서의 권
리」에도 들어 있다. 또한 1982년에 발표된 소설「밤에 읽는 동화풍(童話
風)」에는 네 편의 이야기가 들어 있는데,「대사와 어린이」가 그중 하나다.

9) 씨앗: 이청준이 2004년 발표한「들꽃 씨앗 하나」는 의지할 곳 없이
홀로 떠도는 홀씨앗의 이야기다(284쪽 1행).

10) 아이: 난정의 아이는 개인의 염원이 아니라 공동체의 꿈과 소망으
로 태어난다.『당신들의 천국』에서 이상욱도 소록도 공동체가 함께 잉태
하고 낳은 아이다.

－『당신들의 천국』: 그리고 이때부터 섬에선 그 설명이 불가능한 수수께끼
같은 일이 실현되고 있었다. 섬 전체가 한 생명을 잉태하고 그 생명을 당국
의 눈을 피해 자기들끼리 은밀히 길러내기 시작한 것이다. 〔……〕 그리고
그런 두려움 속의 열 달이 지나고 나자 지영숙은 마침내 섬 전체가 숨을 죽

인 듯한 긴장 속에 그녀와 그녀의 사내를 위한, 섬 안의 모든 원생들을 위한 무거운 진통을 시작했다. 〔……〕 아이는 그를 낳은 한 쌍의 사내와 여인에 의해서가 아니라 섬 전체가 마음을 합해 함께 길러나간 것이다.